MARIE MERBURG

Nordseesterne

Weitere Titel der Autorin:

Wellenglitzern
Inselleuchten
Sommerflimmern
Ostseeträume
Ostseefunkeln
Strandkorbzauber
Leuchtturmsommer

Über die Autorin

Marie Merburg wurde am 7.7.1977 in Mühlacker in Süddeutschland geboren. Nach dem Studium in Stuttgart zog sie mit ihrer Familie in die Nähe von Heilbronn, wo sie auch heute noch lebt. Für ihre Romane *Wellenglitzern*, *Inselleuchten*, *Sommerflimmern*, *Ostseeträume*, *Ostseefunkeln*, *Strandkorbzauber* und *Leuchtturmsommer* hat sie sich die deutsche Ostseeküste als Schauplatz ausgesucht, weil sie von der Landschaft und den Menschen dort fasziniert ist. Mit *Nordseesterne* betritt sie schriftstellerisch neues Gebiet.
Unter dem Namen Janine Wilk schreibt die Autorin auch erfolgreich Kinder- und Jugendbücher.

MARIE MERBURG

Nordsee sterne

Roman

Lübbe

NACHHALTIG PRODUZIERT

Die Bastei Lübbe AG verfolgt eine nachhaltige Buchproduktion. Wir verwenden Papiere aus nachhaltiger Forstwirtschaft und verzichten darauf, Bücher einzeln in Folie zu verpacken. Wir stellen unsere Bücher in Deutschland und Europa (EU) her und arbeiten mit den Druckereien kontinuierlich an einer positiven Ökobilanz.

FSC www.fsc.org MIX Papier | Fördert gute Waldnutzung FSC® C014496

Originalausgabe

Dieses Werk wurde vermittelt durch die
Michael Meller Literary Agency GmbH, München.

Textredaktion: Dr. Ulrike Brandt-Schwarze, Bonn
Lektorat: Karin Schmidt
Umschlaggestaltung: Kirstin Osenau
Einband-/Umschlagmotiv: © flowersmile/Shutterstock;
MM_photos/Shutterstock; Pawel Kazmierczak/Shutterstock;
Katerina Arts/Shutterstock; Katerina Arts/Shutterstock;
Yolande de Kort/Trevillion Images
Satz: two-up, Düsseldorf
Gesetzt aus der Garamond
Druck und Verarbeitung: GGP Media GmbH, Pößneck

Printed in Germany
ISBN 978-3-404-19187-1

3 5 6 4

Sie finden uns im Internet unter luebbe.de
Bitte beachten Sie auch: lesejury.de

Kapitel 1

Mit klopfendem Herzen faltete ich das Papier auf. Nur eine Sekunde später verzog ich angewidert den Mund. *Currywurstkuchen*, igitt!

Neugierig schielte ich auf den Zettel meiner Freundin Katja. Die Glückliche hatte das Gericht *Chilipeitschen auf Spinat* aus dem Lostopf gezogen – da blieb immerhin Spielraum für kreative Interpretationen.

Wir hatten die Follower unseres Kochkanals auf YouTube dazu aufgerufen, uns die schlimmsten Rezepte aus dem Internet zu schicken, damit wir daraus vor der Kamera spontan etwas Schmackhaftes zauberten. Aus den Einsendungen hatte unser Freund Piet fünf Rezepte herausgesucht und uns die wichtigsten Zutaten besorgt.

»Das wird nicht einfach«, stellte ich seufzend fest.

»Sprich bitte nur für dich!« Katjas Lippen kräuselten sich siegessicher. Sie reckte die Faust in die Höhe und strahlte in die Kamera. Ihre kastanienroten Locken wippten aufgeregt. »Damit werde ich die finale Challenge gewinnen, liebe Freunde!«

Wie immer stellte Piet uns auch seine Restaurantküche zur Verfügung – ohne seine Unterstützung wäre der Erfolg unseres Kanals *Die Schaumschläger* nicht möglich gewesen. Leider ging heute unsere gemeinsame Zeit nach sechs tollen Jahren zu Ende.

»Nicht so schnell!«, bremste ich Katjas Enthusiasmus und

drehte mich ebenfalls zur Kamera. Ganz automatisch nahm ich dabei eine Pose ein, die meine Schokoladenseite zeigte. Diejenige ohne Narbe auf der Wange. »Wie ihr alle wisst, wachse ich an meinen Aufgaben. Das wird der beste Currywurstkuchen, den die Welt je gesehen hat!«

Normalerweise spuckte ich nicht so große Töne, aber das gehörte nun mal zur Show. Außerdem machte es Spaß, vor der Kamera in eine andere Rolle zu schlüpfen. Denn in meinem echten Leben musste ich angepasst, pflichtbewusst und zielstrebig sein. Meine Mutter erinnerte mich stets daran, dass ich bald viel Verantwortung zu tragen hätte und meiner Rolle gerecht werden müsste. Bei unseren Drehs blühte ich jedoch regelrecht auf und fühlte mich lebendig, denn das Kochen war meine große Leidenschaft.

Ich kniff die Augen zusammen. »Wenn du dich daran erinnerst, habe ich beim letzten Mal mit meiner Interpretation des Salzstangenauflaufs ebenfalls gewonnen.«

»Ja, ja, träum du nur von deinem vergangenen Sieg!« Katja machte eine wegwerfende Handbewegung. »Aber das Heute zählt. Am Ende wird unser Juror entscheiden, welches Gericht besser schmeckt.«

Sie deutete auf Piet, der hinter uns auf seinem Stuhl neben der Schwingtür saß und ein Nickerchen hielt. Das tat er bei unseren Drehs immer. Dabei hatte er die Hände vor seinem beleibten Bauch gefaltet, sein Kopf hing nach vorne, und ein leises Schnarchen war zu hören. Piet war Ende fünfzig und ein echtes Hamburger Original. Zu seinen Eigenheiten gehörte es, dass er in seinen arbeitsfreien Phasen auf Kommando einschlafen konnte – egal, wo er sich gerade befand. Unsere Follower liebten ihn. Einige hatten sich sogar ihre Kochschürze mit seinem schlafenden Konterfei bedrucken lassen.

»Dann auf in den Kampf!«, verkündete ich und deutete auf

unsere selbst gebastelte Trophäe. »Der *Goldene Schneebesen* wartet auf die Siegerin.«

»Los geht's!« Katja hob die Hand, und wir klatschten ab. Umgehend wuselten wir in der Küche umher und suchten unsere Zutaten zusammen, wobei wir abwechselnd das Reden übernahmen – schließlich wollten unsere Zuschauer erfahren, was für einen Plan wir verfolgten.

Ich liebte diese Momente. Wenn wir anfingen zu kochen, wurde aus der kühlen Restaurantküche ein Raum der eifrigen Betriebsamkeit, der klappernden Töpfe und verheißungsvollen Düfte. Die Hitze der Öfen verströmte Gemütlichkeit, Röstaromen erfüllten die Luft, und Gasflammen zuckten erwartungsvoll hin und her. Allein durch die Gerüche konnte sich dieses nüchterne Laboratorium der Kochkunst in jeden Ort der Welt verwandeln. Köchelte man pralle, von der Sonne verwöhnte Tomaten, würzte sie mit Oregano, Thymian und Rosmarin und gab noch einen Schuss Chianti dazu, fühlte man sich unwillkürlich in ein uriges italienisches Bauernhaus versetzt. Mit dem Duft von Curry, Kurkuma, Kardamom und Kreuzkümmel reiste man nach Indien und mit einer kräftig gewürzten Fischsuppe an die Küste.

In einer Küche konnten sogar die Gesetze der Zeit außer Kraft gesetzt werden, denn der Geruch von knusprig gebratenem Gänsefleisch, Klößen und Apfelrotkraut sorgte selbst im August für ein so intensives Heiligabend-Gefühl, dass man unwillkürlich ein Weihnachtslied summte. Auch ein unbeteiligter Beobachter erkannte in solchen Momenten: In diesem Raum wurde gezaubert.

Katja und ich standen dabei vor der Herausforderung, nicht nur etwas Leckeres auf den Teller zu bringen, sondern auch die Kamera im Blick zu haben und unsere Zuschauer zu unterhalten. Mittlerweile waren wir jedoch ein eingespieltes Team und konnten uns blind aufeinander verlassen. Intuitiv wussten wir, wann die andere sich aufs Kochen konzentrieren musste. Notfalls konnten wir die weniger gelungen Sequenzen später immer noch herausschneiden, aber heute übertrugen wir einen Livestream, denn es war ein denkwürdiger Anlass: Wir drehten unsere allerletzte Folge, da Katja im siebten Monat schwanger war. Mit Zwillingen. Wie sie es schaffte, sich mit dem riesigen Bauch ungehindert in der Küche zu bewegen, war mir ein Rätsel.

Genau wie ich war meine beste Freundin Mitte dreißig. Vergangenes Jahr hatte sie ihren langjährigen Freund Tom geheiratet und war überraschend schnell schwanger geworden. Überraschend deshalb, weil Katja gelesen hatte, dass in unserem Alter die Fruchtbarkeit schon deutlich abgenommen hatte und man sich unter Umständen auf eine »Übungszeit« von ein bis zwei Jahren einstellen musste. Beim Absetzen der Pille war sie deshalb davon ausgegangen, dass ihr bis zu einem positiven Schwangerschaftstest genügend Zeit bleiben würde, um ihre Marketingfirma, die sie zusammen mit ihrem Mann gegründet hatte, in Hamburg zu etablieren.

Tja, offenbar traf die Sache mit der nachlassenden Fruchtbarkeit nicht auf alle Frauen Mitte dreißig zu! Gleich im zweiten Probemonat hatte es geklappt. Dass es dann gleich Zwillinge werden würden, hatte sie vollends aus der Bahn geworfen. Über eine Woche hatte Katja sich an meiner Schulter ausgeheult und immer wieder geschluchzt, dass sie das alles niemals unter einen Hut kriegen und total verbocken würde. Mantraartig hatte ich ihr versichert, dass sie in all das hineinwachsen und ganz bestimmt großartig hinbekommen würde – so wie alles, was sie anpackte. Zum Glück hatte sie mir irgendwann geglaubt, und seither freuten Tom und sie sich auf ihr neues Leben.

Dass Katja für unseren Kanal unter diesen Umständen keine Zeit mehr finden würde, stand außer Frage. Ich bewunderte meine Freundin, dass sie den Mut besessen hatte, sich für Ehe und Kinder zu entscheiden. Davon war ich noch weit entfernt. Ich konnte lediglich einen Freund vorweisen. Wobei diese Bezeichnung wahrscheinlich schon leicht übertrieben war. Das mit Erik und mir war … kompliziert. Heirat und Familie standen für mich jedenfalls noch lange nicht zur Debatte.

»… neu interpretieren«, drang Katjas Stimme an mein Ohr. »Im Originalrezept sind mit Chilipeitschen natürlich die geräucherten Würste aus Schweinefleisch gemeint, doch ich werde rote Chilischoten für mein Gericht benutzen. Leute, ich verspreche euch, diese Chilipeitschen knallen richtig!«

Ich schüttelte über ihren Wortwitz grinsend den Kopf. Himmel, ich würde diese Drehs mit ihr unglaublich vermissen!

»Pass nur auf, dass es nicht zu scharf wird!«, warnte ich sie. »Du weißt, Piet mag es nicht, wenn seine Zunge von der Schärfe taub wird und er die unterschiedlichen Aromen nicht mehr herausschmecken kann.«

Katja winkte ab. »Kein Problem! Selbst wenn ich zu viele Chilis erwische, kann ich dagegen noch etwas tun.« Sie wandte sich an die Kamera. »Denn das Capsaicin der Chilischote ist fettlöslich. Gibt man – je nach Gericht – Kokosmilch, Sahne oder Crème fraîche dazu, mildert das die Schärfe ab, und es besteht keine Gefahr mehr, dass eure Gäste …«

Ich ließ sie weiterreden und konzentrierte mich auf meine Aufgabe. Bisher war ich noch nicht weit gekommen. Der heutige Tag ließ mich ganz gefühlsduselig werden! Normalerweise schlug ich nicht so ein lahmes Tempo an. Ich straffte die Schultern und zog mein T-Shirt zurecht, auf dem eine grinsende Karotte aufgedruckt war.

Im Rezept aus dem Internet wurde der Currywurstkuchen aus fertigem Hefeteig, einer Flasche Curryketchup, Gelatine und acht Bratwürsten gemacht. Eklig! Das bedeutete, dass ich –

genau wie Katja – eine komplett neue Richtung einschlagen musste. Eine vage Idee begann sich in mir zu formen, und ich lächelte. Ich würde mit dem Currywurstkuchen in Richtung Kartoffeltortilla gehen! Optisch würde das durchaus als Kuchen durchgehen, und geschmacklich passten Kartoffeln und Currywurst sehr gut zusammen.

Hastig machte ich mich ans Werk, während Katja die nächsten Schritte ihres Rezepts erklärte. Sie war beim Kochen schon bedeutend weiter als ich.

Ich signalisierte ihr mit einer Geste, dass ich so weit war, wieder die Moderation zu übernehmen.

»Die Currywurst kommt ja angeblich aus Berlin«, erzählte ich den Zuschauern. »Im Original wird übrigens keine Bratwurst, sondern Brühwurst ohne Haut verwendet. Daran halte ich mich auch heute. Aber zuerst muss ich mich um die Kartoffeln kümmern, da sie deutlich mehr Zeit benötigen.«

Ich schälte eine Zwiebel und ein paar Kartoffeln, hackte die Zwiebel klein und schnitt die Kartoffeln in kleine Würfel.

»Die Kartoffelwürfel kommen jetzt in eine Pfanne mit viel heißem Öl – sie sollten komplett damit bedeckt sein«, erklärte ich. »Auf mittlerer Hitze werden sie jetzt fünfzehn Minuten gebraten, und so habe ich Zeit, mich um den Rest zu kümmern. Denn im Gegensatz zum Rezept aus dem Internet werde ich die Würste nicht roh in meine Kartoffeltortilla geben. Um das typische Röstaroma zu bekommen, brate ich die Wurstscheiben in einer Pfanne, zusammen mit der klein geschnittenen Zwiebel.«

Nachdem alles eine schöne goldbraune Farbe angenommen hatte, nickte ich zufrieden. »Ich streue noch etwas Currypulver darauf, damit die Wurst den typischen Geschmack annehmen kann – und jetzt kann das Ganze erst mal abkühlen.«

Verzweifelt suchte ich einen freien Platz für meine Pfanne.

Mein Arbeitsbereich war allerdings schon jetzt total chaotisch. Keine Ahnung, wie Katja es immer schaffte, während des Kochens gleichzeitig für Ordnung zu sorgen! Piet hatte mir schon mehrfach gesagt, dass er mich hochkant rauswerfen würde, wenn ich bei ihm angestellt wäre. Ich dagegen liebte mein kreatives Chaos. Und Kreativität war genau das, was ich jetzt brauchte! Denn wie ersetzte ich nun diesen doofen Ketchup? Im Kopf ging ich schnell mehrere Varianten durch und fällte meine Entscheidung aus dem Bauch heraus.

»Wie im spanischen Originalrezept für Kartoffeltortilla verquirle ich jetzt vier Eier mit dem Schneebesen und würze das Ganze mit Salz und Pfeffer«, brüllte ich in die Kamera, denn Katja pürierte gerade den Blattspinat im Mixer. »Dazu gebe ich allerdings noch ein wenig Tomatenmark, geschnittene getrocknete Tomaten, Rosenpaprika und Chiliflocken. Ihr seht schon, dass sich die Farbe ändert und wir durch das Tomatenmark ein schönes Rot bekommen … Nun kann ich auch schon die angebratenen Wurstscheiben dazugeben, die mir das nötige Curryaroma liefern.«

Ich nahm einen Teelöffel und probierte. Das war immer der Moment, in dem mir das Herz bis zum Hals klopfte. Wenn ich Pech hatte, war mein Experiment misslungen!

»Und?«, fragte Katja, die mich gespannt beobachtete.

»Nicht schlecht.« Ich wiegte den Kopf hin und her. »Natürlich ist das Ei noch nicht gebraten, aber man schmeckt schon jetzt das Curryaroma, und die Tomatenmasse macht es schön fruchtig. Aber mir fehlt noch was! Ich verfeinere es mit ein wenig Honig.«

»Etwas Süße ist in einer Currywurstsoße essenziell«, stimmte sie mir zu, während sie einen dünnflüssigen Teig in die heiße Pfanne gab. Anscheinend bereitete sie Crêpes zu.

Oh, verflixt! Das war Katjas Spezialität. Meine Chancen auf

einen Sieg hatten sich gerade deutlich verschlechtert. Ich musste mir sofort etwas einfallen lassen, um meinem Gericht das gewisse Etwas zu verleihen!

»Ich werde auch noch rote Mitsuba hinzufügen«, platzte es ohne weiteres Nachdenken aus mir heraus. »Die hab ich vorhin bei Piet im Kühlraum gesehen.«

Den Zuschauern erklärte ich: »Mitsuba ist japanische Petersilie, die geschmacklich an Kerbel, Sellerie und Nelken erinnert. Sie hat rote Blätter und wird ganz wunderbar in meine Masse passen.«

»Ernsthaft?«, fragte Katja erstaunt. »Du fährst heute aber volles Risiko.«

»Du weißt, ich liebe das Risiko!«, behauptete ich draufgängerisch und warf meine blonden Haare zurück.

»Dass ich nicht lache«, erwiderte sie schnaubend. »Dir bricht schon der Angstschweiß aus, wenn du im Auto hundert Meter ohne Sicherheitsgurt fahren musst!«

Damit hatte sie leider recht. Normalerweise ging ich eher selten ein Wagnis ein. So hatte ich mich vor Jahren zum Beispiel entgegen meinen persönlichen Interessen für ein trockenes BWL-Studium mit dem Schwerpunkt Marketing entschieden, genau wie meine Mutter es damals von mir erwartet hatte. Für mich als zukünftige Geschäftsführerin unserer Naturkosmetikfirma *Natürlich schön* war dieser Studiengang schließlich am sinnvollsten gewesen.

»Vielleicht ist das ja der Beginn von etwas Neuem«, entgegnete ich mit gerecktem Kinn. »Womöglich bin ich ab sofort risikofreudiger?«

Katja zwinkerte mir zu. »Ich finde, etwas mehr Verrücktheit würde dir gut stehen.«

Ich erwiderte ihr Lächeln, aber schon einen Moment später wurde mir das Herz schwer: Das gemeinsame Kochen vor der

Kamera und unser unbeschwertes Geplänkel würden mir unfassbar fehlen! Nur hier hatte ich das Gefühl, wirklich ich selbst zu sein. Vielleicht war es mir deshalb so wichtig, den *Goldenen Schneebesen* zu gewinnen. Nicht nur als kostbare Erinnerung, sondern auch als Mahnung, dass es noch eine andere Luisa Steinbeck gab, die ich nicht vergessen durfte.

Piet ließ sich Zeit mit seinem Urteil. Gespannt beobachteten Katja und ich, wie er von jedem Gericht kostete und dabei andächtig kaute. Wie ein Bär ragte er mit seinen breiten Schultern zwischen uns auf, und sein buschiger Vollbart wackelte eindrucksvoll bei jedem Bissen.

Katja hatte fantastische Spinat-Crêpes gezaubert mit einer Füllung aus Lachs, Gurken, Feta und Crème fraîche. Dazwischen blitzten sowohl als optisches als auch gustatorisches Highlight die klein geschnittenen Chilischoten hervor.

»Isa, du hattest eindeutig das schwierigere Gericht«, sagte Piet. »Die Vorgabe mit dem Currywurstkuchen war schwer umzusetzen, aber du hast das Beste daraus gemacht. Deine Kartoffeltortilla ist großartig!«

Er probierte noch mal ein Stück. »Da sind die Kartoffeln, die Eimasse mit dem Tomatenaroma, die mit Curry gewürzte Wurst … Eine gewagte Kombination, die trotzdem lecker schmeckt! Aber wir kochen hier auf hohem Niveau – und die japanische Petersilie …« Er hielt inne und seufzte.

Ich verzog das Gesicht. »Etwas zu viel des Guten?«

Er nickte. »Die Idee mit der Kartoffeltortilla spricht für deine Kreativität. Das Gericht hätte das Potenzial gehabt, genial zu werden, aber manchmal ist weniger einfach mehr. Du hättest wissen müssen, dass Mitsuba bei längerer Hitze ein leicht bitteres Aroma annimmt.«

Ich musste mir Mühe geben, mir meine Enttäuschung nicht

anmerken zu lassen. Das hatte ich nun von meiner Risikobereitschaft.

»Und was ist mit mir?« Katja hatte vor Aufregung gerötete Wangen.

»Die gerollten Spinat-Crêpes mit der Füllung sind optisch …«, er hielt den Teller in die Kamera, »… ein absolutes Highlight. So wie du es angerichtet hast, würde ich es jederzeit in meinem Restaurant servieren.«

»Höre ich da ein ›aber‹ mitschwingen?« Sie zog eine Schnute und strich in kreisenden Bewegungen über ihren Babybauch.

Piet nickte. »Der Geschmack hält leider nicht, was die Optik verspricht. Es ist offen gestanden etwas fad, denn du hast zu wenig Chilischoten genommen – und gerade die sollten doch diesem Gericht einen gewissen Kick geben.«

Ausgerechnet heute hatte meine mutige Freundin anscheinend das Risiko gescheut und stattdessen auf meine übliche Zurückhaltung gesetzt. Beim großen Finale hatten wir offenbar die Rollen getauscht.

»Dabei hast du dich mit deiner Interpretation sowieso weit vom Original entfernt«, fuhr Piet kritisch fort. »Während Isa sich an das Konzept eines Currywurstkuchens gehalten hat, hat dein Gericht mit Chiliwürsten auf Spinat nichts mehr zu tun.«

»Ich hab das Thema verfehlt?« Sie blickte mit hochgezogenen Augenbrauen in die Kamera. »Da fühlt man sich wieder wie in der Schule, Leute!«

Katja versuchte zwar, es zu überspielen, aber ich sah ihr ihre Enttäuschung deutlich an.

Piet strich sich über seinen Bart. »Deshalb würde ich sagen, dass euer Kochduell unentschieden ausgefallen ist«, verkündete er diplomatisch.

»Ernsthaft?«, entfuhr es mir überrascht.

Piet war ein begnadeterer Koch, und seine Kritik an unseren

Gerichten war absolut gerechtfertigt. Dass er jedoch keine Favoritin hatte, kaufte ich ihm nicht ab. In all den Jahren hatte es noch nie ein Unentschieden gegeben. Ich vermutete, dass er es einfach nicht übers Herz brachte, eine von uns als finale Siegerin zu küren. Dann musste ich das wohl übernehmen!

»Also, ich habe ebenfalls von beiden Gerichten gekostet und für mich ist das Ergebnis eindeutig …«

Ich nahm den *Goldenen Schneebesen* in die Hand und überreichte ihn Katja. »Du hast dir diesen Sieg verdient! Meine Currywursttortilla kann mit deinen Spinatcrêpes nicht mithalten.«

Katja drückte sich die Trophäe gerührt an die Brust. »Wirklich? Bist du sicher?«

Ich nickte nachdrücklich. »Nimm sie! Bei dir ist sie besser aufgehoben.«

Als ich Katjas strahlendes Lächeln sah, wusste ich, dass mein Entschluss richtig war. Ihr stand mit ihrem Mann, den Zwillingen und dem Job eine stressige Zeit bevor, die bestimmt nicht immer leicht werden würde. Vielleicht konnte dieses Erinnerungsstück sie in schwierigen Augenblicken aufmuntern und ihr neue Kraft verleihen. Und mit der Trophäe im Regal konnte sie ihren Kindern irgendwann davon erzählen, dass sie früher einmal im Internet zahlreiche treue Fans gehabt hatte und wir zusammen viele lustige Geschichten erlebt hatten. Das war ein schöner Gedanke! Bestimmt würde ich auch ohne den *Goldenen Schneebesen* einen Weg finden, diesen Teil meines Ichs nicht zu vergessen. Jedenfalls hoffte ich das.

Mit belegter Stimme fügte ich hinzu: »Es war mir eine Ehre, mit dir zu kochen und diesen Kanal zu führen.«

Katja schniefte, und ihre Augen füllten sich mit Tränen. »Danke, du bist die Beste!«

Sie konnte nicht mehr an sich halten. Vor laufender Kamera

fiel sie mir laut schluchzend in die Arme, und auch ich musste weinen.

Es hieß immer, dass ein Abschied gleichzeitig auch der Beginn von etwas Neuem war. Aber heute tröstete mich das nicht im Mindesten. Ich hatte lediglich das Gefühl, dass etwas wirklich Schönes für immer zu Ende gegangen war.

Kapitel 2

»So, fertig!«, verkündete ich, schlug den Kofferraumdeckel meines roten Minis zu und wischte mir über die Stirn.

Um Katja eine Pause zu gönnen, hatte ich nach dem Dreh allein unsere Utensilien abgebaut und Piets Küche geputzt. Dass sie nicht dagegen protestiert hatte, war ein deutliches Zeichen dafür, dass sie ziemlich erschöpft war.

Von Piet hatten wir uns schon verabschiedet, und jetzt standen wir abfahrbereit in dem kleinen Hinterhof des Restaurants.

»Bist du sicher, dass ich unser technisches Equipment übernehmen soll?«, fragte ich Katja und deutete zum Kofferraum.

Sie nickte vehement. »Ich habe die Hoffnung noch nicht aufgegeben, dass du ohne mich weitermachst. Gib dir endlich einen Ruck, und such einen Ersatz für mich!«, bettelte sie. »Es würde mir den Abschied leichter machen, wenn es mit unserem Kanal weitergeht. Wir haben so viel Zeit und Arbeit reingesteckt!«

Ich seufzte. »Tut mir leid, aber ich kann mir einfach nicht vorstellen, mit jemand anderem vor der Kamera zu stehen. *Die Schaumschläger* sind wir beide. Ohne dich wäre es einfach nicht mehr dasselbe.«

Die Enttäuschung stand ihr ins Gesicht geschrieben. An ihrer Stelle wäre es mir wohl ähnlich ergangen.

»Aber ich werde mich immerhin um den Blog kümmern«, versprach ich, denn mit dem Koch-Blog hatte damals alles angefangen. »Rezepte und Restaurantempfehlungen zu posten, werde ich auch allein schaffen. Ich finde, das ist ein guter Kompromiss.«

Sie schien zwar anderer Meinung zu sein, aber Katja wusste mittlerweile, dass jede weitere Diskussion sinnlos war. »Na schön!«

Sie fasste sich an den Rücken und zog eine schmerzerfüllte Grimasse.

Ich musterte sie besorgt. »Hast du dich überanstrengt?«

Die letzten Tage hatte ich unablässig gefragt, ob sie sich den stundenlangen Dreh in ihrem Zustand wirklich zutraute.

»Alles in Ordnung«, beruhigte sie mich. »Nur mein Rücken tut weh.«

»Du musst dich ausruhen!«, befahl ich.

Ich riss die Beifahrertür auf und schob sie auf den Sitz. »Soll ich dir was bringen? Ein Glas Wasser vielleicht? Oder soll ich aus der nächsten Physiopraxis einen attraktiven Masseur entführen?«

Sie grinste. »Ich bin schwanger, Isa. Das haben schon Millionen Frauen vor mir überstanden.« Sie seufzte. »Ich weiß allerdings nicht, ob meine Wirbelsäule das auch so entspannt sieht. Gib mir einfach ein paar Minuten, ja?«

Ich ging neben ihr in die Knie. Da ich keine Geschwister hatte und meine Familie lediglich aus meiner Mutter bestand, war Katja wie eine Schwester für mich. Seit ich als Teenager nach Hamburg gezogen war, waren wir befreundet und teilten nicht nur unsere Leidenschaft für raffinierte Rezepte. Wir waren durch dick und dünn gegangen, hatten uns gemeinsam durch Schule und Studium gekämpft und jedes noch so kleine Geheimnis miteinander geteilt.

Mit einem dankbaren Seufzen machte sie es sich auf dem Autositz bequem. »Erzähl mal, wie läuft es mit Erik? Speichelt er immer noch seine Augenbrauen ein?«

»Ja«, brummte ich, ohne weiter darauf einzugehen.

In einem schwachen Moment hatte ich ihr von Eriks Marotte erzählt, seinen kleinen Finger mit Spucke anzufeuchten und damit seine Augenbrauen glatt zu streichen. Seither hatte sie sich an dem Thema festgebissen, denn sie hielt diesen Tick bezeichnend für seinen Charakter.

»Wolltest du nicht schon längst mit *Ken* Schluss machen?«, bohrte sie weiter.

Ich verzog das Gesicht. »Du sollst ihn nicht so nennen! Das ist gemein. Außerdem: Wenn er Ken ist, bin ich Barbie. Und ich will nicht Barbie sein!«

Katja lachte. Sie machte keinen Hehl daraus, dass sie Erik für den Falschen für mich hielt. Er war ihr zu ehrgeizig und oberflächlich. Ihrer Meinung nach waren wir wie Honig und Maggikraut: Beides waren für sich gesehen gute Zutaten, aber eben nicht kompatibel. Ich wusste zwar nicht, wer in ihrem Vergleich das Maggikraut darstellen sollte, aber ich hoffte insgeheim, dass ich der Honig war.

»In letzter Zeit haben wir uns sowieso nur in der Firma gesehen. Ich denke, ich lasse unsere Beziehung einfach einschlafen«, gestand ich ihr. »Vielleicht versteht Erik den Wink mit dem Zaunpfahl.«

Wieso hatte ich mich nur auf eine Affäre mit einem Kollegen eingelassen? Das war ein großer Fehler gewesen. Besonders, da ich die Tochter der Chefin und er der stellvertretende Geschäftsführer war. Es gab einfach keinen eleganten Weg, das Ganze zu beenden, ohne dass es die gemeinsame Arbeit beeinflusste.

Katja schnaubte. »Subtile Botschaften erreichen das Männerhirn leider viel seltener, als Frauen gerne hätten. Ich schätze, du wirst um eine offene Aussprache nicht herumkommen, Süße!«

Ich rieb mir stöhnend übers Gesicht. In solchen Dingen war ich noch nie besonders gut gewesen, aber wahrscheinlich hatte sie recht. Wenn Erik mich in letzter Zeit zum Essen oder zu einer Vernissage eingeladen hatte, war ich um eine Schwindelei nicht herumgekommen und hatte unter absolut fadenscheinigen Ausreden abgesagt. Das konnte so nicht weitergehen. Ich musste mich endlich wie eine Erwachsene verhalten!

Leider gab es einige plausible Argumente, die mich bisher genau davon abgehalten hatten. Zum einen die Tatsache, dass Erik eigentlich kein schlechter Kerl war. Mit ihm Schluss zu machen wäre um einiges leichter gewesen, wenn er sich als richtig übler Mistkerl entpuppt hätte. Für ihn sprach ebenfalls, dass meine Mutter ihn liebte – das hatte bis jetzt noch keiner meiner Freunde geschafft. Normalerweise mäkelte sie an jedem Kerl in meinem Leben herum und machte ihn mir madig. Außerdem waren Erik und ich bei der Arbeit ein Spitzenteam. Das hatte mich unglücklicherweise zu der Annahme verleitet, dass wir auch privat gut miteinander harmonieren könnten. Es hatte sich jedoch schnell herausgestellt, dass das nicht der Fall war. Das begann schon mit meiner kleinen gemütlichen Wohnung in Altona mit dem knarrenden Dielenboden, dem Gitarrenspiel des Musikstudenten nebenan und dem Kindergetrappel von Familie Schlüter über mir. Erik fand es inakzeptabel, dass ich immer noch in der »schäbigen Bude« lebte, die ich schon zu Studentenzeiten bewohnt hatte – damals noch gemeinsam mit Katja. Er dagegen besaß eine schicke, moderne Penthousewohnung mit der kühlen Gemütlichkeit eines Eisbergs und war der Meinung, dass ich ebenfalls in eine »standes- und altersentsprechende Wohnung« ziehen sollte. Mit meinen vier Wänden verband ich jedoch schöne Erinnerungen und unbeschwerte Zeiten. Da ich als Kind oft mit meiner Mutter hatte umziehen müssen, war die schnucklige Wohnung mit der altersschwachen Heizung für mich zu meiner Heimat geworden. Zu meinem Hafen. Nur hier konnte ich zur Ruhe kommen und abschalten. Außerdem traf ich in der Kneipe um die Ecke oft Freunde oder lud sie spontan zu mir zum Essen ein. Ich wollte diesen Teil meines Lebens nicht aufgeben.

Katja grinste süffisant. »Oder hält dich vielleicht der Sex davon ab, mit Erik Schluss zu machen?«

»Hm«, machte ich wortkarg und wich ihrem Blick aus. Mein Sexleben wollte ich jetzt wirklich nicht auf Piets Hinterhof erörtern.

»Wobei es für Frauen heutzutage ja genügend befriedigende Hilfsmittel gibt.« Sie gackerte amüsiert. Anscheinend lenkte sie dieses Thema ganz hervorragend von ihren Rückenschmerzen ab. »Nur deswegen braucht man sich eigentlich nicht den Stress einer freudlosen Beziehung anzutun.«

Im Prinzip stimmte das zwar, doch selbst die besten Orgasmen, die durch besagte Hilfsmittel hervorgerufen wurden, konnten nicht die Nähe eines Mannes ersetzen. Genau dieses Gefühl der Einsamkeit hatte mich überhaupt erst in Eriks Arme getrieben. Denn wie jeder Mensch benötigte ich menschliche Wärme und Zärtlichkeiten.

Zugegeben, es hatte mir auch geschmeichelt, dass er an mir Interesse gezeigt hatte. Immerhin war er der Schwarm der weiblichen Belegschaft. Erik war hochgewachsen, dank seines Personal Trainers muskulös, und seine Gesichtszüge wirkten wie von einem Bildhauer gemeißelt. Dazu trug er elegante Anzüge, und seine dunklen Haare lagen immer tadellos. Das war eine weitere unüberbrückbare Differenz zwischen uns: Erik war von Kopf bis Fuß perfekt und ich … eben nicht. Automatisch hob ich meine Hand, um zu kontrollieren, ob meine Haare noch meine rechte Wange bedeckten. Doch mitten in der Bewegung fing Katja meine Finger auf.

Ihre Stirn legte sich in tiefe Falten. »Denkst du etwa, dass du nicht hübsch genug für Erik bist?«, fragte sie besorgt. »Willst du deshalb mit ihm Schluss machen?«

»Quatsch!«, widersprach ich, aber ich klang nicht so überzeugt, wie es mir lieb gewesen wäre.

Sie hob skeptisch die Augenbrauen, und ich seufzte.

»Nun, wenn du meine Einschätzung als Presse und Marketingexpertin hören willst: Ihn könnte man jederzeit als männliches Model für Mode und Kosmetik einsetzen, während ich höchstens Werbung für eine Narbencreme machen könnte«, sagte ich sarkastisch.

Die Narbe in meinem Gesicht zog sich von der Mitte meiner Wange bis zum Ohr, machte dort einen Knick und endete unter meinem Auge. Über die Jahre hinweg war sie zum Glück verblasst, doch als sie noch frisch und leuchtendrot gewesen war, hatten mich die Kinder auf dem Schulhof immer *Frankenstein* gerufen. Für mich war das damals fast so schlimm gewesen wie der Unfall selbst. Beides hatte Narben hinterlassen – sichtbare und unsichtbare.

»Das ist absoluter Blödsinn, Isa!«, sagte sie streng. »Du bist ein großartiger Mensch – intelligent, loyal, ehrlich und mitfühlend. Schon allein dafür muss man dich lieben. Davon abgesehen bist du auch wunderschön mit deinem schicken blonden Bob, den schokoladenbraunen Augen und vollen Lippen.«

Ihre eigenen Lippen presste sie nun missbilligend zusammen. »Ich hasse es, wenn du dich auf diese doofe Narbe reduzierst. Dabei fällt sie kaum auf. Mit deinem Haarschnitt und dem Make-up verdeckst du sie perfekt. Aber das hab ich dir alles schon hundert Mal gesagt …«

»Tut mir leid!«, sagte ich reumütig.

Es war nicht so, dass ich die Narbe nicht akzeptiert hätte – mittlerweile gehörte sie zu mir und war Teil meines Ichs. Nur bei einem Typen wie Erik, der morgens im Bad doppelt so lang brauchte wie ich und einmal pro Woche zur Maniküre ging, krochen meine alten Komplexe aus Kindertagen aus ihrem Versteck hervor und redeten mir Minderwertigkeitsgefühle ein. Allerdings nur in schwachen Momenten – und eigentlich war dieser Punkt auch sekundär …

»Bevor du weiter rumrätselst: Der wahre Grund, wieso ich die Beziehung einschlafen lassen will, hat nichts mit Sex, meinem Aussehen oder unterschiedlichen Lebensweisen zu tun«, erklärte ich. »Mir fehlen einfach die Schmetterlinge im Bauch, wenn ich mit Erik zusammen bin.«

Ich konnte nicht verhindern, dass sich ein verträumtes Lächeln auf mein Gesicht schlich. »Ich will Herzklopfen kriegen, wenn der Mann meiner Träume mich ansieht. Wenn wir den Abend nicht zusammen verbringen können, möchte ich Sehnsucht nach ihm haben. Und wenn er mich berührt, sollte es ein sehnsuchtsvolles Kribbeln auslösen.« Ich seufzte. »Beides trifft auf Erik und mich leider nicht zu.«

In Katjas Augen trat ein amüsiertes Funkeln. »Ich wusste ja schon immer, dass in dir eine schnulzige Romantikerin steckt!«

»Das ist überhaupt nicht schnulzig!«, widersprach ich und reckte das Kinn vor. »Aber zu der Romantikerin stehe ich.«

Wir mussten beide lachen. Für meinen Geschmack hatten wir jedoch lange genug mein Liebesleben erörtert. Ich klatschte in die Hände.

»Themenwechsel!«, verkündete ich und richtete mich auf, da mir so langsam die Knie wehtaten. »Ich brauche deinen Rat wegen meiner Mutter. Du kannst dich doch immer so gut in sie hineinversetzen.«

Katja blinzelte vom Beifahrersitz zu mir auf. »Schieß los! Was hast du für ein Problem mit der *eisernen Lady?*«

Anders als der Spitzname vermuten ließ, hatten die beiden ein gutes Verhältnis zueinander. Katja hatte großen Respekt vor meiner Mutter und bewunderte sie für ihren Erfolg. Das ging mir nicht anders. Mit ihren dreiundsechzig Jahren war sie eine energische, willensstarke Frau, die sich von niemandem etwas sagen ließ. Sie hatte *Natürlich schön* als alleinerziehende Mutter aus dem Nichts heraus aufgebaut und jedem Sturm in ihrem Leben standhaft getrotzt. Doch nun machte ich mir zum ersten Mal ernsthaft Sorgen um sie. In letzter Zeit war meine Mutter oft unkonzentriert und wirkte erschöpft. Sie hatte mir gegenüber zwar zugegeben, schlecht zu schlafen, aber zum Arzt wollte sie wegen solcher »vorübergehenden Kleinigkeiten« trotzdem nicht gehen. Ihre Sturheit brachte mich noch zur Verzweiflung.

»Irgendwas stimmt mit ihr nicht! Sie ist superleicht reizbar und hat keinen Appetit mehr«, berichtete ich. »Bei den Konferenzen wirkt sie geistig oft völlig abwesend. Und letztens hat sie unseren Lieferanten für Kosmetiköle am Telefon übel zusammengestaucht, weil er angeblich die falsche Menge geliefert hatte. Er konnte zum Beweis allerdings eine Mail vorlegen, in der sie selbst die Bestellung kurzfristig geändert hatte. Aber sie konnte sich partout nicht mehr daran erinnern. Dabei hat sie ansonsten ein Gedächtnis wie ein Elefant.«

Nie würde ich den Gesichtsausdruck meiner Mutter vergessen, als ihr ihr Fehler bewusst geworden war. Sie hatte völlig schockiert auf die Mail gestarrt, als würde sie die Welt nicht mehr verstehen. Ich hatte in ihrer Miene etwas gesehen, das ihrem Wesen eigentlich zuwiderlief: Selbstzweifel und Angst.

»Vielleicht ist sie überarbeitet?«, entgegnete Katja. »Aber du kennst sie: Das würde die *eiserne Lady* niemals zugeben.«

Ich nickte und blickte kritisch über den winzigen Hinterhof des Restaurants. Es war Mitte Juni, angenehm warm, und eine laue Brise ließ die Blätter einer kümmerlichen Platane rauschen. Ansonsten gab es hier hinten nur Mülltonnen, rissigen Asphalt und wuchernden Löwenzahn.

»Womöglich ist es mehr als das? Irgendwie … wirkt sie verändert.« Ich zog die Schultern in die Höhe. »Mir ist schon klar, dass sie älter wird und der Stress ihr stärker zusetzt. Aber mir wäre einfach wohler, wenn sie sich mal von einem Arzt durchchecken ließe.«

Bedauernd verzog Katja den Mund. »Du kannst sie leider nicht zwingen. Könnt ihr sie nicht wenigstens ein bisschen entlasten?«

Ich schnaubte. »Erik würde liebend gern mehr Verantwortung übernehmen, schließlich ist er der stellvertretende Geschäftsführer. Aber meine Mutter ist ein Kontrollfreak. Und da ich für die Presse- und Marketingabteilung verantwortlich bin, komme ich dafür nicht in Frage.«

Dass ich nach dem Studium nicht die rechte Hand meiner Mutter geworden war, lag nicht an ihr, sondern war mein eigener Wunsch gewesen. Ich fühlte mich noch nicht bereit für so viel Verantwortung. Im letzten Jahrzehnt hatte es auf dem Naturkosmetikmarkt einen gewaltigen Boom gegeben, und unsere Firma war rasant gewachsen. Jede Entscheidung der Geschäftsleitung betraf somit zahlreiche Mitarbeiter und Existenzen. Ein Gedanke, der mich regelrecht lähmte.

»Schick deine Mutter doch in die Ferien!«, schlug Katja vor. Einen Moment später verzog sie allerdings das Gesicht und schlug sich an die Stirn. »Blöder Vorschlag, tut mir leid! Ich hatte vergessen, dass sie davon nichts hält. Was sagt sie immer?«

»Leute, die sich nach Urlaub sehnen, haben die falsche Arbeitseinstellung«, zitierte ich Mutters Lieblingsspruch und verdrehte die Augen.

»Immerhin habe ich für sie die unangenehme Aufgabe übernommen, mich bei unserem Lieferanten zu entschuldigen«, erzählte ich. »Der war nach dem Anschiss meiner Mutter nämlich tödlich beleidigt.«

Katja verzog das Gesicht. »Hui, das stelle ich mir unangenehm vor! Wie bist du vorgegangen??«

»Als symbolische Geste habe ich persönlich für ihn gebacken und ihm gestern per Express einen großen Geschenkkorb mit all unseren Produkten geschickt. Das hat ihn versöhnlich gestimmt.«

»Lass mich raten: Du hast ihm Macarons gemacht?« Reflexartig fuhr sie sich mit der Zunge über die Lippen.

»Stimmt! Du kennst mich eben.«

»Ich weiß nicht, wie du die immer so perfekt hinkriegst. Sie zergehen im Mund!«, schwärmte sie. »Die Kruste ist außen glatt und knusprig, innen sind sie weich wie eine Wolke, und deine Cremes sind einfach göttlich.« Katja schmatzte andächtig. »Ich schwöre, meine Rückenschmerzen wären vergessen, wenn ich jetzt nur ein Macaron essen könnte!«

Ihr Kopf fuhr ruckartig herum. »Du hast nicht zufällig ein paar übrig?«

Ich grinste. »Es könnte sein, dass ich daheim noch ein paar habe …«

Plötzlich kam Bewegung in Katja. Sie hatte sich trotz ihres Bauchs schneller angeschnallt, als ich gucken konnte.

»Los, steig ein, und drück aufs Gas!«, befahl sie. »Du hast eine Schwangere mit Heißhunger an Bord. Das ist ein Notfall!«

Ich lachte. Dass ich meiner besten Freundin mit ein paar Macarons so eine Freude machen konnte, ließ ein warmes Glücksgefühl in mir aufsteigen. Dabei war ich davon ausgegangen, dass ich nach unserem letzten Dreh stundenlang Trübsal blasen würde. Manchmal waren es jedoch gerade die einfachsten Dinge im Leben, die einem den Tag retteten.

Kapitel 3

Am nächsten Morgen saß ich gleich zu Arbeitsbeginn an meinem Schreibtisch in der Firma und zwang meinen Blick auf die Zahlenkolonnen vor mir. Es war der neueste Quartalsbericht, und meine Mutter verlangte von mir, dass ich ihn ebenfalls durchging und abzeichnete. Gott, war das öde! Mein rechtes Bein wippte unter dem Tisch unruhig auf und ab. Ich war nun mal lieber in Bewegung und einfach nicht der Typ, der gern stundenlang am PC saß. Mit den Händen zu arbeiten wie beim Kochen und das Ergebnis meines Tuns umgehend vor Augen zu haben lag mir deutlich mehr. Nachher musste ich auch noch meine Mutter zu einem Geschäftstermin mit unserer Hausbank begleiten, weil es unter anderem um die Finanzierung einer neuen Werbekampagne ging. Dort müsste ich bestimmt ebenfalls endlos herumsitzen, um mäßig spannende Unterhaltungen zu führen. Es war einer dieser Tage, an dem man sich gleich nach dem Aufstehen wünschte, man könnte sich per Knopfdruck in den Abend beamen.

Es klopfte, und Yuki, meine Stellvertreterin, trat ein. »Morgen!«, trällerte sie und hielt mir einen Kaffee vor die Nase. »Hier, das Lebenselixier für Morgenmuffel!«

»Du bist meine Rettung, vielen Dank!«, stöhnte ich und griff hastig nach der Tasse. Ehe ich trank, warf ich ihr noch einen strengen Blick zu. »Aber du weißt, dass du das nicht für mich tun musst.«

»Ich versuche nur schamlos, mich bei meiner Vorgesetzten einzuschleimen«, entgegnete sie grinsend. »Wirkt es denn?«

Ich erwiderte ihr Grinsen. »Definitiv.«

Yuki war etwas jünger als ich, hatte mandelförmige Augen und eine Haut wie Alabaster. Ihre fast hüftlangen schwarzen Haare trug sie meist zu einem Zopf geflochten. Man durfte sich von ihrem schönen, zarten Äußeren und ihrer guten Laune jedoch nicht täuschen lassen: Yuki war eine Karrierefrau und ein Genie, wenn es um neue Marketingstrategien ging. Ich konnte mich glücklich schätzen, sie an meiner Seite zu haben.

Sie legte mir eine Mappe auf den Schreibtisch. »Das sind die Marketingvorschläge, die du für unseren Adventskalender haben wolltest.«

»Du bist schon fertig?«

Ich stellte die Tasse beiseite und blätterte ihre Entwürfe durch. Dieses Jahr würde *Natürlich schön* zum ersten Mal einen eigenen Adventskalender herausbringen. Exklusiv mit unseren Produkten bestückt und in limitierter Auflage. Adventskalender mit Schönheitsprodukten waren in den letzten Jahren immer beliebter geworden, und es hatte mich viel Mühe gekostet, meine Mutter von der Idee zu überzeugen.

Ich stutzte, als mein Blick an der internen Produktauflistung hängen blieb. »Wieso ist denn der Gua-Sha-Stein hier noch aufgeführt? Wir hatten uns doch dagegen entschieden, um unser Image zu schützen.«

Die flachen Edelsteine zur Gesichtsmassage gehörten eigentlich nicht zu unserem Sortiment, aber da sie so populär waren, hatten wir sie eine Zeitlang als Hauptgeschenk an Weihnachten vorgesehen. Bis ich herausgefunden hatte, dass der Edelsteinabbau unter menschenverachtenden Bedingungen stattfand. Selbst angeblich zertifizierte Steine boten uns keine Sicherheit für eine einwandfreie Herkunft.

Yukis Lächeln wurde eine Spur schwächer, und sie kratzte sich verlegen am Hals. »Deine Mutter hat darauf bestanden. Und du weißt ja, dass sie das letzte Wort hat.«

Ich runzelte die Stirn. »Aber ich hab ihr extra die Informationen über die Abbaubedingungen zusammengestellt. In Afrika und Südamerika werden oft kleine Kinder in die Minen geschickt, dic unter Lebensgefahr die Edelsteine bergen müssen. Selbst Erwachsene tragen von dieser Arbeit auf Dauer gesundheitliche Schäden davon – und das«, ich tippte mit dem Finger kopfschüttelnd auf die Seite, »für ein doofes Gadget, das angeblich Falten wegmassieren soll.«

Betreten hob Yuki die Schultern. Sie konnte natürlich nichts für diese Entscheidung. Es war mir ein Rätsel, wieso meine Mutter meine ausdrückliche Warnung in den Wind geschlagen hatte. Sonst predigte sie immer, dass wir unseren guten Ruf unter allen Umständen schützen mussten. Wenn wir unsere Glaubwürdigkeit in Sachen Umweltbewusstsein und Fairtrade verlieren würden, wären wir unsere Kunden los. Das war nun schon der zweite Vorfall innerhalb weniger Tage, bei dem ich mir ihr Verhalten nicht erklären konnte. Was war nur mit ihr los?

Entschlossen klappte ich die Mappe zu. »Ich rede mit ihr! Und danach sehe ich mir in Ruhe deine Vorschläge an, ja?«

Yuki wirkte erleichtert, dass ich mich der Sache annahm. »Geht klar!«

Sie wandte sich zum Gehen, machte an der Tür jedoch kurz Halt. »Feiern wir heute eigentlich einen wichtigen Geburtstag oder ein Jubiläum?«, wollte sie wissen.

Ich durchforstete mein Gehirn. »Nicht, dass ich wüsste. Wieso?«

»Frau Klein ist vorhin mit Luftballons und einer Kiste Champagner an mir vorbeimarschiert.«

Frau Klein war die persönliche Assistentin meiner Mutter

und für die Organisation der Firmenfestivitäten zuständig. Offenbar hatte ich verpasst, ein wichtiges Event in meinem Kalender einzutragen. Ein Grund mehr, mit meiner Mutter zu sprechen!

Sobald Yuki die Tür hinter sich zugezogen hatte, griff ich zum Hörer und rief sie auf dem Handy an. Morgens war meine Mutter meist im Haus unterwegs und stattete den diversen Abteilungen einen Besuch ab.

»Ja?«, meldete sie sich nach dem zweiten Klingeln.

»Guten Morgen, Mama! Wie geht's dir heute?«

»Kopfschmerzen«, brummte sie.

Besorgt richtete ich mich auf. »Schon wieder?«

»Ich habe gerade zwei Tabletten genommen. Bestimmt wird es gleich besser.« Sie holte tief Luft. »Was gibt's?«

»Du willst für den Adventskalender diesen Massagestein haben, obwohl ich dir ausdrücklich davon abgeraten habe?«, fragte ich ohne Umschweife. »Soll die Firma etwa mit lebensgefährlicher Kinderarbeit in Verbindung gebracht werden?«

»Wieso Kinderarbeit? Was hat die denn mit dem Massagestein zu tun?« Im Tonfall meiner Mutter schwang völlige Ahnungslosigkeit mit.

Eine düstere Ahnung ergriff mich. »Aber wir … wir haben doch darüber geredet! Wir sind die Mappe mit den Informationen über die Abbaubedingungen zusammen durchgegangen«, erzählte ich. »Du warst schockiert und hast mir gedankt, dass ich die Firma vor einem Shitstorm bewahrt habe. Weißt du das nicht mehr?«

Das Schweigen am anderen Ende der Leitung sprach Bände. Sie konnte sich nicht mehr daran erinnern. Genau wie bei dem Eklat mit dem Lieferanten vor ein paar Tagen.

Nach einem weiteren Augenblick qualvollen Schweigens räusperte sie sich. »Ich denke noch mal darüber nach«, sagte sie mit belegter Stimme. »Aber nicht heute. Schließlich ist heute ein besonderer Tag.«

Mir fiel Yukis Beobachtung wieder ein. Allerdings waren mir irgendwelche Feierlichkeiten in der Firma gerade herzlich gleichgültig.

»Mama, ich mache mir Sorgen um dich! Du solltest unbedingt zum Arzt und dich durchchecken …«

»Lass meine Gesundheit meine Sorge sein«, fiel sie mir scharf ins Wort. »Mir geht es gut! Konzentriere dich lieber auf die Arbeit – und freu dich auf das Schöne, das dich erwartet. Bis später!«

»Auf was soll ich mich denn freuen?«, entgegnete ich erstaunt.

Aber sie hatte schon aufgelegt. Irritiert blickte ich auf den Hörer, als könnte er mir eine Erklärung für die ominöse Andeutung meiner Mutter liefern.

Mit einem unguten Gefühl in der Magengrube versuchte ich, mich wieder auf den Quartalsbericht zu konzentrieren, aber mir gingen zu viele Dinge durch den Kopf. Mittlerweile war ich mir sicher, dass mit meiner Mutter etwas nicht stimmte. Nur was?

Ich zuckte zusammen, als ohne Vorwarnung die Tür aufgerissen wurde und Erik in mein Büro kam. Seit Beginn unserer Affäre hielt er es nicht mehr für nötig, anzuklopfen.

»Guten Morgen, Luisa!«

»Morgen«, erwiderte ich deutlich weniger energiegeladen.

Er blieb vor meinem Schreibtisch stehen, zupfte seinen dunkelblauen Anzug zurecht und warf mir ein breites Zahnpastalächeln zu.

Genau wie Ken, flüsterte mir Katjas imaginäre Stimme ins Ohr. Nur, dass ich nicht Karriere-Barbie war und mich lieber an das Motto unserer Firma *Natürlich schön* hielt. Morgens legte ich in Rekordzeit Lipgloss und ein bisschen Wimperntusche auf, bürstete meine Haare und kaschierte meine Narbe mit etwas Make-up. Auch bei meiner Businesskleidung war ich wenig kreativ und trug fast immer Pumps, Anzughose und Bluse. Alle Teile meines Kleiderschranks waren miteinander kombinierbar, sodass ich auch im Halbschlaf blind hineingreifen und trotzdem angemessen gekleidet zur Arbeit erscheinen konnte.

»Wie war dein Tag gestern?«, wollte Erik wissen.

Der Duft seines herben Herrenparfums nebelte mich so sehr ein, dass ich mich im Stuhl zurücklehnte. »Schön! Es hat Spaß gemacht, aber es war auch traurig, weil es der letzte Dreh war.«

Eriks Blick war gleich nach seiner Frage abgeschweift und an den Prototypen für neue Cremedosen hängen geblieben, die auf meinem Schreibtisch standen.

»Was für ein Dreh?«, fragte er zerstreut und nahm ein Döschen in die Hand.

»Na, für unseren YouTube-Kanal! Ich habe dir doch erzählt, dass Katja wegen der Schwangerschaft aufhören muss.«

Endlich schien Erik sich wieder zu erinnern. »Ach so, du meinst euer kleines Hobbyprojekt …«

Es war eigentlich idiotisch, aber seine Bemerkung versetzte mir einen kleinen Stich. Für mich war unser Koch-Kanal viel mehr als ein »kleines Hobbyprojekt« gewesen. Ich hatte mein ganzes Herzblut reingesteckt.

Er legte den Prototypen beiseite und schenkte mir wieder seine Aufmerksamkeit. »Sieh es doch mal positiv: Immerhin hast du jetzt mehr Zeit für die Firma. Und auch für mich«, sagte er mit einem charmanten Lächeln. »Schließlich habt ihr andauernd gedreht.«

»Ähm … ja.« Hitze stieg mir in die Wangen.

Womöglich hatte ich in der Vergangenheit den ein oder anderen zusätzlichen Dreh als Ausrede erfunden, um einem Treffen mit Erik aus dem Weg zu gehen. Was ihm hätte auffallen können, wenn er sich auch nur ein einziges Mal unseren Kanal angesehen hätte! Für ihn existierte allerdings nur die Arbeit. Er träumte davon, *Natürlich schön* zu einer Weltmarke zu machen. Daheim in seinem Bücherregal standen ausnahmslos Sachbücher über Selbstoptimierung, Management und Personalführung. Dementsprechend fühlte sich ein Date mit Erik meist wie ein abendliches Geschäftsmeeting an. Zudem machte mir sein brennender Ehrgeiz ein echt schlechtes Gewissen. Im Gegensatz zu ihm hatte ich nämlich keine hochtrabenden Zukunftspläne und hing eher wie ein Faultier am Baum der Selbstzufriedenheit herum. Mir leuchtete einfach nicht ein, wieso ich unzählige Überstunden machen und mich zu Tode schuften sollte, wenn ich mit der jetzigen Größe der Firma voll und ganz zufrieden war. Wieso waren in der Wirtschaft alle ständig von permanentem Wachstum und Expansion besessen?

»Ich hatte letzte Woche übrigens das Treffen mit dem Produktentwickler Dr. Marcel Eichler«, berichtete er, während er sich mit verschränkten Armen an meinen Schreibtisch lehnte. »Leider konnte ich ihn nicht für einen Posten in unserer Firma gewinnen. Er meinte, die Beschränkung auf Naturkosmetik würde seine Kreativität im Keim ersticken.«

»Im Klartext: Wir haben ihm zu wenig Geld geboten«, schlussfolgerte ich.

»Wahrscheinlich.« Er seufzte und verzog bedauernd das Gesicht. »Er hat mir etwas für dich mitgegeben. Ein Produkt, das er mitentwickelt hat und in ein paar Wochen auf den Markt kommt.«

Er griff in sein Jackett, holte eine unscheinbare Probendose hervor und drückte sie mir in die Hand. »Eine Camouflage, deren Farbe sich dem Hautton angleicht und die durch spezielle Lichtpigmente unschöne Narben im Gesicht so gut wie unsichtbar macht. Er meinte, ihnen wäre eine Art Wunderrezeptur gelungen, und dein Teint wird damit makellos.« Er lächelte mir aufmunternd zu.

Für einen Moment blieb mir die Spucke weg. Sprachlos starrte ich von Erik auf die Probe. Seit wir uns kannten, hatte er kein einziges Wort über meine Narbe verloren. Er hatte nicht mal gefragt, wie es dazu gekommen war. Was ich offen gestanden etwas merkwürdig fand. An seiner Stelle wäre ich wenigstens ein bisschen neugierig gewesen. Im besten Fall konnte man Erik unterstellen, dass ihm die Narbe nicht aufgefallen war, weil er nichts auf Äußerlichkeiten gab. Leider war er dafür jedoch nicht der Typ – sie war ihm garantiert aufgefallen! Und jetzt schenkte er mir einfach diese Wunderprobe, weil er wie selbstverständlich davon ausging, dass ich diesen *Makel* loswerden wollte?

Ich knirschte mit den Zähnen. »Danke«, presste ich hervor. »Sehr *nett*, dass du dabei gleich an mich gedacht hast.«

Mein Sarkasmus prallte an Erik jedoch einfach ab. Wahrscheinlich, weil er gerade damit beschäftigt war, seinen kleinen Finger mit Spucke anzufeuchten und damit über seine Augenbrauen zu fahren, um sie zu glätten. Igitt!

In diesem Moment knallte etwas im Flur, und leises Stimmengeschwirr drang durch die geschlossene Tür. Ich lauschte stirnrunzelnd, doch es war nichts mehr zu hören.

»Erik, ich muss weiterarbeiten! Ich habe heute einen straffen Zeitplan«, versuchte ich, ihn abzuwimmeln.

Er nickte und richtete sich auf. »Apropos Zeit! Meine Assistentin hat den Terminplan mit unseren gemeinsamen Meetings bis Ende des Monats fertig.« Er zog sein Handy aus seiner Anzugtasche. »Ich schicke dir die Daten!« Er tippte auf dem Display herum, und wenige Sekunden später vibrierte mein Handy auf dem Tisch.

»Danke! Wenn sonst nichts mehr ist …« Mit einem entschuldigenden Lächeln deutete ich auf den Quartalsbericht.

Doch Erik blieb wie angewurzelt stehen. Er räusperte sich und fuhr sich mit der Zunge über die Lippen. »Vielleicht solltest du mal kurz checken, ob einige der Termine mit deinen kollidieren«, schlug er vor.

»Ähm … Okay.«

Ich griff nach dem Handy und scrollte mich durch die Einträge. Im Grunde waren es die üblichen Besprechungen, die wir regelmäßig abhielten. Plötzlich stutzte ich. Was war das denn? Er hatte mir für Dienstag in drei Wochen einen Termin übermittelt, den ich absolut nicht einordnen konnte.

»Erik und Luisa, Vorbesprechung Standesamt«, las ich vor. Ich ließ das Handy sinken. »Was hat denn die Firma mit dem Standesamt zu tun?«

»Es geht nicht um die Firma, sondern um uns beide, Luisa«, erwiderte er mit der gleichen feierlichen Miene, mit der er letztes Jahr die Weihnachtsfeier eröffnet hatte.

Standesamt? Erik und ich? Mir rutschte das Herz in die Hose. Oh nein! Er hatte doch nicht etwa das vor, was ich befürchtete? Nein, nein, nein!

Panisch sah ich mich nach einer Fluchtmöglichkeit um. Leider hielt es der vernünftige Teil in mir für kindisch, laut kreischend aufzuspringen und mit wedelnden Armen aus dem Büro zu rennen. Allerdings hätte ich genau das gern getan. Oh Gott, Katja hatte ja so recht gehabt! Ich hätte mich mit Erik schon längst aussprechen sollen, anstatt die bescheuerte Taktik zu verfolgen, unsere Beziehung einschlafen zu lassen.

Erik kam um den Tisch herum, und ich versteifte mich reflexartig.

»Ich finde, wir sind bereit für den nächsten Schritt in unserem Leben«, teilte er mir in nüchternem Tonfall mit. »Das ist meine Art, um deine Hand anzuhalten, Luisa.«

Mit einer Terminübermittlung übers Handy? Das konnte nicht sein Ernst sein. Ich klammerte mich mit beiden Händen an den Stuhllehnen fest, sodass meine Knöchel weiß hervortraten. Wie kam Erik nur auf die Idee, dass wir heiraten sollten? Wir hatten schließlich nur eine zwanglose Affäre – und der Sex war dafür noch nicht mal sonderlich gut. Das konnte unmöglich nur mir aufgefallen sein, um Himmels willen! Wir harmonierten ungefähr so gut miteinander wie … Honig und Maggikraut! Katja hatte es absolut auf den Punkt gebracht.

Endlich riss ich mich aus meiner Erstarrung. »Aber … aber geht das nicht etwas zu schnell? Das mit uns läuft doch erst seit ein paar Monaten«, wandte ich ein.

Er winkte ab. »Das ist unerheblich, wenn man sich sicher ist. Deine Mutter meint auch, dass es an der Zeit ist, Nägel mit Köpfen zu machen.«

Mir wich das letzte bisschen Blut aus dem Gesicht. Meine Mutter wusste von Eriks Antrag? Aber wieso hatte sie mich dann nicht vorgewarnt? Oder mich vorher wenigstens unauffällig nach meiner Meinung zu diesem Thema befragt? Dann wäre uns allen diese unangenehme Situation erspart geblieben.

Okay, tief durchatmen! Es war schließlich noch nichts passiert. Ich musste nur einen mitfühlenden und sensiblen Weg finden, aus dieser Sache herauszukommen. Wenn ich Erik zu sehr vor den Kopf stieß und er aus gekränktem Stolz seinen Job kündigte, wäre das für die Firma eine Katastrophe. So einen guten und engagierten stellvertretenden Geschäftsführer würden wir nie wieder finden. Am Ende würde meine Mutter vielleicht sogar verlangen, dass ich seinen Posten übernahm? Ach du meine Güte! Allein beim Gedanken daran wurde mir ganz übel. Auf die Gefahr hin, dass ich mich wiederholte: Es war wirklich eine ganz dumme Idee, mit einem Arbeitskollegen etwas anzufangen!

»Aber wir wohnen nicht mal zusammen«, brachte ich hervor.

Er hob den Zeigefinger. »Was nicht an mir liegt. Du kannst jederzeit zu mir ins Penthouse ziehen. Dann kommst du auch endlich aus deiner alten Bude raus. Aber sobald wir verheiratet sind, werden wir uns nach etwas Größerem umsehen. Ich habe sogar schon ein paar Objekte im Auge. Du siehst, ich habe schon alles geplant!«

Natürlich hatte er das! So war Erik nun mal. Er überließ nichts dem Zufall. Fieberhaft suchte ich nach einem weiteren hieb- und stichfesten Gegenargument, aber mir wollte partout nichts mehr einfallen. Dass Erik in diesem Moment eine Schmuckschatulle aufklappen ließ und vor mir auf dem Schreibtisch platzierte, machte es nicht besser.

»Gefällt er dir?«

»Äh …«

Ich starrte auf den gewaltigen Diamantring. Wenn ich überhaupt Schmuck trug, dann bevorzugte ich einen schlichten, dezenten Stil. Aber mit diesem monströsen Ring würde ich abends beim Greifen nach der Fernbedienung wahrscheinlich den Glastisch spalten! Ich schluckte mehrmals und fasste mir an den Bauch.

Es brachte nichts, es noch länger hinauszuzögern. Ich schob die Schatulle ein Stück von mir weg und räusperte mich. »Ja, also, Erik, du bist wirklich ein toller Mann, und die Frau, die dich mal heiraten …«

In diesem Augenblick wurde die Tür aufgestoßen, und meine Mutter platzte herein. »Habe ich da soeben ein *Ja* vernommen?«, fragte sie enthusiastisch.

Erschrocken sah ich sie an. Wie immer war sie mit einem beigefarbenen Kostüm, aufwendigem Make-up und ihrem Perlenschmuck tadellos zurechtgemacht. Schon aus der Entfernung sah man ihr die erfolgreiche Hamburger Unternehmerin an. Genau wie ich war meine Mutter hochgewachsen und schlank, nur ihre blonden Haare trug sie in einem eleganten Kurzhaarschnitt. Oft wurde sie für deutlich jünger als dreiundsechzig Jahre gehalten, und sie behauptete dann stets, das läge an unseren *Natürlich schön*-Produkten. Nur ich und ihr Schönheitschirurg wussten, dass das nicht ganz der Wahrheit entsprach.

Mit Adleraugen entdeckte sie sofort den Diamantring auf meinem Schreibtisch. Glücklich lächelnd fasste sie sich an die Brust.

»Wie schön, ich komme genau richtig! Ich habe es vor der Tür einfach nicht mehr länger ausgehalten.« Sie eilte auf mich zu und griff voller Stolz nach meinen Händen. »Ihr beide seid das perfekte Traumpaar. Du ahnst nicht, wie sehr mich eure Verlobung freut!«

»Also eigentlich habe ich gar nicht …«, versuchte ich einzuwenden, doch meine Worte wurden im selben Augenblick von ihrer energischen Stimme übertönt.

»Ihr könnt reinkommen!«, rief sie in Richtung Flur. »Wir können auf unser zukünftiges Brautpaar anstoßen.«

Keine Sekunde später kam Frau Klein herein und schob einen Wagen mit Sektgläsern, Champagnerflaschen und Häppchen vor sich her. Ihr auf dem Fuß folgten unser Vertriebsleiter Herr Rossi, unser Buchhalter Herr Nowak, Frau Diaz aus der Logistik und sämtliche Leute aus meiner Abteilung. Passend zum Anlass hielten sie Heliumballons in glänzendem Rotmetallic in Händen. Bestimmt spiegelte sich in einem der Ballons gerade mein schockiertes Gesicht. Mein Blick fiel auf meine Assistentin Yuki, die irritiert auf die Rosenblätter starrte, die Frau Klein ihr gerade reichte. Ihrer Miene nach zu urteilen, hatte sie bis vor wenigen Minuten nichts von alldem gewusst – genau wie ich. Immer noch saß ich wie versteinert in meinem Stuhl und hatte das Gefühl, im falschen Film gelandet zu sein. Wie gern hätte ich mich jetzt stattdessen mit dem langweiligen Quartalsbericht beschäftigt!

Frau Klein zählte leise vor: »Eins, zwei, drei …«

»Herzlichen Glückwunsch zur Verlobung!«, riefen die Versammelten unisono aus und warfen Rosenblätter in die Luft.

»Danke, danke!«, rief Erik mit jovialem Lächeln. Er zog mich in die Höhe und drückte mich an seine Seite. »Bitte nehmt euch vom Champagner und stoßt mit uns an!«

Ich blickte in strahlende Gesichter. Bestimmt dachten sie, dass ich mich glücklich schätzen konnte, einen Antrag von Erik bekommen zu haben. Dass ich ihn gar nicht heiraten wollte, schien für die Anwesenden undenkbar zu sein – allen voran Erik. War ihm überhaupt aufgefallen, dass ich seinen Antrag nicht angenommen hatte? Und dass ich den Verlobungsring nicht angezogen hatte?

Plötzlich packten mich Zweifel. Vielleicht hatten sie ja recht? Womöglich war Erik der beste Heiratskandidat, den ich je haben würde? Vielleicht sogar der einzige? Immerhin war ich schon Mitte dreißig, und die Vorstellung, irgendwann als einsame alte Jungfer ohne Kinder zu sterben, hatte etwas Beängstigendes. Ich wollte nicht für immer Single bleiben! Das Alleinsein machte mir schon jetzt zu schaffen. Womöglich sollte ich diesem Antrag doch nicht so ablehnend gegenüberstehen?

»Das ist unfassbar berührend«, schniefte meine Mutter, während Frau Klein mir ein Glas Champagner in die Hand drückte. »Das ist ein Glückstag für meine beiden Kinder – für dich *und* die Firma.«

Ich lächelte verkrampft. Es war nicht das erste Mal, dass sie die Firma als ihr zweites Kind bezeichnete. Nur fragte ich mich heute zum ersten Mal, das Glück welchen »Kindes« ihr eigentlich mehr am Herzen lag. Sofort schalt ich mich für diesen Gedanken. Immerhin konnte meine Mutter nicht wissen, wie ich in Wahrheit zu Erik stand.

»Weißt du, ich komme so langsam in ein Alter, in dem man auch daran denkt, kürzerzutreten«, fuhr sie in vertraulichem

Tonfall fort. »Das Wissen, dass ihr beide mein Vermächtnis in meinem Sinne weiterführt, nimmt mir eine große Last von den Schultern. Das ist nicht nur eine Heirat, das ist eine Fusion der Liebe.« Sie stieß ihr Glas an meins und nippte am Champagner.

Ich dagegen bekam keinen Schluck herunter, denn meine Kehle fühlte sich an wie zugeschnürt. Eine Fusion … Das war wohl der richtige Ausdruck. Der stellvertretende Geschäftsführer und die Tochter der Firmenchefin – das passte zusammen wie die Faust aufs Auge.

»Du machst mich sehr glücklich, meine Kleine! Ich bin stolz auf dich.«

Sie schloss mich in die Arme und drückte mich an sich. Da meine Mutter nicht gerade zu den herzlichsten Frauen zählte, waren Umarmungen bei ihr in etwa so selten wie eine Sonnenfinsternis, und ich konnte nicht anders, als den Moment zu genießen.

Kaum hatte sie mich losgelassen, zog mich auch schon Erik an sich und gab mir einen Kuss auf die Wange. »Herzlichen Glückwunsch, Frau Steinbeck-Popel!«

Vor Schreck wurden meine Knie weich. Das hatte ich völlig vergessen! Denn das einzig Nicht-Perfekte an Erik war sein Nachname. Da er allerdings recht selten war, war er sogar stolz darauf. Bei hämischen Kommentaren verwies er stets auf den berühmten Schachspieler Stephan Popel oder die amerikanische Dichterin Esther Popel. Ich war mir allerdings sicher, dass ich nicht das Selbstbewusstsein und die innere Stärke besaß, mich zukünftig als *Luisa Steinbeck-Popel* vorzustellen. Ausgerechnet dieser Punkt verlieh mir endlich den Mut, ihm meinen Standpunkt in Sachen Heirat mitzuteilen.

»Hör zu, Erik«, raunte ich ihm so leise wie möglich zu, während um uns herum angestoßen wurde. »Ich muss dir etwas sagen!«

»Nur zu …« Er nippte am Champagner und sah mich über den Rand seines Glases hinweg an.

»Dein Antrag ehrt mich sehr, aber …« Ich stockte, denn in diesem Augenblick fielen einige Gläser klirrend zu Boden.

Stirnrunzelnd blickte ich zur Seite, um zu sehen, was den Tumult verursachte. Meine Mutter klammerte sich schwankend an den Wagen mit den Gläsern und Schnittchen. Sie war plötzlich kalkweiß im Gesicht und ihre Miene schmerzverzerrt. Benommen taumelte sie zur Seite, und Herr Rossi, der in ihrer Nähe stand, eilte zu ihr. Doch ehe er sie erreichen konnte, fiel meine Mutter auch schon zu Boden. Einige Anwesende schrien erschrocken auf.

»Mama«, hauchte ich entsetzt.

Alle Gespräche waren schlagartig verstummt. Der Körper meiner Mutter, gerade noch steif wie ein Brett, wurde urplötzlich von Krämpfen geschüttelt, und Speichel tropfte aus ihrem Mund.

»Ein Notarzt«, brüllte Herr Rossi, der neben ihr kniete. »Jemand muss den Notarzt rufen!«

Kapitel 4

»Weißt du schon was Neues?«, fragte Katja atemlos, gleich nachdem sie abgenommen hatte.

Ich rieb mir über die Stirn. »Der Oberarzt ist seit einer halben Ewigkeit bei ihr im Zimmer«, erzählte ich, während ich im Krankenhausflur auf einer harten Holzbank saß. »Keine Ahnung, wieso das so lange dauert.«

Es war schon spät am Abend. Ich schloss kurz die Augen und ließ meinen steifen Nacken kreisen. Den ganzen Tag hatten sie unzählige Untersuchungen mit meiner Mutter durchgeführt, und natürlich war ich dabei nicht von ihrer Seite gewichen.

»Wahrscheinlich feilscht sie mit dem Arzt gerade darum, umgehend entlassen zu werden«, vermutete ich. »Schon die ganze Zeit beschwert sie sich darüber, dass dieser Aufstand völlig unnötig sei und sie so schnell wie möglich nach Hause wolle.«

Katja lachte leise. »Offenbar ist sie wieder ganz die Alte. Gibt es denn irgendeine Vermutung, was sie haben könnte?«

Ich stieß einen Seufzer aus. »Mir hat niemand etwas gesagt.«

Als der Oberarzt vorhin mit den Untersuchungsergebnissen gekommen war, hatte meine Mutter mich gebeten, das Zimmer zu verlassen. Es war typisch für sie, dass sie erst mal allein die Neuigkeiten verarbeiten wollte, ehe sie mich und andere ins Vertrauen zog. Ihre Bitte hatte mir allerdings deutlich gemacht, dass sie nicht so unbekümmert war, wie sie behauptete und eine ernste Diagnose nicht ausschloss.

Ich warf einen brütenden Blick auf die geschlossene Tür. Diese Warterei brachte mich noch um den Verstand!

»Können wir über etwas anderes reden?«, bat ich Katja. »Du musst mich ablenken!«

»Aber gerne doch«, erwiderte sie mit süßlicher Stimme. »Reden wir stattdessen mal über deine Verlobung!«

Ich stöhnte gequält. Am frühen Nachmittag, als ich sie das erste Mal aus der Klinik angerufen hatte, hatte ich Katja die Geschehnisse kurz geschildert, aber sie hatte intuitiv gespürt, dass ich in dem Moment nicht über Erik und seinen Antrag sprechen wollte. Sie hatte sich jeglichen Kommentar dazu verkniffen – bis jetzt.

»Du knallst mir an den Kopf, dass du mit *Ken* zwangsverlobt worden bist – und ich durfte nichts dazu sagen!«, keifte sie und schnaufte aufgebracht ins Telefon. »Das grenzt an Folter. Bei einer Hochschwangeren! Du bist schuld, wenn meine Zwillinge mit Stresspickeln zur Welt kommen.«

Zum ersten Mal an diesem Tag musste ich lachen.

»Es tut mir leid«, sagte ich reumütig.

Schwester Tamara, die gerade im Flur an mir vorbeilief, nickte mir freundlich zu, und ich erwiderte ihr Lächeln. Die junge Krankenpflegerin hatte mir vorhin Mut zugesprochen und sogar einen Kaffee gebracht. Ich fand es wirklich ungerecht, dass engagierte Leute wie sie, die einen so wichtigen Job machten, derart schlecht bezahlt wurden. Mit unserer Gesellschaft stimmte doch was nicht, ganz ehrlich! Diejenigen, die ein Herz besaßen und sich fürs Allgemeinwohl einsetzten, bekamen einen Hungerlohn, und raffgierige Manager, die keine Skrupel kannten, wurden mit sechsstelligen Boni belohnt.

»Und was machst du jetzt mit Erik und der Verlobung?«, wollte Katja wissen.

Ich zuckte mit den Schultern. »Keine Ahnung! Wenn ich

einen Rückzieher mache, blamiere ich Erik vor der ganzen Firma. Am Ende kündigt er sogar. Und meine Mutter wird unfassbar enttäuscht sein. Ich hatte gehofft, du hast den Nachmittag für ein intensives Brainstorming genutzt und kannst mir jetzt eine Lösung präsentieren, wie ich da elegant rauskomme?«

Unter normalen Umständen wäre ich nach der Arbeit direkt zu Katja gefahren, um mit ihr das ganze Drama im Detail durchzugehen. Stattdessen saß ich hier in der Klinik fest und wartete auf eine Erklärung, wieso meine Mutter einen epileptischen Anfall hatte. Das war ein absoluter Horrortag!

»Tut mir leid, mir ist keine geniale Lösung eingefallen«, erwiderte sie bedauernd.

»Das Neueste weißt du ja noch gar nicht: Zwischen ihren Untersuchungen hat meine Mutter mir von ihrem Verlobungsgeschenk erzählt«, berichtete ich. »Sobald Erik sie in seine Absichten eingeweiht hatte, hat sie sofort die Weddingplanerin Jennifer Moers engagiert.«

»Jennifer Moers?«, keuchte Katja. »Die aus dem Fernsehen?«

»Genau die.« Kraftlos fuhr ich mir übers Gesicht. »Meine Mutter träumt von einem Riesenevent mit Designerkleid, Kutsche, hunderten von Gästen und einer Feier auf einem Gutshof.«

Katja stieß einen Pfiff aus. »Dein Glück scheint ihr viel wert zu sein …«

»Wie komme ich da nur wieder raus?«, jammerte ich verzweifelt. »Erik ist glücklich, meine Mutter ist glücklich, unsere Angestellten sind glücklich. Nur ich bin es nicht.«

Für einen Moment herrschte Schweigen. Ich hörte nur noch Katjas Atemzüge und das leise Gemurmel eines Patienten, der am anderen Ende des Flurs ebenfalls telefonierte. »Empfindest du überhaupt nichts für ihn?«, fragte meine Freundin vorsichtig. »Spürst du vielleicht einen kleinen Funken im Herzen, aus dem eventuell mehr werden könnte?«

Das schätzte ich so an ihr: dass sie selbst Erik nicht besonders mochte, war sekundär. Es waren meine Gefühle, die ihr wichtig waren.

»Da ist leider kein Funke.« Ich hörte sicherheitshalber kurz in mich hinein. Aber da tat sich nichts, wenn ich an Erik dachte. »Auch kein ganz kleiner.«

Natürlich wollte ich irgendwann mal heiraten. Ich träumte von einem Ehemann, einer Familie und einem schönen gemütlichen Zuhause. Von Normalität. Denn das hatte ich als Kind schmerzlich vermisst. Meine Sehnsucht nach dieser Zukunft war groß, doch zugleich wusste ich, dass Erik nicht derjenige war, mit dem sie wahr werden würde.

»Und was ist mit ihm?«, bohrte sie weiter. »Denkst du, dass er dich liebt? Oder liebt er eher … äh …«, sie kam in ungewohnter Weise ins Stocken, »… die Erbin der Firma?«

»Du musst dich nicht so vorsichtig ausdrücken«, erwiderte ich seufzend. »Das ist der Elefant im Raum, oder? Diese Frage drängt sich geradezu auf. Und ich schätze …«

Ich legte eine Denkpause ein und nagte an meiner Unterlippe, während von Katja kein Laut zu hören war. Wahrscheinlich hielt sie vor Spannung gerade die Luft an.

»Spinnst du?«, rief sie schließlich aus. »Du kannst doch nicht aufhören zu reden! Meine ungeborenen Babys raufen sich gerade vor Aufregung die Haare. Wenn die beiden mit Glatze zur Welt kommen, bist du schuld!«

»Entschuldige, ich wollte nur mal kurz in mich gehen«, erklärte ich. »Denn ich muss zugeben, dass ich mir nicht zu hundert Prozent sicher bin. Allerdings arbeite ich mit Erik schon seit Jahren zusammen – da lernt man einen Menschen zwangsläufig kennen.«

Erik mochte seine Fehler haben. Ihm lag viel an Statussymbolen und Äußerlichkeiten, und sein brennender Ehrgeiz verstellte ihm oft den Blick dafür, worauf es im Leben ankam. Doch ich hatte ihn auch in Krisensituationen erlebt. Ich wusste, dass er unter Druck nie die Nerven verlor, dass er ein Teamplayer war und jeden Morgen unseren alten Pförtner Herrn Petersen nach seinem Befinden fragte. Auch um meine Mutter war er ehrlich besorgt, denn er hatte mir schon mehrere Nachrichten geschrieben, und ich hatte versprochen, mich bei ihm zu melden, sobald wir eine Diagnose hatten.

»Eigentlich ist er nicht der Typ, der aus niederen Beweggründen heiraten würde«, verkündete ich mein Urteil. »Er ist ein extrem nüchterner Mensch, der mit dem Konzept Liebe einfach nicht viel anfangen kann. Für ihn ist unsere Heirat wohl naheliegend und logisch. Aber auch nur deshalb, weil ihm noch nie eine Frau begegnet ist, in die er sich Hals über Kopf verliebt hat.«

»Da tut er mir fast etwas leid«, bemerkte Katja. »Aber das bedeutet auch, dass du diese Heirat verhindern musst. Nicht nur für dich, sondern auch für Erik. Über kurz oder lang macht ihr euch sonst gegenseitig unglücklich.«

»Damit sagst du mir nix Neues!«

Knirschende Laute, gefolgt von deutlichen Schmatzgeräuschen drangen mit einem Mal aus der Leitung.

»Sag mal, isst du jetzt etwa Chips?«, fragte ich fassungslos.

»Nervennahrung«, erwiderte meine Freundin kauend. »Ich finde das alles total aufregend. Eine unfreiwillige Verlobung, Isa! Das ist wie in einem Jane-Austen-Roman. Wenn meine Babys dick zu Welt kommen …«

»… dann bin ich schuld«, fiel ich ihr augenrollend ins Wort. »Ja, ja, ich weiß.«

»So wie ich die Sache sehe, gibt es keinen anderen Ausweg, als Erik die Wahrheit zu sagen und ihm einen Korb zu geben – auch wenn er dann vielleicht aus gekränktem Stolz die Firma verlässt«, sagte sie. »Aber du musst dabei an dich denken. Hier geht es um dein Leben, verdammt noch mal!«

Gerade als ich zu einer Antwort ansetzen wollte, öffnete sich die Tür, und Chefarzt Doktor Lehmann trat heraus.

»Ich muss Schluss machen!«, flüsterte ich, steckte mein Handy weg und sprang auf.

Doktor Lehmanns grau meliertes Haar und seine Brille mit Goldrand verliehen ihm in Verbindung mit dem Arztkittel eine Aura der Weisheit. Er hatte sich eine Patientenakte unter den Arm geklemmt und sah müde aus. Trotzdem lächelte er, als er mich erblickte.

»Sie können nun wieder zu Ihrer Mutter, Frau Steinbeck!«

»Was hat sie?«, platzte es atemlos aus mir heraus. »Ist es schlimm? Wird sie wieder gesund?«

»Ich habe Ihre Mutter über alles Notwendige informiert.« Er sah mich über den Rand seiner Brille nachsichtig an. »Sie wird Ihnen bestimmt gleich alles mitteilen.«

Wenn ich mir da nur sicher sein könnte! Aber natürlich wusste ich, dass er an die ärztliche Schweigepflicht gebunden war. Schließlich war meine Mutter nicht bewusstlos und bei klarem Verstand.

Ich musste ziemlich zerknirscht ausgesehen haben, denn Mitgefühl blitzte in seinen grauen Augen auf. Er kam auf mich zu und tätschelte meinen Arm.

»Es wird für Ihre Mutter hilfreich sein, dass sie jetzt eine Tochter an ihrer Seite hat, die sie liebt und der ihr Wohl am Herzen liegt«, sagte er mir warmer Stimme.

Mein Magen krampfte sich bei seinen Worten zusammen, und ich schluckte schwer. Das klang nicht gut. So etwas sagte ein Arzt nur, wenn es ernst war. Während Doktor Lehmann mit wehendem Arztkittel davonschritt, klopfte ich mit zitternden Fingern an die Tür meiner Mutter.

Da sie Privatpatientin war, hatte sie das Zimmer für sich allein. Trotzdem sah der Raum genauso trist und trostlos aus wie üblich. Weiße Wände, graublauer Linoleumboden und eine große Fensterfront, an die sich die Dunkelheit der Nacht drückte. Nur vereinzelt sah man die Lichter der Stadt aufblitzen.

»Schau doch nicht so, als ob jeden Moment die Welt untergehen würde!«, tadelte mich meine Mutter, als ich neben ihrem Bett Platz nahm.

Sie sah besser aus als noch vor ein paar Stunden und hatte sogar frischen Lippenstift aufgelegt, den sie immer in ihrer Handtasche bei sich trug. Nur einige zerzauste Strähnen ihrer eleganten Frisur verrieten, dass sie einen anstrengenden Tag hinter sich hatte. Sie saß aufrecht im Bett und strich penibel die Decke um sich herum glatt, als wäre es ihr ein Bedürfnis, alles in perfekter Ordnung zu halten.

Mein Herz pochte viel zu schnell in meiner Brust. »Und? Was hat der Arzt gesagt?«

»Wie sich herausgestellt hat, habe ich einen Hirntumor«, teilte sie mir ohne jede Gefühlsregung mit.

Ehe ich diese schockierende Neuigkeit verarbeiten konnte, fuhr sie sogleich fort: »Doktor Lehmann ist sich jedoch sicher, dass er gutartig ist. Über Metastasen brauche ich mir also keine Gedanken zu machen.«

»Ein Tumor?«, quiekte ich mit viel zu hoher Stimme. »Oh Gott, Mama …«

Es kostete mich all meine Kraft, mich zusammenzureißen. Meine Mutter brauchte mich jetzt, und ich musste stark für sie sein! Selbst wenn mich gerade von Kopf bis Fuß eiskalte Angst erfüllte.

»Ein gutartiger Tumor bedeutet, du wirst nicht sterben, nicht wahr?«, fragte ich mit belegter Stimme.

Sie nickte schweigend.

»Der Anfall und die Symptome, die du hattest … Sie wurden von dem Tumor verursacht?«

Sie nickte erneut.

Offenbar musste man ihr jede Information einzeln aus der Nase ziehen. »Und wie geht es jetzt weiter?«

»Sie wollen morgen noch ein paar Untersuchungen machen, dann wird man weitersehen. Manchmal kann sich das Gehirn wohl auch an die strukturellen Veränderungen, die der Tumor verursacht, anpassen. Sofern er nicht größer wird. Aber es kann auch eine Operation nötig sein.«

Ich riss die Augen auf. »Am Gehirn? Das wäre doch extrem gefährlich!«

»Man kann auch bei einer Blinddarm-OP sterben«, erwiderte sie lapidar. »Und selbstverständlich würde ein Neurochirurg, der darauf spezialisiert ist, den Eingriff übernehmen. Doktor Lehmann hat mir schon einen Kollegen empfohlen, der wohl eine Koryphäe auf dem Gebiet sein soll.«

Ich wurde das Gefühl nicht los, dass sie mir nur die Hälfte von dem erzählte, was sie wusste. Auf alle Fälle spielte sie die Angelegenheit viel zu sehr herunter.

»Das kannst du doch nicht mit einer Blinddarm-OP vergleichen«, erwiderte ich aufgebracht. »Und eine zweite Meinung einzuholen wäre bei einer so ernsten Sache ebenfalls angebracht. Hier geht es schließlich um deine Gesundheit!«

Sie verdrehte die Augen. »Es wird schon alles gut werden, Luisa. Ich habe alles im Griff. Mach dir keine Gedanken um mich!«

Wahrscheinlich hätten mich ihre Worte trösten sollen, aber aus ihrem Mund klangen sie eher wie ein Befehl.

Sie holte tief Luft. »Und jetzt geh nach Hause! Du hast lange genug hier herumgesessen, und ich brauche meinen Schönheitsschlaf.« Sie fuhr sich über die zerzausten Haare und zupfte ein paar Strähnen zurecht.

»Ich kann dich jetzt nicht allein lassen!« Entschlossen schüttelte ich den Kopf. »Du brauchst mich doch.«

Sie ließ ihre Hand sinken und warf mir einen scharfen Blick zu. »Mache ich auf dich den Eindruck, dass ich Hilfe bräuchte?«

Nein, das tat sie nicht. Wie immer wirkte sie stark, gefasst und unnahbar. Genau wie man es von der *eisernen Lady*, wie Katja sie nannte, erwarten würde.

Ich rutschte nach vorne und legte sanft meine Hand auf ihre. Viel lieber hätte ich sie allerdings in den Arm genommen. Kein Mensch steckte solch eine Diagnose ungerührt weg und tat sie als Lappalie ab! Aber nicht mal jetzt ließ sie mich an sich heran. Das wurde mir klar, als ich in ihre verschlossene Miene blickte.

»Hast du morgen nicht dieses Interview mit der Frauenzeitschrift?«, fragte sie. »Es wäre besser, du bereitest dich darauf vor. Du solltest deinen Job endlich ernster nehmen. Immerhin gehört ein Teil der Firma auch dir.«

Ich nickte seufzend. Zu meinem achtzehnten Geburtstag hatte sie die Firma extra in eine GmbH umgewandelt und mir dreißig Prozent der Firmenanteile überschrieben. Ein unfassbar großzügiges Geschenk. Den mehrtägigen Kochkurs bei einer bekannten Fernsehköchin, den ich mir sehnlichst gewünscht hatte, hatte ich allerdings nicht bekommen.

»Nimm dir ein Beispiel an Erik! Er hat heute all meine Termine übernommen, damit ich mir keine Sorgen machen muss, während ich hier unnütz herumliege. Denn er weiß, wo seine Unterstützung tatsächlich hilfreich ist. Dein Interview ist wichtig für die Firma, Luisa.«

Langsam zog ich meine Hand zurück. Die Enttäuschung schnürte mir für einen Moment die Kehle zu. *Die Firma*. Sie war wichtiger als alles andere. Aber vielleicht tat ich meiner Mutter auch unrecht. Womöglich brauchte sie erst mal etwas Zeit für sich, um die Diagnose zu verarbeiten. Jeder Mensch war anders.

»Na schön, ich gehe«, sagte ich und erhob mich. »Melde dich, wenn ich dir morgen etwas von zu Hause mitbringen soll!«

Für einen kurzen Moment wurden ihre Gesichtszüge weicher, und ihre Mundwinkel hoben sich zu einem ungelenken Lächeln.

»Danke, Luisa! Und fahr vorsichtig!«

Als ich an der Tür war, hielt sie mich noch mal zurück. »Und erzähl bitte niemandem von dem Tumor! Ich will nicht, dass die ganze Firma darüber tratscht. Denk dir irgendwas aus – Überarbeitung, Stress oder so.«

Zwar hasste ich es, zu lügen, aber ich konnte ihren Wunsch nachvollziehen. »In Ordnung.«

Draußen im Flur lehnte ich mich mit dem Rücken erschöpft gegen die Tür. Meine Mutter war sicherlich kein einfacher Mensch, aber ich liebte sie. Sie war die einzige Familie, die ich hatte. Und ich würde alles in meiner Macht Stehende tun, um mit ihr gemeinsam diesen Schicksalsschlag zu bewältigen – ob sie wollte oder nicht.

Kapitel 5

Am nächsten Morgen stand ich am Fenster unseres Präsentationsraums und beobachtete ein Containerschiff, das gemächlich die Elbe entlangfuhr. Eigentlich ein Anblick, der mich immer entspannte – aber nicht heute. Ich öffnete meinen Taschenspiegel und checkte mein Aussehen. Da ich in der vergangenen Nacht kein Auge zugemacht hatte, war ich stärker geschminkt als üblich. Eigentlich hätte ich für das Interview in Bestform sein sollen, aber ich war hundemüde.

Als ich gestern Abend von der Klinik nach Hause gekommen war, hatte ich erst einmal alles gegoogelt, was ich über gutartige Hirntumore finden konnte. Ich hatte so lange auf den Bildschirm gestarrt und gelesen, bis meine Augen gebrannt hatten. Doch an Schlaf war trotzdem nicht zu denken gewesen. Deshalb hatte ich das getan, was mich normalerweise zuverlässig mein inneres Gleichgewicht wiederfinden ließ: Ich hatte mich in die Küche geflüchtet und den Backofen angeheizt. Zum Glück hatte ich für solche Fälle immer genügend Vorräte im Haus. Bis zum Morgengrauen hatte ich einen Berg aus zarten Keksen mit dreierlei Sorten belgischer Schokolade gebacken, Zimt-Muffins mit weichem Karamellkern und knusprige Käsestangen aus Blätterteig und aromatischem Bergkäse.

Als ich heute Morgen das Ergebnis meiner nächtlichen Backaktion in den Aufenthaltsraum der Firma getragen hatte, hatten die schon anwesenden Mitarbeiter gejubelt und sich begierig darauf gestürzt. Immerhin hatte ich damit jemandem eine Freude machen können.

Wie versprochen hatte ich auch gleich das Gerücht gestreut, dass der Zusammenbruch meiner Mutter lediglich die Folge massiver Überarbeitung war und sie dringend eine Pause benötigte. Da jeder ihr hohes Arbeitspensum kannte, zweifelte niemand an dieser Erklärung, und alle zeigten sich äußerst verständnisvoll. Meine Mutter mochte vielleicht ein harter Knochen sein, aber sie war in der Belegschaft wegen ihrer Fairness und Kompetenz äußerst beliebt.

Außerdem hatte ich mir für heute fest vorgenommen, mit Erik ein klärendes Gespräch zu führen, sobald er mir über den Weg lief. Angesichts des wohl längeren Krankenhausaufenthalts meiner Mutter war ich mir zwar nicht sicher, ob die Auflösung unserer sogenannten Verlobung sonderlich klug war, aber ich wollte auch nicht länger damit warten.

Es klopfte an der Tür, und Yuki führte die Journalistin Frau Hennig und den Fotografen herein. Dann mal auf in den Kampf! Allerdings machte ich mir wegen des Interviews deutlich weniger Sorgen als meine Mutter, denn die Richtung des Artikels war bereits abgesprochen: Die Zeitschrift würde aufgrund des Booms der Naturkosmetikbranche einen positiven Bericht über unsere Firma bringen, wofür wir im Gegenzug die nächsten zwölf Monate eine doppelseitige Werbung schalten würden. Das riss zwar ein empfindliches Loch in das Budget meiner Abteilung, aber so lief das in der Branche nun mal.

Drei Stunden später hatte ich Frau Hennig und den Fotografen durch unser Firmengebäude geführt, sie unserem Entwicklerteam vorgestellt und ihnen jede erdenkliche Frage beantwortet. Die junge Journalistin verströmte aus jeder Pore die aufstrebende Karrierefrau und war so topaktuell gestylt, als wäre sie gerade leibhaftig der Frauenzeitschrift entstiegen, für die sie schrieb. Wir saßen wieder im Präsentationsraum, und gerade studierte Frau Hennig kritisch die Inhaltsstoffe einer Creme.

»Und darin steckt wirklich nur Natur? Es gibt keine verborgenen chemischen Zusätze?« Sie sah mich mit zusammengezogenen Augenbrauen streng an. Das sollte wohl ihr investigativer Killerblick sein.

Ich schenkte ihr ein mildes Lächeln. »Die gibt es ganz sicher nicht«, versicherte ich ihr. »Darauf gebe ich Ihnen mein Wort.«

Ich deutete auf den Tiegel in ihrer Hand. Er bestand aus schwerem Rauchglas und war mit goldener Schrift versehen. »Die Creme *Kräuterzauber* ist und bleibt unser Verkaufsschlager«, erzählte ich. »Damit hat alles begonnen. Ohne sie wäre der Erfolg von *Natürlich schön* nicht möglich gewesen. Meine Mutter hat damals das Rezept zu Hause in ihrer Küche erfunden und die Creme eigenhändig vertrieben. Die Frauen, die sie benutzt hatten, waren begeistert und empfahlen *Kräuterzauber* ihren Freundinnen weiter. So wurde die Nachfrage immer größer, meine Mutter musste die ersten Mitarbeiter einstellen – und damit kam der Stein ins Rollen.«

»Eine tolle Geschichte!« Frau Hennig lächelte mir anerkennend zu und stellte die Creme zurück. »Aus dem Nichts so ein Unternehmen aufzubauen verdient Respekt. Unsere Leserinnen würden sicher gern mehr darüber erfahren. Hätte Ihre Mutter denn noch ein paar Minuten Zeit für uns, bevor wir gehen?«

Meine professionelle Miene verrutschte keinen Millimeter. »Nein, tut mir leid, bedauerlicherweise ist sie heute außer Haus«, wiegelte ich ihre Bitte freundlich ab.

Selbst wenn sie nicht im Krankenhaus gewesen wäre, hätte ich die Journalistin abwimmeln müssen, denn meine Mutter blockte alle Presseanfragen kategorisch ab. Noch nicht mal zum Wohle der Firma konnte sie sich zu einem Interview überwinden, denn sie hasste es, im Mittelpunkt zu stehen. Selbst im

Internet fand man von Marianne Steinbeck nur zwei, drei unscharfe Zeitungsfotos. Werbetechnisch gesehen war ihr Verhalten eine Katastrophe. Ihre Geschichte von der verarmten alleinerziehenden Mutter zur erfolgreichen Geschäftsfrau hätte sich wundervoll vermarkten lassen.

Frau Hennig nickte dem Fotografen zu. »Gut, dann haben wir alles! Herzlichen Dank, Frau Steinbeck, dass Sie sich so viel Zeit genommen und uns …« Sie hielt inne, denn es klopfte an der Tür.

Einen Augenblick später streckte Frau Klein den Kopf herein. Die ältere Dame hatte gerötete Wangen, und ihr Blick huschte nervös zu mir.

»Luisa, auf ein Wort, bitte!«

Mir rutschte das Herz in die Hose. Frau Klein gehörte zu den engsten Vertrauten meiner Mutter, und es war durchaus möglich, dass sie ihre Assistentin eingeweiht hatte. Vielleicht lagen mittlerweile neue Untersuchungsergebnisse vor?

»Entschuldigen Sie mich!«

Eine Spur zu hektisch eilte ich aus dem Zimmer. Dabei spürte ich deutlich die neugierigen Blicke von Frau Hennig in meinem Rücken.

Ich schloss die Tür hinter uns. »Was gibt es denn?«

Die hagere Frau mit dem grau melierten Dutt und der stets korrekten Kleidung entsprach dem klassischen Bild einer Chefsekretärin. Sie war meiner Mutter treu ergeben und arbeitete seit den Anfangstagen für *Natürlich schön.* Frau Klein kannte mich schon mit Zahnspange und Pubertätspickeln im Gesicht. Deshalb duzte sie mich auch noch, während ich sie siezte.

»Entschuldige die Störung, Luisa, aber ich soll dir im Auftrag deiner Mutter etwas vorbeibringen«, erklärte sie. »Sie meinte, es sei sehr wichtig. Ich sollte ein paar Dinge zusammenpacken …« Sie deutete hinter sich auf zwei Koffer.

Der eine stammte aus dem edlen Kofferset meiner Mutter, der andere hatte schon deutliche Gebrauchsspuren und war mit Aufklebern vom Eiffelturm, Big Ben und einem spanischen Stier verziert. Moment mal …

»Ist das da etwa mein Koffer?«, fragte ich fassungslos. »Aus meiner Wohnung?«

Frau Kleins Wangen röteten sich. »Es tut mir leid, aber deine Mutter hat darauf bestanden. Sie hatte deinen Ersatzschlüssel bei sich im Haus, und ich sollte auch für dich alles Nötige für einen Kurzurlaub packen.«

Wie bitte? Ich versuchte, die Neuigkeiten zu verarbeiten. Gestern Abend hatte meine Mutter die Diagnose erhalten, dass sie einen Hirntumor hatte – und jetzt sollte ich mit ihr zu einem Kurzurlaub aufbrechen? Hatte sie das überhaupt mit ihren Ärzten abgesprochen? Außerdem hätte sie mich wenigstens fragen können, ob ich sie begleiten wollte. Und wie kam sie dazu, Frau Klein einfach in meine Wohnung zu schicken? Verärgert presste ich die Lippen zusammen.

»Tut mir leid, Luisa«, entschuldigte sie sich erneut. »Ich habe so schnell gemacht, wie ich konnte, und versucht, deine Privatsphäre zu wahren.«

Wenn ich gewusst hätte, dass jemand Fremdes in meine Wohnung kommt, hätte ich heute Nacht lieber aufgeräumt, anstatt zu backen. Immerhin vertraute ich Frau Klein. Sie war nicht der Typ, der herumschnüffelte oder mit Kollegen über meinen mangelnden Ordnungssinn lästerte.

»Nein, mir tut es leid, denn ich ärgere mich nicht über Sie!«, beruhigte ich Frau Klein. »Meine Mutter hat mich nur leider nicht informiert. Ich weiß, Sie haben lediglich ihre Anweisungen befolgt.«

Sobald ich Frau Hennig und den Fotografen verabschiedet hatte, musste ich umgehend mit meiner Mutter telefonieren.

»Ich hoffe, ich habe nichts Wichtiges vergessen«, sagte Frau Klein, wie immer die Pflichterfüllung in Person. Sie lächelte leicht. »Ich habe auch darauf geachtet, deine lustigen Shirts einzupacken, die du immer in den Kochvideos trägst.«

Ich horchte auf. Diese Information schaffte es prompt, die Wut auf meine Mutter in den Hintergrund zu drängen.

»Sie schauen meine Kochvideos?«

»Aber natürlich!« Sie nickte eifrig. »Ich liebe eure witzigen Wettbewerbe. Und natürlich die Folgen, in denen ihr Kochtipps gebt. Das *Soufflé für Dummies* habe ich seither fest in meinem Repertoire. Das Rezept ist so simpel, und es schmeckt unfassbar lecker!«

Ich lächelte. »Vielen lieben Dank! Freut mich, wenn wir weiterhelfen konnten.«

»Es ist so schade, dass ihr aufhört!«, sagte sie bedauernd. »Man spürt einfach, dass das Kochen eure große Leidenschaft ist.«

In diesem Moment bog Erik mit dem Handy am Ohr um die Ecke. »Ja, auf jeden Fall … Du kannst dich auf mich verlassen, Marianne … Mach ich!«

Er gab mir ein Handzeichen. »Da ist sie! Ich habe Luisa gefunden. Offenbar ist das Interview zu Ende … Wie bitte?«

Ich streckte meine Hand aus, um ihm zu signalisieren, dass ich mit meiner Mutter reden wollte. Aber er ignorierte mich.

»Mhm … mhm, mhm …«, brummte er mit hoch konzentriertem Gesichtsausdruck, während er meiner Mutter lauschte. »Ich erstatte dir jeden Tag Bericht und halte dich auf dem Laufenden. Versprochen! … Ja, ich sage es ihr. Gute Reise – und entspann dich!«

Er legte auf und schenkte mir wieder seine Aufmerksamkeit. Meine säuerliche Miene fiel ihm entweder nicht auf, oder er schien sie einer schlechten Tagesstimmung zuzuschreiben.

»Ich soll dir ausrichten, dass dich deine Mutter in einer halben Stunde in der Klinik erwartet, damit ihr zu eurem Urlaub aufbrechen könnt«, erzählte er. »Sie hat dich nicht persönlich angerufen, weil sie dich beim Interview nicht stören wollte.«

Ich musste zugeben, dass das ein plausibles Argument war. Wahrscheinlich hätte mich eine Diskussion mit meiner Mutter über Sinn und Nutzen eines wahnwitzigen Kurztrips etwas aus dem Konzept gebracht.

»Moment mal, in einer halben Stunde?«, wiederholte ich fassungslos. »Wie soll ich das denn schaffen?«

Immerhin saß Frau Hennig mit ihrem Fotografen noch im Präsentationsraum, und ich musste Yuki auch noch über die wichtigsten Termine in Kenntnis setzen.

Erik legte mir beruhigend die Hände auf die Schultern. »Kein Stress, mein Schatz! Ich werde hier solange die Stellung halten. Deine Mutter setzt ihr volles Vertrauen in mich – und ich werde sie nicht enttäuschen«, gelobte er mit stolzgeschwellter Brust. »Ihr könnt euch auf mich verlassen!«

Ich wusste, dass er auf diesen Moment lange gewartet hatte – auf die Chance, sich zu beweisen. Dass meine Mutter ihm die Verantwortung für ihre heiß geliebte Firma übertrug, konnte nur bedeuten, dass unser Ausflug ihr ungeheuer wichtig war. Mein Widerstand schmolz langsam, aber sicher dahin. Womöglich war ein kleiner Kurztrip gar keine schlechte Idee? So konnten wir die Diagnose gemeinsam verarbeiten. Und vielleicht kamen meine Mutter und ich uns dabei wieder etwas näher?

»Bis bald!«, verabschiedete sich Erik. Offenbar hatte er es eilig und war schon wieder auf dem Sprung.

Ehe ich es verhindern konnte, zog er mich auch schon an sich und drückte mir einen flüchtigen Abschiedskuss auf die Lippen.

Das erinnerte mich daran, dass ich mir eigentlich vorgenommen hatte, mich umgehend mit ihm auszusprechen.

Ich schielte zu Frau Klein, die uns – das frischverlobte Paar – lächelnd beobachtete. Wahrscheinlich war jetzt ein eher schlechter Zeitpunkt, die Verlobung aufzulösen … Vor allem, wenn Erik für die nächsten Tage die alleinige Firmenleitung übernehmen sollte. Verdammt! Offenbar musste ich mit dieser unangenehmen Aussprache warten, bis wir aus dem Kurzurlaub zurück waren.

Kapitel 6

Meine Mutter hatte nie viel von meinem Vater erzählt, und das Thema war ihr derart unangenehm, dass ich schon als Kind gelernt hatte, es zu meiden. Johannes Steinbeck war Musiker gewesen und hatte pflichtbewusst um die Hand meiner Mutter angehalten, als sie mit mir schwanger geworden war. Leider war sein Verantwortungsgefühl nur von kurzer Dauer gewesen, denn noch vor meiner Geburt hatte er sich aus dem Staub gemacht. Danach war er zwar noch einige Male zu Besuch gekommen, aber meine Erinnerungen an ihn waren äußerst verschwommen. Da war zum Beispiel noch das Gefühl eines kratzigen Dreitagebarts an meiner Wange, wenn ich an ihn dachte. Und ein ungewohnt scharfer, bitterer Geruch, der – wie ich heute wusste – vom Alkohol stammte. Sein Gesicht hatte ich jedoch nicht mehr vor Augen. Mein Vater geisterte wie ein konturloser Schatten durch meine frühkindlichen Erinnerungen, bis er mit Beginn der Grundschulzeit endgültig daraus verschwand.

Meine Mutter war diejenige gewesen, die mir das Fahrradfahren beibrachte und an meinem Bett saß, wenn ich krank war. Sie war im Sommer mit mir ins Freibad gegangen und hatte nachts meinen Schrank kontrolliert, wenn ich mich vor einem Monster gefürchtet hatte. Deshalb hatte ich meinen Vater nie vermisst. Heute wünschte ich mir jedoch, dass er hier wäre – oder wenigstens eine Person, die einer Vaterfigur nahekam. Irgendjemand, dem das Wohl meiner Mutter genauso am Herzen lag wie mir.

Denn ich wusste wirklich nicht, ob es nicht besser gewesen wäre, sie von diesem spontanen Ausflug abzubringen.

Wir hatten Hamburg gerade hinter uns gelassen und fuhren auf der Autobahn. Meine Mutter saß neben mir, und obwohl sie sich geschminkt und zurechtgemacht hatte, wirkte sie erschöpft. Sie behauptete, das läge lediglich an der schlaflosen Nacht im Krankenhaus. Da ich seit gestern ebenfalls kein Auge zugemacht hatte, sah ich inzwischen jedoch wohl ebenso übermüdet aus wie sie.

»War Doktor Lehmann wirklich damit einverstanden, dass du die Klinik verlässt?«

Sie verdrehte die Augen. »Wie oft denn noch, Luisa: Ja, war er! Wir müssen erst mal die restlichen Untersuchungsergebnisse abwarten – und dann soll ich damit zu diesem Spezialisten. Es ist unnötig, so lange im Krankenhaus herumzuliegen. Ich soll nur langsam machen, mir Pausen gönnen und auf meinen Körper hören. Kein Stress und keine Aufregung, hat Doktor Lehmann gesagt.«

Ich warf ihr einen skeptischen Seitenblick zu. »Ich werde dich notfalls daran erinnern!«

Es war immerhin ein positives Zeichen, dass sie nicht zu ihrem gewohnten Leben und dem hohen Arbeitspensum zurückkehren wollte. Solange ich ein Auge auf sie hatte, konnten ein paar Tage Erholung wohl nicht schaden.

Sie schaute auf meine Hände am Lenkrad und schnalzte tadelnd mit der Zunge. »Du trägst nicht deinen Verlobungsring«, stellte sie fest.

Mein Magen krampfte sich zusammen. In ihrem derzeitigen Zustand waren Erik und die Verlobung ein ganz schlechtes Thema. Kein Stress und keine Aufregung, hatte Doktor Lehmann gesagt.

»Er … er ist mir zu groß«, schwindelte ich notgedrungen.

Sie wandte mir den Kopf zu und schnaubte. »Du bist eine grauenvolle Lügnerin, Luisa.«

Leider hatte sie recht. Schon immer hatte sie mir jede Lüge an der Nasenspitze angesehen.

»Na schön, ich finde ihn zu groß, zu protzig und total unpraktisch im Alltag«, sagte ich und hielt mich damit so nah wie möglich an die Wahrheit. »Das ist überhaupt nicht mein Stil.«

Ein verständnisvolles Lächeln breitete sich auf ihrem Gesicht aus. »Das Understatement liegt dir nun mal im Blut, genau wie mir. Vielleicht kann Erik den Ring gegen ein schlichteres Modell umtauschen?«

»Mhm«, brummte ich nur.

Sie schaute auf die Straße und seufzte tief. »Hoffentlich schafft er es, ohne uns die Firma am Laufen zu halten!«

»Natürlich schafft er das«, beruhigte ich sie. »Er war an der Uni der Beste seines Jahrgangs, und wir hätten einen Mann mit seinen Fähigkeiten schon längst an ein größeres Unternehmen verloren, wenn er sich bei uns nicht so wohl fühlen würde.«

»Und dass er sich bei uns so wohl fühlt, liegt natürlich auch an dem familiären Anschluss«, sagte sie augenzwinkernd.

Um ein Haar hätte ich das Gesicht verzogen und gequält aufgestöhnt. Das war die reinste Folter!

»Außerdem kannst du Erik ja aus der Ferne unterstützen und Homeoffice machen«, ergänzte sie.

Na, toll! Ein dreifaches Hoch auf das Homeoffice. Mein Kurzurlaub war soeben bedeutend entspannungsärmer geworden.

»Sagst du mir jetzt endlich, wohin wir fahren?«

Bisher hatte sie mir zwar die Richtung auf die A1 gewiesen, aber nicht verraten, was unser Ziel war. Ich vermutete, dass es sich um irgendein Luxus-Spa handelte.

Sie holte tief Luft. »Ich habe in der vergangenen Nacht viel nachgedacht. Über mein Leben, meine Zukunft, meine Vergangenheit …« Sie hielt kurz inne. »Und schlussendlich habe ich eine Entscheidung getroffen.«

Gespannt wandte ich meinen Blick für einen Moment von der Fahrbahn ab und sah sie an.

Meine Mutter holte tief Luft. »Ich will nach Ostfriesland. In meinen Heimatort, in dem ich geboren und aufgewachsen bin.«

»Wie bitte?«

Natürlich wusste ich, dass sie aus dem ostfriesischen Fischerdorf Greetsiel stammte, aber bisher hatte sie es nie dorthin zurückgezogen. Ihre Eltern waren schon seit Langem tot, und es verband sie nichts mehr mit diesem Ort. Jedenfalls hatte ich das geglaubt.

»Aber … aber«, stammelte ich. »Wieso?«

»Ich habe dort etwas zu erledigen«, erwiderte sie. »Diese Reise ist mir sehr wichtig. Ich muss das tun!«

Die Eindringlichkeit in ihrer Stimme bremste meinen spontanen Widerstand.

»Na schön«, gab ich nach. Trotzdem konnte ich mir einen Kommentar nicht verkneifen. »Du hast mal zu mir gesagt, Greetsiel wäre das allerletzte Kaff und jeder freiheitsliebende Mensch würde in dem Dorf unweigerlich ersticken.«

Sie blinzelte mich in gespielter Unschuld an. »Daran kann ich mich überhaupt nicht erinnern. Daran ist sicher der Hirntumor schuld.«

Meine Gesichtszüge entgleisten. »Wenn das ein Scherz sein soll, dann ist er nicht witzig, Mama!«

Sie gluckste amüsiert. Es war das erste Mal an diesem Tag, dass ich sie lachen sah. Sie hatte schon immer einen etwas seltsamen Sinn für Humor gehabt.

»Gerade in solchen Momenten kann ein Witz nicht schaden«, verteidigte sie sich.

Allerdings war ihr durch meine Bemerkung wohl bewusst geworden, dass sie mir eine etwas ausführlichere Erklärung schuldete.

»Obwohl es dort Menschen gab, die mir sehr am Herzen lagen, bin ich damals nicht im Guten weggegangen«, erzählte sie nach kurzem Schweigen. »Und ich habe mich nie wieder bei ihnen gemeldet. Mittlerweile schäme ich mich dafür. Schon seit vielen Jahren verspüre ich den Wunsch zurückzukehren. Aber mir hat der Mut gefehlt. Der Tritt in den Hintern. Und den habe ich jetzt bekommen! Ich muss diese Dinge in Ordnung bringen, falls …« Sie beendete den Satz nicht, und die Muskeln an ihrem Hals traten hervor, als sie angestrengt schluckte.

Mein Herz sackte herab, als mir klar wurde, was sie hatte sagen wollen: falls eine Operation des Tumors unumgänglich wäre und unerwartete Komplikationen auftreten würden. Sie nahm die Diagnose also doch nicht so gelassen, wie sie mich glauben lassen wollte.

»Und warum ist es dir so wichtig, dass ich mitkomme?«

»Weil ich dir Ostfriesland zeigen will«, sagte sie mit einem so versonnenen Blick, als würde sie schon auf dem Deich stehen und die Aussicht auf die Nordsee genießen. »Da bin ich geboren – und deshalb ist es auch deine Heimat.« Sie wandte mir den Kopf zu. »Du sollst wissen, wo deine Wurzeln liegen.«

Wurzeln. Etwas in meinem Kopf schien sich an diesem Wort festzubeißen, um dann bedächtig darauf herumzukauen. Konnte ich mit diesem Begriff überhaupt etwas anfangen? Bevor wir nach Hamburg gekommen waren, waren wir so oft umgezogen, dass ich mich offen gestanden nirgendwo verwurzelt fühlte. Ich konnte mir nicht vorstellen, dass Ostfriesland es schaffen würde, plötzlich Heimatgefühle in mir zu wecken. Aber ich behielt meine Skepsis für mich.

»Wir fahren nach Greetsiel, Luisa«, sagte meine Mutter in diesem Moment ergriffen. »Wir fahren endlich nach Hause.«

II

Kapitel 7

Ich habe einen gutartigen Hirntumor, der an einer ungünstigen Stelle sitzt. Ich habe es meiner Tochter noch nicht erzählt, aber der Arzt meinte, dass eine OP unumgänglich sei. Dabei besteht jedoch die Gefahr, dass ich eine Gedächtnisstörung davontragen könnte.
Noch vor Kurzem waren Altersfalten meine größte Sorge. Wie lächerlich und belanglos mir das jetzt erscheint. Schönheit ist nutzlos ohne einen gesunden Körper – und beides verliert seinen Wert ohne einen wachen Geist und die Erinnerungen, die einen zu dem Menschen geformt haben, der man heute ist. So ist es kaum verwunderlich, dass sich mein Blick seit der Diagnose in die Vergangenheit richtet. Ich denke an meine Kindheit, die Höhen und Tiefen meines Lebens, die einschneidenden Erlebnisse, die mich verändert haben. Einiges davon könnte ich bald vergessen haben. Was ist ein Mensch schon ohne sein Gedächtnis? Ein weißes Blatt Papier, ohne Worte, ohne Seele. Deshalb möchte ich die Zeit bis zur OP nutzen und meine wichtigsten Erinnerungen hier notieren. Ich schreibe mich selbst in dieses Buch, damit ich mich notfalls wiederfinden kann.

Erster Eintrag aus Mariannes »Buch der Erinnerungen«

*

Ich war noch nie in Ostfriesland gewesen. Offen gestanden hatte es mich im Urlaub stets in wärmere Gefilde gezogen. Mit Katja hatte ich vor ihrer Heirat gerne Städtetrips gemacht – oft an kulinarisch interessante Orte in Italien oder Frankreich, damit wir uns von den regionalen Spezialitäten zu neuen Rezepten inspirieren lassen konnten.

»Hier schauen alle Häuser gleich aus«, murmelte ich, als wir gerade ein Dorf passierten, das exakt wie das vorherige aussah. Grundsätzlich mochte ich zwar verklinkerte Häuser, aber etwas Abwechslung und Individualität machten das Gesamtbild einfach lebendiger.

»Das liegt an der salzhaltigen Luft«, erklärte meine Mutter. »Es mag eintönig erscheinen, dass die Häuser nicht verputzt sind, doch Ziegelsteine sind einfach unempfindlicher. Davon abgesehen unterscheiden sich die Gebäude in ihrer Architektur – sie sind nicht völlig identisch.«

Zugegeben, damit hatte sie recht. Es gab eindrucksvolle Höfe auf Warften, gepflegte Einfamilienhäuser, schöne alte Rathäuser, urige Dorfläden, und fast jeder Ort hatte seine eigene kleine Kirche.

Sie blickte aus dem Fenster und seufzte. »Es hat eben seinen Preis, so nah am Meer zu leben.«

»Was für ein Meer, bitte schön?«

Ich hob meine Hand vom Lenkrad und deutete demonstrativ nach rechts und links. Auf der einen Seite lagen endlose grüne Wiesen, so weit das Auge reichte. Sie waren von Wasserkanälen durchzogen, nur ab und an gab es eine kleine Gruppe von Bäumen oder einen Windpark. Auf der anderen Seite erhob sich hoch und eindrucksvoll der Deich.

»Permanent hat man eine grüne Mauer vor der Nase, die einem die Sicht aufs Meer verstellt«, sagte ich enttäuscht. »Und dazu ist der Deich auch noch von vorne bis hinten eingezäunt.«

Sie lachte gutmütig. »Wenn ein Sturm aufzieht, bist du dankbar für diese *grüne Mauer* und betest, dass sie jeder noch so starken Flut standhält. Deshalb darf auch niemand auf den Deich – bis auf die Schafe, versteht sich.«

»Um das Gras kurz zu halten«, tippte ich.

Sie packte ein Käsebrötchen aus, das wir unterwegs in einer Raststätte gekauft hatten, und biss hinein.

»Nicht nur«, gab sie kauend zurück. »Die Schafe haben den ›goldenen Tritt‹. Ihre kleinen Hufe und ihr Körpergewicht sind perfekt, um die Grasnarbe zu verfestigen und den Deich noch stabiler zu machen.«

Das hatte ich nicht gewusst. Es war praktisch, eine persönliche Fremdenführerin an der Seite zu haben. Nach und nach erwachte mein Interesse an ihrer Heimat.

Als Kind hatte ich meine Mutter natürlich nach ihrer Familie in Greetsiel gefragt und wusste so, dass sie in ärmlichen Verhältnissen aufgewachsen war. Ihr Vater war Krabbenfischer gewesen, und ihre Mutter hatte in einem kleinen Gemischtwarenladen gearbeitet. Beide starben kurz hintereinander – mein Großvater verschwand auf See während eines Sturms, und meine Großmutter erlag etwas später einem Herzleiden. Und so hatte meine Mutter als junge Frau ihre Heimat verlassen und war in die weite Welt hinausgezogen.

»Im Laufe der Jahrhunderte ist es der Menschheit gelungen, die unliebsamen Seiten der Natur zu verdrängen«, fuhr sie nachdenklich fort. »Kälte, Hitze, Regen, Unwetter – das alles kann uns im Normalfall nichts mehr anhaben. Wir sonnen uns in unserer selbst erschaffenen Sicherheit. An der rauen Küste Ostfrieslands ist das anders. Hier vergessen die Leute niemals die Macht der Natur, und sie wissen, dass wir nur kleine Rädchen im Getriebe sind. Kennst du die Orte Logum, Drewert, Langen oder Etum?«

Ich schüttelte den Kopf.

»Kannst du auch nicht! Das sind nämlich Dörfer, die von der See verschlungen wurden. Deshalb sind die Deiche überlebenswichtig. *Deus mare, Friso lotira fecit.*« Sie übersetzte mit erhobenem Zeigefinger: »Gott schuf das Meer, der Friese die Küste. Die Leute hier sind Naturgewalten gewohnt und aus einem anderen Holz geschnitzt.«

So schnell wollte ich mich nicht als verweichlichte Zivilisationspflanze abstempeln lassen.

»Bei uns in Hamburg gibt es auch Hochwasser und Sturm«, wandte ich ein.

»Sturm?« Sie schnaubte. »Was in Hamburg als Sturm bezeichnet wird, geht in Ostfriesland höchstens als laue Brise durch.« Sie deutete auf den Deich. »Kletter da mal bei Sturm rauf! Sobald du deinen Kopf über die Deichkante streckst, fühlt sich das an, als würde dir eine riesige Hand eine Ohrfeige ins Gesicht klatschen, und noch ehe du aua sagen kannst, kullerst du rückwärts runter.«

Skeptisch sah ich sie an.

»Guck nicht so! Das stimmt.«

»Mhm«, brummte ich nur. Um des lieben Friedens willen enthielt ich mich eines Kommentars.

Allerdings stellte ich schon jetzt fest, wie gut uns beiden dieser Ausflug tat. So viel hatten wir schon lange nicht mehr miteinander geredet, und meine Mutter wirkte wie ausgewechselt.

Wir hatten unser Ziel fast erreicht, als sie mich anwies, von der Route abzuweichen. Zuerst lotste sie mich nach Wirdum, einem hübschen Dörfchen, in dem meine Großmutter geboren worden war. Und dann noch zu einer Kirche, in der meine Mutter als Kind im Chor ein Solo gesungen hatte, bei dem die Leute angeblich Tränen in den Augen hatten. Bis wir endlich den Ortseingang von Greetsiel erreichten, war meine Geduld fast erschöpft. Während ich endlich ankommen wollte, schien sie plötzlich eine Verzögerungstaktik an den Tag zu legen.

In Greetsiel fiel mir sofort die vollbelegte Parkspur auf, die nicht so recht zu der dörflichen Idylle zu unserer Linken passen wollte. Wir fuhren weiter – und gelangten zu noch mehr Parkplätzen. Die meisten davon waren besetzt, zum Teil mit großen Reisebussen. Greetsiel war offenbar ein Touristenmagnet.

»Wo soll ich hin?«, fragte ich meine Mutter.

»Rechts«, ordnete sie an und fuchtelte mit der Hand vor meinem Gesicht herum. »Hier links stehen übrigens die berühmten Zwillingsmühlen. Sehr schön und pittoresk. Weltbekannt.«

Ich sah kaum etwas von den beiden Mühlen, was zum einen an ihrer wedelnden Hand lag und zum anderen daran, dass ich in die entgegengesetzte Richtung fahren sollte. Wir passierten eine kleine Brücke, und vor uns tauchten die ersten Eiscafés, Souvenirshops und Imbissläden auf.

»Rechts«, sagte meine Mutter, während sie sich mit ihrem Handy beschäftigte. Wahrscheinlich schickte sie Erik gerade eine Nachricht, um zu fragen, ob die Firma ohne sie schon in Flammen aufgegangen war.

Ich deutete kopfschüttelnd auf ein Schild. »Da steht, dass man nur mit einer kostenpflichtigen Ausnahmegenehmigung weiterfahren darf. Haben wir die etwa?«

Meine Mutter blickte kurz vom Display auf und winkte ab. »Ach, die brauchen wir nicht. Wir sind Anlieger.«

Ich zog die Augenbrauen in die Höhe. »Du warst seit Jahrzehnten nicht mehr hier. Ich bin mir sicher, dass die Bezeichnung *Anlieger* nicht auf uns zutrifft.«

Sie hob den Zeigefinger. »Ich bin über sechzig und habe einen Hirntumor. Ich schleppe garantiert nicht meinen großen Koffer durchs halbe Dorf. Du fährst da jetzt rein, und wenn wir alles ausgeladen haben, kannst du zurückkommen und am Ortseingang parken.« Sie deutete vorwurfsvoll auf mich: »Jetzt trau dich doch mal was!«

Widerstrebend tuckerte ich im Schritttempo weiter. Mir blieb kaum Zeit, die schönen Häuser und verwunschenen Gässchen zu bewundern. Meine Aufmerksamkeit galt allein dem Versuch, niemanden zu überfahren, denn die Touristen liefen nun mitten auf der Straße. Sie sprangen vor meiner Motorhaube erschrocken zur Seite, zogen ihre Kinder an sich und starrten mich böse an. Das war mir derart unangenehm, dass mein Kopf vor Scham glühte.

»Unfassbar!«, murmelte meine Mutter derweil versonnen. »Hier hat sich kaum etwas verändert. Als wäre die Zeit stehen geblieben.«

Zum Glück erreichten wir schon bald das Herz des kleinen Fischerdorfs: Vor uns befand sich der Hafen. Leider versperrte mir jedoch die Hafenmauer die Sicht auf die bunte Krabbenkutterflotte, für die Greetsiel berühmt war. Obwohl ich noch nie hier gewesen war, hatte ich dieses typische Postkartenmotiv noch im Kopf. Die Giebelhäuserzeile auf der anderen Seite des Hafens konnte ich jedoch auch vom Auto aus erkennen. Die prachtvollen Bürgerhäuser aus dem 18. Jahrhundert in der Realität vor mir zu sehen ließ mich für einen Moment bewundernd innehalten. Keines der schmucken Häuschen an der Sielstraße sah aus wie das andere – sie hatten unterschiedliche Dachformen, auf manchen Fassaden prangten kunstvolle Wappen, andere waren mit Efeu bewachsen, viele hatten verzierte Haustüren oder interessant geformte Sprossenfenster. Nicht zuletzt durch die Lage am Wasser fühlte ich mich an den historischen Grachtengürtel in Amsterdam erinnert, den ich mal gemeinsam mit Katja besucht hatte.

Ein lang gezogenes Hupen ließ mich zusammenzucken. Schräg neben mir stand mit einem Mal ein Kleinlaster mit dem

Aufdruck *Häuptlingsstube* und einem Logo, auf dem ein Bierglas und ein Fisch zu sehen waren. Ich tippte spontan auf ein Restaurant – und der Fahrer war im Gegensatz zu uns wohl tatsächlich ein Anlieger. Offensichtlich war ich ihm im Weg, denn er hupte erneut. Leider hatte ich keine Ahnung, wohin ich ausweichen sollte: Direkt vor mir war die Hafenmauer, um uns herum eine Traube von Touristen und links der Kleinlaster.

Nun lehnte sich der Fahrer, der ungefähr in meinem Alter war, entnervt aus dem Fenster. Mir entging nicht, dass der Typ attraktiv war. Allerdings nicht so modelmäßig wie Erik, an dem einfach alles perfekt war. Nein, dieser Kerl war auf eine kernige, männliche Art gut aussehend. Sein dunkelblondes Haar fiel ihm in die Stirn, und seiner gebräunten Haut sah man an, dass er viel Zeit im Freien verbrachte. Dazu hatte er ein ausgeprägtes Kinn, scharfkantige Wangenknochen, und sein Holzfällerhemd war bis zum Ellbogen hochgekrempelt, sodass man seinen muskulösen Unterarm erkennen konnte.

Er warf einen Blick auf mein Autokennzeichen und verdrehte die Augen. »Hey, du Hamburger Döskopp, willst du hier Wurzeln schlagen?«

Ich beugte mich ebenfalls aus dem Fenster. Frische Luft schlug mir entgegen, die den Duft von Meer und Salz mit sich trug.

»Tut mir leid, ich stehe nur deshalb hier, weil … äh …« Ich stockte, denn was konnte ich schon großartig zu meiner Verteidigung sagen? Dass meine über sechzigjährige kranke Mutter mich mittels fieser Gewissensmanipulation dazu gezwungen hatte?

Er wedelte mit der Hand in der Luft herum, als könnte er mich wie eine lästige Fliege verscheuchen. »Wieso du den Weg blockierst, ist mir doch schietendidi!«

Ich wandte mich zu meiner Mutter. »Was hat er gesagt?«

Schon in Hamburg hatte sie oft als Übersetzerin fungieren müssen, da ich fürs Plattdeutsche leider überhaupt keine Ader hatte. Dafür war ich schon zu alt gewesen, als wir in den Norden gezogen waren.

»Scheißegal«, gab sie trocken zurück.

Erstaunt sah ich sie an. Solche Kraftausdrücke waren normalerweise nicht ihre Art. »Also mir nicht.«

»Nein, das hat er gesagt. *Schietendidi.*«

Ach so. Der Typ hatte es wohl nicht so mit höflichen Umgangsformen.

Nun ließ auch meine Mutter ihr Fenster herunter. Überraschend gelenkig beugte sie sich hinaus. Dass sie sich seit Jahren mit Yoga fit hielt, zahlte sich offenbar aus. »Ach, holl de Beck, du Gnadderkopp!«, rief sie ihm über das Autodach zu. »Wir fahren ja schon weg.«

Er blinzelte irritiert. Anscheinend sah er nicht oft gepflegte Hamburger Geschäftsfrauen, die ihn auf Plattdeutsch beleidigten.

»Fahr da rechts«, ordnete meine Mutter an. »Wir parken vor dem Amtmannshaus und laden unser Gepäck aus.«

Zum Glück war die Touristentraube um uns herum weitergezogen. Erleichtert, dass wir unser Ziel endlich erreicht hatten, setzte ich den Blinker.

»Entschuldigung nochmals«, rief ich dem Typen zu.

Er tippte sich mit zwei Fingern locker an die Stirn. »All up stee.«

»Ähm … gleichfalls?«

Nun bereute ich, dass ich nie in das Buch *Plattdeutsch für Kinder* geschaut hatte, das meine Mutter mir zum achten Geburtstag geschenkt hatte.

Er legte den Kopf in den Nacken und lachte. Es war ein sympathisches, herzliches Lachen, auch wenn es wahrscheinlich auf meine Kosten ging. Um seine Augenwinkel zeigten sich kleine Lachfältchen.

»Tschüss denn!«

»Tschüss«, entgegnete ich ebenfalls lächelnd.

Er fuhr weiter, während meine Mutter übertrieben laut seufzte. »Der erste Ostfriese, der dir über den Weg läuft – und du machst ihm gleich schöne Augen!«

Ich schnappte empört nach Luft. »Hab ich gar nicht! Ich wollte nur höflich sein.«

Ihrer Miene nach zu urteilen, glaubte sie mir kein Wort.

»Auf sein ›Alles in Ordnung‹ hast du übrigens mit ›Gleichfalls‹ geantwortet«, klärte sie mich auf.

Oh. Nun ja. So etwas passierte eben, wenn man sich in der Fremde befand und die Landessprache nicht beherrschte.

Ich parkte wie geheißen vor dem schön restaurierten Gebäude zu unserer Rechten. Nachdem wir ausgeladen hatten, nahm ich das Gepäck an mich, da meine Mutter sich schließlich schonen sollte.

Schon nach wenigen Schritten stoppte sie allerdings an einer Weggabelung. Der linke Pfad lud zu einem Spaziergang auf dem Deich ein, der rechte führte an einer Häuserreihe entlang. Meine Mutter schaute mit zutiefst bewegtem Blick auf die kleinen Häuschen und atmete zitternd ein. Mir persönlich war schleierhaft, was an diesem Fußweg derart bewegend sein sollte. Ich schaute mich um. Ein Hotel war weit und breit nicht zu sehen. Ungeduldig trat ich von einem Fuß auf den andern.

»Wo wohnen wir eigentlich? Hast du ein Apartment gemietet?«, wollte ich wissen.

Sie wandte sich zu mir um. »Nein.«

Fragend schaute ich sie an, doch sie wich meinem Blick aus. Anscheinend war die Sache mit unserer Unterkunft schwieriger zu beantworten, als ich gedacht hatte.

»Lass uns erst mal ein paar Schritte gehen!«, schlug sie vor. »Es gibt einige Dinge in meinem Leben, von denen du nichts weißt. Dinge, die dich wahrscheinlich ziemlich überraschen werden.«

Das klang äußerst ominös. »Oh. Okay.«

Ein Spaziergang war für mich mit zwei großen Koffern zwar recht umständlich und mühsam, aber offenkundig herrschte dringender Gesprächsbedarf.

Kapitel 8

Ich war noch so klein, dass mir die Hand meiner Mutter ungeheuer groß vorkam. Sie klatschte mit solcher Wucht auf meine linke Gesichtshälfte, dass mein Kopf zur Seite flog. Ein brennender Schmerz flammte auf meiner Wange auf, doch der Schock darüber, dass meine Mutter mich geschlagen hatte, war weitaus schlimmer. Er brannte sich in mein Herz.

»Du tust nie, was ich dir sage!«, brüllte sie mich an.

Ihr Gesicht war wutverzerrt und wirkte wie eine angsteinflößende Maske: die Augen zu Schlitzen zusammengekniffen, auf der Stirn parallele Reihen wulstiger Hautfalten und die Zähne gebleckt.

Meine Mutter hielt meine neue Jacke hoch, auf der ein hässlicher dunkler Fleck prangte. »Wieso bist du nicht wie deine Schwester? Im Gegensatz zu dir ist sie ein braves Mädchen.«

Mein Blick verschwamm vor Tränen, als ich zu meiner großen Schwester schaute, die ein paar Schritte entfernt stand. Sie knetete ihre Finger und biss sich auf die Unterlippe. Helga war für den Fleck auf meiner neuen Jacke verantwortlich, aber sie sagte nichts, um mir zu helfen …

Eine dicke Träne kullerte über meine brennende Wange.

Dies ist eine meine ersten Kindheitserinnerungen.

Eintrag aus Mariannes »Buch der Erinnerungen«

*

Wir liefen über den Deich und nahmen auf einer freien Bank Platz. Von hier aus hatte man einen tollen Blick auf den Hafen. Rechts und links des Ufers lagen die bunten Krabbenkutter vor Anker. Unter den Booten tummelten sich auch zwei Ausflugsschiffe, die schon allein aufgrund ihrer Größe herausstachen. Nach rechts hin verbreiterte sich die Fahrrinne, und weiter hinten entdeckte ich einen Jachthafen mit Privatbooten und kleinen Segelschiffen. Es war idyllisch, ruhig und beschaulich.

Mir meine Mutter hier als Kind vorzustellen fiel mir allerdings schwer. Zu ihr passte der pulsierende, aufregende Rhythmus der Stadt weitaus besser als dieses kleine Fischerdorf. Ich warf ihr einen Seitenblick zu. Ihrem entrückten Gesichtsausdruck nach zu urteilen, war sie wieder in ihren Erinnerungen versunken. Auch wenn ihre ominöse Andeutung auf die Dinge, die sie mir verheimlicht hatte, natürlich meine Neugier geweckt hatte, beschloss ich, ihr noch einen Moment zu geben, damit sie ihre Gedanken sortieren konnte.

Mir fiel ein Hinweisschild ins Auge: *Vorsicht Deichhühner. Bitte nicht füttern!*

Deichhühner? Davon hatte ich noch nie gehört. Irritiert schaute ich mich nach allen Seiten um. Weit und breit war kein einziges Tier zu sehen. Entweder waren die Hühner andernorts unterwegs – oder es handelte sich hierbei um Ostfriesenhumor. Bei näherer Betrachtung hatten die Hühner auf dem Schild nämlich unterschiedlich lange Beine, sodass sie nur auf der Schräge des Deichs aufrecht hätten stehen können. Evolutionstechnisch schien mir das völliger Unsinn zu sein. Ich schüttelte den Kopf. Wer, bitte schön, machte sich denn die Mühe, so ein Jux-Schild professionell zu designen und hier aufzustellen? Wahrscheinlich lagen gleich hinter dem nächsten Busch ein paar kichernde Ostfriesen auf der Lauer … Nun wusste ich immerhin, woher meine Mutter ihren seltsamen Sinn für Humor hatte.

Sie räusperte sich. »Ich habe dir von meinen Eltern und ihrem frühen Tod erzählt. Kurze Zeit später habe ich Greetsiel für immer verlassen. Die Sache ist jedoch die …« Sie machte eine Pause und stieß langsam die Luft aus.

Ich stand kurz davor, vor Spannung zu platzen. Mein Bein wippte nervös auf und ab.

»Ich habe hier jemanden zurückgelassen, den ich eigentlich nie wiedersehen wollte«, fuhr sie endlich fort. »Nämlich meine ältere Schwester Helga.«

Ich spürte, wie mir die Gesichtszüge entgleisten. Ich blinzelte, während mein Hirn die Information zu verarbeiten versuchte.

»Wie … wie bitte?«, stammelte ich.

»Ich habe eine Schwester«, wiederholte sie. »Und du somit eine Tante.«

Ich konnte es nicht fassen. Ich hatte eine Tante? Innerhalb eines Sekundenbruchteils wurde meine Überraschung jedoch von einer Welle der Wut hinweggeschwemmt.

»Wie konntest du mir das verschweigen?«, entfuhr es mir aufgebracht. »Ich dachte, dass du die einzige Familie bist, die ich habe. Hast du eine Ahnung, wie viel Angst ich als Kind hatte, dass dir was passiert?« Ich schnappte nach Luft.

»Weil Helga eine hinterlistige Schnepfe ist«, antwortete sie mit allergrößter Ernsthaftigkeit. »Und wenn mir etwas passiert wäre, als du noch klein warst, hättest du von deiner Tante erfahren. Ich habe bei einem Notar alles Notwendige hinterlegt.«

Nun gut, das war immerhin ein kleiner Trost. Trotzdem konnte ich dieses Geständnis nicht einfach so hinnehmen.

Ich sprang auf und rang die Hände. »Erwartest du ernsthaft, dass ich das sang- und klanglos akzeptiere? Mit der dürftigen Erklärung, dass meine Tante eine Schnepfe ist?«

Sie seufzte und rieb sich über die Stirn. Anscheinend hatte sie sich dieses Gespräch leichter vorgestellt.

»Ich verstehe, dass das für dich verstörend sein muss. Vielleicht sollte ich etwas weiter ausholen …«, sagte sie und griff nach meinem Handgelenk, um mich wieder zurück auf die Bank zu ziehen. Widerstrebend ließ ich mich neben sie fallen.

»Und?« Ich verschränkte die Arme vor der Brust und schaute sie abwartend an.

»Seit meiner Geburt waren Helga und ich so unterschiedlich wie Tag und Nacht. Jedenfalls laut meiner Mutter. Helga war ein ruhiges, entzückendes Baby und ich angeblich ein Schreihals, habe meine Mutter nächtelang wachgehalten und hatte zudem einen äußerst hartnäckigen Milchschorf im Gesicht.«

Ich zog die Augenbrauen in die Höhe. Mir meine Mutter als quengelndes Baby mit Milchschorf im Gesicht vorzustellen überstieg meine Fantasie.

»Mit den Jahren wurden die Unterschiede zwischen uns ausgeprägter. Ich war als kleines Mädchen temperamentvoll und befolgte nicht stumpfsinnig jede Regel, wenn sie mir sinnlos erschien«, erzählte sie. »Für Helga war so etwas undenkbar. Sie war pflichtbewusst, langweilig, häuslich und gehorchte meiner Mutter aufs Wort – egal, was sie von ihr verlangte.«

»Okay«, sagte ich so neutral wie möglich, denn ich hielt eine gesunde Skepsis für angebracht.

Damit wollte ich meiner Mutter keinesfalls unterstellen, dass sie log. Eine Geschichte so zu erzählen, dass sie das bestmögliche Licht auf einen selbst warf, war allerdings ein zutiefst menschliches Verhalten. Je nach Sichtweise existierten von ein und derselben Begebenheit meist mehrere Varianten. Meine unfreiwillige Verlobung war dafür ein perfektes Beispiel, denn sicherlich hätte Erik seinen Antrag völlig anders wiedergegeben als ich. Und die abwertende Charakterbeschreibung meiner Tante hätte anders formuliert auch so lauten können: Helga war umgänglich, liebevoll gegenüber ihren Eltern, mit einem ruhigen Gemüt und ohne Neigung zur Sturheit. In diesem Fall freute ich mich schon darauf, meine Tante kennenzulernen.

»Sie war bei euch zu Hause also die Gute und du die Böse«, fasste ich ihre Worte zusammen.

Meine Mutter nickte. »Helga und ich haben uns nie so verbunden gefühlt, wie das bei Geschwistern normalerweise der Fall ist. Meine Mutter hat einen großen Teil dazu beigetragen, denn sie schaffte es immer wieder, uns gegeneinander auszuspielen. Aber es kam auch vor, dass Helga mich bei ihr verpetzte, wenn ich mich nicht an die Regeln hielt. Dabei sollten Geschwister doch eigentlich Verbündete sein.«

Selbst objektiv betrachtet klang das nicht sonderlich sympathisch. Niemand mochte Petzen.

»Und dein Vater?«

»Er hat sich nie eingemischt. Unsere Erziehung war Angelegenheit meiner Mutter. Er fuhr nur mit dem Kutter raus, brachte Geld nach Hause und ging abends in die Kneipe. Ich kann mich nicht erinnern, dass wir je ein richtiges Gespräch geführt hätten.« Sie atmete tief durch. »Ich hatte nie das Gefühl, in dieser Familie wirklich dazuzugehören. Und im Dorf hatte ich ähnliche Probleme. Auf dem Land galten damals noch die alten Rollenvorbilder. Wenn man als Mädchen einen eigenen Kopf und andere Ansichten hatte, war man aufsässig und ein Störenfried.«

Langsam begann ich zu begreifen, wie schwer es für sie gewesen sein musste. In gewisser Weise war sie einsamer gewesen als ich. Denn trotz unserer Umzüge und dem Fehlen einer Vaterfigur, hatte ich als Kind immerhin meine Mutter gehabt. Sie war mein Anker gewesen, meine Vertraute.

»Ich habe mich immer gefragt, was falsch an mir ist«, fuhr sie mit leiserer Stimme fort. »Und ich habe ernsthaft versucht, mich anzupassen, aber ich konnte einfach nicht aus meiner Haut. Schon damals war mein Mund schneller als mein Hirn.«

Ich musste schmunzeln. In dieser Hinsicht hatte sie sich tatsächlich nicht geändert.

»Ich kann verstehen, dass das nicht leicht für dich war.« Mitfühlend griff ich nach ihrer Hand. »Und wie ging es zwischen Helga und dir weiter?«

Über ihre Miene legte sich ein Schatten. Sie richtete den Blick zum blauen Himmel, an dem sich ein paar vereinzelte Wolken tummelten.

»Nach dem Tod unserer Eltern schien sich unser Verhältnis zu bessern. Wir waren zwei junge Frauen, die unter einem Dach lebten und sich um ihren Lebensunterhalt sorgten. Helga kam immer mehr aus ihrem Schneckenhaus heraus und lebte auf. Ich dachte, wir hätten tatsächlich eine Chance, noch mal von vorne zu beginnen. Aber der Friede währte nicht lange.«

Für einen Moment pressten sich ihre Lippen zu einer dünnen Linie zusammen, und Wut blitzte in ihren Augen auf. Dann hatte sie ihre Emotionen wieder im Griff.

»Als ich Anfang zwanzig war, kam es endgültig zum Bruch zwischen uns, und ich habe Greetsiel für immer verlassen.«

Ich konnte mir beim besten Willen nicht vorstellen, was zwischen den beiden vorgefallen sein mochte. Leider schien meine Mutter nicht auf die Einzelheiten eingehen zu wollen.

»Und du hattest in all der Zeit keinen Kontakt zu ihr?«

Sie schüttelte den Kopf. »Ich habe keine Ahnung, wie es Helga in all den Jahren ergangen ist. Ob es ihr gut geht, ob sie verheiratet ist, Kinder hat …«

Sie blickte über die Schulter zum letzten Haus der Reihe. Es war nicht besonders groß und relativ unscheinbar, auch wenn es von außen gepflegt wirkte. Den dunklen Ziegelsteinen war anzusehen, dass sie schon einige Jahre auf dem Buckel hatten, aber die dunkelgrüne Holztür schien frisch lackiert worden zu sein.

»Das ist unser Elternhaus«, erklärte sie. »Dort sind wir aufgewachsen, und Helga wohnt da noch immer. Das habe ich übers Internet herausgefunden.«

Nun beobachtete auch ich das kleine Häuschen mit dem großen Hortensienbusch und den Kletterrosen. Hinter den gehäkelten Scheibengardinen rührte sich nichts.

»Wie wird sie wohl reagieren, wenn du plötzlich vor ihr stehst?«, platzte es aus mir heraus.

Das war die Frage, die sich anscheinend auch meine Mutter stellte. Tiefe Unsicherheit zeichnete sich auf ihren Zügen ab.

»Ich weiß ja nicht mal, wie ich selbst reagieren werde.«

Sie holte zitternd Luft. »Vielleicht war das alles doch eine schlechte Idee. Wir sollten wieder fahren und …«

»Nein!«, fiel ich ihr entschlossen ins Wort. »Diese Sache war dir so wichtig, dass du gleich nach deiner Diagnose herkommen wolltest. Deshalb ziehen wir das jetzt durch!«

Ich stand auf und blickte sie auffordernd an, doch sie rührte sich nicht vom Fleck.

»Mama, was soll denn passieren? Im schlimmsten Fall knallt sie dir die Tür vor der Nase zu – aber dann hast du es wenigstens probiert. Davon abgesehen denke ich, dass sie sich freuen wird.«

»Und wenn wir uns nur wieder streiten?«

Ich nahm ihre Hand in meine. »Dann ist es zwischen euch eben genau wie früher. Allerdings bist du nicht mehr dieselbe wie damals. Du bist ruhiger geworden. Angepasster und nicht mehr ganz so rebellisch. Vielleicht hat Helga sich auch verändert? Und ihr könnt jetzt auf einer ganz anderen Ebene miteinander umgehen?«

Sie dachte kurz über meine Worte nach.

»Na schön.« Endlich gab sie nach und ließ sich von mir in die Höhe ziehen.

Kapitel 9

Ich verkroch mich in meinem Bett und versuchte, den Schmerz auszublenden. Die Wut half mir dabei. Wut auf diese Ungerechtigkeit, Wut auf meine Mutter. Mittlerweile war ich alt genug, um zu wissen, dass das, was sie tat, nicht richtig war. Manchmal hatte ich das Gefühl, sie genoss die Macht, die sie über ihre Kinder hatte. Seit sie gemerkt hatte, dass es mich nicht mehr in lähmende Panik versetzte, wenn sie mich stundenlang in die stockdunkle Kammer mit den vielen Spinnweben unter der Treppe sperrte, schlug sie stattdessen häufiger zu. Und stärker.

Ein zaghaftes Klopfen an der Zimmertür riss mich aus meinen trüben Gedanken. Für einen Moment raubte mir die Angst, dass sie zurückgekommen war, den Atem, aber dann fiel mir ein, dass sie niemals anklopfen würde. Helga huschte herein, leise und auf Zehenspitzen. Als würde sie mit einem Besuch bei mir gegen die Regeln verstoßen. Sie blieb vor meinem Bett stehen. Ihre Augen weiteten sich, als sie die Schwellung auf meinem Gesicht entdeckte. Scham flammte in meinem Inneren auf.

»Was ist?«, blaffte ich sie an. »Bist du gekommen, um zu glotzen?«

Sie schüttelte stumm den Kopf und hielt mir einen feuchten Waschlappen hin. Überrascht nahm ich ihn entgegen. Ich presste ihn auf die Schwellung, und die nasse Kälte legte sich wohltuend über den Schmerz.

»Danke«, sagte ich leise.
»Tu doch einfach, was sie sagt!« Helga schaute mich bittend an. »Du kannst diesen Kampf nicht gewinnen, Marianne! Beiß dir einfach auf die Zunge, anstatt dich immer gegen sie zu wehren!«
»Im Gegensatz zu dir kämpfe ich wenigstens«, entfuhr es mir bitter. Sie seufzte resigniert und schüttelte den Kopf. Mit einem Ausdruck im Gesicht, als würde sie mich für den dümmsten Menschen auf der Welt halten. Damit ähnelte sie erschreckend unserer Mutter.

Eintrag aus Mariannes »Buch der Erinnerungen«

*

Ich stand mit dem Gepäck quasi fluchtbereit am Gartentor, während meine Mutter zum zweiten Mal die Hand hob. Erneut blieb ihr Zeigefinger jedoch nur wenige Zentimeter über dem Klingelknopf in der Luft hängen.

»Jetzt mach!«, zischte ich ihr zu.

Genervt blickte sie kurz über die Schulter zu mir – aber dann klingelte sie tatsächlich.

Ich hielt den Atem an.

Nur wenige Augenblicke später öffnete sich die Tür. Vor uns stand eine hoch gewachsene Frau Ende sechzig. Ihr weißes Haar war schulterlang, sie war ungeschminkt, und ihr Kleidungsstil war mit einer lockeren Jeans und einer Baumwollbluse als praktisch zu bezeichnen. Ihre Gesichtszüge, ihr Körperbau und ihre Haltung erinnerten jedoch frappierend an meine Mutter.

»Moin«, sagte meine Mutter.

Falls meine Tante überrascht war, ließ sie sich das nicht anmerken. »Moin«, erwiderte sie im gleichen Tonfall.

Sie schwiegen einen langen Augenblick.

Irgendwie hatte ich mir das Wiedersehen nach so vielen Jahren herzergreifender vorgestellt. Der Regisseur einer Realityshow hätte sich vor Verzweiflung wahrscheinlich die Haare gerauft und die beiden angebrüllt, dass sie sich jetzt endlich umarmen sollen. Bei näherem Hinsehen bemerkte ich allerdings einen verdächtigen Glanz in den Augen meiner Tante, und die Schultern meiner Mutter bebten, als fiele ihr das Atmen schwer.

Sie räusperte sich. »Und?«

Ihre Schwester zuckte mit den Schultern. »Muss ja. Und selbst?«

Meine Mutter nickte. »Jo.«

Ich musterte die beiden sprachlos.

Nach diesem tiefschürfenden Dialog trat meine Tante einen Schritt beiseite und fragte: »Tee?«

»Gerne«, erwiderte meine Mutter und ging mit ihrer Schwester ins Haus.

Mich ließen sie einfach draußen stehen. Immerhin hatten sie die Tür offen gelassen. Gerade als ich den Entschluss gefasst hatte, ihnen zu folgen, ertönte hinter mir eine Frauenstimme.

»Entschuldigung?«

Ich drehte mich um und zuckte zusammen. Oh verdammt, die Polizei!

Sofort fühlte ich mich schuldig. Obwohl ich eine äußerst gesetzestreue Bürgerin war, erging es mir immer so beim Anblick von Polizisten. Dieses Mal fiel mir zudem sofort etwas ein, das ich verbrochen haben könnte.

»Tut mir leid, normalerweise mache ich so etwas nicht!«, platzte es aus mir heraus. »Ich wurde dazu gezwungen.«

Die Augenbrauen der Polizistin wanderten nach oben. Sie warf ihre blonden Haare, die zu einem Zopf geflochten waren, hinter die Schulter. »Ah ja?«

Ich deutete in Richtung Amtmannshaus. »Ich fahre mein Auto sofort wieder weg. Es war nur wegen des Gepäcks«, ich fuchtelte in Richtung der Koffer, »und dann haben wir uns ein wenig verquatscht. Aber natürlich weiß ich, dass ich gar nicht in die Ortsmitte hätte fahren dürfen. Meine Mutter wollte es unbedingt … Also, wie gesagt, sie hat mich gezwungen.«

Die Polizistin sah mich nach wie vor skeptisch an. Sie stand breitbeinig vor mir und hatte die Daumen in ihren Gürtel eingehakt. Obwohl sie in meinem Alter oder sogar etwas jünger war, wirkte sie sehr respekteinflößend. Irgendwie kam sie mir bekannt vor, dabei war ich mir sicher, dass wir uns noch nie begegnet waren. Sie hatte ein auffälliges herzförmiges Muttermal auf der Wange, an das ich mich bestimmt erinnert hätte.

»Und wie hat Ihre Mutter Sie gezwungen, wenn ich fragen darf? War sie bewaffnet?«

Mir entfuhr ein kurzes Lachen. »Meine Mutter braucht keine Waffe. Sie arbeitet mit unterschwelligen Schuldgefühlen.«

Zu meiner Überraschung nickte die Polizistin verständnisvoll. »Das kenne ich«, gestand sie. »Meine Mutter macht das auch. Sie erinnert mich daran, was sie schon alles für mich getan hat und wie dankbar sie ist, eine so gute Tochter wie mich zu haben.« Sie seufzte. »Und schon mache ich, was sie von mir verlangt.«

Die Frau war mir sofort sympathisch und wusste offenbar genau, wovon ich redete.

»Und wie geht es jetzt weiter? Muss ich ein Bußgeld zahlen?«

Sie verzog die Mundwinkel. »Eigentlich schon, aber ehrlich gesagt habe ich bereits Dienstschluss. Ich wollte gerade nur schnell bei meiner Mutter vorbeischauen, und Sie stehen direkt vor unserem …«

»Merle?«, rief es in diesem Moment von der Haustür.

»Luisa?«, erklang die Stimme meiner Mutter.

Die Polizistin und ich drehten uns gleichzeitig um.

Meine Tante lief über den Gartenweg auf uns zu. »Schau mal,

Marianne, unsere Mädchen haben sich schon kennengelernt«, sagte sie freudestrahlend. »Luisa, willkommen in Ostfriesland! Willkommen in der Familie!«

Sie machte vor mir Halt und schloss mich in ihre Arme. Da ich noch das kühle Zusammentreffen mit meiner Mutter im Kopf hatte, fiel die Begrüßung meiner Tante unerwartet herzlich aus. Es dauerte einen Augenblick, bis ich meine Überraschung überwand, dann erwiderte ich die Umarmung. Meine Tante roch nach eingekochten Früchten, Vanille und einem Hauch von Seife.

Sie machte sich von mir los und musterte mich mit wohlwollender Miene. »Meine Nichte! Meine Güte, diese Ähnlichkeit ist verblüffend …«

Sie wandte sich zu der Polizistin um. »Merle, sieh dir das an: Ihr beide könntet Schwestern sein, nicht nur Cousinen.«

»Wie bitte? Cousinen?« Ihre Tochter starrte mit geöffnetem Mund abwechselnd zu mir, meiner Mutter und meiner Tante. Bewundernswert schnell erfasste sie die Zusammenhänge. Ihr Blick heftete sich auf meine Mutter. »Ist das etwa Tante Marianne?«

Meine Mutter nickte mit geröteten Wangen. »Ja, genau die bin ich. Freut mich, dich kennenzulernen!«

Sie streckte Merle die Hand hin. Meine Mutter war nun mal nicht der Typ für Umarmungen, aber das schien meine Cousine nicht zu stören. Sie schüttelten sich die Hände und lächelten einander zu.

»Du wusstest von meiner Mutter?«, fragte ich erstaunt.

Merles hellblaue Augen richteten sich wieder auf mich. Nun wurde mir auch klar, weshalb sie mir so bekannt vorgekommen war. Sie hatte mich an die Frau erinnerte, die ich tagtäglich im Spiegel sah. Ihre Haare besaßen denselben blonden Farbton, wir hatten die gleichen hohen Wangenknochen und vollen Lippen.

Ihre Kinnpartie war jedoch ausgeprägter, und ihre Statur ließ darauf schließen, dass sie deutlich sportlicher und durchtrainierter war als ich. Dafür schien ich die Augenfarbe und den kleinen Höcker auf der Nase eindeutig von meinem Vater geerbt zu haben.

»Meine Mutter hat uns von ihrer verschollenen Schwester erzählt«, beantwortete sie meine Frage. »Das musste sie ja allein schon wegen der Fotos aus ihrer Kindheit. Wusstest du etwa nichts von ihr?«

Ich schüttelte den Kopf. »Erst seit heute. Fotos aus ihrer Kindheit habe ich nie gesehen.«

»Das liegt daran, dass ich alles hiergelassen habe, als ich abgehau… ähm … weggezogen bin.« Die Wangen meiner Mutter nahmen einen noch dunkleren Farbton an.

Eine unangenehme Stille breitete sich zwischen uns aus. Tante Helga und meine Mutter vermieden auffallend, einander anzusehen. Das Thema schien beiden unangenehm zu sein. Ich fragte mich, ob Merle wusste, wieso die Schwestern sich damals zerstritten hatten.

Tante Helga klatschte in die Hände. »Jetzt trinken wir erst mal einen schönen Tee und lernen uns ein bisschen besser kennen!«, schlug sie vor.

Wir nickten alle erleichtert, und sie führte uns nach drinnen. Ich stellte unsere Koffer im Flur ab und konnte dabei einen Blick durch die geöffnete Tür ins Wohnzimmer werfen. Es war einfach, aber gemütlich eingerichtet. Die Möbel passten nicht recht zueinander, und der Teppich war abgewetzt, aber überall hingen Fotos von der Familie. Ich sah Souvenirs von Urlauben, Vasen mit Trockenblumen und ein Bücherregal voller Krimis.

In der Küche wurde der Duft von Vanille und eingemachten Früchten noch intensiver. Auch hier hatte die Einrichtung schon bessere Tage gesehen. Durch die bunten Kissen auf den Stühlen, das urige alte Küchenbuffet voll mit Rezeptbüchern und die zahlreichen Kräuter auf der Fensterbank fühlte ich mich jedoch sofort wohl.

Helga wuselte umher und setzte Wasser auf. »Habt ihr Hunger? Ich habe noch Mehlpütt mit Birnen und Vanillesoße übrig. Nach dem Rezept unserer Mutter.«

Neben mir stieß meine Mutter einen gequälten Seufzer aus.

»Magst du keinen Mehlpütt?«, wisperte ich.

»Doch, doch«, gab sie leise zurück. »Es kommen nur gerade viele Erinnerungen hoch.«

Ihrer verkniffenen Miene nach zu urteilen, waren es keine schönen Erinnerungen.

Doch sie atmete tief durch und lächelte Helga an. »Gerne! Mehlpütt habe ich schon eine Ewigkeit nicht mehr gegessen.«

Aus dem abgegriffenen weiß-blauen Teeservice, das Tante Helga auf den Tisch stellte, schloss ich, dass in diesem Haus viel Tee getrunken wurde. Auch wenn mir nach der Fahrt ein starker Kaffee eigentlich lieber gewesen wäre.

»Du kennst die ostfriesische Teezeremonie?«, fragte mich Merle.

Sie war kurzzeitig in einem der Zimmer verschwunden und hatte die Uniform gegen eine Jeans und ein T-Shirt mit dem Aufdruck *Seehundstation Norddeich* eingetauscht. Nun sah sie weitaus weniger furchteinflößend aus. Sie hatte uns erklärt, dass sie für solche Fälle Ersatzkleidung bei ihrer Mutter deponiert hatte, obwohl sie eigentlich schon ausgezogen war und mit ihrer besten Freundin in einer Wohnung am Rand des Dorfes lebte. Das erinnerte mich in sentimentaler Weise an meine WG-Zeiten mit Katja.

»Die ostfriesische Teezeremonie sagt mir nichts«, gab ich zu. »Ich bin leidenschaftliche Kaffeetrinkerin, genau wie Mama.«

Helga schaute zu meiner Mutter. »Und ich hatte immer geglaubt, du wolltest nur unsere Mutter ärgern, wenn du dich geweigert hast, Tee zu trinken.«

»Ich war zwar für meine Sturheit bekannt, aber nicht in diesem Fall«, erwiderte sie mit einem bitteren Lächeln.

»Dann verpassen wir Luisa mal einen Einführungskurs!«, verkündete Merle mit vor Freude blitzenden Augen. »Eine Kurzfassung, denn natürlich gibt es Varianten und Feinheiten.«

Sie hob den Zeigefinger. »Erste Regel: Wenn ein Ostfriese dich zum Tee einlädt, ist das eine Ehre. Also nimm sie immer dankbar an!«

Ich nickte. »Okay! Teeeinladungen immer annehmen.«

»Zuerst gibt man mit dem Kluntjeknieper etwas Kandis in die Tasse. Besucher bekommen ein besonders großes Stück Kluntje.«

Mit einer silbernen Zange legte sie ein großes Stück Kandis in meine Tasse.

»Nun kommt der heiße Tee drüber«, fuhr Merle fort und schenkte mir ein. »Du hörst den Kandis jetzt knacken. Die Tasse wird aber nicht ganz gefüllt. Nur so viel, dass dein Kluntje bedeckt ist.«

Bei den ohnehin schon zierlichen Tassen war das nicht gerade viel Tee. Für Durstige war das nichts.

»Nun gebe ich die Sahne mit dem Rohmlepel dazu.« Mit einem Miniatur-Schöpflöffel goss sie die Sahne am Rand der Tasse langsam in den Tee.

Nach dieser langen Vorrede war ich natürlich neugierig. Ich nahm rasch meinen Teelöffel in die Hand.

»Nein!«, hielt Merle mich im letzten Moment auf. »Auf keinen Fall umrühren! Das ist ein Sakrileg.« Sie deutete auf meine Tasse. »Du musst erst mal versonnen beobachten, wie sich die Sahnewölkchen in der Tasse ausbreiten.«

Ich tat wie geheißen, auch wenn ich mir ein Schmunzeln

nicht verkneifen konnte. Aber ich musste zugeben, dass die Sahnewölkchen ein schöner Anblick waren.

»Jetzt darfst du trinken!«

Ich nahm einen Schluck und schloss die Augen. Zuerst schmeckte ich die cremige Sahne, danach den aromatischen Schwarztee, und am Ende kam die Süße des Kandis durch. Die Wärme strömte meinen Hals hinab und erfüllte meinen Körper in angenehmer Weise. Als ich die Augen wieder öffnete, bemerkte ich, dass mich alle gespannt beobachteten.

»Lecker«, verkündete ich mein ehrliches Urteil.

»Das musstest du ja sagen! Zum Glück sagt mir mein kriminalistisches Gespür, dass du nicht gelogen hast.« Merle tippte sich an die Nase wie ein alter Kommissar und zwinkerte mir zu.

Ich lachte. Mit ihrer unkomplizierten Art hatten Merle und Helga es geschafft, dass ich mich in ihrer Mitte schon pudelwohl fühlte. Dabei hatten wir uns gerade erst kennengelernt.

»Das machen wir jetzt mindestens drei Mal. Dree is Oostfresen Recht«, warf Tante Helga ein. »Drei Mal ist Ostfriesenrecht.«

»Und wozu brauche ich den Teelöffel?«, fragte ich.

»Den legst du in die Tasse, wenn du keinen Tee mehr möchtest. Das ist das Zeichen, dass du genug hast.«

»Hoffentlich kann ich mir das alles merken! Jetzt möchte ich aber auch den Mehlpütt probieren.«

Auf meinem Teller befand sich nämlich schon eine Art fluffiger, fast weißer Kuchen mit Vanillesoße und Birnenkompott. Natürlich war ich neugierig, was es mit dem Rezept meiner Großmutter auf sich hatte.

Ich probierte und schloss genießerisch die Augen. »Großartig! Ist das ein Hefeteig? Aber die Konsistenz ist so anders …«

»Der Teig wird in ein Tuch oder eine Gugelhupfform gegeben und im Wasserdampf gegart, das macht den Unterschied.

Wenn du willst, zeige ich es dir mal«, bot Tante Helga an. »Interessierst du dich fürs Kochen?«

»Luisa hat sogar einen Koch-Kanal auf YouTube«, erzählte meine Mutter eifrig.

Ich konnte mir einen erstaunten Seitenblick nicht verkneifen. Das war normalerweise nichts, was sie freiwillig erzählte. Mein Hobby hatte sie bisher eher belächelt. Oder als Zeitverschwendung abgetan, wenn ich mich ihrer Meinung nach mal wieder zu wenig für die Firma engagierte.

Merle ließ sich nicht davon abbringen, mich sofort zu googeln und ein Video mit Katja abzuspielen. Es war die Challenge, bei der ich mit meiner Interpretation des Salzstangenauflaufs gewonnen hatte. Die beiden waren begeistert, und Helga meinte, die Kochleidenschaft läge in der Familie – der Vater meiner Großmutter wäre sogar Koch in einem guten Restaurant gewesen.

»Vor ein paar Jahren habe ich dich auch mal gegoogelt«, gestand Helga meiner Mutter, nachdem Merle das Handy weggesteckt hatte. »Aber ich habe keine Marianne Muschelknautz gefunden.«

»Ich habe geheiratet«, erklärte sie. »Luisas Vater. Seither heißen wir Steinbeck. Jetzt leben wir in Hamburg, aber bis vor einigen Jahren sind wir immer wieder umgezogen.«

»Kein Wunder, dass du wie vom Erdboden verschluckt warst.« Helga lächelte traurig. »Aber ich habe immer gehofft, dass du irgendwann zurückkommen wirst.«

»Es hat leider etwas länger gedauert. Nach so vielen Jahren«, meine Mutter seufzte, »war die Rückkehr nicht leicht.«

Helga legte ihr vorsichtig die Hand auf den Arm. Als hätte sie Angst, ihre Schwester mit einer zu schnellen Bewegung zu erschrecken. »Jetzt bist du hier. Das ist alles, was zählt. Und ich bin sehr glücklich darüber.«

Die beiden schauten sich mit bewegter Miene an. Es war wie ein stummer Austausch, in dem unzählige ungesagte Worte mitschwangen. In diesem Moment spürte ich zum ersten Mal ihre Verbundenheit. Sie waren zusammen aufgewachsen, hatten viel gemeinsam erlebt, kannten einander wahrscheinlich besser als sonst irgendjemand. Egal, welche Ereignisse die beiden auseinandergebracht hatten – dieses Fundament würde für immer Bestand haben.

Der friedvolle Augenblick wurde allerdings zerstört durch eine keifende Frauenstimme aus Richtung Nachbargarten, die irgendwelche »Drecksvögel« beschimpfte – gefolgt von undefinierbaren lauten Schlägen.

Meine Mutter richtete sich erstaunt auf. »Sag bloß, die alte Hoferland von nebenan lebt noch?«

Helga nickte grinsend. »Mittlerweile ist sie über neunzig, und ihre Obstbäume zu beschützen ist noch immer ihr Lebensinhalt.«

Die beiden begannen, Klatsch und Tratsch übers Dorf auszutauschen. Meine Mutter sog die Neuigkeiten mit der Begeisterung eines kleinen Kindes auf. Das war eine Seite an ihr, die ich bisher nicht gekannt hatte. Es ging um Nachbarn, alte Schulfreunde und Bekannte. Da mir all die Namen nichts sagten, begann ich mich mit Merle zu unterhalten. Sie erzählte mir, dass sie schon als kleines Mädchen Polizistin werden wollte, ihre Mutter jedoch strikt dagegen gewesen war. Nur mit allergrößter Entschlossenheit war es ihr gelungen, sich durchzusetzen.

»Wie hast du das geschafft?«, wollte ich wissen.

»Natürlich konnte ich ihre Angst verstehen, aber ich habe die Ausbildung trotzdem durchgezogen.« Sie zuckte mit den Schultern. »Denn ich bin bereit, das Risiko, das mein Job mit sich bringt, einzugehen. Ich will den Menschen helfen und für Gerechtigkeit sorgen. Nur um meine Mutter glücklich zu machen, konnte ich darauf nicht verzichten. Manchmal muss man eben Prioritäten setzen, und es ist *mein* Leben. Und mein Traumberuf.«

Bewundernd sah ich sie an. Meine Cousine war wirklich taff.

»Damit hat meine Mutter jetzt aber das perfekte Druckmittel gegen mich in der Hand«, fuhr sie fort. »Sie erinnert mich stets daran, was für seelische Qualen ich ihr tagtäglich zumute – und dass ich ihr dafür etwas schuldig sei.«

Merle rollte stöhnend mit den Augen, und wir mussten beide lachen. Ganz so taff war sie also doch nicht.

Tante Helga setzte eine neue Kanne Tee auf, wir plauderten miteinander, und die Zeit verging wie im Flug. Ich erfuhr, dass meine Tante ihren Lebensunterhalt mit einem kleinen Souvenirshop in der Ortsmitte bestritt und heute Mittag zufällig frei gehabt hatte. Auch wenn die Touristen manchmal etwas anstrengend sein konnten und der Laden seit der letzten Mieterhöhung nicht mehr so viel abwarf, machte ihr der Job großen Spaß. Ich entspannte mich immer mehr und fühlte mich in der kleinen Küche fast wie zu Hause.

Es war schon früher Abend, als die Haustür mit einem lauten Knall zugeworfen wurde.

»Mama?«, rief eine Männerstimme im Flur.

Helgas Miene hellte sich auf. »Ah, das ist mein Sohn! Ich habe ihm eine Nachricht geschrieben und ihn über euren Besuch informiert.«

Merle seufzte. »Mein großer Bruder«, flüsterte sie mir zu. »Ich muss dich warnen: Björn kann etwas schwierig sein. Aber er meint es eigentlich nicht so.«

Ehe ich nachhaken konnte, betrat auch schon ein hochgewachsener Mann Ende dreißig die Küche. Er trug Jeans und ein kariertes Hemd, hatte hellbraune kurze Haare, ein ausdrucksstarkes Kinn, und hinter einer markanten grasgrünen Brille funkelten intelligente Augen. Sofort richtete sich sein Blick auf uns. In seiner Miene lag tief empfundenes Misstrauen.

Meine Mutter stand auf und reichte ihm lächelnd die Hand. Erst jetzt fiel mir auf, dass sie etwas blass um die Nase war und ziemlich erschöpft wirkte. Es war ein langer Tag für sie gewesen.

»Moin! Ich bin Marianne, deine Tante.«

Sichtlich widerstrebend schüttelte er ihre Hand. »Was willst du hier? Wieso bist du zurückgekommen?«

Offenbar war er kein Freund davon, lange um den heißen Brei herumzureden. Meine Mutter ließ sich von seinem unfreundlichen Tonfall jedoch nicht beirren.

»Weil ich meine Schwester wiedersehen wollte«, antwortete sie nach wie vor lächelnd.

»Und das soll ich glauben?« Er stemmte angriffslustig die Hände in die Taille. »Was treibt euch wirklich hierher? Geht es um das Haus? Wollt ihr Geld?«

»Björn!«, zischte Merle, aber er reagierte nicht darauf.

»Jahrzehntelang hast du dich nicht um unsere Mutter geschert. Und jetzt bist du urplötzlich rührselig geworden und willst auf Familie machen?« Er lachte spöttisch. »Darauf falle ich keine Sekunde lang herein!«

Meiner Mutter entfuhr ein Lachen. »Du denkst, dass ich wegen meiner Hälfte des Hauses zurückgekommen bin? Da kann ich dich beruhigen! Daran habe ich keinerlei Interesse.«

»Das sagst du jetzt!«, rief er. »Aber wahrscheinlich schlägst du in ein paar Wochen, wenn du meine Mutter eingelullt hast, andere Töne an. Dann wirst du behaupten, dass das Haus verkauft werden muss, weil du unbedingt Geld brauchst – und Mama sitzt auf der Straße.«

Meine Mutter seufzte und setzte zu einer Antwort an, doch Tante Helga hieb entschlossen auf den Tisch. Sie stand langsam auf und fixierte ihren Sohn.

»Björn, hör sofort auf damit!« Sie sprach leise, aber genau das verlieh ihren Worten Nachdruck. »Selbst, wenn Marianne wegen des Hauses hier ist und ihre Hälfte beanspruchen will, wäre das ihr gutes Recht. Wir haben hier jahrzehntelang gelebt, ohne ihr einen Cent als Entschädigung zu zahlen. Also benimm dich gefälligst nicht wie ein Hornochse! Ich weiß, dass du ein guter Sohn bist und nicht willst, dass ich mich für dich vor meiner Schwester und meiner Nichte schämen muss.« Sie legte den Kopf schief. »Oder täusche ich mich da?«

Er schien mit sich zu kämpfen. Aber dann schluckte er schwer und schüttelte den Kopf.

»Nein.« Er holte tief Luft. »Nein, natürlich nicht.«

Er wandte sich zu mir um.

»Hallo, ich bin Björn! Freut mich, dich kennenzulernen!«

Ich ergriff seine ausgestreckte Hand. »Mich ebenfalls«, entgegnete ich wenig enthusiastisch. Sein Auftritt hatte ihn mir nicht sonderlich sympathisch gemacht. »Ich bin Luisa.«

»Setz dich, Björn, und trink eine Tasse Tee mit uns!«, sagte seine Mutter versöhnlich.

Mein Cousin ließ sich auf einen Stuhl sinken und verschränkte die Arme vor der Brust, während Helga ihm eine Tasse hinstellte. Auch wenn er aufgehört hatte, mit Vorwürfen um sich zu werfen, umgab ihn sein Unmut wie eine düstere Aura.

Wahrscheinlich startete meine Mutter deshalb einen neuen Versuch, ihn von ihren guten Absichten zu überzeugen.

»Ich kann verstehen, dass du deine Mutter beschützen willst. Aber ich versichere dir, wir haben keine Geldprobleme und kein Interesse an dem Verkauf des Hauses. Wir haben ein kleines Unternehmen, das Drogerieartikel vertreibt. Das hält uns recht gut über Wasser.«

Wie bitte? Mein Kopf fuhr ruckartig zu ihr herum. Ein kleines Unternehmen, das Drogerieartikel vertrieb? Das uns recht gut über Wasser hielt? Ich wusste, dass meine Mutter Angeberei verabscheute, aber das war so tiefgestapelt, dass es fast einer Lüge gleichkam. Das schien auch ihr bewusst zu sein, denn sie warf mir einen eindringlichen Blick zu, der mir wohl signalisieren sollte, sie keinesfalls zu korrigieren.

Sie räusperte sich. »Ich bin nur hergekommen, weil … ich …« Sie kam in ungewohnter Weise ins Stocken. »Ähm … ich …«

Alle im Raum musterten sie irritiert.

Fahrig rieb sie sich über die Stirn. »Helga sehen wieder … Streit werfen weg … nötig gehen zurück …«

Sie saß auf ihrem Stuhl wie erstarrt. In ihren weitaufgerissenen Augen konnte ich Panik aufflackern sehen, während ein kalter Schauer meinen Rücken hinaufkroch. Ich hatte mittlerweile genug über Hirntumore gelesen, um zu erkennen, dass sie eine Wortfindungsstörung hatte. Die Patienten konnten die Worte dann nicht mehr in der richtigen Reihenfolge zusammenstellen oder verwechselten die Bedeutung.

»Es ist spät geworden!«, rief ich und sprang so abrupt auf, dass ich die Aufmerksamkeit aller auf mich zog. »Wir sollten uns um eine Übernachtungsmöglichkeit kümmern. Wir haben noch gar kein Hotel.« Ich schnappte mir rasch mein Handy und meine Tasche.

Meine Mutter erhob sich ebenfalls, jedoch ohne ein Wort von sich zu geben. Sie presste die Lippen so fest zusammen, dass sie einem dünnen Strich glichen.

»Ein Hotel kommt nicht infrage!« Tante Helga schüttelte entschlossen den Kopf. »Ihr schlaft natürlich hier bei mir. Die alten Zimmer von Merle und Björn sind zwar nicht besonders groß, aber es gibt dort alles, was ihr braucht.«

»Ich weiß nicht …« Unsicher blickte ich zu meiner Mutter, aber sie nickte zustimmend.

Offenbar war es für sie in Ordnung. Da sie keine Zimmer reserviert hatte, war sie vermutlich ohnehin davon ausgegangen, dass wir hier übernachten würden.

»Vielen Dank, das ist lieb von dir!«, erwiderte ich lächelnd. »Aber nur, wenn es dir wirklich keine Umstände macht. Wir wollen dir nicht zur Last fallen.«

Ich ignorierte das sarkastische Schnauben meines Cousins. Er war wohl der Meinung, dass wir die Gastfreundschaft seiner Mutter ausnutzten und genau die Schmarotzer waren, für die er uns hielt.

»Komm, ich zeig euch die Zimmer und helfe dir mit den Koffern!«, bot Merle an.

»Das ist nett von dir.«

Ganz im Gegensatz zu Björn war meine Cousine ein hilfsbereiter Engel. Ich konnte mir einen gereizten Seitenblick in seine Richtung nicht verkneifen.

Allerdings hatte ich im Augenblick wichtigere Sorgen. Ich musste mich um meine Mutter kümmern und sie so schnell wie möglich ins Bett verfrachten! Ihrem blassen Gesicht nach zu urteilen, würde sie jedoch nicht lange Widerstand leisten. Jede ihrer Bewegungen zeugte von ihrer Erschöpfung, und ich bekam ein schlechtes Gewissen, dass ich sie nicht früher zu einer Pause gezwungen hatte. Dass meine Mutter nun meine Fürsorge brauchte, war noch genau so frisch und neu für mich wie für sie.

Kapitel 10

Für uns Kinder in Ostfriesland war das Martinisingen am Abend des 10. November ein Ereignis, dem wir jedes Jahr entgegenfieberten: In Kostümen und mit einer Laterne ging es nach Einbruch der Dunkelheit von Haus zu Haus, man sagte ein Gedicht auf oder sang ein Lied – und bekam dafür Kekse, Süßigkeiten, Mandarinen und Nüsse. Meist klapperten die besten Freunde miteinander die Häuser ab, aber unsere Mutter verlangte von Helga stets, mich mitzunehmen und auf mich aufzupassen. Meine große Schwester hatte sich deshalb nie beschwert, im Gegenteil. Jedes Jahr dachten wir uns zusammen neue Kostüme aus und sprühten dabei vor Fantasie.

Einmal liehen wir uns den weißen Schäferhund von unserer Nachbarin aus und verkleideten ihn als Einhorn. Helga ging als Fee und ich als Zwerg mit Bart. So viele Süßigkeiten wie in jenem Jahr bekamen wir nie wieder. Alle lachten, als sie uns vor ihrer Tür stehen sahen, und klatschten begeistert in die Hände. Wir gaben immer plattdeutsche Lieder zum Besten, wie »Mien lüttje Lateern, ik hebb di so geern« oder »Mit de Kippkappkögels kom' wi weer an«. Beim Martinisingen waren Helga und ich immer ein Team. Wir lachten, hatten Spaß, und nichts konnte uns trennen. Am Ende des Abends, wenn wir nach Hause zurückkehrten, erfasste mich jedes Mal eine tiefe Traurigkeit. Denn ich wünschte mir, dass es zwischen Helga und mir immer so sein könnte.

Eintrag aus Mariannes »Buch der Erinnerungen«

*

Ich half meiner Mutter, ihren Koffer auszupacken, während sie sich fürs Bett fertigmachte. Die Zimmer waren wirklich winzig, aber Helga hatte recht: Es war alles da, was wir brauchten. Als meine Mutter sich hinlegte, fielen ihr schon fast die Augen zu. Da sie im Krankenhaus nicht hatte schlafen können, verlangte ihr Körper jetzt nach seinem Recht. Ich nahm mir vor, in Zukunft besser auf sie zu achten.

Ich wünschte ihr eine gute Nacht, aber ehe ich ihr Zimmer verließ, konnte ich mir eine letzte Frage nicht verkneifen.

»Wieso hast du ihnen nicht von *Natürlich schön* erzählt? Du hast schamlos untertrieben, was die Firma betrifft.«

Sie seufzte. »Ich wollte nicht wie eine neureiche Angeberin dastehen. Du hast doch auch gemerkt, in welchem Zustand das Haus ist.« Sie deutete demonstrativ zur Decke, auf der sich ein hässlicher Wasserfleck abzeichnete. »Helga scheint es finanziell nicht besonders gut zu gehen. Die anderen Räume sehen auch nicht viel besser aus.«

Leider hatte sie recht. Eine Renovierung war längst überfällig, aber Tante Helga fehlte dafür wohl das Geld. Trotzdem gefiel mir die Schwindelei meiner Mutter nicht.

»Aber sobald sie uns googeln, werden sie die Wahrheit erfahren.«

»Da wäre ich mir nicht so sicher«, widersprach sie. »Du bist hauptsächlich mit deinem Koch-Kanal im Netz zu finden. Und es gibt im Internet unzählige Frauen mit dem Namen Marianne

Steinbeck. Als Firmenchefin bin ich jedoch kaum in Erscheinung getreten und habe die Medien immer gemieden. Meine Presse- und Marketingchefin rügt mich deshalb andauernd.« Sie lächelte leicht.

»Wohl wahr!«, sagte ich seufzend. »Aber wenn sich jemand fünf Minuten Zeit nimmt und durch die Einträge scrollt, findet er trotzdem unsere Verbindung zu *Natürlich schön* heraus. Und dann stehen wir als Lügner da.«

Vor allem dachte ich dabei an Björn, der uns offenkundig nicht gerade wohlgesonnen war. Anstatt geldgeile Schmarotzer wären wir in seinen Augen dann zwei verlogene Geizhälse, die ihrer Verwandtschaft finanziell nicht unter die Arme greifen wollten.

Sie gähnte. »Wenn sie es tatsächlich herausfinden, können wir immer noch sagen, dass wir nicht angeben wollten. Ich bin Ostfriesin, Luisa! Wir kehren nicht nach einer halben Ewigkeit in die Heimat zurück, um mit unserem Erfolg zu prahlen oder mit unserem Reichtum anzugeben. Das liegt nicht in unserer Natur. Besonders, wenn es den anderen offenbar schlechter ergangen ist als einem selbst.«

Das konnte ich nachvollziehen. Ich hasste es ebenfalls zu protzen. Eriks monströser Verlobungsring war ein deutliches Zeichen dafür, wie schlecht er mich kannte.

»Bitte, Luisa, sag den anderen nichts!«

Ich stieß die Luft aus. »Na schön, ich halte meinen Mund! Vorerst. Aber wir reden noch mal drüber.«

Erleichterung zeichnete sich auf ihrem Gesicht ab. »Danke! Gute Nacht, mein Schatz.«

Ich schloss die Tür und ging in Merles altes Zimmer, um auch meinen Koffer auszupacken. Frau Klein hatte nicht gelogen und tatsächlich, so gut wie möglich, meine Privatsphäre gewahrt. Zum Beispiel hatte die Assistentin meiner Mutter nicht bemerkt, dass ich eine Schublade mit normaler Alltagsunterwäsche hatte und eine mit sexy Dessous für besondere Anlässe. Sie hatte wohl wahllos in eine Schublade hineingegriffen, was zur Folge hatte, dass ich die nächsten Tage minimalistische Stringtangas und kratzige Spitzen-BHs anziehen musste. Na toll! Außerdem passten mir nur drei der vier eingepackten Jeans, weil Frau Klein zielsicher meine Motivationsjeans aus dem Schrank gezogen hatte. Das war eine schicke schwarze Jeans mit engem Schnitt, die mich jeden Morgen an meine Vorhaben erinnern sollte, drei Kilo abzunehmen. Schließlich machte mir nicht nur das Kochen Spaß – ich aß die Dinge, die ich zubereitete, auch gerne. Da ich mich zum Glück jedoch viel bewegte und ab und zu mal joggen ging, hielt sich meine Gewichtszunahme noch in Grenzen.

Bei den Kosmetikartikeln fiel die Ausbeute noch dürftiger aus. Frau Klein hatte sich nur Sachen gegriffen, die in der Dusche und auf dem Waschbecken herumstanden, sodass ich bis auf Shampoo, Duschgel, Zahnpaste und Zahnbürste nur noch einen Lippenstift, meine Bürste und ein Gesichtswasser dabeihatte. Keine Hautcreme, keine Wimperntusche, kein Concealer, um meine Narbe abzudecken. Nun ja, für ein paar Tage würde es reichen! Schließlich war ich nicht in Greetsiel, um an einem Schönheitswettbewerb teilzunehmen, sondern um meine neue Familie kennenzulernen.

Nachdem ich ausgepackt hatte, ging ich wieder nach unten, da ich um diese Uhrzeit beim besten Willen noch nicht schlafen konnte. Obwohl ich die Nacht zuvor kein Auge zugemacht hatte, hatte ich meinen Tiefpunkt in Sachen Müdigkeit schon vor einigen Stunden überwunden, und jetzt fühlte ich mich seltsam aufgekratzt. Zudem hatten die heutigen Ereignisse meine Gefühlswelt ganz schön durcheinandergewirbelt.

Als ich nach unten in die Küche kam, spülte meine Tante

gerade das Geschirr ab. Björn war offenbar schon gegangen. Ein Glück!

Dafür war Merle wieder zurück. Sie hatte sich inzwischen in ihrer Wohnung umgezogen und trug nun eine enge Jeans und eine schicke lange Bluse mit einem breiten Gürtel um die Taille. Sie hatte auch ein dezentes Make-up aufgelegt.

»Wow! Du siehst toll aus«, entfuhr es mir.

»Danke.« Ihre Wangen bekamen vor Freude einen leichten Rotton. »Ich dachte mir, wir gehen zusammen was trinken und quatschen ein bisschen. Hast du Lust?«

Ich nickte eifrig. »Sehr gerne!«

Fragend blickte ich zu Tante Helga. »Ist es für dich in Ordnung, wenn wir dich allein lassen?«

Mit einem gutmütigen Lächeln nickte sie mir zu. »Selbstverständlich! Ich freue mich, wenn ihr zusammen etwas unternehmt.«

»Magst du mitkommen?«

»Nein, nein!« Sie schüttelte den Kopf. »Sobald ich hier fertig bin, lege ich mich mit einem schönen Krimi ins Bett. Viel Spaß euch zwei!«

»Danke«, erwiderten Merle und ich unisono.

Diese Szene fühlte sich so herrlich normal und nach echter Familie an, dass mir ganz warm ums Herz wurde.

Beschwingt verließ ich hinter Merle das Haus und rannte fast in sie hinein, als sie kurz nach dem Gartentor unvermittelt stehen blieb.

»Bevor der entspannte Teil des Abends beginnt, solltest du erst noch was erledigen!«, sagte sie kryptisch.

Verständnislos sah ich sie an. »Wie bitte?«

Sie erwiderte meinen Blick mit ihrer strengen Polizistenmiene.

Da fiel der Groschen. »Ach du lieber Himmel, mein Auto!«

Nach wenigen Schritten erblickte ich meinen roten Mini genau dort, wo ich ihn abgestellt hatte. Ohne Strafzettel hinter dem Scheibenwischer.

»Ich dachte, ich drücke mal ein Auge zu«, sagte Merle. »Aber sei gewarnt: Jedes Familienmitglied hat bei mir nur ein einziges Vergehen frei. Beim zweiten Mal trifft dich die volle Härte des Gesetzes.«

»Hättest du mir das nicht vorher sagen können?« Gespielt empört warf ich die Hände in die Luft. »Dann hätte ich mir meinen Freifahrtschein für was Besseres als Falschparken aufgehoben.«

»Ach ja? Für was denn?«, fragte sie schmunzelnd.

Ich beugte mich verschwörerisch zu ihr. »Ich hatte eigentlich vor, während meines Urlaubs die örtliche Sparkasse auszurauben.«

Sie lachte. »Tja, daraus wird wohl nichts.«

Wir fuhren gemeinsam zu den Parkplätzen am Ortsrand, stellten das Auto ab und machten uns zu Fuß auf den Rückweg. Nun konnte ich mir zum ersten Mal Greetsiel genauer ansehen. Es waren kaum noch Touristen unterwegs, und die Gässchen lagen idyllisch in der Abenddämmerung vor uns. Straßenlaternen warfen schon ihr goldenes Licht auf die Kopfsteinpflaster, die kleinen Häuschen waren liebevoll gepflegt, und Blumen schmückten die Fensterbänke.

Merle und ich hingen für einen Moment unseren Gedanken nach. Ich fragte mich, wie unsere Kindheit wohl ausgesehen hätte, wenn unsere Mütter nicht zerstritten gewesen wären.

Nachdem ich die Frage laut gestellt hatte, antwortete sie nach kurzer Überlegung: »Vielleicht wären wir jetzt eng befreundet, vielleicht aber auch nicht. Zum Beispiel könnten wir zerstritten sein, weil du mit zwölf meine Lieblingsohrringe geklaut hast.«

Mir entfuhr ein belustigtes Schnauben. »*Ich* hätte deine Ohrringe geklaut? Aha! So schnell wird man als Familienkriminelle abgestempelt.«

Entschuldigend zuckte sie mit den Schultern. »Ich halte mich nur an die Fakten. Wer von uns beiden hat denn sein Auto verkehrswidrig abgestellt und wollte die Sparkasse ausrauben?«

Ich schüttelte lachend den Kopf. In einem Punkt hatte sie jedoch recht: Es war müßig, sich darüber den Kopf zu zerbrechen. Wir konnten die Vergangenheit nicht ändern, und was geschehen war, war geschehen. Deshalb brannte ich darauf, meine Cousine wenigstens jetzt besser kennenzulernen.

»Hast du einen Freund?«, fragte ich. »Bist du schon in festen Händen?«

Sie verzog das Gesicht. »Ich habe gerade eine hässliche Trennung hinter mir. Wir waren fast zwei Jahre ein Paar und wollten eigentlich bald zusammenziehen.«

»Was ist passiert?«

»Bevor ich ins Detail gehe, muss ich eins klarstellen …« Sie hob den Zeigefinger. »Mein Ex hat sein Recht auf einen Namen verwirkt. Wir nennen ihn nur noch Arschgesicht.«

Das klang nicht gut. Merle war mir bisher nicht wie jemand vorgekommen, der sich leichtfertig solch hässlicher Spitznamen bediente. »Oh, okay. Also hat … ähm … *Arschgesicht* dich betrogen?«, tippte ich.

»Korrekt! Aber auf besonders perfide Weise«, zischte sie. »Er musste unter der Woche beruflich immer nach Rotterdam. Und als ich ihn vor ein paar Monaten überraschend besucht habe, musste ich feststellen, dass er dort ebenfalls eine Freundin hat. Sie haben sogar schon zusammengewohnt.«

Meine Gesichtszüge entgleisten. »Das ist echt übel!«

»Warte, das Schlimmste kommt noch! Mit der Freundin in Rotterdam war er nämlich *verlobt*. Obwohl er mit ihr erst ein

Jahr zusammen war.« Sie rang die Hände. »Ich meine, wenn er schon zweigleisig fährt, wieso hat er dann nicht auch um meine Hand angehalten? Wir waren immerhin fast doppelt so lang ein Paar. Was stimmt denn nicht mit mir? War ich irgendwie schlechter oder hässlicher als die andere Frau?« Sie stieß frustriert die Luft aus. »Und warum ist mir nie aufgefallen, dass er ein treuloser Betrüger ist? Ich bin doch Polizistin, Luisa. Ich hätte etwas merken müssen! Wie konnte ich nur so blind sein?«

Mir war nie bewusst gewesen, dass es bei einem Vertrauensbruch wie Fremdgehen auch noch Abstufungen in Sachen Niederträchtigkeit gab, aber dies war offensichtlich der Fall. Es schmerzte mich, dass dieser Typ sie nicht nur tief verletzt, sondern gleichzeitig auch so eine Vielzahl an Selbstzweifeln in ihr ausgelöst hatte.

Ich blieb stehen und hielt sie am Arm fest. »Hör sofort auf, dir solche Fragen zu stellen! Du bist keine schlechte Polizistin, nur weil du dem Mann, den du liebst, vertraut hast. Und dass er noch nicht um deine Hand angehalten hatte, könnte tausende Gründe haben. Vielleicht hat ihn die andere Freundin dazu gedrängt? Du solltest lieber froh sein, dass eure Beziehung dieses Stadium noch nicht erreicht hat.« Ich hielt ihren Blick fest. »Dieser Kerl hat schon dein Herz gebrochen. Lass nicht zu, dass er auch noch dein Selbstbewusstsein kaputtmacht!«

»Ich weiß, du hast ja recht.« Sie seufzte und fuhr sich durch die Haare. »Mittlerweile geht es mir auch schon besser. Trotzdem nagt diese Geschichte immer noch an mir.«

Wir setzten uns wieder in Bewegung. Mittlerweile hatten wir wieder die Dorfmitte erreicht. Die Restaurants und Kneipen schienen gut besucht zu sein, und aus den geöffneten Türen drang fröhliches Stimmengewirr. Doch Merle hatte offenbar ein anderes Ziel und lotste mich weiter. Wir passierten die Brücke über das Alte Siel.

»Auf alle Fälle hab ich erst mal genug von Beziehungen«, stellte sie fest. »Ich bin auch als Single glücklich. Männer machen das Leben nur unnötig kompliziert und sind eigentlich nur für Sex gut – und darin sind die meisten wiederum schlecht.«

Ich konnte nicht anders und prustete los vor Lachen. Sie stimmte mit ein und hakte sich bei mir unter.

»Und wie sieht es bei dir mit der Liebe aus?«

Ich seufzte. »Bei mir ist es kompliziert.«

»Kompliziert ist nie gut.«

Es war frisch geworden, und eine kühle Windböe strich über meine Haut. Ich hätte meine Strickweste mitnehmen sollen!

»Ich habe mit einem Arbeitskollegen etwas angefangen. Aber mir ist klar geworden, dass wir nicht mal ansatzweise zusammenpassen und ich ihn außerdem nicht liebe. Dummerweise sehen wir uns jeden Tag in der Firma. Deshalb hatte ich vor, die Beziehung einschlafen zu lassen, um seine Gefühle nicht zu verletzen.«

»Das funktioniert nicht«, erwiderte Merle kopfschüttelnd. »Männer kapieren so was nicht. Die brauchen eine klare Ansage.«

»Du und meine beste Freundin Katja würdet euch prächtig verstehen«, sagte ich schmunzelnd. »Sie hat mir nämlich dasselbe gesagt.«

Mit einem unguten Gefühl in der Magengrube dachte ich an Erik und die unerfreuliche Tatsache, dass wir immer noch verlobt waren.

»Sobald ich zurück in Hamburg bin, werde ich mit ihm reden und die Sache ein für alle Mal beenden«, erklärte ich. »Selbst wenn unsere Zusammenarbeit darunter leidet, ist es besser so.«

Merle nickte zustimmend. »Genau deshalb würde ich nie etwas mit einem Arbeitskollegen anfangen.«

Wir bogen in eine Seitengasse ein, und ich bemerkte, dass sie nachdenklich auf ihrer Unterlippe herumkaute.

»Was ist?«

»Bitte sei mir nicht böse, aber kann es sein, dass … deine Mutter krank ist?«, fragte sie vorsichtig. »Als sie vorhin ins Stammeln kam und so verwirrt war, wirkte sie zu Tode erschrocken. Und du hast umgehend das Reden für sie übernommen und sie schnell ins Bett verfrachtet. Deine Sorge um sie stand dir ins Gesicht geschrieben.«

Ich wich ihrem Blick aus und sah nach vorne. Mein Mund war plötzlich wie ausgetrocknet. »Ja, sie ist krank.«

Ich biss mir auf die Zunge, da ich keine Einzelheiten ausplaudern wollte. »Wir wissen noch nichts Genaueres, aber ihr Zustand ist ernst«, sagte ich deshalb nur.

Merle wirkte ehrlich betroffen. Mitfühlend drückte sie meine Hand.

»Deshalb ist sie auch zurückgekommen, oder? Nicht wegen ihres Erbes, wie Björn meinte.«

Ich nickte schweigend. Bis jetzt hatte ich die Diagnose und die damit verbundenen Konsequenzen noch nicht mal ansatzweise verarbeitet. Aber womöglich war ich auch zu feige, mich der Wahrheit zu stellen.

Ich musste jedoch zugeben, dass Merle eine verflixt gute Beobachtungsgabe hatte.

»Wäre es okay für dich, erst mal Stillschweigen darüber zu bewahren? Wie ich meine Mutter kenne, möchte sie es Tante Helga lieber persönlich sagen.«

»Meine Lippen sind versiegelt«, versprach sie und deutete auf ein Restaurant direkt neben uns. »Wir sind übrigens da!«

Hier herrschte deutlich weniger abendlicher Trubel als am Hafen. Das Restaurant befand sich in einer langen Reihe von Backsteinhäusern, und aus den Sprossenfenstern fiel goldenes Licht auf das Kopfsteinpflaster. Durch die Lage schien es mir eher eine Lokalität für Einheimische und weniger auf Touristen ausgelegt zu sein. Über der Tür hing ein Schild mit der Aufschrift *Häuptlingsstube*, und auf dem Logo waren ein Bierglas und ein Fisch abgebildet. Ich runzelte die Stirn, da es mir bekannt vorkam, aber heute war so viel geschehen, dass ich es auf die Schnelle nicht zuordnen konnte. Ich erinnerte mich lediglich, dass ich dieses Logo mit einem kribbelnden Gefühl in der Magengegend verband …

Kapitel 11

Trotzig starrte ich Immo entgegen, der gerade von uns gefordert hatte, ihm fünf Pfennig als Sold zu bezahlen, weil er der Häuptling war und wir seine Untergebenen waren.
»Du spinnst ja wohl!«, fuhr ich ihn an. »Wieso bist du eigentlich der Häuptling? Keiner hat dich zum Anführer gewählt. Also kann genauso gut ich Häuptling sein!«
Es war mitten in den Sommerferien. Wir waren eine Gruppe von sieben Kindern und hatten uns die letzten zwei Tage eine Burg aus Holzresten, dicken Ästen und alten Decken gebaut. Objektiv betrachtet machte sie nicht viel her, aber in unserer Fantasie war sie so eindrucksvoll wie die Manningaburg. Das ostfriesische Häuptlingswesen war für uns mit der Faszination des Abenteuers, der Rebellion und Freiheit verbunden.
»Du?« Immo lachte schallend. »Häuptlinge sind Männer, das weiß doch jeder! Das war hier immer so.«
Ich stemmte die Fäuste in die Hüften. »Aber die Zeiten haben sich geändert. Jetzt kann auch eine Frau die Anführerin sein! Und ich würde keinen Sold verlangen.«
Ich sah zu den anderen Mädels, Anna und Sabine, aber sie erwiderten nur unsicher meinen Blick. Immerhin nickte mein Kumpel Hajo zustimmend, und auch Ralf schien von Immos Idee mit dem Sold wenig angetan zu sein.

Das gefiel Immo ganz und gar nicht. Er kniff die Augen zusammen. »Im Gegensatz zu dir habe ich echte Häuptlingsvorfahren – die berühmten Onnekens.«
Er beugte sich zu mir, sodass sich fast unsere Nasenspitzen berührten. Ich musste all meinen Mut aufbringen, nicht zurückzuweichen.
»Ich stamme von Alko, dem Bösen ab«, sagte er mit drohender Stimme.
»Wenn man dich so reden hört, wohl eher von Alko, dem Idioten!«, zischte ich unbeeindruckt.
Um uns herum ertönte Gelächter. Das war zu viel für Immo.
»Sieh dich doch an, du bist nur eine erbärmliche Muschelknautz!«, rief er mit hochrotem Kopf. »Ihr seid bettelarm und habt im Dorf nix zu sagen. Deine Familie ist nichts wert. Du bist nichts wert.«
Er schubste mich, sodass ich nach hinten stolperte und in den Dreck fiel. Immo lachte hämisch. Ruckartig sah ich auf. Vor Wut tanzten Sterne vor meinen Augen. Ich würde mich von niemandem herumschubsen lassen! Was ich daheim von meiner Mutter ertragen musste, war schlimm genug. Nur hier draußen bei meinen Freunden konnte ich frei und ohne Angst sein. Und Immo würde mir das nicht wegnehmen!
Ich sprang auf und lächelte süßlich. »'tschuldigung!«
Er runzelte irritiert die Stirn. »Wieso …?«
Er kam nicht weiter, denn ich ballte die Faust und schlug ihm ins Gesicht.

Eintrag aus »Mariannes Buch der Erinnerungen«

*

Im Inneren des Restaurants empfingen uns Stimmengewirr und der Geruch von herbem Bier und leckerem Essen. Auf den glänzenden Dielen aus Walnussholz spiegelten sich die Lichter, und die weiß getünchten Wände waren mit alten Fotografien des Dorfes geschmückt. Über den urigen Holztischen hingen moderne Leuchter, und die gepolsterten Lederstühle wirkten mit ihren hohen Rückenlehnen bequem und einladend. Das Restaurant war eine stimmige Kombination aus Tradition und Neuzeit, die sowohl die ältere Generation als auch die jungen Leute ansprach.

»Der beste Freund meines Bruders ist hier der Chef, deshalb ist die *Häuptlingsstube* so was wie unser zweites Zuhause«, erklärte Merle. »Das Essen ist superlecker, falls du noch Hunger hast.«

Tatsächlich hatte die sättigende Wirkung des Mehlpütts nachgelassen, und einem kleinen Snack war ich nicht abgeneigt. Zu unserer Rechten stieg mir aus Richtung Küche der verlockende Duft von Röstzwiebeln und gebratenem Speck in die Nase.

»Komm, wir setzen uns!« Sie deutete auf die Hocker an der geschwungenen Theke, denn andere Sitzplätze waren nicht mehr frei. Allerdings wirkte die Bar verwaist – am Zapfhahn stand lediglich ein einsames, nur halb eingeschenktes Bierglas.

»Achtung!«, rief in diesem Moment eine Frauenstimme. »Aus dem Weg!«

Ich sprang zur Seite, und eine Servicekraft mit vier Tellern stürmte im Eilschritt an uns vorbei. Kaum hatte sie den Gastraum betreten, wurden sofort ungeduldige Stimmen laut. Einige Leute fragten genervt, wann sie endlich ihre Getränke bekämen, andere, ob das Essen heute überhaupt noch käme. Die Gäste wirkten äußerst unzufrieden.

Merle runzelte die Stirn. »Hier stimmt irgendwas nicht«, murmelte sie.

Anstatt zur Theke zog sie mich jetzt in Richtung Küche. Sie

stieß die Edelstahltür mit dem Bullauge auf und marschierte auf den Mann am Herd zu, als ob sie hier zu Hause wäre. Der Küchenchef trug eine schwarze enganliegende Kochjacke, die seinen durchtrainierten Körper betonte. Als er den Kopf hob und mir in die Augen blickte, durchfuhr mich die Erkenntnis: der Schietendidi-Typ! Das Logo seines Restaurants hatte ich heute auf dem Kleinlaster gesehen. Unwillkürlich beschleunigte sich mein Herzschlag. Was lächerlich war, denn schließlich kannte ich ihn überhaupt nicht.

»Holger, was ist denn da draußen los?«, fragte Merle besorgt. »Die Gäste sind fast auf Uschi losgegangen.«

»Was los ist?« Er wischte sich mit dem Ärmel über die Stirn und eilte mit einer Pfanne zur Ausgabe, wo zwei Teller bereitstanden.

»Timo ist abgehauen«, sagte er mit grollender Stimme. »Heute Mittag hat er mir eine Nachricht geschickt mit der Info, dass er am Flughafen ist und den nächsten Flieger nach Brasilien nehmen wird. Weil er es keinen Tag länger ohne seine große Liebe Mariana aushält.« Er schnaubte. »Der Junge ist erst Anfang zwanzig! Weißt du, ich verstehe, dass er nicht mehr Single sein wollte und eine Dating-App benutzt hat. Aber welcher normale Mensch legt denn keinen Umkreis fest und sucht stattdessen weltweit? Und jetzt hat er sich einfach aus dem Staub gemacht.«

Merle schüttelte fassungslos den Kopf. »Das hätte ich ihm niemals zugetraut. Wenn du Timo nicht unter deine Fittiche genommen hättest, hätte er die Ausbildung zum Koch nie geschafft. Er ist dir eigentlich was schuldig.«

»Das sieht der Junge wohl anders.«

Obwohl Holger offensichtlich im Stress war, machte er mit ruhiger Hand die beiden Teller fertig: Rehrücken mit Waldpilzsoße, Preiselbeeren, Bohnen im Speckmantel und Steckrübenpüree. Die Portionsgrößen waren perfekt zusammengestellt und so akkurat arrangiert, dass man für Instagram ein tolles Foodfoto hätte machen können. Mir lief das Wasser im Mund zusammen.

»Und Nadja hat sich schon gestern krankgemeldet«, fuhr er fort. »Sie hat eine Erkältung. Also müssen Uschi und ich heute den Laden allein schmeißen.«

Ich schnüffelte irritiert, denn bei all den Wohlgerüchen in der Küche stieg mir plötzlich der Duft von Verbranntem in die Nase. Ich pirschte zum Herd und stellte fest, dass die Bratkartoffeln dringend gewendet werden mussten. Ich konnte einfach nicht tatenlos dabei zusehen, wie gutes Essen verkam! Deshalb drehte ich das Gas herunter und schwenkte die Bratkartoffeln. Gerade noch gerettet! Nur ein paar einzelne Scheiben waren angebrannt.

Die Schwingtür wurde aufgestoßen. »Drei Mal Matjestopf und ein Häuptlingsschnitzel«, rief die Bedienung, die mich vorhin fast umgerannt hätte. Sie war Ende vierzig, hochrot im Gesicht, und aus ihrem Dutt hatten sich einige hellbraune Strähnen gelöst, die ihr nun an der Stirn klebten. Ihrer Miene nach zu urteilen, stand sie kurz vor einem Nervenzusammenbruch. »Holger, wo bleiben die Rehrücken? Wenn die nicht sofort rausgehen, wollen die Leute ihre Bestellung stornieren.«

Mit einer Gabel, die ich in der Nähe des Herds entdeckte, sortierte ich feinsäuberlich die angebrannten Bratkartoffeln aus der Pfanne und legte sie auf einen Vorspeisenteller, um sie zu entsorgen. Perfekt! Als der Steamer neben mir piepte, öffnete ich ihn kurzerhand und nahm drei gedünstete Schollen heraus. Dank meiner Zeit in Piets Restaurantküche kannte ich mich mit den gängigen Elektrogeräten gut aus, und sobald ich in einer Küche stand, konnte ich einfach nicht an mich halten: Es war wie ein magnetischer Sog, der mich an die dampfenden Töpfe und brutzelnden Pfannen zog.

Holger schob die Teller mit den Rehrücken über die Ausgabe zu Uschi. Bisher schien er nicht bemerkt zu haben, dass ich mich in seinem Reich zu schaffen machte. »Ist es schlimm da draußen?«

»Schlimm?« Sie schnaubte. »Es ist der Horror! Ich werde permanent nur angemotzt und angepöbelt.«

»Ich helfe euch!«, sagte Merle kurz entschlossen. »Schließlich habe ich früher oft genug hier gejobbt. Ich übernehme die Bar.«

Holger sah sie an, als wäre ihm plötzlich ein rettender Engel erschienen. »Das würdest du tun?«

»Wozu sind Freunde denn da? Ich kann euch doch nicht im Stich lassen. Wobei …« Merle wandte sich zu mir. Aus ihrer Miene sprach das schlechte Gewissen. »Luisa, wäre das für dich okay? Wir wollten ja eigentlich einen schönen Abend zusammen verbringen.«

Ich winkte ab. »Das können wir ja nachholen. Schließlich handelt es sich um einen Notfall.«

»Danke!« Sie nickte erleichtert und griff nach einer der weinroten Schürzen, die seitlich neben der Tür hingen.

Ich räusperte mich. »Wo sollen die Schollen hin?«

Holgers Stirn legte sich in Falten, als würde ihm jetzt erst auffallen, dass eine Fremde in seiner Küche zugange war. Doch dann winkte er mich zu sich.

»Zu mir, ich mach die Teller gleich fertig!«, antwortete er. »Merle, wärst du so nett, mir meine hinreißende Assistentin vorzustellen?«

Sie band sich gerade die Schürze um die Hüfte. »Himmel, wie unhöflich von mir!«, stöhnte sie. »Holger, das ist meine Cousine Luisa. Wir haben uns heute erst kennengelernt. Komplizierte Geschichte. Luisa, das ist Holger – ein guter Freund der Familie, der beste Koch in Greetsiel und zugleich begehrtester Junggeselle.«

»Da muss ich natürlich entschieden widersprechen.« Er

schnalzte tadelnd mit der Zunge. »Ich bin der *beste* Freund von Merle und Björn. Den Rest kann man so stehenlassen.«

Er zwinkerte mir mit einem frechen Grinsen zu und nahm mir die Schollen ab. Doch anstatt sich sofort um die Bestellung zu kümmern, nahm er sich die Zeit und griff zur Begrüßung nach meiner Hand.

»Welch unerwartetes Wiedersehen!«

Dass er sich an mich erinnerte, ließ den östrogenumnebelten Teil meines Hirns aufjubeln. Ich sah zu ihm auf und musste mich zusammenreißen, ihn nicht verzückt anzulächeln. Eine fiese Stimme in meinem Kopf raunte mir jedoch zu, dass er mich vielleicht nur deshalb nicht vergessen hatte, weil ihm wahlweise meine schlechten Fahrkünste, meine fluchende Mutter oder meine miserablen Plattdeutschkenntnisse im Gedächtnis geblieben waren.

»Freut mich, Luisa«, sagte er mit tiefer Stimme.

Er betonte meinen Namen, als würde er seinen Geschmack auf der Zunge austesten. Aus seinem Mund klang er melodisch und überaus sinnlich.

»Meine Freunde nennen mich Isa«, krächzte ich, nur um endlich etwas zu sagen.

Wie schon bei unserer ersten Begegnung stellte ich fest, dass Holger keiner dieser stereotypen Schönlinge war. Sein Kinn war etwas zu kantig, seine blaugrauen Augen nicht außergewöhnlich, und seine Lippen waren weder besonders voll noch geschwungen. Das einzig Auffallende an ihm war seine etwas schiefe Nase, die womöglich schon mal gebrochen gewesen war. Und doch hatte er etwas an sich, das meine Knie weich werden ließ. Er hatte diese Art von intensiver männlicher Ausstrahlung, die bei einer Frau ein Flattern in der Magengrube auslöste. Die breiten Schultern und kräftigen Arme, die durch die hochgekrempelte Küchenjacke gut zur Geltung kamen, taten ihr Übriges.

Er blickte auf unsere Hände hinab und strich mit dem Daumen über eine kleine Narbe an meinem Zeigefinger. »Lass mich raten: Das war ein Küchenunfall, und du bist Linkshänderin?«

»Ähm, ja«, gab ich verdutzt zurück. »Woher weißt du das?«

Die Narbe stammte von einem Schnippel-Wettbewerb mit Katja bei einem Videodreh. Zuvor hatte ich drei Wochen lang geübt, um wie ein Profi in einem Affenzahn Zwiebeln, Kräuter und Zucchini klein schneiden zu können. Am Ende hatte jedoch nicht ich, sondern mein Messer gewonnen.

Holgers Kommentar erinnerte mich leider auch an die Narbe auf meiner Wange. Hastig ließ ich meine Haare vors Gesicht fallen, da ich nicht wollte, dass er sie gleich in den ersten Minuten unseres Kennenlernens bemerkte. Aber wahrscheinlich war es dafür ohnehin zu spät.

Er deutete auf eine Narbe an seinem linken Zeigefinger. »Zweiter Tag meiner Ausbildung zum Koch. Ich habe gekreischt wie ein kleines Mädchen. Aber mein Vater blieb ganz ruhig und meinte, jeder Koch hätte eine Narbe an der Hand, es dürften nur nicht zu viele werden, sonst sei es ein Zeichen für Inkompetenz.«

»Ich bin keine ausgebildete Köchin«, stellte ich richtig. »Aber ich liebe es zu kochen. Das ist meine große Leidenschaft.«

»Dann bist du hier genau am richtigen Ort, würde ich sagen.«

Er strich sich eine dunkelblonde Strähne aus der Stirn, ehe er sich wieder dem Fisch widmete. Zum Glück war die Ausgabe, auf der die Teller zubereitet wurden, beheizt.

Erst jetzt fiel mir auf, dass Merle schon im Gastraum verschwunden war, um Uschi mit den Getränken zu helfen – und ich mit Holger allein war. Prompt fühlte ich mich auf unangenehme Weise fehl am Platz. Er war schließlich im Stress und konnte auf Besucher in seiner Küche sicherlich gut verzichten.

Am besten, ich würde so schnell wie möglich verschwinden, ohne dass es unhöflich wirkte!

»Ich gebe zum Dünsten meist nur etwas Zitrone auf die Schollen, damit der natürliche Geschmack zur Geltung kommt«, erklärte er in diesem Moment, während er den Fisch auf ein Bett aus einer schaumig aufgeschlagenen Soße gab. »Manchmal ist weniger mehr. Normalerweise reichen wir dazu Salzkartoffeln, aber diese Gäste möchten unbedingt Bratkartoffeln haben. Gibst du sie mir mal bitte?«

»Ähm, ja, klar«, antwortete ich und brachte ihm die Pfanne.

»Übrigens vielen Dank, dass du sie gerettet hast, bevor sie angebrannt sind«, sagte er und schaufelte sie auf den Teller. »Für einen allein sind die vielen Bestellungen kaum zu schaffen.«

Er machte in Windeseile die drei Teller fertig, indem er darauf als Beilage noch sommerliches Grillgemüse aus Paprika, Champignons, Zucchini und Cocktailtomaten und grünen Kräutern drapierte. Dann drückte er auf den Klingelknopf, um Uschi zu signalisieren, dass sie die nächsten Bestellungen abholen konnte.

»Wow!«, sagte ich. »Bei mir dauert es ewig, bis ich es so schön arrangiert habe. Ich wünschte, ich könnte das auch so professionell aus dem Handgelenk.«

»Alles Übungssache«, erwiderte er schulterzuckend und studierte die zahlreichen Bestellbons.

Es war an der Zeit zu gehen. Rückwärtslaufend pirschte ich mich in Richtung Gastraum, während ich einen letzten sehnsüchtigen Blick auf die Küche warf. Ich tastete nach der Schwingtür in meinem Rücken, als sich Holgers Blick so abrupt auf mich heftete, dass ich zusammenzuckte.

»In Butter gebratenes Fischfilet mit Orangen-Senf-Soße, Blattspinat und Salzkartoffeln. Traust du dir das zu?«, fragte er ohne Umschweife.

Ich hielt in der Bewegung inne. Schließlich nickte ich mechanisch.

»Klar, ich liebe Fisch. Und die Beilagen sind ebenfalls kein Problem.«

Er deutete mit dem Finger auf mich. »Super, du bist für heute Abend angestellt!«

Mein verdutztes Gesicht brachte ihn zum Lachen.

»Du lässt mich in deiner Küche arbeiten?«, hakte ich ungläubig nach. Das hätte wahrscheinlich nicht mal mein Freund Piet zugelassen. »Aber du kennst mich doch erst seit fünf Minuten.«

»Ich habe so ein Gefühl, dass wir ein gutes Team abgeben werden. Außerdem kannst du mich jederzeit fragen, wo alles steht und was du machen sollst.«

Ich starrte ihn immer noch regungslos an, während er sich wieder am Herd zu schaffen machte.

Holger blickte mich über die Schulter an. »Aber ich will dich natürlich zu nichts drängen. Wenn du keine Lust hast …«

»Doch, und wie!« Ich nickte heftig. »Wie gesagt, ich liebe das Kochen.«

»Also, dann!« Er klatschte in die Hände. »Unsere Gäste warten!«

Mit einem Grinsen schnappte ich mir eine Schürze und stürzte mich in die Arbeit.

Die Zeit verging wie im Flug. Ich sauste umher, meine Wangen glühten, und oft wusste ich nicht mehr, wo mir der Kopf stand. Zum Glück orientierten sich Aufbau und Einrichtung einer Restaurantküche immer an der Logik und Effizienz – und im Groben unterschied sich Holgers Küche nicht sonderlich von Piets. Das galt ebenfalls für die Sortierung der Lebensmittel im Kühlraum. Dennoch war ich mir sicher, dass ich Holger anfangs keine große Hilfe war, im Gegenteil. Ständig musste ich ihn etwas fragen und lenkte ihn damit von der Arbeit ab. Erst als ich mich einigermaßen zurechtfand, lief es besser. Dabei half mir besonders ein Ordner, den Holger für seinen liebeskranken Koch Timo während der Ausbildung angelegt hatte. In ihm waren alle Gerichte des Restaurants aufgelistet – mit den dazugehörigen Rezepten und einer Zeichnung, wie sie auf den Tellern anzurichten waren. Quasi eine idiotensichere Kochanleitung für Dummies. Und so machte ich Salate mit Himbeervinaigrette, gehackten Walnüssen und gerösteten Baguettescheiben. Greetsieler Krabbenteller mit Salat, Schwarzbrot und Butterflocken. Gratinierter Butternusskürbis mit einer Füllung aus Pilzen, Paprika, Tomaten, Thymian, Petersilie und Knoblauch. Hausgemachtes Sanddorneis mit Birnen-Pflaumen-Chutney.

Immer wenn ich glaubte, dass wir der Bestellungen Herr geworden waren, kam Uschi geschäftig hereingewuselt, um uns weitere Gerichte zuzurufen. Es blubberte in den Töpfen, es brutzelte in den Pfannen, wir schnippelten, schmeckten ab und dekorierten. Es war ein Fest für die Sinne, und die bunten Farben auf den Tellern wetteiferten mit den köstlichen Gerüchen, die mir bei jedem Atemzug in die Nase stiegen. Ich nahm kaum noch etwas anderes wahr und kochte wie im Rausch. Es half natürlich, dass Holger mir stets die einfachen Gerichte zuteilte und er die schwierigen Bestellungen übernahm. Zwischendurch gab er mir sogar einige Tipps. Beispielsweise, dass ich Fisch zum Braten nie in eine heiße Pfanne geben sollte, da sich sonst sofort die Haut zusammenzog – in einer kalten Pfanne mit ansteigender Hitze konnte der Fisch jedoch schön durchgaren, ohne zu verbrennen. Oder dass man Salatblätter, die von der Hitze in der Küche welk geworden waren, ein paar Minuten in eine Schüssel mit Zuckerwasser legte, sodass sie wieder schön knackig wurden. Ich war eine eifrige Schülerin und sog die neuen Informationen auf wie ein Schwamm. Dabei stellte ich fest, dass Holger wenig mit den Chefköchen aus dem Fernsehen gemein hatte, die ihre Angestellten oft beschimpften und ständig Hektik verbreiteten. Stattdessen wirkte er wie ein Fels in der Brandung, der die Situation stets unter Kontrolle hatte.

Als sich der Abend dem Ende zuneigte, spürte ich, wie das Adrenalin nachließ, und in meinem Körper machte sich Erschöpfung breit. Ich lehnte mich mit einem zufriedenen Seufzen zurück, schloss die Augen und ließ den Nacken kreisen. Heute Nacht würde ich mit Sicherheit schlafen wie ein Stein.

Ich schnüffelte, denn mir stieg der verlockende Geruch von Wein, Fisch und Rosmarin in die Nase. Mittlerweile lag meine letzte Mahlzeit schon so lange zurück, dass ich richtiggehend Heißhunger hatte.

Ich schlug die Augen auf. Holger stand mit einem Teller in der Hand vor mir und wedelte grinsend die Essensdüfte in meine Richtung. Trotz meines Hungers verlor ich mich für einen Moment in seinem Blick, und mein Herzschlag beschleunigte sich.

»Ein Duett von Zander und Lachs in Weißweinsoße, Rosmarinkartoffeln und Salat«, erklärte er. »Das letzte Gericht des Tages koche ich immer für meine Angestellten. Außer du willst nicht und …«

»Und ob ich will!«, fiel ich ihm ins Wort. Schleunigst nahm ich den Teller an mich.

Er lachte. »Da Merle und Uschi draußen die letzten Gäste bedienen, musst du leider hier mit mir in der Küche essen. Die beiden bekommen später natürlich auch noch was.«

Ich folgte ihm ans andere Ende des Raums zu einem schmalen Edelstahltisch, an dem zwei Hocker aus Holz standen. Holgers Teller stand schon bereit. Nachdem wir uns gesetzt hatten, probierte ich vom Zander. Genießerisch schloss ich die Augen. Der Fisch zerging auf der Zunge, und mit dem Aroma der Weißweinsoße kam es zu einer regelrechten Geschmacksexplosion.

»Wow, ist das lecker!«, stöhnte ich und leckte mir über die Lippen.

»Ich liebe Frauen, die in der Lage sind, gutes Essen zu genießen«, sagte Holger anerkennend.

»Genießen kann ich«, gab ich unumwunden zu. »Aber leider ist diese Liebe auf Dauer der Figur nicht förderlich.«

Er seufzte. »Da sagst du mir nix Neues. Fast alle Profiköche haben ein paar Kilo zu viel auf den Rippen. Mein Vater hat mir deshalb geraten, immer Sport zu treiben.«

»Dann ist dein Vater auch Koch?«

Holger nickte. »Bei ihm habe ich meine Ausbildung gemacht«, erzählte er zwischen zwei Bissen. »Schließlich hat er mir das Restaurant übergeben und ist vorübergehend mit meiner Mutter in ihr Heimatland gezogen. Vor vierzig Jahren bei der Hochzeit hatte er ihr nämlich versprochen, mit ihr wenigstens ein Jahr lang in Frankreich zu leben, sobald er in Rente geht.«

»Deine Mutter ist Französin?« Ich legte den Kopf schräg und musterte ihn kritisch. Holger hatte überhaupt nichts Französisches an sich.

Er lachte leise. »Ich weiß, optisch komme ich eher nach meinem Vater. Es gibt wohl nur zwei Dinge, die ich von meiner Mutter geerbt habe.«

»Und die wären?«

»Eine Schwäche für gutes Essen und …«, er beugte sich näher zu mir, »die Leidenschaft.«

Das kaufte ich ihm sofort ab. Allein beim Klang seiner rauen Stimme durchfuhr mich ein angenehmer Schauer. Dass mich dieser Mann derart aus dem Konzept bringen konnte, war sowohl beängstigend als auch verheißungsvoll.

»Nun ja, das stimmt nicht ganz«, korrigierte er sich selbst. »Da mein Vater Koch ist, habe ich die Liebe zu kulinarischen Gaumenfreuden wohl von beiden Seiten geerbt.«

»Und wann kommen deine Eltern wieder zurück?«

»Aus dem Jahr in Frankreich sind inzwischen drei geworden. Ich schätze, meinem Vater gefällt es dort besser als erwartet«, erzählte er amüsiert.

»Musst du jetzt allein die Verantwortung für das Restaurant tragen? Oder hast du noch Geschwister, die dir helfen?«

Er schüttelte den Kopf. »Ich bin Einzelkind. Und du?«

»Ich auch. Mein Vater hat uns verlassen, als ich noch ein kleines Kind war. Es gab immer nur meine Mutter und mich. Nun ja, bis heute jedenfalls.« Ich trank einen Schluck Wasser und schüttelte versonnen den Kopf. »Seit meiner Ankunft in Greetsiel ist meine Familie bedeutend größer geworden.«

Interesse flackerte in seinen Augen auf. »Stimmt es, dass Merle und du Cousinen seid? Dann ist Helga deine Tante?«

Ich nickte und erzählte ihm vom Streit der beiden Schwestern vor einigen Jahrzehnten und dem Wunsch meiner Mutter, sich wieder auszusöhnen. Ich erwähnte auch, wie ich Merle heute erst mal als gestrenge Polizistin kennengelernt hatte.

An dieser Stelle musste er lachen. »Das ist ja eine einmalige Geschichte!«, sagte er mit einem sympathischen Glucksen.

Ich musste ebenfalls lachen. Es war erstaunlich, wie leicht es war, sich mit Holger zu unterhalten. Es fühlte sich an, als ob wir uns schon ewig kennen würden.

Er wurde wieder ernst. »Plötzlich zu erfahren, dass man eine Tante, eine Cousine und einen Cousin hat, muss man wahrscheinlich erst mal verarbeiten.«

Ich seufzte. »Das kannst du laut sagen.«

Je besser ich Merle und Tante Helga kennenlernte, desto wütender wurde ich, weil meine Mutter mir die Wahrheit verschwiegen hatte. Eine kleine fiese Stimme in meinem Kopf flüsterte mir zu, dass sie kein Recht dazu gehabt hatte, mir Greetsiel und meine Familie vorzuenthalten.

»Und dann zwinge ich dich auch noch, heute Abend bei mir in der Küche zu schuften!« Holger warf mir einen schuldbewussten Blick zu.

Mittlerweile waren wir mit dem Essen fertig, aber keiner von uns machte Anstalten, aufzustehen und die Küche aufzuräumen.

»Du hast mich zu gar nichts gezwungen«, stellte ich richtig. »Es hat mir riesigen Spaß gemacht, und ich habe so viel Neues gelernt. In einem Restaurant à la carte zu kochen ist ein himmelweiter Unterschied zu dem, was ich bisher gemacht habe: Eine Bestellung jagt die nächste, man ist ständig fokussiert und kocht wie in Trance. Man ist umgeben von all den unterschiedlichen Aromen, Zutaten und Geschmacksrichtungen – und jedes Mal entsteht daraus ein neues leckeres Gericht«, sprudelte es aus mir heraus. »Heute durfte ich einen Blick in eine mir neue, faszinierende Welt werfen. Und ich habe es geliebt.« Ich verdrehte lachend die Augen. »Oh Gott, klingt das kitschig! Entschuldige bitte!«

»Nein!« Er schüttelte mit ernster Miene den Kopf. »Nein, ich verstehe genau, was du meinst.«

Tatsächlich hatte ich das Gefühl, dass er das wirklich tat. Für einen langen Moment blickten wir uns in die Augen.

Er räusperte sich. »Was machst du eigentlich beruflich?«

Der abrupte Themenwechsel verpasste meiner Stimmung einen kleinen Dämpfer. Ich verzog das Gesicht. »Ich arbeite in Hamburg bei meiner Mutter in der Firma. Ich habe BWL studiert und leite die Presse- und Marketingabteilung.«

»Betriebswirtschaftslehre?« Holger wirkte enttäuscht. »So hätte ich dich überhaupt nicht eingeschätzt.«

»Nun ja, es gibt Schlimmeres als einen Bürojob, oder?«, versuchte ich zu scherzen. »Aber tatsächlich war ich mir wegen des Studiums lange unsicher. Insgeheim hatte ich davon geträumt, zum CIA zu gehen.« Ich sah ihn abwartend an.

Er legte den Kopf schräg. »Willst du mich etwa testen?«

»Ähm …« Ertappt wich ich seinem Blick aus. Womöglich hatte mich seine Reaktion auf meine Berufswahl etwas schnippisch werden lassen.

»Natürlich hast du nicht von einer Karriere beim amerikanischen Geheimdienst geträumt«, sagte er. »Und selbstverständlich kenne ich das Culinary Institute of America, das mit CIA abgekürzt wird. Ich war nach meiner Ausbildung zum Koch nämlich für ein halbes Jahr in New York und habe da ein paar Kurse belegt.«

Mir blieb vor Überraschung der Mund offen stehen.

»Du warst dort?«, quiekte ich und wedelte aufgeregt mit den Händen in der Luft herum. »Wie war es? Ist es so toll, wie alle behaupten? Hast du noch Paul Bocuse kennengelernt? Soviel ich weiß, hat er dort einige Kurse gegeben.«

Er war mein Held, eine Legende und sogar zum »Koch des Jahrhunderts« ernannt worden. Leider war er 2018 gestorben.

Holger schüttelte den Kopf. »Bedauerlicherweise nicht. Aber ich habe viel gelernt – unter anderem auch, auf mein Herz zu hören, wenn es darum geht, was für ein Koch ich sein will«, erzählte er. »Ich habe erkannt, dass ich in meinem Restaurant keine abgehobene Schickimicki-Küche anbieten will, sondern in erster Linie die Liebe zu meiner Heimat zum Ausdruck bringen möchte. Deshalb kaufe ich nur Zutaten von regionalen Erzeugern und koche traditionelle Gerichte, die den Leuten schmecken. Einfache ostfriesische Rezepte, aber in erstklassiger Qualität und auf hohem Niveau.«

»Das ist ein gutes Konzept.«

Ich lächelte, doch aus irgendeinem Grund wurde mein Herz dabei schwer. Es dauerte einen Moment, ehe mir klar wurde, dass ich neben Bewunderung auch eine Spur Neid empfand. Holger hatte seinen Weg und seine Bestimmung gefunden. Obwohl als

Geschäftsführerin von *Natürlich schön* eine gesicherte Zukunft vor mir lag, spürte ich bei diesem Gedanken lediglich eine gewisse Leere. Und seit dem Ende unseres Koch-Kanals hatte sich dieses Gefühl in unangenehmer Weise verstärkt.

Vor der Küchentür ertönte Stimmengewirr und fröhliches Gelächter. Offenbar verabschiedeten sich gerade die letzten Gäste. Das war auch für mich das Zeichen zum Aufbruch.

Ich stapelte unsere Teller aufeinander. »Herzlichen Dank für das leckere Essen! Und für den Schnupperkurs als Restaurantköchin. Es war ein interessanter Abend!«

Holger hielt mich auf, indem er seine Hand auf meinen Arm legte. »Bist du noch ein paar Tage in Greetsiel?«

Ich versuchte das Kribbeln, das seine Berührung auf meiner Haut auslöste, zu ignorieren.

»Ich denke schon«, antwortete ich mit heiserer Stimme. »Jetzt, wo ich von meiner Familie weiß, würde ich sie gern näher kennenlernen.«

»Hast du vielleicht Lust, mir abends in der Küche zur Seite zu stehen?«, fragte er ohne Umschweife. »Selbstverständlich gegen entsprechende Bezahlung. Es wird etwas dauern, bis ich Ersatz für Timo gefunden habe, und ich kann jede helfende Hand gebrauchen.«

Mein Herz machte vor Freude einen Hüpfer. Am liebsten hätte ich sofort zugesagt.

»Bin ich dir denn wirklich eine Hilfe?« Unsicher verzog ich das Gesicht. »Anfangs habe ich nur im Weg rumgestanden, und du hattest mehr Arbeit anstatt weniger. Bitte sei ehrlich!«

»Na schön, anfangs war es vielleicht so.« Er wiegte den Kopf hin und her. »Aber gegen Ende wurde es deutlich besser.«

»Erst gegen Ende?«, hakte ich mit viel zu hoher Stimme nach.

»Nun ja, du hast mehrfach die gehackten Walnüsse im Salat vergessen«, begann er aufzuzählen. »Eine Scholle ist halb angebrannt, und bei drei Gerichten hast du die Beilagen verwechselt, sodass ich die Teller noch mal neu richten musste. Von dem Chaos, das du überall hinterlassen hast, will ich gar nicht erst anfangen.«

Das Blut schoss mir in die Wangen. Mir waren meine Fehler weder aufgefallen, noch hatte ich bemerkt, dass er sie hatte ausbügeln müssen. Wie hatte ich nur glauben können, mit einem Profi mithalten zu können? Oh Gott, das war mir so peinlich! Ich sprang wortlos auf und schaffte mit glühendem Kopf unsere Teller fort.

Holger folgte mir jedoch auf dem Fuße. »Aber das war überhaupt nicht schlimm«, versicherte er mir. »Denn du hast unfassbar schnell gelernt. Ich hatte schon viele Aushilfen hier, und keine hat mich so beeindruckt wie du.«

Ich warf ihm einen skeptischen Blick zu und räumte die Teller in die große Spülmaschine ein.

»Bitte, glaub mir! Du hast dich großartig geschlagen.« Er schenkte mir ein entwaffnendes Lächeln. »Es wäre schön, wenn du wiederkommen würdest, Luisa.«

Er wirkte absolut aufrichtig. Und dummerweise schmolz mein Widerstand wie Eis in der Sonne, wenn er auf diese Weise meinen Namen aussprach.

»Wieso? Warum fragst du ausgerechnet mich?«, entfuhr es mir fast hilflos.

»Es ist schön, jemanden in der Küche zu haben, dem das Kochen so am Herzen liegt«, antwortete er mit ernster Miene. »Das erinnert mich daran, wieso ich diesen Job unbedingt machen wollte.«

Er zog eine Grimasse. »Außerdem bist du wissbegierig, und ich gebe unglaublich gerne den Klugscheißer.«

Ich legte den Kopf in den Nacken und lachte. »Okay, das kaufe ich dir ab.«

Ich nahm mir einen Moment Zeit, darüber nachzudenken. Zwar musste ich während unseres Aufenthalts ein Auge auf meine Mutter haben, aber sie ging meist recht früh ins Bett. Und das Homeoffice würde ich wohl hauptsächlich morgens erledigen, insofern stellte dies auch kein Problem dar.

»Also, was sagst du – bist du meine neue Küchenfee?«, fragte Holger und hielt mir die Hand hin.

Ich schlug ein. »Okay! Aber ich will keine Bezahlung. Dann darfst du mich nämlich nicht anschreien, wenn ich einen Fehler mache.«

»Oh, verdammt!«, fluchte er. »Aber gut, kein Schreien, Niedermachen oder verbales Massakrieren, versprochen!«

Ein Lächeln umspielte seine Mundwinkel.

Die übliche Zeitspanne für einen kollegialen Handschlag neigte sich dem Ende, aber keiner von uns ließ los. Ich genoss es, wie meine Hand in seiner verschwand und von seiner Wärme umhüllt wurde. Sie kroch über die Haut meinen Arm hinauf und sandte ein verlockendes Kribbeln durch meinen Körper. Ich hielt reflexartig den Atem an.

In diesem Moment schwang die Tür auf, und Merle marschierte herein. Sie blieb abrupt stehen und grinste.

»Sieh an, sieh an!«, sagte sie in süffisantem Tonfall. »Da lässt man euch beide nur mal kurz aus den Augen …«

Kapitel 12

Mein bester Freund Hajo und ich saßen nebeneinander im Gras. Der Wind peitschte mir die Strähnen ins Gesicht, und mein Blick heftete sich auf das aufgewühlte graue Meer, das mit weißen Hauben verziert war. Ich ließ mich berauschen von der Wildheit der Nordsee, die sich heute so ungestüm und übermächtig präsentierte. Aber der verheißungsvolle Eindruck von Freiheit und endloser Weite war trügerisch. Denn Hajo und ich saßen hier fest. Wir waren gefangen in dieser kleinen Welt, in die wir hineingeboren worden waren.

»Irgendwann, Hajo, sind wir erwachsen – und dann verschwinden wir von hier«, sagte ich voller Überzeugung.

Er blickte zu mir. Sein linkes Auge sah schlimm aus. Es war so stark zugeschwollen und dunkelblau verfärbt, dass ich den Schmerz am eigenen Leib zu spüren glaubte. Die anderen Jungs hatten ihm das angetan. Nur weil sie mit seiner Andersartigkeit nicht zurechtkamen.

»Das dauert noch ewig, Marianne. Wirklich ewig.« Er schluckte schwer. »Ich weiß nicht, ob ich das schaffe.«

Seine Worte versetzten mir einen Stich. Denn ich wusste es auch nicht. Manchmal zweifelte ich selbst daran. Es war so leicht, zu zerbrechen …

Aber dann erwachte wieder diese innere Stimme in mir, die mir befahl, weiterzukämpfen. Es war die gleiche rebellische Stimme, die mich schon unzählige Male in Schwierigkeiten gebracht hatte.

Und doch wusste ich instinktiv, dass sie mich auch davor bewahren würde, zu zerbrechen. Meine Mutter würde es nicht schaffen, mich wie meine Schwester in eine willenlose Marionette zu verwandeln.
Ich griff nach Hajos Hand. »Wir dürfen nicht aufhören zu kämpfen. Die anderen sind die, die ein Problem haben, nicht wir. Wir sind einfach so, wie wir sind. Das ist kein Verbrechen. Und weißt du, was das Gute ist? Wir müssen gar nicht gewinnen – sondern nur durchhalten!«
Hajo erwiderte nichts und lächelte nur traurig. Dieses Lächeln jagte mir einen Schauer über den Rücken. Denn ich hatte das beängstigende Gefühl, dass er schon dabei war aufzugeben.

Eintrag aus Mariannes »Buch der Erinnerungen«

*

Am nächsten Morgen wurde ich schon in aller Frühe dazu genötigt, mich aus dem schönen warmen Bett zu schälen. Offenbar waren sowohl meine Mutter als auch ihre Schwester Helga Frühaufsteher. Doch ich stellte erfreut fest, dass meine Mutter schon deutlich besser aussah. Die Rückkehr nach Greetsiel schien ihr neue Energie zu verleihen.

»Und was machen wir heute?«, fragte sie gut gelaunt am Frühstückstisch.

Sie war nur leicht geschminkt, trug als einzigen Schmuck ihre Perlenkette, und die schicken Kostüme, die sie in Hamburg immer trug, hatte sie gegen eine beigefarbene Chinohose und einen leichten Pullover eingetauscht. Nur wenig erinnerte heute an die erfolgreiche Geschäftsfrau, die ich kannte.

»Ich kann mich ganz nach euch richten«, gab meine Tante zurück und biss in ihr Marmeladenbrötchen. »Was schwebt euch vor?«

Sie hatte eine Aushilfe gebeten, sie heute im Souvenirladen zu vertreten, denn sie wollte so viel Zeit wie möglich mit ihrer verschollenen Schwester verbringen. Ich fand, das war ein gutes Zeichen. Vielleicht konnten die beiden ihre früheren Streitigkeiten tatsächlich hinter sich lassen.

Einige Vorschläge flogen über den Tisch, während ich schweigend meinen Kaffee schlürfte. Wie von selbst wanderten meine Gedanken wieder zu Holger. Unser Kennenlernen hatte mich völlig aus der Bahn geworfen. Ich konnte einfach nicht aufhören, unsere Gespräche, Blicke und flüchtigen Berührungen im Kopf durchzuspielen. Vielleicht war es doch keine so gute Idee gewesen, mich als seine Küchenfee zu verpflichten? Andererseits wollte ich es auch nicht rückgängig machen. Ein bedenklich großer Teil in mir konnte es kaum erwarten, Holger wiederzusehen.

»Und was ist mit dir, Luisa? Begleitest du uns?«, wollte meine Mutter wissen.

Zum Glück hatte ich nebenbei mitbekommen, dass die beiden eine Tour durchs Dorf geplant hatten, um ehemalige Schulkameraden und Bekannte zu treffen. Meine Mutter schien sich zu freuen, ihre früheren Freunde wiederzusehen, und wollte wissen, wie sich ihr Heimatdorf in den letzten Jahrzehnten verändert hatte.

»Ich glaube, ich mache ein bisschen Homeoffice«, lehnte ich mit einem milden Lächeln ab.

So könnten die beiden ungestört miteinander reden und hätten Zeit für sich. Außerdem bezweifelte ich, dass ich bei ihrem Ausflug viel Spaß haben würde. Schon jetzt kam ich mir überflüssig vor, wenn sie in Erinnerungen schwelgten. Vor allem, weil sie dabei automatisch ins Plattdeutsche verfielen und ich nur noch die Hälfte verstand. Hätte ich als Kind meine Ferien in Greetsiel verbracht, wäre das wahrscheinlich kein so großes

Problem. Erneut wallte Ärger in mir auf, weil meine Mutter mir all das vorenthalten hatte.

»Sehr gut!«, lobte sie nun meinen Arbeitseifer. »Sag Erik, er soll sich melden, wenn er ein Problem hat. Und kümmere dich um die Sache mit dem Adventskalender. Du musst den Fehler mit dem Massagestein geradebiegen!«

Ich nickte zähneknirschend. Genaugenommen war es schließlich ihr Fehler gewesen. Meine Lust auf Homeoffice hielt sich ohnehin in Grenzen. Viel lieber wäre ich ans Meer gefahren oder hätte etwas mit Merle unternommen. Aber da sie heute ebenfalls arbeitete, musste ich mich wohl meinem Schicksal fügen. Davon abgesehen hatte ich mir fest vorgenommen, meine Mutter zu unterstützen. In der Firma mehr Verantwortung zu übernehmen und sie zu entlasten gehörte ebenfalls dazu.

»Ein Adventskalender?«, fragte Tante Helga. »Das klingt spannend. Ich dachte, ihr vertreibt nur Drogerieartikel?«

Meine Mutter und ich wechselten einen kurzen Blick.

»Ach, das ist keine große Sache! Heutzutage gibt es unzählige Adventskalender mit Kosmetikprodukten.« Meine Mutter winkte betont gelangweilt ab. »Die mit Schokolade, die wir früher hatten, sind langweilig geworden.«

Ihr Ablenkungsmanöver war offenbar gelungen, denn Tante Helga schnaubte. »Schokolade? Das wäre schön gewesen! Wir hatten immer nur die günstigen Adventskalender mit den Weihnachtsbildern, weißt du noch?«

Meine Mutter nickte. »Und einmal hat unseren Eltern selbst dafür das Geld gefehlt. Da haben wir uns gegenseitig einen Adventskalender gemalt.«

»Oh ja!« Tante Helga zog eine Grimasse. »Damals habe ich gemerkt, dass du so viel künstlerisches Talent besitzt wie eine Ameise. Ich hatte vierundzwanzig undefinierbare Farbkleckse hinter meinen Türchen.«

Meine Mutter zupfte verschnupft an ihrer Frisur herum. »Das war meine surrealistische Phase, und dass du so wenig Gespür für Kunst besitzt, ist wirklich traurig.«

Die beiden lachten, und wir räumten gemeinsam den Tisch ab.

»Habe ich dir schon erzählt, dass Immo als Landrat kandidiert?«, fragte Tante Helga meine Mutter, als sie gerade die Teller spülte. »Er ist momentan auf Stimmenfang und schleimt sich durch die Krummhörn wie eine Napfschnecke durchs Aquarium.«

»Immo …« Meine Mutter schnaubte verächtlich. »Dass er auf seine alten Tage in die Politik will, überrascht mich nicht. Er fühlte sich schon immer zu Höherem berufen. Weißt du noch, wie er ständig damit angegeben hat, dass er Häuptlingsblut in seinen Adern hat und von Alko dem Bösen abstammt?«

»Für dich war er schon damals ein rotes Tuch.« Leiser fügte Tante Helga hinzu: »Und das hast du bitter bezahlt.«

Ich horchte auf. »Wieso?«

»Immo war schon als Kind ein machtgieriger kleiner Despot, der die anderen unterdrücken wollte. Doch Marianne hat sich das nicht gefallen lassen und sich mit ihm angelegt«, erzählte Tante Helga stolz. »Sie hat ihm eine verpasst.«

»Wie bitte?« Ich starrte meine Mutter ungläubig an. »Du hast dich mit einem Jungen geprügelt?«

Ihre Wangen röteten sich. »Nun ja, er hatte kein blaues Auge oder so! Ich war schließlich nicht das kräftigste Mädchen. Aber es hat ausgereicht, um ihn zu demütigen.«

Ich war sprachlos. In Greetsiel lernte ich eine Seite meiner Mutter kennen, die mir gänzlich unbekannt war.

»Dummerweise war Immos Vater im Ort hoch angesehen«, berichtete Tante Helga weiter. »Er hat unseren Eltern daraufhin einen Besuch abgestattet und es so dargestellt, als wäre sein Sohn ein unschuldiger Engel und Marianne ein cholerisches und zur Brutalität neigendes Kind, dem es an Führung und strenger Erziehung mangele.« Ihre Miene verdunkelte sich. »Unsere Mutter hat sich diesen Rat umgehend zu Herzen genommen, nachdem er gegangen war. Es war wohl die heftigste Bestrafung in all den Jahren …«

Die Schwestern wechselten einen stummen Blick, bei dem es mir kalt den Rücken herunterlief. Ich hatte keine Ahnung, was meine Großmutter sich für eine Strafe ausgedacht hatte, aber ihren Gesichtern nach zu urteilen, musste es schlimm gewesen sein.

Auch nachdem die beiden zu ihrer Tour durchs Dorf aufgebrochen waren, ließ mich diese Geschichte nicht los. Ich hatte in der kurzen Zeit in Greetsiel wahrscheinlich mehr über meine Mutter erfahren als in all den Jahren zuvor. Sie gehörte nun mal zu den Menschen, die nur selten freiwillig etwas von sich preisgegeben. Als wäre jede geteilte Erinnerung eine Blöße, die sie verletzlich machte. Was meine Mutter als »nicht sehr glückliche Kindheit« bezeichnet hatte, musste weitaus schlimmer gewesen sein, als ich es mir vorgestellt hatte. Nicht zum ersten Mal wünschte ich mir, dass sie sich in Zukunft etwas mehr öffnen würde.

Ich machte mir noch einen Kaffee, denn Tante Helga hatte mir befohlen, mich wie zu Hause zu fühlen – und zum Arbeiten brauchte ich nun mal Koffein. Ich setzte mich mit meiner Tasse an den Küchentisch und klappte meinen Laptop auf. Nachdem ich meine Mails und meine Sitzungstermine gecheckt hatte, rief ich Yuki an, klärte die Sache mit dem Adventskalender und sprach mit ihr die Kampagne durch. Sie brachte mich auf den neusten Stand und vergaß auch nicht, den tagesaktuellen Tratsch in der Firma zur Sprache zu bringen. Ich hätte mir keine bessere rechte Hand wünschen können und war ihr überaus dankbar!

Danach telefonierte ich mit Erik. Wie erwartet, hatte er alles bestens im Griff, und ich hatte ihn selten in so guter Laune erlebt. Den Chef zu spielen schien seine Berufung zu sein. Begeistert erzählte er mir von seinen Verhandlungen mit einer französischen Parfümeriekette, die unsere Produkte in ihr Sortiment aufnehmen wollte. Ich beglückwünschte ihn und bläute ihm noch mal ein, dass er bei Problemen mich und keinesfalls meine Mutter kontaktieren sollte. Erst als ich aufgelegt hatte, fiel mir auf, dass wir während unseres Gesprächs kein einziges privates Wort gewechselt hatten. Wahrscheinlich hätte ich dankbar dafür sein sollen. Hätte er mir sehnsüchtige Liebesschwüre in den Hörer gehaucht, hätte ich offen gestanden nicht gewusst, wie ich darauf reagieren sollte. Dennoch fand ich unseren Umgang für ein frisch verlobtes Paar befremdlich. Mir kam Katja in den Sinn und ihre Frage, ob Erik tatsächlich mich oder nicht eher die Firma heiraten wollte. Plötzlich war ich mir nicht mehr so sicher, ob ihre Befürchtung nicht doch der Wahrheit entsprach.

Seufzend schob ich diese Gedanken beiseite und konzentrierte mich wieder auf die Arbeit. Nur kurze Zeit später wurde ich allerdings von einer unbekannten Nummer angerufen.

»Hallihallöchen, hier ist Jennifer Moers«, flötete eine fröhliche Stimme ins Telefon. »Ich werde die nächsten Monate Ihre beste Freundin, Ihr rettender Engel und Ihre erste Anlaufstelle für alle Arten von Notfällen und Sorgen sein.«

»Wie bitte?«, entfuhr es mir irritiert.

Seit wann rief die Telefonseelsorge denn von sich aus bei den Leuten an? Fehlte es denen an Kundschaft?

»Jennifer Moers«, wiederholte die Frau. »Sie kennen mich bestimmt aus dem Fernsehen. Ich bin die Beste, wenn es um Hochzeiten geht.«

Endlich fiel bei mir der Groschen. Ach du lieber Himmel, das war die Weddingplanerin, die meine Mutter für Erik und mich engagiert hatte! Mein Herz rutschte eine Etage tiefer. Das hatte mir gerade noch gefehlt.

»Herzlichen Dank für Ihren Anruf, aber ich schätze, es ist noch zu früh, um über die Hochzeit zu sprechen. Es gibt noch nicht mal einen Termin«, sagte ich in dem Versuch, sie abzuwimmeln.

»Also Ihre Mutter meinte, der Sommer nächsten Jahres wäre perfekt«, informierte sie mich. »Juli oder August, wegen des guten Wetters.«

Wie schön, dass meine Mutter sich schon Gedanken um den Termin gemacht hatte! Zum Glück würde diese Hochzeit ohnehin nie stattfinden.

Ich startete einen erneuten Versuch, das Telefonat zu beenden. »Okay, das bedeutet allerdings, es ist noch über ein Jahr Zeit, und es eilt nicht mit der Planung.«

Jennifer Moers lachte amüsiert. »Ganz im Gegenteil, die Zeit wird jetzt schon knapp, meine Liebe! So eine Traumhochzeit organisiert sich schließlich nicht von allein. Es gibt hunderte große und kleine Dinge zu entscheiden.« Ehe ich etwas erwidern konnte, fuhr sie auch schon fort: »Sprechen wir heute doch erst mal über das Wichtigste: Ihr Kleid. Sicherlich haben Sie schon eine Vorstellung davon, wie es aussehen soll. Welcher Designer schwebt Ihnen denn vor?«

»Ich will keinen Designer. Ich will überhaupt kein Kleid«, entfuhr es mir genervt.

Einen Augenblick lang herrschte fassungsloses Schweigen. »Sie wollen kein Hochzeitskleid? Wie darf ich das denn verstehen?«

»So wie ich es gesagt habe«, knurrte ich. »Tut mir leid, ich muss jetzt wirklich weiterarbeiten! Ich melde mich bei Ihnen, wenn ich das Bedürfnis habe, in die Hochzeitsplanung einzusteigen.«

Also nie, fügte ich in Gedanken hinzu.

Ich legte auf und fuhr mir stöhnend übers Gesicht. Dieser Schlamassel nahm immer größere Ausmaße an. Dabei war diese verflixte Verlobung noch nicht mal das schlimmste Problem. Ich wünschte mir mein ruhiges Leben von früher zurück, als noch meine größte Sorge war, ob ich in meine Motivationsjeans hineinpasste. Da ich mich gerade ohnehin nicht mehr auf die Arbeit konzentrieren konnte, griff ich wieder zum Handy und rief Katja an.

»Hast du einen Moment Zeit?«, fragte ich mit jammernder Stimme. »Ich muss mich dringend bei dir ausheulen.«

»Für ein Notfallgespräch habe ich immer Zeit, Süße!«, erwiderte meine beste Freundin. »Jedenfalls so lange, bis die Zwillinge auf der Welt sind. Danach musst du dich leider hintenanstellen.«

»Ernsthaft? Du willst deine Kinder mir vorziehen?«, entgegnete ich gespielt schockiert. »Dabei kennst du die beiden noch nicht mal annähernd so lange wie mich.«

Einen Moment herrschte Stille, dann brachen wir beide in Gelächter aus. Genau deshalb bedeutete mir diese Freundschaft so viel. Es reichten schon ein paar Sekunden mit Katja, und schon fühlte ich mich besser.

Seit meiner Ankunft in Greetsiel hatte ich sie schon per WhatsApp über meine neue Familie und das erste Kennenlernen auf dem Laufenden gehalten. Aber eine wichtige Sache wusste sie bisher noch nicht. Nachdem ich meiner Mutter heute Morgen von Merles scharfsinniger Schlussfolgerung erzählt hatte, hatte sie endlich eingesehen, dass sie ab sofort offener mit ihrer Erkrankung umgehen und ihrer Familie davon berichten musste. Deshalb durfte ich mit Katja nun auch endlich über den Hirntumor sprechen.

»Das ist ja grauenvoll«, sagte sie betroffen, nachdem ich mir alles von der Seele geredet hatte. »Denkst du, sie kommt um eine OP herum?«

Ich nagte an meiner Unterlippe. »Keine Ahnung! Ich hoffe natürlich, dass ihr der Eingriff erspart bleibt.«

»Das hoffe ich auch«, sagte sie seufzend. »Ach, ich wünschte, ich könnte dich jetzt in den Arm nehmen und ganz fest drücken!«

»Das wäre schön!«

Aber auch ohne freundschaftliche Umarmung fühlte ich mich schon deutlich besser. Es tat gut, endlich über alles reden zu können.

Als Nächstes berichtete ich Katja von dem Telefonat mit Jennifer Moers, was einen völlig unangebrachten Heiterkeitsausbruch zur Folge hatte.

»Bestimmt ruft sie deine Mutter an und erzählt ihr, dass du nackt vor den Traualtar treten willst«, sagte sie lachend.

»Schön, dass dich mein Leben so amüsiert …«

»Eigentlich ist es schade: Eine Hochzeit, die von Jennifer Moers organisiert wird, wäre sicherlich atemberaubend. Bist du sicher, dass du Erik nicht heiraten willst?«

»Absolut«, entgegnete ich entschlossen. »Dass zwischen Erik und mir die Gefühle nicht stimmen, wusste ich ja schon vorher, aber seit ich gestern …« Ich biss mir auf die Zunge, um mich selbst zu stoppen, aber es war zu spät.

»Seit du gestern – *was?*« Katja schnappte hörbar nach Luft. »Oh Gott, du hast jemanden kennengelernt, oder? Leugnen ist zwecklos! Ich bin deine beste Freundin und spüre, dass es eine Erschütterung der Matrix gab.«

Ich schnaubte belustigt. »So dramatisch würde ich das jetzt nicht formulieren.«

»Aha, es stimmt also!«, sagte sie triumphierend.

Ich ergab mich meinem Schicksal. »Gestern habe ich einen

ziemlich anziehenden, intelligenten Mann kennengelernt, der auch noch ein begnadeter Koch ist«, gestand ich ihr. »Und irgendwie geht er mir nicht mehr aus dem Kopf! Ich muss dauernd an ihn denken, obwohl ich es überhaupt nicht will. Als hätten meine Gedanken ein unkontrollierbares Eigenleben entwickelt. Dadurch ist mir auch klar geworden, wie wenig Erik mein Herz berührt hat.«

Katja stieß einen begeisterten Laut aus, der eine Mischung aus Jubel, Kreischen und Quieken war. »Einzelheiten!«, forderte sie. »Ich will jedes Detail erfahren.«

Im Hintergrund raschelte es, gefolgt von einem Knirschen und Schmatzen. »Ich habe mir extra Popcorn besorgt. Mit Karamellgeschmack«, erklärte sie kauend. »Ich hatte so im Gefühl, dass dein Leben eine aufregende Wendung nimmt.«

Noch aufregender als eine unfreiwillige Verlobung? Darauf konnte ich eigentlich verzichten. Dennoch brannte auch ich darauf, ihr von Holger zu erzählen. Während meines Berichts spürte ich immer wieder, wie sich ein verträumtes Grinsen auf meinem Gesicht ausbreitete.

»Ich kann es kaum erwarten, ihn endlich wiederzusehen. Das ist doch total bescheuert, oder? Wir kennen uns doch kaum. Ich habe keine Ahnung, was mit mir los ist.«

»Ich weiß, was das ist! Das ist Liebe auf den ersten Blick«, diagnostizierte Katja ohne Umschweife.

Ich verdrehte die Augen. »Quatsch! In der Realität gibt es so was überhaupt nicht.«

Davon abgesehen setzte Liebe auf den ersten Blick voraus, dass beide Parteien davon betroffen waren. Und irgendwie bezweifelte ich, dass Holger gerade in der Küche saß und wie ich mit einem dümmlichen Lächeln ins Leere starrte.

»Natürlich gibt es die!«, widersprach Katja. »Wer ist denn die hoffnungslose Romantikerin von uns beiden? Du bist schon allein aufgrund deiner persönlichen Ideologie dazu gezwungen, an die Liebe auf den ersten Blick zu glauben.« Sie holte tief Luft. »Und wie willst du jetzt weiter vorgehen? Was hast du geplant?«

Ich schwieg überrumpelt. Über so etwas wie einen Plan hatte ich noch nicht nachgedacht.

»Die Zeit mit Holger in der Küche werde ich genießen und als Chance sehen, Neues zu lernen«, antwortete ich schließlich. »Davon abgesehen unternehme ich nichts. Im Augenblick habe ich mit meiner Mutter, Erik und meiner neuen Familie genug um die Ohren.«

»Wenn du meinst …«, sagte Katja enttäuscht. »Falls du dich jedoch dazu entscheidest, zum Angriff überzugehen, sag Bescheid! Ich habe einige gute Tipps auf Lager.«

Ich lachte. »Ich habe wohl den Moment verpasst, in dem du zur Liebesexpertin ernannt wurdest.«

»Dank meiner unwiderstehlichen Verführungskünste hat mir mein Traummann nicht nur beigewohnt, sondern mich auch geehelicht und mit Zwillingen geschwängert«, teilte sie mir mit. »Ich denke, die Fakten sprechen für sich, meine Liebe.«

In der Tat, da konnte ich nicht mithalten. »Na schön, falls ich deinen Rat in Liebesdingen benötige, wende ich mich an dich. Versprochen!«

»Das wollte ich hören«, sagte sie zufrieden.

Sie schwieg einen Moment, ehe sie mit ernsterer Stimme fortfuhr: »Ich weiß, es ist im Augenblick alles etwas viel für dich! Aber denk daran, dass auch Gutes passiert ist. Nach dem, was du erzählt hast, scheinen deine Tante und Merle echt nett zu sein – und eine Familie zu haben, hast du dir immer gewünscht. Dass du Holger nur klammheimlich anschmachten willst, ist natürlich schade, aber ich weiß, dass du das gemeinsame Kochen mit ihm in vollen Zügen genießen wirst. Vielleicht inspiriert dich das sogar zu einem neuen Video für unseren Kanal?« Die Hoffnung, die in ihrer Stimme mitschwang, war unüberhörbar. »Und dass ich jederzeit für dich da bin, weißt du, Isa.«

Sie hatte recht. Manchmal vergaß ich, für das Gute dankbar zu sein. Ich hatte eine großartige beste Freundin, und dass Tante Helga, Merle und Holger in mein Leben getreten waren, fühlte sich richtig und gut an. Wie der Beginn von etwas Neuem.

Kapitel 13

Wenn meine Mutter sich etwas in ihre Rezeptbücher notierte, bildete sich immer eine tiefe Falte zwischen ihren Augenbrauen. Sie zeichnete regelrecht die Buchstaben, langsam und in perfekter Schönschrift.
In diesen Momenten galt es für Helga und mich, ruhig zu sein.
Wehe, sie verschrieb sich, weil man Krach gemacht oder herumgetobt hatte! Oft genug hatten wir deshalb Ärger bekommen. So oft, dass ich eine tiefe Abneigung gegen Mutters Notizbücher entwickelt hatte. Immer, wenn sie ein weiteres Rezept ihrer Sammlung hinzugefügt hatte, klappte sie mit einem zufriedenen Seufzen das Buch zu und strich liebevoll über den ledernen Einband.
»Eines Tages werde ich euch diese beiden Bücher vermachen«, sagte sie dann. »Und ihr könnt sie an eure Kinder weiterreichen. Das ist mein Vermächtnis an euch!«
Schon damals hatte ich mir vorgenommen, mein Exemplar umgehend zu verbrennen. Ich wollte keine doofe Rezeptsammlung von meiner Mutter. Alles, was ich je von ihr gewollt hatte, war ihre Liebe.

Eintrag aus Mariannes »Buch der Erinnerungen«

*

Nach dem Telefonat mit Katja recherchierte ich, ob es aus wissenschaftlicher Sicht tatsächlich Liebe auf den ersten Blick gab. Selbstverständlich nur zu Informationszwecken! Zu meiner Überraschung galt es als erwiesenes Phänomen, dass sich zwei Menschen auf Anhieb zueinander hingezogen fühlen konnten. Das Kennenlernen war überwältigend, man bekam spontan Herzrasen, weiche Knie, und der andere übte einen fast schon magischen Sog auf einen aus. Allerdings handelte es sich dabei eher um *Anziehung* auf den ersten Blick. Denn es hatte vor allen Dingen mit visueller Stimulation zu tun, die im Körper einen Rausch an Dopamin und Serotonin auslöste. Was sich so anfühlte, als wäre eine übernatürliche Macht oder das Schicksal im Spiel, war somit nichts anderes als Biologie. Tiefere Gefühle und Kompatibilität mussten sich auch bei der berühmten »Liebe auf den ersten Blick« erst noch entwickeln. Vertrauen und Intimität stellten sich schließlich nicht von allein ein. Im Grunde waren diese Informationen ernüchternd. Dennoch stellte sich die Frage, wieso ich mich ausgerechnet zu Holger derart spontan hingezogen fühlte. Und weshalb hatte das kein anderer Mann vorher geschafft?

Ich beschloss, es mit dem Homeoffice für heute gut sein zu lassen, und klappte meinen Laptop zu. Denn die strahlenden Sonnenflecken, die durch die Blätter des Apfelbaums vor dem Küchenfenster fielen und bei jeder Böe fröhlich über den Tisch tanzten, lockten mich nach draußen. Etwas frische Luft würde mir sicher guttun!

Bevor Tante Helga mit meiner Mutter losgezogen war, hatte sie mir das Versteck des Ersatzschlüssels verraten, sodass ich mir beim Zuschlagen der Haustür keine Sorgen machen musste, mich auf Stunden hinaus auszusperren.

Gemütlich schlenderte ich zwischen den Touristen hindurch über die Sielstraße, kaufte mir ein Eis und bewunderte die schönen Häuser. Ab und an blieb ich vor einem Schaufenster stehen oder studierte die Karte eines Restaurants. Um den Massen ein wenig zu entkommen, besah ich mir die schöne gotische Backsteinkirche aus dem 14. Jahrhundert, die sich in der Nähe des Zentrums befand. Der eigentliche Glockenturm stand jedoch abseits des eigentlichen Kirchenbaus. Anscheinend kam das bei ostfriesischen Kirchen häufiger vor. Ich schlenderte weiter durch die Gassen bis zu einem modernen Bau, in dem die Touristeninformation untergebracht war. Hier wirkte das Dorf schon deutlich weniger historisch. Ich machte kehrt und kaufte mir auf dem Rückweg ein Krabbenbrötchen. Anscheinend war das ein Muss, wenn man Greetsiel besuchte. Objektiv betrachtet war es allerdings kein Augenschmaus: ein schlabbriges Brötchen mit einem Salatblatt, auf dem ein stattlicher Berg winziger Krabben lag. Aber ich wollte nicht vorschnell urteilen! Ich beschloss, meine Mahlzeit auf einer Mauer direkt am Hafen mit Blick auf die Krabbenkutter einzunehmen. Das fand ich äußerst passend.

Das Brötchen schmeckte deutlich besser, als es aussah – deftig und herzhaft, mit einem Hauch von Meer. Nachdem ich alles verputzt hatte, war ich pappsatt. Zufrieden streckte ich mein Gesicht in die Sonne und genoss die Wärme auf meiner Haut.

»… ist der historische Hafen schon sechshundert Jahre alt«, drang eine mir bekannte Stimme an mein Ohr. »Natürlich hat er sich im Laufe der Zeit ein wenig verändert.«

Björn steuerte auf mich zu, im Schlepptau einige Touristen. Jedenfalls schloss ich das aus den Fotoapparaten, den Rucksäcken und Outdoorjacken. Kurz war ich in Versuchung, die Flucht zu ergreifen, aber womöglich bemerkte mich mein Cousin überhaupt nicht.

»Die Schleuse Leysiel trennt den Hafen vom offenen Meer, sodass er tideunabhängig ist. Bis zu acht Kutter können gleichzeitig durchgeschleust werden«, dozierte er gerade und blieb nur wenige Schritte von mir entfernt stehen. Björn sprach mit angenehmer Stimme und hatte ein freundliches Lächeln im Gesicht, das ihm gestern Abend anscheinend abhandengekommen war. Die Touristen lauschten ihm interessiert.

»Wir haben mit unseren fünfundzwanzig Krabbenkuttern die größte Kutterflotte Ostfrieslands. Neben den Krabben werden jedoch auch Schollen, Scharben und Seezungen gefangen. Aber das werden Sie heute noch mit eigenen Augen sehen! Nun können Sie es bestimmt kaum erwarten, endlich auf unseren Kutter zu kommen …« Er drehte sich schwungvoll um und erblickte mich. Das sympathische Lächeln war plötzlich wie weggewischt.

»Du?«, brummte er.

Ich sah überhaupt nicht ein, mich von seiner unhöflichen Art einschüchtern zu lassen. »Ja, ich! Trotz deines eisigen Empfangs bin ich immer noch hier und habe nicht bei Nacht und Nebel das Dorf verlassen.«

»Ähm, ja …« Er räusperte sich und blickte über die Schulter. Seine Gruppe war gerade damit beschäftigt, die Krabbenkutter aus allen möglichen Winkeln zu fotografieren.

Er trat näher an mich heran und senkte die Stimme. »Das war nichts Persönliches, Luisa! Du bist wahrscheinlich ein nettes, freundliches Mädchen. Merle hat mir erzählt, wie du Holger gestern in der Küche aus der Patsche geholfen hast. Das war echt nett von dir! Bei deiner Mutter allerdings schrillen meine Alarmglocken.« Er tippte sich an die Nase. »Weißt du, ich habe da so einen Instinkt, was die Aufrichtigkeit von Menschen betrifft. Der hat mich noch nie betrogen.«

Ich starrte ihn mit hochgezogenen Augenbrauen an. Als *Mädchen* hatte mich schon seit Jahren niemand mehr bezeichnet. Björn schien mich nicht mal ansatzweise ernst zu nehmen und ging offenbar davon aus, dass ich ganz unter der Fuchtel meiner Mutter stand. Allerdings war ich auch fast im gleichen

Älter wie Merle, und angeblich nahmen große Brüder ihre kleinen Schwestern niemals ernst. Das galt unter Umständen auch für jüngere Cousinen.

Ich enthielt mich eines Kommentars, was seinen messerscharfen Instinkt betraf. »Du führst Touristen durchs Dorf?«, fragte ich stattdessen.

Er nickte. »Ich bin bei der Greetsieler Tourismus AG angestellt. Ab und zu übernehme ich auch Führungen.« Er deutete auf eines der Schiffe. »Heute steht eine Fahrt mit einem Krabbenkutter auf dem Programm. Die Nachfrage nach solchen Touren ist so groß, dass einige Fischer mittlerweile auf eigene Faust Touristen mit an Bord nehmen.«

»Das ist ein tolles Angebot!«, erwiderte ich ehrlich begeistert. »Ich würde auch gerne raus aufs Meer fahren. Und wie die Arbeit eines Fischers aussieht, finde ich ebenfalls spannend.«

Er kommentierte dies mit Schweigen und zusammengepressten Lippen. Dann sah er sich suchend um. »Wo ist denn deine Mutter?«

»Sie macht mit deiner Mutter eine Tour durchs Dorf, um ihre alten Freunde zu besuchen.«

»Und Merle?«

»Arbeitet.«

»Dann bist du ganz allein?«, fragte er stirnrunzelnd.

Ich hob die Schultern. »Sieht so aus.«

Hinter ihm machte sich Unruhe breit. Seine Gruppe hatte von den Masten bis zu den Ankerketten mittlerweile alles Menschenmögliche abfotografiert und war nun bereit, weiterzuziehen.

»Ähm, tut mir leid, aber ich muss …«, sagte Björn entschuldigend.

»Ja, mach ruhig.« Ich lächelte ihm zu. »Viel Spaß bei eurem Ausflug! Ihr habt heute perfektes Wetter erwischt.«

Er brummte mir zum Abschied noch irgendetwas Unverständliches zu und führte die Touristen zu einem Kutter mit dem Namen Fenja. Fröhlich lachend ging die Truppe an Bord.

Keine zwei Minuten später kam Björn jedoch wieder an Land. Er stapfte auf mich zu und sah ziemlich genervt aus. Was hatte ich denn jetzt schon wieder verbrochen?

Er blieb vor mir stehen, kratzte sich am Hals und knurrte: »Magst du mit?«

»Auf die Fahrt mit dem Krabbenkutter?«, fragte ich überrascht. »Geht das denn?«

»Es hat kurzfristig jemand abgesagt, und wir haben noch einen Platz frei.«

Mit dem grummeligen Björn auf einem kleinen Kutter konnte es unter Umständen etwas unangenehm werden. Auf der anderen Seite war das Angebot wirklich verlockend, und ich hatte nichts Besseres vor.

»Aber ich will dir nicht zur Last fallen!«, wandte ich ein.

»Geht schon. Sonst hätte ich dich nicht eingeladen«, gab er gewohnt unfreundlich zurück.

Ich sprang auf. »Gut, dann komme ich mit! Vielen Dank!«

Ich folgte ihm an Bord des Kutters, wo die Touristen schon ungeduldig darauf warteten, dass wir ablegten. Gerade als ich mich schwungvoll umdrehen wollte, um Björn zu fragen, wie lange wir eigentlich unterwegs sein würden, prallte ich gegen einen starken männlichen Oberkörper. Ich hob den Kopf und blickte direkt in Holgers sturmgraue Augen. Er war ebenfalls mit von der Partie? Mein Magen setzte vor Freude zu einem aufgeregten Salto an, scheiterte dabei jedoch an dem ihm kürzlich zugeführten Ballast von einem großen Krabbenbrötchen. Dennoch bekam ich ein Lächeln zustande.

»Holger, was … was machst du denn hier?«, stammelte ich.

Heute trug er eine verwaschene Jeans, ein weißes T-Shirt und ein offenes Holzfällerhemd, das er bis zu den Ellbogen hochgekrempelt hatte. Wie schon gestern strahlte er pure Männlichkeit aus.

»Ich helfe Björn manchmal bei den Touren aus«, erklärte er schmunzelnd. Offenbar entging ihm nicht, wie sehr mich unser unerwartetes Wiedersehen aus der Bahn warf. »Und als Ostfriese ergreife ich gern jede Gelegenheit, aufs Meer hinauszufahren. Außerdem lernt man oft nette Leute kennen.« Er zwinkerte mir zu.

»Und dein Restaurant?«

Keine Ahnung, warum das die erste Frage war, die mir durch den Kopf ging. Meine Gehirnzellen waren momentan offenbar anderweitig beschäftigt.

»Wir machen erst heute Abend auf«, antwortete er und rieb sich über seine kantige Kinnpartie, auf der sich dunkle Bartstoppeln abzeichneten. »Auch ich brauche manchmal frei.«

Wenn man ein Restaurant führte, war Freizeit sicherlich ein seltenes Gut. Feiertage und Wochenenden waren grundsätzlich Arbeitstage, und selbst unter der Woche erwarteten viele Gäste, dass man täglich geöffnet hatte. Für einen eher kleinen Betrieb wie die *Häuptlingsstube* war das natürlich unmöglich umzusetzen.

Wir legten ab, und Björn stellte uns unseren Kapitän Gerno vor. Er war um die fünfzig, hatte einen stämmigen Körperbau, und seine Lippen waren unter dem buschigen Vollbart kaum zu erkennen. Er streckte nur kurz den Kopf aus dem Führerhaus, tippte sich zur Begrüßung an die Stirn und verschwand wieder.

Nachdem wir das offene Meer erreicht hatten, frischte es schlagartig auf. Ich versuchte, den Anblick der auf und ab tanzenden Wellen und der unendlichen Weite in mich aufzusaugen, ohne mich allzu sehr von der Gänsehaut auf meinen Armen ablenken zu lassen. Neidisch schielte ich auf die Touristen in ihren

Outdoorjacken. Mit meinem leichten T-Shirt war ich für einen solchen Ausflug eindeutig falsch angezogen. Obwohl der Aufdruck wiederum passend war mit der Aufschrift *Be different*, dazu waren fünf Tomaten in einer Reihe zu sehen, von denen die mittlere jedoch grün war. Wenn mir der Nordseewind weiter so zusetzte, wäre ich allerdings bald eine blaugefrorene Tomate.

»Möchtest du einen Kurzen?« Holger kam mit einer Schnapsflasche und einem Glas auf mich zu. »Du siehst aus, als könntest du was zum Aufwärmen gebrauchen.«

Björn verteilte unter seinen Schützlingen gerade ebenfalls Spirituosen, was erfreut angenommen wurde.

»… fahren sechs Tage die Woche raus«, erklärte er währenddessen. »Die Krabben werden sofort an Bord abgekocht, aber danach müssen sie natürlich noch gepult werden. Das war früher eine typische Hausfrauenarbeit, mit der man sich etwas dazuverdienen konnte. Heutzutage werden neunzig Prozent unserer Krabben in Marokko gepult.«

Ich hörte in mich hinein und kam zu dem Schluss, dass das Krabbenbrötchen in meinem Magen lieber allein bleiben wollte. Außerdem war es sicherlich klüger, das permanente Schaukeln des Schiffs nicht noch mit Schnaps zu verstärken.

»Nein, danke«, lehnte ich mit klappernden Zähnen ab. Das Tuckern des Motors und das Kreischen der Möwen, die um den Kutter flatterten, übertönten fast meine Stimme.

»Ist dir so kalt?«, fragte Holger, während der Wind ihm ein paar Strähnen in die Stirn wehte. »Heute ist es doch gar nicht so frisch.«

»Pah!« Ich rümpfte die Nase. »Das sagst du nur, weil du schon abgehärtet bist. Wahrscheinlich kommen ostfriesische Kinder schon mit einer Ganzkörperhornhaut zur Welt, die sie immun gegen Wind und Kälte macht.«

Verstohlen schob ich meine Haare nach vorne, sodass sie die

Narbe auf meiner Wange verdeckten. Bei dem stetigen Wind war das allerdings vergebene Liebesmüh. Schon eine Sekunde später wirbelte eine Böe meine Haare erst nach oben und dann zur Seite.

»Da könnte was Wahres dran sein. Aber warte mal!«

Er verschwand kurz und kam einen Augenblick später mit einem dicken Wollpullover in der schnittigen Männerfarbe »Jagdgrün« zurück.

»Gerno hat eine Kleiderkiste an Bord für Notfälle. Wenn du magst?«

Ich nickte eifrig. Der Pullover roch etwas muffig und war mir viel zu groß, aber das war mir gleichgültig. Dankbar zog ich ihn mir über und kuschelte mich hinein. Wahrscheinlich sah ich in dem Teil aus wie ein kugeliger Busch. Aber optisch war ich ohnehin nicht in Bestform. Schließlich hatte ich nicht damit gerechnet, Holger so bald wieder über den Weg zu laufen. Heute Morgen hatte ich mich lediglich am Puder meiner Mutter und ihrer Wimperntusche bedient. Von den diversen Hautcremes, Tinkturen und Seren in ihrem Kosmetikkoffer hatte ich die Finger gelassen, weil ich Angst hatte, dass meine empfindliche Haut mit einer Allergie reagierte. Seit einigen Jahren benutzte meine Mutter kein einziges Produkt des *Natürlich schön*-Sortiments mehr, sondern setzte stattdessen auf überteuerte Chemiebomben, die radikale Anti-Aging-Effekte versprachen. Ihren eigenen Naturprodukten traute sie das offenbar nicht zu.

»Danke, du bist mein Retter!«, sagte ich erleichtert. »Jetzt kann ich das hier endlich genießen.«

»Meinst du damit den Ausflug? Oder meine angenehme Gesellschaft?«, neckte er mich, und feine Lachfältchen bildeten sich um seine Augenwinkel.

»Selbstverständlich warst *du* damit gemeint«, erwiderte ich mit klimpernden Wimpern. »Du bist hier auf dem Kutter schließlich die Hauptattraktion.«

»Das will ich meinen.«

Wir grinsten und sahen uns sekundenlang in die Augen. Mein Herz kam ins Stolpern, nur um dann in rasendem Tempo weiterzuschlagen.

Ich schluckte schwer und wandte hastig den Blick ab. Das ist alles nur Biologie, erinnerte ich mich selbst. Serotonin und Dopamin. Und wie ich Katja schon gesagt hatte, war ich im Augenblick nicht an zusätzlichem Stress interessiert. Besser, ich lenkte unser Gespräch auf unverfänglichen Small Talk, ohne Zweideutigkeiten! Leider herrschte in meinem Hirn dahingehend absolute Leere. Ich starrte angestrengt auf die graublauen Wellen der Nordsee. Es musste in meinem Kopf doch irgendein geistreiches Thema zu finden sein, über das man locker plaudern konnte?

»Ich habe mich schon oft gefragt, wieso man beim heutigen Mangel an Süßwasser für die Toilettenspülung kein Salzwasser benutzt«, plapperte ich drauflos und deutete aufs Meer. »Salzwasser gibt es ja genug. Wenigstens an der Küste. Ist doch schade um all das gute Trinkwasser, das wir die Toilette runterspülen. Apropos: Wusstest du, dass es in Japan einen Gott für Toiletten gibt? Du kannst sogar deine Unterwäsche an den betreffenden Tempel schicken, wo sie dann von einem Mönch gestempelt wird.«

Holgers Stirn legte sich in Falten. »Und wozu soll das gut sein?«

Ich kratzte mich verlegen am Hals. »Für eine … ähm … reibungslose Verdauung.«

Na, großartig! Anscheinend konnte ich meinen eigenen Flirtratgeber rausbringen. Erste Regel: Sprich so früh wie möglich über die Themen Stuhlgang und Blasenentleerung, denn das macht dich für einen Mann unfassbar attraktiv! Zum Glück hatte ich noch vor zwei Minuten beschlossen, bei Holger keine Flirtabsichten zu verfolgen.

»Ich wusste nicht, dass Stempel auf der Unterwäsche bei der Verdauung helfen können.« Holgers Mundwinkel zuckten, als könnte er nur mit Mühe ein Grinsen unterdrücken. »Da habe ich jetzt tatsächlich etwas dazugelernt.«

Oh Gott, am besten ich hielt einfach den Mund! Wenigstens hatte Holger mit mir Erbarmen und ließ das Toilettenthema auf sich beruhen.

»Bis wir die Netze wieder einholen, dauert es übrigens etwa eine Stunde«, erklärte er.

»So lange?«, entfuhr es mir erstaunt. »Und was machen wir bis dahin?«

»Nichts.« Er sagte dies, als sei es etwas Gutes. Sein Blick schweifte über die Wellen, und er atmete tief ein und aus. »Wir genießen einfach den Moment.«

»Oh. Okay.«

Ich beobachtete ihn aus den Augenwinkeln. Holger schien die Ruhe selbst zu sein. Tiefenentspannt schaute er in die Ferne, auf einen Punkt am Horizont, wo Himmel und Meer sich berührten. Als würde er im Kopf gerade hochphilosophischen Fragen nachgehen und tiefschürfende Erkenntnisse über das Leben gewinnen.

Leider war ich dafür viel zu aufgekratzt. Ich zappelte neben ihm herum, wechselte von einem Bein auf das andere, strich meine Haare zurecht oder zupfte an dem zeltartigen Pulli herum. Ich stand kurz davor, mein Handy zu zücken, um zu checken, wie gut der Empfang hier draußen war.

Er schielte zu mir. »Man muss natürlich mit sich im Reinen sein, um das genießen zu können.«

»Was soll das denn heißen?« Ich kniff die Augen zusammen. »Du denkst, ich bin nicht mit mir im Reinen?«

»Das habe ich nicht gesagt«, erwiderte er schulterzuckend. »Aber viele Menschen und insbesondere Städter sind geradezu süchtig nach Hektik und Ablenkung. Sie scheinen es nicht zu ertragen, mit ihren Gedanken allein zu sein. Vielleicht, weil ihnen dann bewusst werden könnte, dass etwas nicht mit ihnen oder ihrem Leben stimmt.« Er tippte sich an die Brust. »Sie haben verlernt, auf die Stimme ihres Herzens zu hören – und je länger dieser Zustand andauert, desto schwieriger wird es.«

»Ich wusste gar nicht, dass Ostfriesen derartige Experten sind, wenn es um das emotionale Innenleben geht.«

»Wir sind Experten, wenn es darum geht, sich auf das wirklich Wichtige zu fokussieren und das Leben nicht unnötig kompliziert zu machen«, konterte er schlagfertig.

Nun sah auch ich in die Ferne. War ich auch süchtig nach Ablenkung? Hatte ich verlernt, einfach mal den Moment zu genießen? Und auf mein Herz zu hören?

Ich richtete meinen Blick aufs Meer und atmete einige Male tief ein und aus. Erlaubte meinen Muskeln, sich zu entspannen. Spürte den Frieden, der langsam in mich einsickerte und meinen Geist beruhigte. In Anbetracht dieser endlosen Weite schienen meine Probleme weitaus weniger groß und dramatisch zu sein. Sie zogen an meinem inneren Auge vorbei, ohne jedoch allzu lang zu verweilen. Nur eine Sache ließ sich nicht so leicht abschütteln. Sie heftete sich in meinen Gedanken fest und versetzte meinem Herzen einen Stich.

»Du siehst plötzlich so traurig aus«, stellte Holger fest.

»Ich … ich habe gerade an meine Mutter gedacht.« Ich stieß die Luft aus. »Sie hat einen gutartigen Hirntumor. Die Diagnose ist relativ frisch.«

Das war eine Untertreibung, wenn man bedachte, dass sie gestern Morgen noch im Krankenhaus gewesen war. Seither war so unglaublich viel geschehen, dass Mutters Zusammenbruch in der Firma schon viele Tage zurückzuliegen schien. Doch dieses Gefühl trog.

»Aber sie tut einfach so, als sei alles in Ordnung«, sprudelte es aus mir heraus. »Als würde es sie emotional überhaupt nicht berühren. Sie muss doch Angst haben, oder nicht? Ich an ihrer Stelle hätte Angst. Und wütend wäre ich wahrscheinlich auch. Denn sie hat immer auf ihre Gesundheit geachtet. Keine Zigaretten, kaum Alkohol, Yoga, eine gesunde Ernährung … Und trotzdem wächst da dieses Ding in ihrem Kopf. Aber immer, wenn ich mit ihr darüber sprechen will, wiegelt sie einfach ab.«

Holger hatte mir aufmerksam zugehört, ohne mich zu unterbrechen.

»Du fühlst dich verletzt«, stellte er fest.

Ich rang die Hände. »Natürlich fühle ich mich verletzt. Ich bin ihre Tochter, verdammt noch mal! Sie könnte mich doch einmal in ihrem Leben an sich heranlassen. Ich möchte sie trösten und in den Arm nehmen, aber sie hält mich auf Abstand.« Enttäuscht schüttelte ich den Kopf.

Er fasste mich sanft an den Schultern. »Ich garantiere dir, dass sie Angst hat, Luisa. Jeder Mensch an ihrer Stelle hätte das. Vielleicht solltest du in ihrem Fall mehr auf ihre Taten achten als auf ihre Worte.«

Irritiert blinzelte ich zu ihm auf. »Wie meinst du das?«

»Nun, du hast mir gestern erzählt, dass dein Vater abgehauen ist und du nur deine Mutter hast«, entgegnete er. »Wahrscheinlich hat sie dich deshalb hierher nach Greetsiel mitgenommen. Weil es ihr wichtig ist, dass du den Rest deiner Familie kennenlernst. Vielleicht wollte sie, dass deine Tante, Merle und Björn ab sofort zu deinem Leben gehören. Damit du jemanden an deiner Seite hast, falls sie …« Er beendete den Satz nicht.

Mein Herz zog sich zusammen, als mir klar wurde, dass meine Mutter schon Vorsorge traf – für den Fall, dass ihr etwas zustieß. Und mir war es nicht mal aufgefallen. Ich schlug mir mit einem erstickten Laut die Hand vor den Mund. Dass meine

Mutter nicht so kalt war, wie ich ihr unterstellt hatte, sondern sogar an mein Wohl dachte, löste eine andere Art von Schmerz in meinem Inneren aus, der weitaus tiefer ging als meine verletzten Gefühle.

Erst als Holger mich wortlos an sich zog, bemerkte ich die Feuchtigkeit auf meinen Wangen. Ich ließ mich an seine Brust sinken und schluchzte auf. Zum ersten Mal seit Tagen konnte ich meinen Tränen freien Lauf lassen. Die ganze Zeit über hatte ich mich aufrecht gehalten und meine Fassung gewahrt, doch nun waren meine Mauern in sich zusammengefallen. Aber ich schämte mich nicht dafür. Außerdem fühlte ich mich in Holgers Armen sicher und geborgen, geschützt vor den kühlen Böen des Meeres, den Blicken der anderen und dem Rest der Welt.

»Ich habe Angst, meine Mutter zu verlieren«, flüsterte ich unter Tränen. »Seit wir in Greetsiel sind, lerne ich ganz neue Seiten von ihr kennen. Womöglich können wir uns endlich wieder annähern und unser Verhältnis verbessern. Aber was ist, wenn uns dafür nicht genug Zeit bleibt?«

Er strich beruhigend über meinen Rücken. »Nutze einfach jeden Tag mit ihr, so gut wie möglich. Egal, was euch bevorsteht und die Zukunft bringen mag.«

»Das ist ein weiser Rat.« Ich brachte ein Lächeln zustande. »Im Grunde auf jeden Menschen anwendbar, der einem am Herzen liegt.«

»Das will ich meinen«, sagte er. Sein leises Lachen ließ seine Brust vibrieren, und ich hätte mich am liebsten noch enger an ihn geschmiegt.

Stattdessen machte ich mich von ihm los. Ich atmete tief durch und wischte mir übers Gesicht.

»Entschuldige!«, murmelte ich. »Ich wollte dich nicht vollheulen.«

»Entschuldige dich nicht dafür!«, erwiderte er mit ernster

Miene. »Deine Mutter und du, ihr müsst gerade einen heftigen Schicksalsschlag verarbeiten. Wenn du mal wieder ein offenes Ohr und eine starke Schulter brauchst, bin ich gern für dich da.«

Er hob die Hand und strich mit dem Daumen über meine Wange. Die Berührung traf mich bis ins Mark und setzte jede Faser meines Körpers unter Strom.

»Danke!«, krächzte ich.

Unsere Blicke hielten einander fest. Ich konnte nicht aufhören, die markanten Züge seines Gesichts zu studieren. Am besten gefielen mir seine Augen. In ihnen lagen Intelligenz, Wärme und genau die richtige Prise Feuer und Leidenschaft. Mein Herz schlug immer schneller, und ich atmete nur noch flach. War es normal, sich so lange anzuschauen, ohne ein Wort zu sagen? Irgendetwas spielte sich gerade zwischen uns ab, das ich nicht in Worte fassen konnte. Ich fühlte mich, als würde ich unter einem magischen Bann stehen.

»Holger?«, rief Björn und riss uns damit aus dem Moment. »Kommst du mal bitte?«

Holger nickte ihm zu. »Tut mir leid, die Pflicht ruft«, sagte er zu mir. »Wahrscheinlich geht's ums Essen. Ich habe einen leckeren Imbiss mit Krabben zubereitet.«

Der Gedanke an Essen, insbesondere an Krabben, hatte auf mich ungefähr die Wirkung einer kalten Dusche. Das stetige Auf und Ab des Schiffs schlug mir eindeutig auf den Magen. Zum Glück musste ich nicht die Fische füttern!

»Kein Problem, ich bleib noch kurz hier und genieße den Ausblick.«

Er ging zu Björn, und ich nahm mir einen Augenblick Zeit, meine Fassung zurückzugewinnen. Das Gespräch über meine Mutter und die knisternde Spannung zwischen Holger und mir hatten ein ziemliches Gefühlschaos in mir ausgelöst. Gerade als ich mich zu den anderen gesellen wollte, stellte sich Björn neben mich.

»Und?«, brummte er.

Da ich bei dieser ausufernden Fragestellung nicht die geringste Ahnung hatte, was er von mir wissen wollte, begab ich mich auf seine Kommunikationsebene und antwortete mit einem vieldeutigen: »Mhm.«

Das schien zum Glück richtig gewesen zu sein. Mein Cousin hüllte sich in zufriedenes Schweigen und starrte aufs Meer hinaus.

Ich musterte ihn von der Seite. Während Merle und ich uns ziemlich ähnlich sahen, hatte Björn dunkleres Haar, und sein Gesicht war runder. Auch die Form seiner Nase war stärker ausgeprägt. Das brachte mich zu einem Thema, das mich schon seit gestern beschäftigte.

»Björn, darf ich dich mal was fragen?«

»Mhm.«

»Vielleicht hast du schon mitbekommen, dass mein Vater abgehauen ist. Was ist mit eurem Vater passiert? Lebt er noch?«

Seine Miene verdüsterte sich. »Ja, leider.«

Erschrocken über seine bittere Antwort sog ich die Luft ein. Aber ich war klug genug, mir einen Kommentar zu verkneifen, sonst hätte Björn wahrscheinlich sofort dichtgemacht.

»Vielleicht hattest du Glück, dass dein Vater verschwunden ist«, fuhr er nach kurzer Stille fort. »Ich hatte mir als Kind oft gewünscht, dass unser Vater die Biege macht und wir endlich Frieden vor ihm haben. Aber so nett war er leider nicht.« Er holte tief Luft. »Es gibt gute Menschen, die unser Leben bereichern. Und schlechte Menschen, die es vergiften. Mein Vater gehört zu der letzteren Sorte. Er hat meine Mutter behandelt wie Dreck. Er hat sie auf jede erdenkliche Art belogen und betrogen.«

Es versetzte mir einen Stich, dass eine herzensgute Frau wie

Tante Helga von ihrem Mann derart schlecht behandelt worden war. Aber das erklärte immerhin Björns starken Beschützerinstinkt, den er an den Tag legte. Wahrscheinlich hatte er das Gefühl, wenigstens jetzt für seine Mutter eintreten zu müssen.

»Vor drei Jahren hat sie endlich einen Schlussstrich gezogen und ihn rausgeworfen. Seitdem ist er nicht mehr Teil unseres Lebens. Ich versuche noch, meine Mutter zu überreden, endlich die Scheidung einzureichen.« Er verzog das Gesicht. »Aber sie meint, wir könnten uns den Anwalt nicht leisten. Dank meines Erzeugers sitzt sie nämlich auch auf einem Berg von Schulden.«

»Björn, das tut mir so leid für euch!«, sagte ich erschüttert.

»Es ist, wie es ist.« Er stieß die Luft aus. »Ich bin nur froh, dass wir nichts mehr mit ihm zu tun haben.«

»Offenbar hatten unsere Mütter nicht das beste Händchen, was Männer betraf«, murmelte ich.

»Ein wahres Wort!«

Seit meiner Ankunft hatte ich mich immer wieder gefragt, wie mein Leben verlaufen wäre, wenn ich von meiner Familie in Greetsiel gewusst hätte. Aber auch Tante Helgas Leben hätte eine komplett andere Wendung nehmen können. Wäre es für sie leichter gewesen, wenn sie in all den Jahren ihre Schwester an ihrer Seite gehabt hätte? Wäre es ihr mit dem nötigen Halt und Zuspruch vielleicht früher gelungen, ihren schrecklichen Ehemann hinauszuwerfen? Ich schüttelte traurig den Kopf. Das alles wurde immer dramatischer, je mehr ich herausfand. Und das alles nur wegen eines doofen Streits, der schon viele Jahrzehnte zurücklag.

»Wenn es nach mir geht, wird Oskar meinen Vater jedenfalls niemals kennenlernen«, sagte Björn bestimmt.

Irritiert schaute ich ihn an. »Wer ist Oskar?«

»Na, mein Sohn!«, sagte er in einem Tonfall, als müsste ich das wissen. Er zog sein Handy hervor und zeigte mir ein Foto. »Er ist vier Monate alt und unser ganzer Stolz.«

Ich stieß einen entzückten Laut aus, als ich das Baby mit dunklem Haarschopf und blauen Augen sah. Es trug einen blau-weiß gestreiften Strampler, und vorne auf der Brust war ein kleiner Anker aufgedruckt.

»Ach herrje, ist der süß! Da melde ich mich sofort freiwillig als Babysitter.«

Er deutete auf mich. »Darauf nagle ich dich fest! Meike, meine Frau, wird begeistert sein, wenn ich sie abends mal wieder ausführe. Wahrscheinlich werden wir ins Kino gehen, um dort im Dunkeln zwei Stunden in Ruhe zu schlafen.«

Ich grinste. »Ich würde mich freuen, die beiden kennenzulernen.«

Er steckte das Handy wieder weg. »Ich denke, das lässt sich einrichten.«

Björn verschränkte die Arme vor der Brust und warf mir einen Seitenblick zu. »Weißt du, du bist gar nicht so übel für die Tochter einer skrupellosen Erbschleicherin.«

Ich schnaubte. Er konnte es einfach nicht lassen!

»Du hast auch deine netten Momente, lieber Cousin.«

Ich wandte mich zu den anderen um und sah, dass Holger immer noch Häppchen herumreichte. Als er meinen Blick bemerkte, hob er das Tablett an und winkte mich zu sich, doch ich schüttelte mit einem dankbaren Lächeln den Kopf. Er zog eine enttäuschte Schnute und fasste sich getroffen ans Herz. Ich musste lachen.

Björn neben mir räusperte sich. »Es geht mich zwar nichts an, aber ich denke, du pinkelst den falschen Baum an.«

Irritiert drehte ich mich zu ihm um. »Wie bitte?«

»Dein Interesse an Holger …« Er seufzte. »Das wird zu nichts führen, Luisa. Ich kenne ihn schon mein ganzes Leben, und er ist einer von den Guten. Aber er gehört nun mal zu den Männern, die Beziehungen nichts abgewinnen können.«

Hitze stieg mir in die Wangen. »Oh … okay.«

»Ich weiß, durch seine sympathische offene Art fällt es leicht, ihn zu mögen. Holger hat Charme und strahlt etwas aus, das Frauenherzen höherschlagen lässt. Und gegen einen unschuldigen Flirt ab und an ist ja auch nichts einzuwenden. Aber schon einige Frauen haben den Fehler gemacht, in sein aufmerksames Verhalten zu viel hineinzuinterpretieren – und ich will nicht, dass du zu ihnen gehörst.«

Merle hatte ebenfalls erwähnt, dass er zu den begehrtesten Junggesellen Greetsiels gehörte. Bei Björn hörte es sich jedoch eher an, als wäre Holger ein professioneller Herzensbrecher.

»Nicht mal, dass ich ihm die Nase gebrochen habe, hält die Weiber von ihm ab«, murmelte Björn mit einem Blick auf seinen besten Freund.

Ich zog die Augenbrauen in die Höhe. »Das warst *du?*«

Er kratzte sich am Hals. »Als Teenager beim Fußballspielen habe ich seine Nase ganz leicht mit dem Ellbogen touchiert.« Er bemerkte meine skeptische Miene und räumte ein: »Nun ja, womöglich war der Zusammenstoß etwas heftiger gewesen. Aber das war keine Absicht!«

Er holte tief Luft. »Der Punkt ist, dass Holger für sein Restaurant lebt. Er hat viele Freunde, hilft jedem, der ihn braucht – aber eine feste Bindung scheut er wie der Teufel das Weihwasser.« Er sah mich mit besorgter Miene an. »Ich erwähne das nur, um dich vor einem Fehler zu bewahren.«

Dummerweise fühlte es sich an, als hätte ich den Fehler bereits begangen. Eine Welle der Enttäuschung überrollte mich. Was lächerlich war, schließlich kannte ich Holger erst seit Kurzem. Aber als er mich vorhin getröstet hatte, hatte sich die Umarmung so richtig angefühlt, so echt. Als ob wir eine besondere Verbindung zueinander hätten. Offensichtlich war ich einem Irrtum erlegen.

Ich rieb mir über die Stirn. Katja hielt mich zwar für eine Romantikerin, aber das machte mich nicht blind. Ich besaß genug Stolz und Selbstachtung, um mich nicht in ein Abenteuer zu stürzen, das zum Scheitern verurteilt war. Und für einen lockeren Urlaubsflirt war ich nun mal nicht der Typ. Es war gut, dass Björn mir die Wahrheit gesagt hatte! Jetzt konnte ich mir Holger aus dem Kopf schlagen.

Ich zwang mich zu einem Lächeln. »Danke für die Warnung.«

»Wie gesagt, ist nur gut gemeint.«

Er nickte mir mit einem mitfühlenden Lächeln zu. »Bleibt es trotzdem bei deinem Angebot mit dem Babysitten?«

»Natürlich.«

»Gut, ich werde Meike Bescheid geben, dass sie schon mal alle Wertgegenstände verstecken soll, damit du mit deinen kriminellen Genen nicht in Versuchung gerätst.«

Ich verdrehte die Augen. »Du bist so unfassbar doof!«

Ich stieß ihn mit dem Ellbogen in die Seite, und er lachte. Björn war wirklich nicht leicht einzuschätzen, konnte aufbrausend sein und hielt mit immenser Sturheit an seinen Vorurteilen fest – aber für einen Moment fühlte es sich einfach gut an, ihn als Cousin zu haben.

Er wandte sich um und klatschte in die Hände. »Sind alle bereit, die Netze einzuholen? Jetzt geht es an die Arbeit, Leute!«

Als hätten die Möwen ihn verstanden, nahm das aufgeregte Geflatter und Geschrei über uns prompt zu. Im Zuge dessen landete etwas Warmes auf meiner Wange – und ich musste gar nicht erst fragen, um was es sich dabei handelte.

»Iiiiih«, stieß ich angeekelt aus.

»Ha, ha!«, johlte Björn. »Von einer Möwe angekackt zu werden bringt immerhin Glück.«

Ich konnte nur hoffen, dass das stimmte. Im Augenblick wäre ich schon über ein Desinfektionsspray glücklich gewesen.

Ehe ich etwas unternehmen konnte, legte sich auch schon eine Hand sanft unter mein Kinn.

»Keine Panik, dein Retter ist zur Stelle!«, verkündete Holger mit tiefer Stimme, drehte meinen Kopf zur Seite und wischte mit einem Taschentuch über meine Wange.

Wahrscheinlich wäre es klüger gewesen, wenn ich mich selbst sauber gemacht hätte. Stattdessen sah ich mit angehaltenem Atem zu ihm auf, und allein durch seine Nähe wurden meine Knie weich.

So viel zu meinem Vorhaben, Abstand zu halten! Na toll, ich steckte so was von in Schwierigkeiten …

Kapitel 14

Ein tiefer Schmerz bohrte sich wie ein Messerstich in mein Herz. Ich bekam keine Luft mehr und sank zu Boden, weil meine Knie unter mir nachgaben.

Hajo war tot.

Mein bester Freund seit dem Kindergarten. Wir hatten uns jedes Geheimnis anvertraut, waren durch dick und dünn gegangen, hatten zusammen gelacht und geweint. Wir hatten uns geschworen, füreinander einzustehen und gemeinsam durchzuhalten. Nur noch drei Jahre, dann wäre er volljährig gewesen, und wir hätten verschwinden können.

Nur noch entfernt nahm ich die Stimme von Hajos Onkel wahr, der mit meinen Eltern in unserer Küche stand. Wie ein schreckliches Echo hallten seine Worte in meinem Kopf wider: Hajo war tot.

Ich hatte gewusst, dass es ihm nicht gut ging, aber ich hatte absolut alles dafür getan, ihm zu helfen. Wieso hatte es nicht gereicht, verdammt noch mal? Bei unserem letzten Treffen hatte ich ihm sogar angeboten, mit ihm abzuhauen. Irgendwohin, Hauptsache weit weg.

Wie konnte er mir das antun? Warum hatte er mich im Stich gelassen? Er war der Einzige gewesen, dem ich mit jeder Faser meines Körpers vertraut hatte.

Jetzt hatte ich niemanden mehr. Ich war allein.

Eintrag aus Mariannes »Buch der Erinnerungen«

*

Als ich von dem Krabbenkutterausflug heimkehrte, waren Tante Helga und meine Mutter von ihrer Tour durch Greetsiel wieder zurück. Erschöpft von den Erlebnissen und all der frischen Luft, ließ ich mich auf den Küchenstuhl plumpsen.

»Hallo, meine Hübsche!«, begrüßte mich Tante Helga. Sie beugte sich zu mir herunter und drückte mich wie selbstverständlich an sich. »Hattest du einen schönen Tag? Du hast ganz rosige Wangen.«

»Das muss an dem Möwenkot liegen, den ich abbekommen habe.«

Sie lachte. »Das kann hier an der Küste schon mal passieren.«

»Wo ist meine Mutter?«

Sie deutete zum Fenster. Draußen im Garten entdeckte ich meine Mutter in der Nachmittagssonne. Sie saß auf einem Liegestuhl, hatte eine Decke über den Beinen und schrieb in ein Notizbuch. Sie wirkte nachdenklich, hielt immer wieder inne und beobachtete die Wolkenformationen am Himmel, ehe sie ihre Notizen fortsetzte. Hoffentlich hatte das nichts mit der Arbeit zu tun, sonst wäre ich echt sauer!

»Wie geht es ihr?«, fragte ich. »War euer Ausflug anstrengend für sie? Zu viel Stress ist nämlich in ihrem Zustand …« Ich biss mir auf die Zunge. Schließlich konnte ich nicht wissen, ob meine Mutter tatsächlich Gelegenheit dazu gehabt hatte, ihrer Schwester von der Diagnose zu erzählen.

Tante Helgas Miene war jedoch anzusehen, dass sie Bescheid wusste. Ihre Schultern sackten herab, als hätte sie plötzlich ein schweres Gewicht zu tragen.

»Keine Sorge, ich weiß es«, entgegnete sie. »Sie hat es mir gleich gesagt, nachdem wir heute Morgen das Haus verlassen haben. Ich habe darauf geachtet, dass sie sich nicht übernimmt.«

»Danke!« Ich nickte ihr erleichtert zu. »Ich bin froh, dass sie dich eingeweiht hat.«

Sie schwieg einen Moment und beobachtete durch das Fenster ihre Schwester im Garten.

»Ich wusste immer, dass Marianne irgendwann zurückkommen wird. Tief in meinem Herzen habe ich fest daran geglaubt. Aber ich hätte nie gedacht, dass dafür erst eine so schreckliche Diagnose notwendig ist.« In ihren Augen glitzerten Tränen. »Muss ich diesem Tumor jetzt etwa dankbar sein, dass er mir meine Schwester zurückgebracht hat?«

Ich ging zu ihr und legte ihr tröstend eine Hand auf den Arm. »Sie hat mir gesagt, dass sie schon lange zurückkommen wollte. Ich denke, ihr hat einfach der Mut gefehlt. Sie hatte Angst, dass du sie abweisen könntest.« Ich zog eine Grimasse. »Du hättest sie gestern mal sehen sollen, als wir hier angekommen sind! Sie war das reinste Nervenbündel und hat zwei Anläufe gebraucht, bis sie sich endlich getraut hat, die Klingel zu drücken.«

»Ernsthaft?« Die Vorstellung brachte Tante Helga zum Lächeln. »Das sieht ihr überhaupt nicht ähnlich.«

»Genau! Du bist ihr also wirklich wichtig.«

»Das ist schön zu hören … Ich habe sie nämlich schrecklich vermisst und bis zu dem Moment, als sie mir von dem Tumor erzählt hat, war ich überglücklich.«

Sie atmete tief durch und machte sich daran, Wasser aufzusetzen.

»Magst du auch einen Tee?«, fragte sie mich über die Schulter.

»Gerne! Langsam komme ich auf den Geschmack.« Ich sah auf die Uhr. »Ich habe nur nicht mehr viel Zeit. Nachher helfe ich Holger im Restaurant.«

Sie lächelte. »Merle hat mir erzählt, dass ihr gestern ein großartiges Team abgegeben habt. Freut mich, dass du ihm heute wieder unter die Arme greifst. Holger ist ein guter Junge!«

Das hatte vorhin bei Björn ganz anders geklungen. Keine Ahnung, wem ich nun glauben sollte.

»Deine Mutter bekommt heute einen speziellen Kräutertee nach dem Rezept deiner Großmutter«, informierte sie mich. Aus einer Küchenschublade zog sie ein in Leder gebundenes Büchlein hervor und tippte mit dem Zeigefinger darauf. »Sie hat ihr ganzes Leben mit großer Leidenschaft Rezepte gesammelt und weiterentwickelt. Sowohl von ostfriesischen Gerichten als auch von regionalen Heilkräutern und ihren Wirkungsweisen.«

Sie blätterte durch die abgegriffenen Seiten. »Statt Aspirin hat es in unserem Haus nur Weidenrindentee gegeben. Schmeckt scheußlich bitter, kann ich dir sagen!«

Interessiert kam ich näher. Obwohl ich mittlerweile wusste, dass meine Großmutter ein streitbarer Mensch gewesen war, berührte es mich, dieses handgeschriebene Rezeptbuch vor mir zu haben. Als wäre ein Teil von ihr noch immer hier.

»Da ist es!«, sagte Tante Helga, als sie die betreffende Seite gefunden hatte. Dort stand in schwarzer Tinte und einer akkuraten, eckigen Handschrift *»Wohltuendes Teerezept gegen Kopfschmerzen aller Art«* und darunter die aufgelisteten Zutaten.

»Sehr gut! Ich habe alles hier«, murmelte sie. »Ich habe das Gefühl, dass ich irgendwas tun muss, und vielleicht lindert es ein wenig die Symptome.« Sie warf mir ein entschuldigendes Lächeln zu.

»Ich versteh dich voll und ganz«, entgegnete ich. »Mir geht es nicht anders. Man fühlt sich schrecklich hilflos.«

Meine Mutter war draußen noch immer mit ihren Notizen beschäftigt, aber nun hielt sie ein zerknülltes Taschentuch in ihrer Hand und tupfte sich die Augenwinkel ab.

»Wir waren vorhin noch auf dem Friedhof«, erklärte Tante Helga, die meinem Blick gefolgt war. »Der Besuch hat sie sehr mitgenommen.«

»Beim Grab eurer Eltern?«

»Das hätte deine Mutter wohl kaum so berührt.« Tante Helga

schnaubte bitter. »Zu Recht, wie ich anmerken möchte. Nein, wir waren beim Grab eines Freundes. Hajo war der beste Freund deiner Mutter. Er hat sich umgebracht, als er ein Teenager war, und sein Tod hat deine Mutter damals sehr getroffen.«

»Davon hat sie nie erzählt.«

Sie seufzte. »Das wundert mich nicht. Marianne schließt ihren Schmerz in sich ein wie eine Auster und vertraut sich nur wenigen Menschen an. Hajo hat zu diesen wenigen Auserwählten gehört. Ich glaube, sie macht sich heute noch Vorwürfe wegen seines Todes und denkt, sie hätte es verhindern können.«

Ich versuchte, meine Neugier im Zaum zu halten, scheiterte aber kläglich. »Wieso hat er sich umgebracht?« Tante Helga holte einige Einmachgläser mit getrockneten Kräutern aus dem Regal und begann, sie fein säuberlich abzuwiegen.

»Deine Mutter denkt, es war, weil er schwul und das damals im Dorf noch ein Problem war. Und ich will nicht abstreiten, dass Hajo es schwer hatte!«, versicherte sie mir. »Ein paar degenerierte Idioten aus seiner Klasse haben den armen Jungen übel gemobbt. Dabei war es unfassbar mutig von Hajo gewesen, schon in seinem Alter offen zu seiner Homosexualität zu stehen. Genau wie deine Mutter hielt er nichts davon, sich zu verstellen und zu verbiegen, nur um sich das Leben leichter zu machen.«

Sie gab die Kräuter in ein Teesieb und goss heißes Wasser darauf. Der beißende bittere Geruch, der mir daraufhin in die Nase stieg, war alles andere als verlockend. Ich war froh, dass Tante Helga uns beiden eine Kanne mit leckerem Ostfriesentee machte.

»Ich glaube aber, Hajos Probleme gingen tiefer.« Sie hielt kurz in ihren Vorbereitungen inne. »Er konnte der glücklichste Mensch auf der Welt sein. Sein Lachen war ansteckend, und er war zu jedem Unsinn bereit. Doch schon in seiner Kindheit gab es immer wieder Phasen, in denen er tieftraurig war. Als hätte sich eine Decke aus Melancholie um ihn gelegt. Selbst Marianne konnte ihn dann nicht aus dieser Schwermut herausholen. Und in der Pubertät kam Hajo in Kontakt mit Drogen …«

Sie seufzte. »Wenn sich jemand Vorwürfe wegen seines Suizids machen muss, dann ich. Ich wusste von den Drogen, aber ich habe seinen Eltern nichts davon erzählt. Meine einzige Sorge war, dass Marianne ebenfalls in Versuchung geriet, und sie musste mir schwören, die Finger davon zu lassen.«

»Du warst nur wenig älter als die beiden und wolltest Hajo nicht bei seinen Eltern verpetzen.«

»Das mag stimmen. Aber unser aller Leben wäre wohl anders verlaufen, wenn ich mich erwachsener verhalten hätte. Der arme Junge …« Sie schüttelte bedauernd den Kopf.

Mit einem erneuten Seufzen stellte sie das Teeservice, Besteck und Teller auf ein Tablett. »Nach seinem Tod hat deine Mutter ihren Halt verloren. Es fiel ihr noch schwerer, sich zu öffnen. Danach war ich vielleicht die Einzige, die sie noch an sich herangelassen hat.«

Bitterkeit und Scham überzogen ihr Gesicht. »Und wie habe ich es ihr gedankt? Ich habe sie ebenfalls im Stich gelassen, verraten und verletzt. Genau wie alle anderen.«

Ratlos sah ich sie an. »Meinst du euren Streit? Der Grund, weshalb ihr euch entzweit habt?«

Sie nickte und wich meinem fragenden Blick aus.

Für einen Moment blieb mir die Spucke weg. Zum Glück hatte ich es nie laut ausgesprochen, aber seit meine Mutter mir von dem Disput erzählt hatte, war ich insgeheim davon ausgegangen, dass sie die Verantwortliche gewesen war. Es passte einfach zu ihrer aufbrausenden Art, einen unverzeihlichen Streit anzuzetteln. Keine Sekunde lang hatte ich meine zurückhaltende Tante im Verdacht gehabt. Anscheinend war sie jedoch nicht bereit, das Thema zu vertiefen.

Tante Helga schnappte sich das Tablett.

»Komm, wir haben deine Mutter lang genug allein gelassen! Nimmst du noch den Teller mit dem Butterkuchen?«, bat sie mich. »Dann genießen wir mal die Teetied und tanken noch ein paar Sonnenstrahlen, bevor es regnet.«

Während ich meine Gedanken sortierte, folgte ich ihr nach draußen in den Garten. Immer, wenn ich glaubte, einem Rätsel auf die Spur zu kommen, tauchten weitere ungelöste Fragen auf. Aber irgendwie würde ich auch noch den Rest der Geschichte herausfinden!

Kapitel 15

Der Arzt hatte gesagt, ihr Herz sei das Problem. Nichts war mehr übrig von ihrer aufrechten Haltung und der herrischen Persönlichkeit, die mich seit frühester Kindheit das Fürchten gelehrt hatte.
Ich flößte meiner Mutter die Suppe ein, ohne ihr in die Augen zu sehen. »Wir sind gleich fertig!«, sagte ich, während ich ihr Kinn mit der Serviette abtupfte.
Beim letzten Löffel verschluckte sie sich, und der darauffolgende Hustenanfall schien ihren geschwächten Körper fast auseinanderzureißen. Sie hatte darauf bestanden, ihre letzten Tage daheim zu verbringen. Da unser Vater vor einigen Jahren auf See verschollen war, sah meine Mutter ihrem Tod mit relativem Gleichmut entgegen. Sie war überzeugt, dass das Leben hier auf Erden nichts mehr für sie bereithielt.
Als sie wieder Luft bekam, sah sie mich mit wässrigen Augen an. »Ich habe es immer nur gut gemeint, Marianne!«, sagte sie mit brüchiger Stimme. »Alles, was ich getan habe, geschah aus Sorge um dich. Ich musste dich doch auf den richtigen Weg bringen!«
Zum ersten Mal schaute ich sie direkt an. Helga hatte mir ins Gewissen geredet, dass ich mich mit Mutter noch vor ihrem Tod aussprechen sollte, weil ich es sonst für immer mit mir herumtragen musste. Nun erkannte ich allerdings mit erschreckender Klarheit, dass ich das nicht konnte. Dabei gab es so viel Ungesagtes

zwischen uns, dass ich daran zu ersticken drohte. Aber mein ganzes Leben war ich darauf trainiert worden, in ihrer Gegenwart Worte zurückzuhalten, mir auf die Zunge zu beißen und mein wahres Ich zu verbergen. Jetzt war es zu spät für Ehrlichkeit. Vor allem konnte ich ihr nicht geben, wonach sie sich sehnte. Es war mir einfach nicht möglich, die Wunden saßen zu tief. Ich konnte ihr auf ihrem Sterbebett keine Absolution erteilen.

Eintrag aus Mariannes »Buch der Erinnerungen«

*

Tante Helga hatte mit ihrer Prophezeiung recht behalten: Schon bald öffnete der Himmel seine Schleusen, und es regnete in Strömen. Bis ich bei der *Häuptlingsstube* ankam, war meine Hose trotz Regenschirm durchgeweicht und klebte auf meiner Haut. Zwar war ich auch in Hamburg an plötzliche Wetterumschwünge gewöhnt, aber das hier war ein anderes Kaliber.

Das Restaurant war offiziell noch geschlossen, deshalb klopfte ich an die Tür, und eine Frau Mitte zwanzig mit einer schicken Kurzhaarfrisur und geröteter Nase öffnete mir.

»Tut mir leid, wir öffnen erst …«, setzte sie in höflichem Tonfall an, doch dann stutzte sie. »Moment mal, bist du Isa?«

»Die bin ich.« Ich schloss den Regenschirm und hob grüßend die Hand.

»Ich bin Nadja, eine der Servicekräfte«, stellte sie sich vor. Sie war einen halben Kopf kleiner als ich, hatte einen osteuropäischen Akzent und ein sympathisches Lächeln. »Uschi hat mir erzählt, dass Merle und du gestern ihre Rettung gewesen seid.«

Sie schnappte sich meine Hand, zog mich hinein und lotste mich zu einem Tisch neben der Bar, an dem Uschi gemütlich vor einer Tasse Tee saß und in einer Frauenzeitschrift schmökerte.

Als sie mich sah, lächelte sie mir zu. »Moin, Isa! Schön, dass du wieder da bist.«

»Willkommen im Team!« Ehe ich es mich versah, schloss Nadja mich in eine feste Umarmung. Ihr süßliches Parfum verströmte einen starken Rosenduft.

»Leider war ich gestern noch nicht fit, sonst hätte ich die anderen nicht im Stich gelassen«, erzählte sie und deutete auf ihre wunde Nase. »Doofe Erkältung!«

»Geht es dir wieder besser?«, fragte ich mitfühlend.

»Auf jeden Fall!« Sie legte den Kopf schräg und musterte mich neugierig. »Und du bist jetzt Holgers neue Küchenhilfe?«

»Nur für ein paar Tage! Ich lerne ein bisschen mehr übers Kochen, und er hat etwas Zeit, um Ersatz für euren zweiten Koch zu finden.«

»Ach ja, die Sache mit Timo …« Sie seufzte schwer. »Holger ist ein toller Chef, und er hat absolut nicht verdient, was Timo da abgezogen hat. Aber guck mal!« Nadja zückte ihr Handy und zeigte mir ein Foto von einem jungen, sehr verliebt wirkenden Paar am Meer. Die beiden strahlten mit leuchtenden Augen in die Kamera, als hätten sie gerade die Quelle des Glücks entdeckt.

»Das hat er mir heute aus Brasilien geschickt. Seitdem kann ich ihn irgendwie verstehen.« Sie zog eine Schnute. »Jetzt bin ich nicht nur sauer auf Timo, sondern auch neidisch.«

Ich seufzte ebenfalls. »Beneidenswert! So verliebt möchte man sein.«

Nadja nickte eifrig. »Dafür würde ich auch alles stehen und liegen lassen.«

In diesem Moment schwang die Tür zur Küche auf, und Holger kam herein. Er trug schon seine schwarze Kochjacke, und ein Küchentuch lag locker über seiner Schulter. Wie immer raubte mir seine Gegenwart für einen Moment den Atem.

»Hab ich doch richtig gehört!« Er setzte einen strengen Blick auf. »Nadja, hältst du etwa meine Praktikantin von der Arbeit ab?«

Ich verzog das Gesicht. »Gestern war ich noch die neue Küchenfee, und heute werde ich schon zur einfachen Praktikantin degradiert.«

»Außerdem lernen wir uns nur kennen, Chef! Dieses Gespräch ist eine teambildende Maßnahme«, entgegnete Nadja schlagfertig.

Holger grinste und hob entschuldigend die Hände. »Entschuldigung, die Damen! Ich wollte niemandem zu nahe treten.«

Seine Aufmerksamkeit richtete sich auf mich. »Bist du bereit, loszulegen? Jedenfalls, wenn du von Nadja schon die obligatorische Umarmung erhalten hast.«

Alle lachten, und ich sah irritiert von einem zum anderen.

Uschi war so nett, mich aufzuklären. »Nadja umarmt gern und oft. Dabei ist sie auch nicht wählerisch – Menschen, Hunde, Pferde, Laternenmasten ...«

Nadja reckte ihr Kinn. »Ich bin eben ein herzlicher Mensch. Und das eine Mal mit dem Laternenmast war ein Versehen! Björn stand direkt davor und ist so schnell zur Seite getreten, dass ich meinen Schwung nicht mehr bremsen konnte.«

Nun grinste ich ebenfalls. Das passte zu meinem Cousin.

»Kommst du?« Holger winkte mich zu sich, und ich folgte ihm in die Küche, während ich mich mental auf die kommenden Stunden einstimmte.

Ich war fest entschlossen, seinen Charme an mir abprallen zu lassen und mich nur auf das wirklich Wichtige zu konzentrieren: den Job, von dem ich insgeheim immer geträumt hatte, hautnah zu erleben. Endlich konnte ich herausfinden, ob mir der Beruf als Köchin tatsächlich Spaß machte. In diesem Sinne würde ich mich Holger gegenüber durch und durch professionell verhalten, körperlichen Kontakt vermeiden und persönliche Gespräche im

Keim ersticken. Damit würde ich nicht nur mein Herz schützen, sondern ihm auch signalisieren, dass ich nicht gewillt war, mich in die Liste seiner zahlreichen Verflossenen einzureihen.

Leider war ich so in meine Gedanken vertieft, dass ich direkt in Holger hineinlief, als er kurz hinter der Tür haltmachte.

»Hoppla!« Er drehte sich zu mir herum, und sympathische Lachfältchen bildeten sich um seine Augen.

Wenn er mich so anschaute, fiel es mir irgendwie schwer, in ihm einen Frauenherzen brechenden Casanova zu sehen.

»Bevor wir anfangen, müssen wir dich erst noch aus den feuchten Klamotten kriegen.«

Sprachlos starrte ich ihn an. Er wollte, dass wir hier und jetzt Sex hatten? Das war ja schlimmer, als Björn angedeutet hatte! Dummerweise spukten mir sofort einige unanständige Bilder im Kopf herum, die ein Teil von mir sogar recht verlockend fand. Leidenschaftliche Küsse, nackte Haut, zärtliche Berührungen und …

Holger drehte sich zur Seite und hielt mir einen Kleiderstapel hin. »Hier, deine Arbeitskleidung: rutschfeste Schuhe, Kochweste, Kochschürze, Hose und ein Halstuch. Ich hoffe, ich habe die Größe richtig eingeschätzt.«

Okay, jetzt schämte ich mich! Zum Glück ahnte Holger nicht, dass ich seinen Satz völlig fehlinterpretiert hatte.

Er führte mich in einen Nebenraum, der ihm als Büro diente, und ließ mich allein. Zwischen Schreibtisch, PC und Aktenordnern zog ich mich um, und insbesondere für die trockene Hose war ich überaus dankbar. Nur mit einer Sache kam ich nicht zurecht.

»Wie bindet man dieses Halstuch?«, fragte ich, als ich zurück in die Küche kam. Ich wedelte ratlos mit dem weißen Dreieckstuch in der Luft herum.

»Warte, ich helfe dir!« Er nahm mir das Tuch ab und legte es auf die Anrichte. »Spitze einklappen, einrollen, umdrehen uu-und …« Holger wandte sich um und legte mir das Tuch in den Nacken. Sein Duft nach Seife und Meer stieg mir in die Nase. »… jetzt wird es wie eine Krawatte gefaltet! Aber als Frau hast du damit wohl eher wenig Erfahrung.« Er lachte leise.

»Nein, eher nicht«, krächzte ich.

Mit störrischer Willenskraft versuchte ich, seine Nähe auszublenden, als er sanft meine Haare zurückstrich. Während er das Tuch faltete, berührten seine Fingerspitzen immer wieder leicht die empfindliche Haut an meinem Hals. Ich presste die Lippen zusammen und starrte angestrengt zur Decke. Von Holgers Erklärung bekam ich kaum ein Wort mit.

»So, fertig!«, verkündete er.

Ich zog das Kinn an und sah an mir hinab. Tatsächlich erinnerte das Tuch jetzt an eine weiße Krawatte. »Wozu soll das eigentlich gut sein?«

»Es ist nicht wirklich notwendig«, gab er zu. »Aber die Temperaturunterschiede in einer Küche sind extrem. Wenn du von der Hitze im Kochbereich immer wieder in den Kühlraum rennen musst, kannst du dir ruckzuck einen Zug im Nacken holen.«

Das leuchtete mir ein. Außerdem fühlte ich mich in meinem neuen Outfit schon wie ein waschechter Profi.

»Jetzt fehlt nur noch das Touchon.« Holger nahm ein länglich gefaltetes Küchentuch zur Hand. »Das klemmst du zwischen Schürze und Hose, so hast du es immer griffbereit.«

Ich tat wie geheißen, und er nickte zufrieden. »Perfekt!«

Da das Thema Arbeitskleidung nun offenbar erledigt war, trat ich einen großen Schritt von ihm zurück, damit uns wieder eine Armlänge trennte. Sicher war sicher. Meinem gefühlsduseligen Herzen traute ich nicht über den Weg.

Er klatschte tatkräftig in die Hände. »Dann legen wir mal los! Ich habe heute Morgen vor dem Kutterausflug zwar schon einiges vorbereitet, aber wie immer drängt die Zeit. Mit der Küche konntest du dich ja schon gestern etwas vertraut machen, und das Rezeptbuch für unsere Gerichte habe ich auch wieder für dich bereitgelegt. Trotzdem werden wir heute ein paar Dinge anders machen.«

»Und das wäre?«, fragte ich interessiert.

»Gestern hast du die einfachen Gerichte zubereitet und ich die anspruchsvolleren, aber heute werden wir als Team zusammenarbeiten«, erklärte er. »In der Küche gibt es eine strenge Aufgabenverteilung. Du bist ab sofort der Gardemanger und Entremetier. Ich der Saucier, Rôtisseur und Poissonnier. Die Desserts machen wir nach Absprache. So werden wir Hand in Hand leckere Gerichte auf die Teller zaubern.«

Ich kratzte mühsam meine Fachkenntnisse zusammen. »Also bin ich für die Beilagen, Salate und Vorspeisen zuständig und du für Fleisch, Fisch, Soßen und Fonds?«

Beeindruckt nickte er mir zu. »Sehr gut! Und da du für die Beilagen zuständig bist, darfst du dich jetzt um eine kümmern, von der wir im Restaurant viel brauchen. Sehr viel sogar.«

Er führte mich zu zwei Kisten, die bis oben hin mit Kartoffeln gefüllt waren. Ich stöhnte. »Muss ich die etwa alle schälen?«

»Ich liebe deine schnelle Auffassungsgabe!«, erwiderte er mit einem breiten Grinsen.

Ich grummelte einen Fluch, was Holgers Heiterkeit nur noch verstärkte. Trotzdem wusch ich widerspruchslos meine Hände, schnappte mir das Schälmesser und machte mich an die Arbeit.

In den folgenden Stunden lernte ich viel Neues. Zum Beispiel, wie anstrengend und arbeitsintensiv es war, Zutaten für so viele Gäste vorzubereiten. Als Hobbyköchin hatte ich maximal acht Personen bekocht, doch jetzt wusch und zerrupfte ich unzählige Blattsalate und schnippelte ohne Unterlass Zwiebeln, Pilze, Tomaten, Gurken, Karotten und Kartoffeln. Meine Hand, mit der ich das Messer festhielt, wurde mit der Zeit immer verkrampfter.

Zudem nahm Holger meine Bitte, von ihm zu lernen, überaus ernst. Offensichtlich fehlte es mir vor allem an Struktur, ich teilte die anstehenden Arbeiten zeitlich nicht richtig ein oder verzettelte mich unnötig in Kleinigkeiten. Von der nötigen Ordnungsliebe ganz zu schweigen. Des Öfteren wurde ich von Holger ermahnt, weil an meinem Arbeitsplatz ein heilloses Durcheinander herrschte oder ich Dinge nicht entsprechend zurücklegte. Was ich bei den Videodrehs noch schulterzuckend als kreatives Chaos hatte abtun können, funktionierte in einer Restaurantküche schlichtweg nicht mehr und brachte alles durcheinander. Das stellte selbst Holgers ruhige Gelassenheit auf eine harte Probe.

»Wo ist der Handschuh zum Öffnen der Austern, Isa?«

Hektisch schaute ich mich um. »Ähm …«

Tatsächlich hatte ich ihn als Letzte benutzt. Allerdings wollte mir partout nicht einfallen, wo ich ihn hingelegt hatte. Aber sicher tauchte er jeden Moment wieder auf! Vielleicht unter den Zwiebelschalenresten? Oder den Kräutern, die ich für das Dressing bereitgelegt hatte?

»Wo hast du ihn hin?«, wiederholte Holger, nun schon deutlich ungeduldiger.

»Ähm …«, wiederholte ich panisch. »Eine Sekunde!«

Ich schob Topfdeckel und Pfannenwender beiseite, checkte die Anrichte, den Kühlraum und sogar die Spülmaschine. Doch der Handschuh blieb verschwunden. Zum Glück war Holger derart routiniert beim Öffnen der Austern, dass er sich dabei keinen Schnitt zuzog.

Wenigstens funktionierte das Timing zwischen uns perfekt, wenn es um das Abstimmen der Gerichte ging.

»In drei Minuten ist die Scholle für Tisch fünf fertig«, rief er durch die Küche. »Wie sieht es mit den Beilagen aus, Isa?«

»So gut wie fertig. Das vegetarische Gericht für Tisch fünf ebenfalls.«

»So liebe ich das!«, erwiderte er zufrieden.

Wie schon am Vorabend verging die Zeit wie im Flug. Sobald die Bestellungen eintrudelten, war ich nur noch auf die Gerichte fokussiert, die benötigten Zutaten, die nächsten Handgriffe. Mein Eifer und die Hitze der Öfen brachten meine Wangen zum Glühen. Es war ein himmelweiter Unterschied zu meiner Arbeit im Büro, wo sich die Stunden meist zäh wie Kaugummi dahinzogen. Dafür bekam ich dort allerdings keine Schmerzen in der Lendenwirbelsäule vom langen Stehen.

Auch der professionelle Umgang mit Holger gelang mir immer besser, und in den wenigen Minuten, in denen es ruhiger zuging, blockte ich private Gespräche einfach ab. Ich ließ seinen Charme an mir abprallen wie einen Flummi an einer Betonmauer. Da ich mir dieses konsequente Verhalten selbst nicht zugetraut hätte, war ich ein klein wenig stolz auf mich.

Der Abend neigte sich schließlich dem Ende zu, und Nadja kam immer seltener mit Bestellungen herein. Gerade stand lediglich ein Dessert aus, nämlich Vanilleeis mit heißen Himbeeren auf einem Bett aus Mokkakaramellsoße, dekoriert mit frischen Minzblättern. Ich marschierte in den Vorraum, in dem Gemüse, Obst und andere Lebensmittel gelagert wurden, und steuerte den deutlich kleineren Tiefkühlraum an. Leider befand sich dort gerade Holger und durchsuchte eine Styroporkiste. Mist! Um an das Vanilleeis zu kommen, musste ich mich dicht an ihm vorbeizwängen. Aber das war völlig indiskutabel. Mittlerweile wusste ich schließlich, wie mein verräterischer Körper auf Holgers Nähe reagierte. Unschlüssig blieb ich stehen.

»Oh, willst du rein?«, fragte er. »Moment, ich mach mich schlank!«

In seine Augen trat ein fröhliches Funkeln. Er quetschte sich mit ausgebreiteten Armen übertrieben an das Regal und drückte seine Wange an die Styroporkiste.

Es gelang mir nicht, sein unbeschwertes Grinsen zu erwidern.

Ich winkte hastig ab und verschränkte die Arme vor der Brust. »Schon gut, ich warte, bis du fertig bist!«

Holgers Lächeln erlosch. »Luisa …«

Er trat aus dem Kühlraum. Seine Stirn lag in tiefen Falten, und seine Miene war ernst.

»Du bist heute Abend wie ausgewechselt. Was ist los?«

»Nichts!«, schwindelte ich mit meinem besten Pokerface. »Alles gut. Kann ich jetzt rein? Ich muss nämlich ein Dessert machen.«

Ich setzte mich in Bewegung und wollte ihn gerade umrunden, als er sanft nach meinem Handgelenk griff. Mein Herz rutschte eine Etage tiefer.

»Dann wartet der Gast eben ein wenig länger«, entgegnete er und sah mich eindringlich an. »Ich möchte wissen, warum du dich plötzlich so abweisend verhältst. Habe ich etwas falsch gemacht? Bitte, sei ehrlich!«

Ach, verdammt! Ich wollte nicht, dass er sich wegen mir schlecht fühlte. Denn er hatte sich mir gegenüber zu keiner Sekunde falsch verhalten. Holger war immer freundlich, höflich und aufmerksam gewesen. Plötzlich kam ich mir wie eine blöde Zicke vor.

»Nein, du hast nichts falsch gemacht«, versicherte ich ihm. »Björn hat nur …« Ich biss mir auf die Zunge.

Mein Cousin fand es wahrscheinlich nicht so toll, wenn ich ihn verpetzte. Leider hatte mein Fauxpas ausgereicht, um Holgers Misstrauen zu wecken.

»*Was* hat Björn?«

Ich zog nervös an meinem Halstuch herum, das mir plötzlich viel zu eng erschien.

»Weißt du was? Lass uns das einfach vergessen!«, schlug ich vor. »Ich verspreche dir, ich verhalte mich wieder normal, und wir tun so, als sei nichts gewesen. Dann sind wir alle glücklich!« Ich bemühte mich um ein unbeschwertes Lächeln.

Offenbar war Holger niemand, der so leicht aufgab. Er stemmte die Hände in die Seite und nagelte mich mit seinem Blick fest. »Wir gehen nicht hier raus, ehe ich die Wahrheit erfahren habe, Luisa!«

Auch wenn ich die Vorstellung, mit ihm für längere Zeit allein in einem Raum zu sein, nicht so abschreckend fand, wie er vielleicht glaubte, gab ich mich geschlagen. Er würde nicht aufhören nachzubohren.

»Heute auf dem Kutter hat er mich vor dir gewarnt«, sagte ich leise.

Irritiert zog er die Augenbrauen zusammen. »Wie bitte?«

»Er meinte, du wärst so was wie ein Herzensbrecher und es wäre besser für mich, Abstand zu halten. Damit ich am Ende nicht den Fehler mache, etwas falsch zu interpretieren. Denn Beziehungen würdest du scheuen wie der Teufel das Weihwasser.«

Unsicher nagte ich an meiner Unterlippe, denn ich hoffte, dass ich Björns Worte originalgetreu wiedergegeben hatte.

»Das … hat er gesagt?«, ächzte er.

Ich nickte wortlos.

Holger biss die Zähne zusammen, sodass seine Kiefermuskeln hervortraten. Mit geballten Fäusten tigerte er im Raum umher.

»Ich kann es nicht glauben … Mein bester Kumpel!«, fluchte er. »Wieso hat er das getan? Wie kommt er nur auf so was?«

Schließlich blieb er stehen und fuhr sich mit beiden Händen durch die Haare. Es folgte ein herzhafter Fluch auf Plattdeutsch, den ich nicht mal annähernd übersetzen konnte. Dabei nahm er das Touchon, knüllte es zusammen und pfefferte es durch den

Kühlraum. Da Geschirrtücher als Wurfgeschosse naturgemäß nur wenig taugten, blieb es mit kaum ersichtlichem Schwung im Regal an einer Ananas hängen. Sie geriet nur leicht ins Wanken, woraufhin Holger das Obst wütend anfunkelte.

»Soll ich sie für dich vom Regal stoßen? Für einen befriedigenderen Effekt?«, bot ich an.

Erstaunt richtete sich sein Blick auf mich. Die Falten auf seiner Stirn glätteten sich.

»Ja, bitte«, erwiderte er. »Gib's dem unverschämten Ding!«

Ich ging zum Regal, stupste sie mit dem Finger an, und die Ananas fiel mit einem Rums zu Boden.

»Jetzt besser?«

Er atmete tief durch. »Viel besser. Danke!«

Ich konnte mir ein Grinsen nicht verkneifen, und auch Holger schmunzelte.

»Tut mir leid, ich hätte wohl besser den Mund gehalten!«, sagte ich. »Vielleicht hat Björn es gar nicht so gemeint. Auf gar keinen Fall möchte ich, dass diese Sache einen Keil zwischen euch treibt.«

Er kam mit ernster Miene auf mich zu und suchte meinen Blick. »Du musst dich für überhaupt nichts entschuldigen! Schließlich hast du nur die Wahrheit gesagt. Außerdem ist das nicht die erste fragwürdige Aktion meines besten Kumpels. Manchmal bringt er Sachen, bei denen man sich fragt, was zum Teufel ihn da wohl geritten hat. Keine Ahnung, wieso ich den Kerl trotzdem so mag …«

»Dann stimmt es nicht, was er gesagt hat?«, platzte es aus mir heraus.

Er betrachtete mich einen Moment. »Es wird wohl kaum ausreichen, wenn ich dir versichere, dass ich kein skrupelloser Herzensbrecher bin und du mir vertrauen kannst?«

Unsicher zuckte ich mit den Schultern. Ich wollte Holger

vertrauen, keine Frage. Aber die Zweifel, die Björn geweckt hatte, ließen sich nicht so leicht abschütteln.

»Komm, setzen wir uns einen Augenblick!«

Er schloss die Tür zur Tiefkühlkammer, hob die Ananas vom Boden auf und führte mich zurück in die Küche. Seine Hand lag dabei leicht an meinem Rücken, und meine Haut kribbelte an der Stelle, an der er mich berührte.

»Aber das Dessert für die Gäste ...«, wandte ich ein.

»Das kann warten!«, entgegnete er entschlossen.

Das widersprach zutiefst dem, was meine Mutter mir von Kindesbeinen an eingetrichtert hatte: Das Geschäftliche ging immer vor, und private Probleme hatten hintenanzustehen. Insgeheim empfand ich jedoch Bewunderung, dass für ihn die Prioritäten so klar waren. Und natürlich schmeichelte es mir auch.

Ich ließ mich ihm gegenüber auf den Hocker sinken, auf dem ich schon gestern beim Abendessen gesessen hatte.

Nachdenklich rieb er sich übers Kinn. »Björn und ich sind von klein auf befreundet – und trotzdem sind wir in einigen Dingen völlig unterschiedlich. Mir zum Beispiel ist der Umgang mit Menschen schon immer leichtgefallen.« Er zuckte mit den Schultern. »Ich quatsche andere Leute einfach an, ohne groß darüber nachzudenken. Björn dagegen hat im zwischenmenschlichen Umgang ... ein paar Defizite. In unserer Teenagerzeit kam das bei den Mädels natürlich nicht gut an.« Er schüttelte lächelnd den Kopf. »Wenn ich nicht kräftig nachgeholfen und den Kuppler gespielt hätte, wüsste seine Frau Meike heute noch nicht mal seinen Namen.«

Ich nickte. Das passte zu meinem Eindruck sowohl von Holger als auch meinem Cousin. Nicht umsonst hatten Merle und auch Tante Helga mir gesagt, dass er grundsätzlich ein guter Kerl wäre – man müsste ihn allerdings erst mal besser kennenlernen.

»Heute frage ich mich allerdings zum ersten Mal, ob sich so

etwas wie Neidgefühle in ihm angestaut haben. Er glaubt wohl, ich sage den Frauen nur, was sie hören wollen, und wickle sie so um den Finger.«

Bei Katja und mir gab es einen ähnlich gelagerten Streitpunkt. Meine Freundin hielt sich selbst für mutig und risikobereit, ich fand ihr Verhalten jedoch oft fahrlässig – manchmal sogar mit der Tendenz zur Dummheit. Beispielsweise als wir mit Anfang zwanzig abends auf der Suche nach einem neuen Club gewesen waren und sie ausgerechnet drei düstere Gestalten in einer Seitengasse nach dem Weg gefragt hatte. Jeder normale Mensch hätte einen großen Bogen um die zwielichtigen Typen gemacht, aber Katja war einfach auf die drei zumarschiert, während diese mit hoher Wahrscheinlichkeit gerade einen Drogendeal abgewickelt hatten. Zum Glück waren sie so überrascht von der Unverfrorenheit meiner Freundin gewesen, dass sie Katja lediglich angeschnauzt hatten, sie solle sich gefälligst verpissen. Während ich froh gewesen war, dass wir nicht abgestochen worden waren, meinte Katja, es sei doch alles gut gegangen und ich solle anderen Menschen gegenüber nicht immer so misstrauisch sein. An jenem Abend war ich stinksauer auf sie gewesen. Dennoch musste ich zugeben, dass ich mir schon oft etwas von ihrem Mut und ihrer Sorglosigkeit gewünscht hatte. Wenigstens so viel Mut, dass ich beim Antrag von Erik vor meiner Mutter und der versammelten Belegschaft laut »Nein, ich will nicht!« gerufen hätte – anstatt höflich den Mund zu halten, um niemanden vor den Kopf zu stoßen. Aber ich war nun mal nicht Katja.

Also, ja, ich konnte nachvollziehen, wenn Björn ein bisschen neidisch auf seinen Freund war! Solche Gefühle führten auch schnell dazu, dass man Dinge falsch interpretierte oder negativ auslegte.

Holger suchte meinen Blick. »Luisa, ich bin kein Casanova, der Frauen ausnutzt und reihenweise gebrochene Herzen hinterlässt. Natürlich habe auch ich manchmal gegen einen unbeschwerten Flirt nichts einzuwenden, so wie jeder andere Single. Aber ganz bestimmt manipuliere ich keine Frauen oder verspreche ihnen das Blaue vom Himmel, um sie ins Bett zu kriegen.«

Ich musterte seine Miene, aber ich konnte darin nichts finden außer Offenheit und Aufrichtigkeit. Dass ich daraufhin erleichtert aufatmete, konnte ich nicht verhindern.

»Und dass ich bis jetzt keine längerfristige Beziehung hatte, liegt nur daran, dass es einfach nie wirklich gepasst hat«, fuhr er fort. »Es war leider noch nicht die Richtige dabei, die nicht nur mich, sondern auch meinen Job akzeptiert hätte. Als Chef eines Restaurants hat man nun mal wenig Urlaub und Freizeit. Da fühlen sich Partnerinnen oft zurückgesetzt, und irgendwann kommen sie fälschlicherweise zu dem Schluss, sie würden nur eine untergeordnete Rolle in meinem Leben spielen.« Nachdenklich fügte er hinzu: »Wahrscheinlich habe ich verpasst, ihnen ein anderes Gefühl zu vermitteln.«

»Selbsterkenntnis ist der erste Weg zur Besserung, oder?«

Er nickte. Für einen Moment sagte niemand von uns etwas. »Jedenfalls gibt es meines Wissens nur zwei Frauen, die meinem unwiderstehlichen Charme erlegen sind und deren Herz ich gebrochen habe«, räumte er schließlich ein.

Fragend schaute ich ihn an. »Ach ja?«

»Da wäre zum einen die Hündin Kira meines Nachbarn. Sie entwischt ihm andauernd und steht dann jaulend vor meiner Hintertür. Aus irgendeinem Grund hat dieser Hund einen Narren an mir gefressen«, erzählte er grinsend. »Und zum anderen Frau Jansen, die fast achtzig ist, in meiner Straße wohnt und mich schon mehrfach gebeten hat, ohne Hemd den Rasen zu mähen, damit ihre alten Augen auch mal etwas Erfreuliches zu sehen bekämen.«

Prompt hatte ich das verlockende Bild von Holgers freiem

Oberkörper im Kopf, wie er im Sonnenschein den Rasen mähte und feine Schweißperlen seine Haut bedeckten.

»Schäm dich, dass du deiner betagten Nachbarin diese schlichte Bitte nicht erfüllen magst«, sagte ich mit heiserer Stimme.

Anstatt auf meine Neckerei einzugehen, huschte für einen Moment ein Schatten über sein Gesicht – so flüchtig, dass ich schon glaubte, mich getäuscht zu haben. War es Beklommenheit gewesen? Oder Scham?

Er räusperte sich und wich meinem Blick aus. »Oberkörperfrei ist nicht so mein Ding.«

Um den plötzlichen Anflug von Anspannung zu vertreiben, nickte ich verständnisvoll. »Leider ziehen immer nur die Männer ihr Oberteil aus, die es sich am wenigsten leisten können. Anscheinend ist es ihnen ein Bedürfnis, ihre Bierwampe und den behaarten Rücken der Öffentlichkeit zu präsentieren.«

Nun grinste er wieder. »Du hast recht! Insofern muss Frau Jansen wohl noch ein paar Jahre warten, bis es auch bei mir so weit ist.«

Er kam noch etwas näher. Ich konnte in seiner sturmgrauen Iris dunkelblaue und bernsteinfarbene Sprenkel ausmachen.

»Ich spiele nicht mit dir, wenn es das ist, was dir Angst macht. Versprochen!«

»Okay«, wisperte ich.

»Dann zeigst du mir jetzt nicht mehr die kalte Schulter?«, wollte er wissen. »Ist alles wieder gut?«

Holgers Erklärung klang glaubwürdig, und ich sehnte mich danach, dass es zwischen uns wieder so war wie vorher. Davon abgesehen würden wir noch ein paar Abende lang zusammen in der Küche stehen, und ich wollte diese Zeit unbeschwert genießen.

Ich nickte. »Okay, alles wieder auf Anfang!«

Er lächelte erleichtert. »Das freut mich.«

Wir waren uns immer noch viel zu nah, und wie von selbst wanderte mein Blick zu seinen Lippen. Ob ein Kuss von Holger wohl genauso wundervoll schmeckte wie die Gerichte, die er zubereitete? Ich biss mir verlangend auf die Unterlippe. Sein Blick folgte meiner Bewegung. Plötzlich lag wieder diese kaum erträgliche Anziehung zwischen uns in der Luft. Als könnte jeden Moment etwas Unglaubliches passieren, das unsere Welt aus den Angeln heben würde.

Holger sprang so plötzlich auf, dass ich irritiert zurückzuckte.

»Gut, dann lass uns weiterkochen! Die Gäste warten noch immer auf ein Dessert, oder?«

Ich brauchte einen Moment, um meine Gedanken wieder zurück aufs Kochen zu lenken. Das Dessert hatte ich völlig vergessen.

»Ähm, ja, ich mach das!«

»Ich bereite in der Zeit das Mitarbeiteressen vor. Als Praktikantin kannst du dir schon mal ein leckeres Ananas-Dessert für uns alle überlegen. Das ist deine persönliche Aufgabe für heute Abend!« Er deutete auf die Ananas neben uns auf dem Tisch. »Die hier muss nämlich dringend verarbeitet werden, weil irgendein Rüpel sie auf den Boden geschmissen hat.«

Ein leckeres Ananas-Dessert? Da fiel mir auf Anhieb überhaupt nichts ein. Holger verstand es wirklich, mich ins Schwitzen zu bringen …

Kapitel 16

Nach dem Tod unserer Eltern wehte eine neue Unbeschwertheit durch unser kleines Haus. Nach und nach vertrieben Helga und ich die Geister der Vergangenheit. Wir waren Anfang zwanzig, frei, ungebunden und idealistisch. Aber das Erlebte hatte uns nachhaltig geprägt. Während meine Mutter in mir die Rebellin geweckt hatte, war Helga still und introvertiert geworden. Erst jetzt fiel mir auf, wie schüchtern sie war und wie selten sie das Haus verließ. Doch ich versuchte unermüdlich, sie aus ihrem Schneckenhaus zu locken.

»Kommst du mit zum Stadtfest in Aurich? Es wird bestimmt lustig. Da spielt eine coole Band.«

Sie zog die Schultern in die Höhe. »Eigentlich wollte ich es mir auf dem Sofa gemütlich machen und einen Krimi lesen.«

Ich stöhnte. »Aber da draußen spielt das echte Leben! Außerdem will ich dir jemanden vorstellen. Es gibt da nämlich einen Mann, mit dem ich mich seit einiger Zeit treffe …«

Sie verdrehte die Augen. »Ich will nicht schon wieder einen deiner Verehrer kennenlernen und dabei zugucken, wie er dich anschmachtet.«

»Dieses Mal ist es etwas anderes!«, gestand ich ihr. »Tjark hat Humor und ist unfassbar charmant. Ich könnte ihm stundenlang zuhören. Er hat faszinierende Träume und genaue Vorstellungen von seiner Zukunft.«

Sie schlug sich die Hand vor den Mund. »Oh mein Gott, du bist verliebt?«
Ich lächelte verlegen. »Könnte sein.«
Sie grinste von einem Ohr zum anderen. »Dann mal los, worauf wartest du noch? Wir müssen uns für das Stadtfest fertig machen. Ich will unbedingt den Mann kennenlernen, der es geschafft hat, meiner kleinen Schwester das Herz zu stehlen!«
Und so nahm das Unglück seinen Lauf. Noch heute frage ich mich, wie unser Leben verlaufen wäre, wenn ich diesem elenden Mistkerl Tjark nie begegnet wäre.

Eintrag aus Mariannes »Buch der Erinnerungen«

*

Am nächsten Tag hielt meine Mutter mich höchstpersönlich vom Homeoffice ab. Dagegen hatte ich nichts einzuwenden! Vor allen Dingen, da sie plante, mir ein bisschen von ihrer Heimat zu zeigen.

Nachdem Tante Helga zur Arbeit gegangen war, setzten wir uns ins Auto und fuhren los. Als Erstes besichtigten wir den Pilsumer Leuchtturm in der Nähe von Greetsiel. Er hatte durch den Film *Otto – der Außerfriesische* und die Werbung deutschlandweite Bekanntheit erreicht. Der Besuch war allerdings etwas ernüchternd: Der gelb-rot-gestreifte Turm war kleiner als erwartet, und drum herum gab es nichts außer einem Parkplatz mit zwei Imbisswagen. Danach folgten weniger populäre Sehenswürdigkeiten. Um nicht zu sagen, dem Rest der Welt gänzlich unbekannte. Meine Mutter ließ mich auf einem Feldweg mitten im Nirgendwo anhalten, um mir die Stelle zu zeigen, an dem sie sich als Kind beim Fahrradfahren einen komplizierten Unterarmbruch zugezogen und ihr Rad dabei geschrottet hatte.

Mein Blick schweifte in die Ferne. Diese endlose Weite war unglaublich! Nichts als Grün, so weit das Auge reichte. Nur vereinzelt gab es einige Bäume oder Windräder. Und weit weg, am Horizont, glaubte ich, ein paar Kühe ausmachen zu können.

»Eine endlose Ebene. Mit nix und wieder nix«, kommentierte meine Mutter trocken.

Ich steckte die Hände in die Hosentaschen und atmete tief durch. »Ich finde das gut.«

Danach ging es weiter, und ich musste zu einer schönen alten Eiche fahren. Sie stand in unmittelbarer Nähe einer Warft mit einem beeindruckenden Gehöft. Auch in diesem Fall war ich mir sicher, dass dieser Ort in keinem Reiseführer zu finden sein würde. Fragend sah ich meine Mutter an.

»Hier habe ich meinen ersten Kuss bekommen«, erklärte sie und deutete mit traurigem Lächeln auf die Bank. »Von Hajo.«

Ich stutzte. »War das nicht dein bester Freund? Tante Helga hat mir von ihm erzählt.«

Sie nickte. »Wir waren damals elf. Es war nur ein kurzer, sehr unschuldiger Kuss.« Sie lachte leise. »Ich glaube, für mich war er besser gewesen als für ihn. Danach war Hajo sich nämlich ganz sicher, nicht auf Mädchen zu stehen.«

Mit Wehmut und Trauer schaute sie auf die Bank, als könnte sie ihren Freund noch heute hier sitzen sehen. »Aber es ist eine schöne Erinnerung.« Sie wandte mir den Kopf zu. »Und die muss man pflegen, Luisa! Die schlechten Erinnerungen brennen sich von ganz allein ins Gedächtnis. Deshalb muss man darauf achten, dass die schönen Dinge nicht in Vergessenheit geraten. Sonst ist das Gleichgewicht gestört.«

»Ähm, okay.« Erstaunt blickte ich sie an.

Wieso beschäftigte sie das Thema plötzlich so sehr? Bisher war sie niemand gewesen, der übermäßig in Erinnerungen schwelgte. Lag das an ihrer Rückkehr nach Greetsiel?

Gegen Mittag legten wir einen Zwischenstopp am Polizeirevier in Pewsum ein, wo Merle arbeitete. Sie hatte mir gestern geschrieben und sich entschuldigt, weil sie es wegen ihrer Schicht und einem Notfall ihrer Freundin nicht mehr geschafft hatte, nach uns zu sehen. Deshalb hatte sie gefragt, ob wir Lust hätten, heute in ihrer Mittagspause mit ihr essen zu gehen.

Pewsum war ein schönes Örtchen mit der bekannten Manningaburg als Wahrzeichen. Laut dem Hinweisschild war sie wahrscheinlich Mitte des 15. Jahrhunderts von dem Häuptling Poppo Manninga und seiner Frau Elmerich erbaut worden. Ich erntete einen verschnupften Blick meiner Mutter, weil ich lachend verkündete, dass damit die Vornamen meiner zukünftigen Kinder feststünden – Poppo und Elmerich.

Merle ging mit uns in ein kleines italienisches Restaurant. Wir hatten Glück mit dem Wetter und setzten uns in dem idyllischen Biergarten an einen Tisch in der Sonne.

»Francesca, nimmst du bitte gleich unsere Bestellungen auf?«, fragte sie die Inhaberin, eine klein gewachsene Italienerin mit fröhlichem Lächeln und wogendem Busen. »Ich habe leider nicht allzu viel Zeit, weil ich zurück aufs Revier muss.«

»Natürlich, Merle!«, entgegnete sie augenzwinkernd. »Meiner Lieblingspolizistin, die mich so heldenhaft vor der Mafia gerettet hat, helfe ich doch gern.«

»Du hattest mit der Mafia zu tun?«, fragte ich erschrocken. In einer ruhigen Gegend wie Ostfriesland hatte ich ihren Job eigentlich als recht ungefährlich eingestuft.

Merles Wangen färbten sich tiefrot. »Also, nicht direkt, nein.« Sie kratzte sich verlegen am Hals. »Eigentlich war es ein Missverständnis. Ich war jung, hatte gerade erst meinen Dienst angetreten und war wohl etwas übereifrig in Bezug auf Ortsfremde, die mir verdächtig erschienen. Uuuund …«, sie holte tief Luft, »… mehr möchte ich dazu nicht sagen.«

Sie vertiefte sich hoch konzentriert in die Speisekarte, während meine Mutter und ich einen amüsierten Blick wechselten. Ich nahm mir fest vor, irgendwann die wohl recht peinlichen Details dieser Geschichte aus Merle herauszukitzeln!

Nachdem wir bestellt hatten, plauderten wir miteinander, und Merle erzählte uns von dem Notfall ihrer Mitbewohnerin Clara. Deren Hund Kalle – Spitzname Knuddelkalle – war nämlich ausgebüchst, und die beiden hatten stundenlang verzweifelt die Gegend durchkämmt. Schließlich hatten sie den flauschigen, fünf Kilo schweren Mischlingsrüden liebeskrank und jaulend im Garten einer läufigen Dobermannhündin entdeckt.

»Dabei habe ich Kalle für den einzig normalen Mann in meinem Leben gehalten. Aber dann begibt sich der kleine Kerl in allerhöchste Lebensgefahr, um ein Weibchen zu umwerben, das ihn innerhalb von Sekunden zu Hackfleisch verarbeiten würde. Da sieht man mal, was die Liebe aus einem macht!«, sagte Merle kopfschüttelnd. »Einen völlig hirnlosen Deppen. Ich bin wirklich froh, dass ich mit dem Thema durch bin! So kann ich mich wenigstens auf meinen Job konzentrieren und meine Mutter unterstützen.«

»Dein Entschluss ehrt dich, aber ich schätze, er wird nicht von Dauer sein«, entgegnete meine Mutter mit nachsichtiger Miene. »So einen Schwur haben schon viele vor dir geleistet. Mich eingeschlossen.«

»Hast du es lange geschafft, um die Liebe einen Bogen zu machen?«, wollte Merle wissen.

»Wie man's nimmt«, gestand sie lachend. »Denn im Alter werden die Verehrer naturgemäß weniger. Da hält man automatisch länger durch.«

Das Essen wurde serviert, was Merle an etwas zu erinnern schien. Sie beugte sich über ihre Zucchinilasagne, die lecker nach Tomaten, Knoblauch und Basilikum duftete. »Erzähl mal, wie läuft es mit Holger in der Küche? Du arbeitest jetzt bei ihm als Praktikantin?«

Ich schaute ruckartig von meiner Pizza auf und warf meiner Mutter einen nervösen Seitenblick zu. Bisher hatte ich das Thema ihr gegenüber noch nicht erwähnt. Dass ich die letzten zwei Abende nicht zu Hause gewesen war, schien ihr nicht weiter aufgefallen zu sein. Als ich mich gestern nach dem gemeinsamen Tee im Garten verabschiedet hatte, war sie von dem Besuch auf dem Friedhof immer noch abwesend und in sich gekehrt gewesen.

Nun wandte sie sich erstaunt zu mir um und zog die Augenbrauen in die Höhe. »Ja, erzähl mal, Luisa!«

Ihr spitzer Unterton ließ mich ahnen, dass sie meine neue Freizeitbeschäftigung nicht gutheißen würde, aber nun war die Katze ohnehin schon aus dem Sack. Ich begann von der Zusammenarbeit mit Holger zu berichten und konnte nicht verhindern, dass meine Leidenschaft mit mir durchging. Begeistert berichtete ich von den neuen Rezepten, die ich gelernt hatte, und wie rasend schnell die Arbeitszeit verging, weil ich wie im Flow kochte. Ich liebte die Teamarbeit, wie alles Hand in Hand ging und dass die Ruhe und Souveränität, die Holger ausstrahlte, sowohl auf mich als auch die Servicekräfte überging.

Merle freute sich sichtlich für mich, meine Mutter hielt sich mit Kommentaren allerdings zurück. An dem verkniffenen Zug um ihren Mund erkannte ich, dass das Thema für sie noch nicht erledigt war.

Nach dem Essen vereinbarten Merle und ich, dass wir an ihrem nächsten freien Tag einen Ausflug nach Norddeich machen und uns einen Strandkorb mieten würden, um einen schönen faulen Tag in der Sonne zu verbringen. Vorausgesetzt natürlich, das Wetter spielte mit. Wir wollten meine Mutter ebenfalls überreden mitzukommen, aber sie meinte, das wäre ein Ausflug für uns junge Mädels. Ich freute mich schon auf den Tag mit meiner Cousine!

Nachdem wir bezahlt hatten, hetzte Merle zurück zur Polizeiwache, und wir schlenderten zum Auto. Erschöpft ließ meine Mutter sich auf den Beifahrersitz sinken.

»Sollen wir nach Greetsiel zurückfahren?«

Sie schüttelte den Kopf, fasste sich sogleich jedoch mit schmerzverzerrter Miene an die Stirn. Anscheinend plagten sie wieder Kopfschmerzen. »Ich möchte dir noch einen Naturstrand zeigen. Da waren Helga und ich früher mit unseren Eltern. Sie haben selten Ausflüge mit uns gemacht, und die Stunden an diesem Strand zählen zu meinen wenigen schönen Kindheitserinnerungen.«

Ehe ich widersprechen und an ihre Vernunft appellieren konnte, fügte sie hinzu: »Ich nehme zwei von den Tabletten, die Doktor Lehmann mir verschrieben hat, und ruhe mich auf der Fahrt ein bisschen aus, versprochen!«

Sie gab Hagermarsch Hilgenriedersiel in mein Navi ein, schluckte die Tabletten mit etwas Wasser und schloss die Augen. Schon bald hörte ich an ihren tiefen, regelmäßigen Atemzügen, dass sie eingenickt war.

Wir erreichten unser Ziel für meinen Geschmack viel zu schnell, und ich musste meine Mutter leider wieder aufwecken. Sie blinzelte verschlafen, doch dann erhellten sich ihre Züge.

»Ah, wir sind da! Sehr schön.« Sie fuhr sich übers Gesicht. »Komm, wir müssen ein paar Schritte gehen!«

Wir stiegen aus und spazierten nebeneinander durch die Salzwiesen. Die Stille zwischen uns war jedoch nicht unangenehm. Wir hingen unseren Gedanken nach, beobachteten die Schafe, ließen die Natur auf uns wirken und den Wind mit unseren Haaren spielen. Als wir allerdings das Meer erreichten, glänzte es in erster Linie durch Abwesenheit.

Meine Mutter stieß einen Fluch aus. »Mist, ich hätte auf den Gezeitenkalender schauen sollen!«

»Das Watt hat doch auch was zu bieten«, entgegnete ich.

Bevor ich meine Mutter aufgeweckt hatte, hatte ich kurz gegoogelt, wo genau wir uns befanden. Der Naturstrand Hilgenriedersiel gehörte zum Nationalpark Niedersächsisches Wattenmeer, und man konnte hier künstlerisch geschwungene Abbruchkanten bewundern, denn das Meer hatte sich hier sein Ufer selbst geformt. Dieses Fleckchen Erde war ganz der Natur überlassen worden. Die Insel Norderney mit ihrem Leuchtturm war in Sichtweite und schien nur einen kurzen Fußmarsch entfernt. Allerdings ging ich davon aus, dass es weiter weg war, als es den Anschein hatte. Eine Wanderung ohne Führer konnte wegen der tiefen Priele sicherlich gefährlich werden.

»Das ist doch nur eine braune Schlicklandschaft. Ich weiß gar nicht, wieso die Leute vom Watt immer so begeistert sind. Das Meer allerdings …« In ihre Augen trat ein Strahlen und erhellte ihr Gesicht. »Das ist atemberaubend! Ich könnte Stunden damit verbringen, die Nordsee zu beobachten.«

Ich schmunzelte. Es passte zu ihr, dass sie die raue See liebte. »Hast du Ostfriesland sehr vermisst?«

Sie wiegte nachdenklich den Kopf. »Es regnet oft. Die Winter sind lang, neblig und feucht. Und der Wind kann ganz schön ungemütlich werden. Das sind alles Dinge, die ich nicht vermisst habe.«

Ihr Blick richtete sich zum Horizont, und ihre Gesichtszüge wurden weicher. »Aber wenn die Sonne scheint, dann scheint sie besonders. Und wenn dir der Wind um die Nase weht, erzählt er dir von weit entfernten Abenteuern. Ostfriesland ist einzigartig. Er bedeutete endlose Weite und Freiheit.« Sie seufzte, und ein schiefes Lächeln umspielte ihre Lippen. »Nur nicht die Art von Freiheit, die ich mir als Heranwachsende vorgestellt habe.«

»Das glaube ich sofort.« Ich deutete demonstrativ rundum. »Als Teenager sehnt man sich nach anderen Dingen als dem hier.«

»Zum Beispiel einem angesagten Club, in dem man abdancen kann«, sagte sie mit betont cooler Miene.

Wir lachten beide. Meine Mutter mochte zwiespältige Gefühle ihrer Heimat gegenüber haben, aber eines stand fest: Sie war hier deutlich entspannter als in Hamburg. Eigentlich war der perfekte Moment, um ein paar Dinge anzusprechen, die mir auf dem Herzen lagen.

»Mama, wieso hast du dich mit Helga zerstritten? Ich habe sie schon danach gefragt, aber sie wollte, dass du es mir erzählst.«

Die Miene meiner Mutter verdüsterte sich. Ihr Blick schweifte in die Ferne, und ich glaubte schon, sie würde mir mal wieder eine Antwort schuldig bleiben.

»Was denkst du, wieso sich zwei Schwestern so heftig streiten, dass sie jahrzehntelang nicht miteinander reden?«

Natürlich hatte ich mir darüber schon Gedanken gemacht. »Entweder es ging um Geld oder einen Mann«, tippte ich.

Sie nickte betrübt. »Bei uns war es Letzteres. Sie hat mir den Freund ausgespannt, und ich war natürlich sauer.« Etwas leiser fügte sie hinzu: »Aber vor allen Dingen war ich verletzt. Und enttäuscht. Ich habe mich von meiner Schwester verraten gefühlt.«

Das konnte ich verstehen. Obwohl ich keine Geschwister hatte, wusste ich, dass so etwas unverzeihlich war. Selbst unter besten Freunden war das ein absolutes No-Go.

Meine Mutter setzte sich in Bewegung, und wir liefen am Ufer entlang.

»Helga konnte mir kaum noch in die Augen schauen, und das schlechte Gewissen hat sie fast zerrissen. Aber Tjark war wohl ihre große Liebe. Und Helga war angeblich auch seine Traumfrau. Deshalb hat er sich für sie entschieden und mit mir Schluss gemacht.«

So langsam begann ich das ganze Drama zu verstehen. Wenn so starke Gefühle im Spiel waren, war es schwierig, die richtige Entscheidung zu treffen.

»Vielleicht hätte ich ihr mit der Zeit sogar verziehen. Schließlich war sie meine Schwester, und ich wollte sie glücklich sehen. Als ich die beiden einander vorgestellt hatte, hatte Helga kaum Erfahrung, sie hat sich nach Aufmerksamkeit und Liebe gesehnt. Und Tjark schien ihr all das zu geben. Im Grunde schien die Sache zwischen den beiden einfach Schicksal gewesen zu sein.«

In Erinnerungen versunken schüttelte sie den Kopf. »Aber schließlich wurde mir klar, was für ein übler Typ Tjark war. Noch heute verfluche ich mich dafür, dass ich das erst so spät erkannt habe. Er war ein Egoist und Narzisst, immer auf seinen Vorteil bedacht, rücksichtslos, verlogen und skrupellos. Aber er wusste es hinter einer höchst charmanten und wortgewandten Art zu verstecken. Im Nachhinein glaube ich, Tjark hat sich für Helga entschieden, weil sie ein leichteres Opfer war.« Sie warf mir einen schuldbewussten Blick zu. »Das klingt jetzt wahrscheinlich gemein, aber sie war es gewohnt, manipuliert und unterdrückt zu werden. Ich hätte mir seine Unverschämtheiten nicht lange gefallen lassen.«

Wahrscheinlich hatte sie recht. Andererseits war meine Mutter nicht immer so stark und selbstsicher gewesen wie heute. Es hatte in ihrem Leben Phasen gegeben, in der sie sich ebenfalls von üblen Kerlen hatte einlullen lassen. Ich hob die Hand und fuhr mit den Fingerspitzen über die Narbe an meiner Wange. Sie war sozusagen mein exklusives Erinnerungsstück an jene Zeit. Tatsächlich hatte meine Mutter nach dem Unfall jedoch einen radikalen Schlussstrich gezogen und ihren damaligen Lebensgefährten sofort hinausgeworfen. Tante Helga hatte ihr Martyrium erst vor drei Jahren beendet.

Sie seufzte. »Ich wollte ihr klarmachen, dass Tjark ein schlechter Typ ist und sie sich von ihm trennen muss. Aber sie wollte nicht hören. Stattdessen warf sie mir vor, dass ich ihn immer noch lieben und mich die Eifersucht umbringen würde. Weil ich es nicht ertragen könnte, dass Tjark und sie heiraten wollten.« Sie verzog die Mundwinkel. »Unser Streit war laut, hässlich, gemein, und es wurden viele Dinge gesagt, die unter der Gürtellinie waren. Wenn man zusammen aufgewachsen ist, kennt man voneinander nun mal alle Schwächen und weiß, was den anderen am meisten trifft. Am Ende habe ich unter Tränen meinen Koffer gepackt und bin abgehauen.«

»Das klingt schrecklich«, sagte ich betroffen.

Björns Worte auf dem Krabbenkutter kamen mir in den Sinn. Er hatte kein gutes Haar an seinem Vater gelassen. Anscheinend war die Einschätzung meiner Mutter durchaus richtig gewesen: Tante Helga war mit diesem Mann nicht glücklich geworden.

»War es schwer, ihr zu verzeihen?«

Meine Mutter winkte ab. »Verziehen habe ich ihr schon lange. Wieder aufeinander zuzugehen war der weitaus schwierigere Schritt. Du weißt ja selbst, was in meinem Fall dazu nötig war …«

Wieder einmal fiel mir auf, dass sie offenbar nicht imstande war, die Diagnose beim Namen zu nennen.

Ich blieb stehen. »Mama, du redest kaum über deine Krankheit«, stellte ich in behutsamem Tonfall fest. »Du bringst noch nicht mal das Wort Tumor über die Lippen.«

Bitterkeit legte sich über ihre Züge. »Darüber zu reden wird wohl kaum etwas an den Tatsachen ändern!«

Ebenso stur erwiderte ich ihren Blick. »Es kann einem helfen, besser damit klarzukommen. Du tust so, als würde dich das alles kaltlassen, aber du musst dich doch fragen, wie es weitergehen wird!« Ich versuchte mich an einem aufmunternden Lächeln. »Ich bin jedenfalls immer für dich da und höre dir zu!«

Meine Mutter verschränkte wortlos die Arme vor der Brust, offensichtlich nicht gewillt, dieses Thema zu vertiefen.

Ich rang die Hände. »Himmel, in deinem Kopf wächst ein verdammter Tumor, Mama!«, platzte es aus mir heraus. »Das muss dir doch Angst machen.«

»Angst hat noch niemanden weitergebracht«, blaffte sie zurück. »Probleme muss man anpacken und nach Lösungen suchen. Und das schaffe ich auch ohne deine Hilfe! Mein ganzes Leben war ich auf mich allein gestellt. Zu klagen und zu jammern hätte mir dabei nichts genützt. Doch heutzutage muss man ja jeden Pipifax, der einem auf der Seele brennt, der ganzen Welt mitteilen. Am besten noch übers Internet. Aber so bin ich nun mal nicht.«

Und da war sie wieder: Die unsichtbare Mauer, die meine Mutter wie einen Schutzschild um sich gezogen hatte. Dabei hatte ich für einen kurzen Moment gehofft, wir hätten in unserer Beziehung Fortschritte gemacht. Ich versuchte, den Stich der Zurückweisung zu ignorieren. Wieder einmal.

Für einen Moment herrschte ungemütliches Schweigen. Wir starrten aufs Watt hinaus – beide mit vor der Brust verschränkten Armen und dem typischen Gesichtsausdruck von Menschen, die davon überzeugt sind, absolut im Recht zu sein. Zum Glück lag es uns beiden nicht, lange zu schmollen.

»Komm, lass uns zurück zum Auto gehen!«, lenkte meine Mutter schließlich ein. »Wenn ich die ganze Zeit auf diese braune Matsche schauen muss, werde ich depressiv.«

»Na schön«, erwiderte ich seufzend. »Dann sind wir auch zur Teetied wieder daheim. Ich musste Tante Helga versprechen, diesen speziellen Kräutertee für dich zu brauen. Sie meint, der würde wahre Wunder wirken und dir wäre es schon nach der zweiten Tasse erheblich besser gegangen.«

»Ähm, also der Spezialtee …« Ihre Wangen bekamen einen rötlichen Schimmer. »Mit dem gieße ich ehrlich gesagt ihre Pflanzen. Das Gebräu ist ungenießbar. Aber es freut Helga so, dass sie etwas für mich tun kann.«

Ich schüttelte wortlos den Kopf, rügte sie dafür jedoch nicht. Hätte ich das Zeug trinken müssen, hätte ich mich wahrscheinlich übergeben.

Auf dem Rückweg währte der Frieden leider nicht lange. Denn während wir nebeneinander herliefen, fühlte meine Mutter sich wohl dazu gezwungen, meine neue Freizeitbeschäftigung in Holgers Küche anzusprechen. Es hatte mich schon gewundert, dass sie seit dem Gespräch mit Merle nichts mehr dazu gesagt hatte.

»Ich verstehe, dass das Kochen für dich ein schönes Hobby und ein Ausgleich zur Büroarbeit ist«, sagte sie. »Aber dass du jetzt abends in diesem Restaurant arbeitest, ist völlig übertrieben.«

Ich warf ihr einen gereizten Seitenblick zu. »Wieso denn das?«

»Weil das weit über das übliche Engagement für ein Hobby hinausgeht«, klärte sie mich auf. »Es ist schön, dass es dir in Greetsiel gefällt und du so schnell Anschluss gefunden hast. Aber vergiss nicht, dass sich dein Leben in Hamburg abspielt! Wir fahren schon bald wieder zurück. Du solltest dich auf die Firma und auf Erik konzentrieren. Nicht auf einen dahergelaufenen Koch, den du offenbar äußerst sympathisch findest – jedenfalls nach deinem Strahlen zu urteilen, wenn du über ihn sprichst.«

Hitze stieg mir in die Wangen. Ich hatte unterschätzt, was für eine gute Menschenkennerin meine Mutter war.

»Erik fände das bestimmt nicht gut«, appellierte sie an mein Gewissen. »Immerhin seid ihr verlobt und werdet bald heiraten.«

Als ob ich diese unglückselige Verlobung hätte vergessen können! Vielleicht steigerte ich mich auch nur deshalb so in mein »Hobby« hinein, weil es einige Dinge in meinem Leben gab, die katastrophal falschliefen? Ich genoss jede Minute meiner unbeschwerten Zeit mit Holger, die Arbeit in der Küche machte mir Spaß, und diese Abende waren kostbare Momente, in denen ich alles andere vergessen konnte. Das wollte ich mir von meiner Mutter nicht nehmen lassen.

»Du solltest wieder zur Vernunft kommen, Luisa«, insistierte sie weiter. »Erik ist deine Zukunft.«

Ich knirschte mit den Zähnen bei dem Versuch, meine Widerworte herunterzuschlucken. Allerdings war ich emotional immer noch aufgewühlt, sodass ich mich nicht wie üblich unter Kontrolle hatte. Nur so konnte ich mir erklären, wieso die folgenden Worte aus mir herausbrachen – ohne einen Gedanken an Doktor Lehmanns Warnung zu verschwenden.

»Aber ich liebe ihn nicht, Mama!«, rief ich. »Ich hatte ja noch nicht mal die Möglichkeit, Eriks Antrag abzulehnen.«

Ich schlug mir die Hand vor den Mund. Meine Mutter starrte mich mit hochgezogenen Augenbrauen an, sagte jedoch nichts.

Nun gab es kein Zurück mehr: Es war eine Sache, die Wahrheit zu verschweigen – aber lügen wollte ich keinesfalls. Ich ließ die Hand wieder sinken.

»Tut mir leid, ich weiß, wie sehr du dich über die Verlobung gefreut hast. Aber ich liebe Erik nicht«, wiederholte ich mit ruhigerer Stimme.

Die Erleichterung, die mich nach diesem Geständnis durchflutete, war wahrscheinlich egoistisch. Aber es fühlte sich so befreiend an, als hätte ich endlich eine Gefängnistür aufgestoßen. Was paradox war, denn eigentlich war es Erik, mit dem ich mich aussprechen musste.

»Ich weiß«, erwiderte meine Mutter trocken.

Ich starrte sie perplex an. Mit dieser Reaktion hatte ich absolut nicht gerechnet.

»Du … du weißt, dass ich ihn nicht liebe? Was soll das denn heißen?«

Sie seufzte. »Ich bin deine Mutter, Luisa, und ich bin nicht blind. Du lächelst Erik nicht verträumt an, suchst nicht ständig seine Nähe und hast kein verräterisches Funkeln in den Augen, wenn du ihn ansiehst. Das Fehlen von tiefen Gefühlen kann manchmal genauso verräterisch sein wie die Liebe selbst.«

»Aber … aber …«, stammelte ich, unfähig, einen klaren Gedanken zu fassen.

Sie zog mich am Arm weiter, und widerwillig setzte ich mich in Bewegung. Mir schossen tausend Gedanken durch den Kopf. Wenn sie es gewusst hatte, wieso hatte sie nicht schon früher etwas gesagt? Warum hatte sie sich dann so sehr über die Verlobung gefreut?

Nachdem wir ein paar Schritte gelaufen waren, fand ich endlich meine Sprache wieder. »Wieso hast du diese Farce nicht aufgehalten? Ist es dir nicht wichtig, dass ich glücklich bin?«

Sie blieb wieder stehen, obwohl der Parkplatz schon in Sichtweite war.

»Ach, Luisa …« Sie strich mir in einer liebevollen Geste die Haare aus dem Gesicht.

»Natürlich ist mir wichtig, dass du glücklich bist«, erwiderte sie mit ungewohnt sanfter Stimme. »Du bist meine Tochter. Mein Augenstern, mein Schatz, mein kleiner Engel.«

So hatte sie mich früher immer genannt. Immer, wenn ich sie gefragt hatte, ob sie mich liebhätte. Wahrscheinlich hatte ich diese Frage für ein kleines Kind ungewöhnlich oft gestellt. Denn aus irgendeinem Grund hatte an mir ständig die Angst genagt, dass sie mich verlassen könnte.

Zärtlich strich sie mir über die Wange und streifte dabei

meine Narbe. Abgesehen von den Ärzten war meine Mutter der einzige Mensch, bei dem ich diese Berührung tolerieren konnte. Immerhin hatte sie nach dem Unfall viel Zeit damit verbracht, die Wunde zu versorgen und im Anschluss die Narbe mit speziellen Cremes zu pflegen.

»Erik ist ein guter Mann«, sagte sie und nickte dabei nachdrücklich. »Vielleicht ist er nicht ganz der Bräutigam, den du dir vorgestellt hast. Er ist nun mal ein typischer BWL-Typ, der nicht vor Leidenschaft sprüht und zuweilen etwas zu sehr auf Äußerlichkeiten bedacht ist.«

Wenigstens waren ihr Eriks Fehler auch schon aufgefallen. Obwohl ich weniger nette Worte gefunden hätte: übertrieben ehrgeizig, gefühlskalt, langweilig und oberflächlich. Aber im Prinzip meinten wir wohl dieselben Charaktereigenschaften.

»Ich bin mir allerdings sicher, dass er ein aufmerksamer, loyaler und fürsorglicher Ehemann sein wird. Zudem sieht er verdammt gut aus.« Sie schmunzelte. »Das muss auch dir aufgefallen sein, sonst hättest du dich nicht mit ihm eingelassen.«

»Na schön, ich fand ihn körperlich anziehend«, räumte ich trotzig ein. »Außerdem hatte ich mich einsam gefühlt. Aber das bedeutet nicht, dass ich ihn gleich heiraten will. Du hast auch nicht jeden Mann geehelicht, mit dem du etwas hattest«, erinnerte ich sie. »So eine Bettgeschichte muss nichts mit Gefühlen oder gar Liebe zu tun haben.«

»Ach, Liebe …« Abfällig verzog sie die Mundwinkel. »Es ist doch genau, wie Merle vorhin gesagt hat: Liebe macht einen nur zu einem hirnlosen Deppen. Sie ist kein Garant dafür, dass eine Beziehung funktioniert. Aus eigener leidvoller Erfahrung kann ich dir sagen, dass Liebe nicht glücklich macht. Schau dir mich und deinen Vater an! Schau dir Tante Helga und ihren Mann an!«

Zugegeben, das waren abschreckende Beispiele, aber deshalb

musste man doch nicht gleich die Liebe im Allgemeinen verdammen!

Sie legte mir die Hände auf die Schultern und hielt meinen Blick fest. »Erik wird dir Sicherheit geben. Er wird für dich da sein in guten wie in schlechten Zeiten. Typen wie er halten sich an ihre Versprechen. Und das ist in einer langjährigen Beziehung unfassbar viel wert, glaub mir! Es sind am Anfang vielleicht nicht die ganz großen Gefühle, aber dafür habt ihr etwas Beständiges. Etwas, worauf man aufbauen kann.«

Ich schüttelte den Kopf. Meine Mutter hatte offenbar eine andere Vorstellung von Heirat und Ehe als ich. Tief in meinem Herzen war ich nun mal eine Romantikerin, und im Gegensatz zu meiner Mutter glaubte ich an die Liebe. Wahrscheinlich, weil ich noch nicht ganz so oft von ihr enttäuscht worden war wie sie. Aber erwartete meine Mutter denn allen Ernstes, dass ich mich auf eine Vernunftehe einlassen würde? Nur, weil sie Erik für einen guten Ehemann hielt?

»Außerdem solltest du auch an die Firma denken«, fügte sie scheinbar beiläufig hinzu.

Alarmiert sah ich auf. »Was soll das denn heißen?«

Sie trat von mir zurück. »Du musst das Ganze mal realistisch betrachten und ehrlich zu dir selbst sein: Willst du tatsächlich allein die Firma übernehmen?«

»Wie bitte? Was?« Ich war von dem abrupten Themenwechsel so überrascht, dass ich nicht ganz folgen konnte.

Sie seufzte und steckte ihre Hände in ihre cremefarbene Windjacke. »Dass du damals nach dem Studium nicht gleich in der Chefetage arbeiten wolltest, konnte ich verstehen. Aber nun drückst du dich schon seit Jahren in deiner kleinen Presse- und Marketingabteilung herum und zeigst keinerlei Ambitionen, die Firma zu leiten. Und dein Verhalten den Mitarbeitern gegenüber lässt ebenfalls zu wünschen übrig. Sie sehen in dir nicht die zukünftige Chefin, sondern behandeln dich wie eine normale Kollegin oder gar Freundin.« Sie verzog missbilligend den Mund. Anscheinend schien ihr das schon lange auf der Seele zu brennen. »Erik dagegen genießt Ansehen und Respekt. Er hat große Zukunftspläne, ist ein Arbeitstier und bereit, alles für den Erfolg zu tun. Du brauchst so einen Mann an deiner Seite, Luisa! Zusammen seid ihr ein gutes Team.«

Ihre Worte trafen mich bis ins Mark. Endlich begann ich die Tragweite des Ganzen zu verstehen.

»Du willst, dass ich Erik heirate, damit du die Firma in gute Hände übergeben kannst«, wisperte ich. Ich war so fassungslos, dass mir meine Stimme nicht gehorchte. »Jemand, der fähiger ist als ich?«

Sie hatte wenigstens den Anstand, meinem Blick auszuweichen. »Ich meine es wirklich nur gut, Luisa! Es ist quasi eine Win-win-Situation für uns alle. Ich bin davon überzeugt, dass Erik und du eine gute Ehe führen werdet.«

Ich starrte sie an, nicht imstande, mich zu regen oder etwas zu sagen. Ein Teil von mir weigerte sich, zu glauben, dass mich meine Mutter derart manipulierte und benutzte. Aber der andere Teil wusste, wie sehr sie die Firma liebte.

Eine Leere ergriff von mir Besitz, die mein Innerstes lähmte. Ich wollte nur noch so schnell wie möglich weg von hier. Weg von diesem Ort, weg von meiner Mutter. Ich konnte ihre Gegenwart nicht länger ertragen.

Ohne ein weiteres Wort wandte ich mich von ihr ab und lief in mechanischen Bewegungen die wenigen Meter zurück zum Parkplatz. Dann kam mir jedoch noch eine letzte Frage in den Sinn.

»Weißt du, von Anfang an kam mir Eriks plötzlicher Antrag seltsam vor. Schließlich wohnen wir noch nicht mal zusammen und hatten bis dato nur eine lockere und wenig erquickliche Affäre. Deshalb frage ich mich nun, ob diese Verlobung überhaupt Eriks Idee war …« Ich warf ihr einen prüfenden Blick zu. Mein Herz schlug unregelmäßig, und mein Magen knotete sich vor Anspannung zusammen. »Oder steckst du dahinter?«

Meine Mutter erwiderte nichts. Aber ihre schuldbewusste Miene war Antwort genug.

Kapitel 17

Zum ersten Mal in meinem Leben war ich frei! Auf lange Sicht hatte ich vor, zu studieren und Karriere zu machen. Aber erst einmal zog es mich hinaus in die Welt. Weit weg von Greetsiel, meiner Schwester und dem elenden Mistkerl, mit dem sie sich verlobt hatte. Ich war Anfang zwanzig, ungebunden, es gab keine Verpflichtungen, niemand wies mich zurecht oder machte mir Vorhaltungen.

Ich brauchte nicht viel zum Leben und fand immer schnell Anschluss. Mit einem Mädchen namens Monika trampte ich nach Paris, wo wir ein paar herrliche Monate verbrachten und uns mit Gelegenheitsjobs über Wasser hielten. Savoir vivre! Danach nahmen mich zwei Jungs, Pierre und Jules, in ihrem alten klapprigen Peugeot mit an die Costa Blanca. Dort jobbte ich in einem deutschen Schnitzelrestaurant, ging mit Freunden feiern, genoss Sonne, Strand und Meer. Es war wie ein wahr gewordener Traum! Ich saugte all die neuen Eindrücke in mich auf, hatte Spaß und lernte die Sprache und Kultur kennen. Oft dachte ich an Hajo und war mir sicher, dass er diesen Trip durch Europa ebenso genossen hätte wie ich. Danach hatten wir uns stets gesehnt: frei zu sein wie ein Vogel!

Aber diese rebellische zügellose Seite in mir, die meine Mutter mit so viel Inbrunst bekämpft hatte, ergriff immer mehr Besitz von mir. Damals hatte ich es noch nicht bemerkt, aber als ich Jahre später (ich war gerade in London gewesen) zurück nach Deutschland kam, war von meinem früheren Pflichtbewusstsein, dem Ehrgeiz und den Zukunftsplänen nicht mehr viel übrig. Ich feierte zu oft, trank zu viel, hatte die falschen Freunde und verlor schon nach wenigen Tagen die einfachsten Jobs, weil ich zu unzuverlässig war. Trotz allem war ich jedoch klug genug, die Finger von Drogen zu lassen. Aber das war auch schon alles, was man mir zugutehalten konnte. Ich hatte keinen festen Wohnsitz, schlief bei Bekannten auf dem Sofa, und manchmal ging ich nur deshalb mit einem Typen eine Beziehung ein, um ein Dach über dem Kopf zu haben. Ich hatte einen Weg eingeschlagen, der mich über kurz oder lang an einen Abgrund führen würde. Und als ich Jo Steinbeck kennenlernte, Luisas Vater, beschleunigte sich dieser Prozess noch.

Eintrag aus Mariannes »Buch der Erinnerungen«

*

Nachdem wir zurück in Greetsiel und im Haus meiner Tante waren, legte meine Mutter sich hin. Somit war ich eigentlich allein mit mir und meinen Gedanken, dennoch hielt ich es keine Sekunde länger mit ihr zusammen unter einem Dach aus. Ich musste sofort raus an die frische Luft!

Ohne besonderes Ziel wanderte ich durch das Dorf – zuerst zu den berühmten Zwillingsmühlen am Ortseingang, die ich bisher nur im Vorbeifahren gesehen hatte. Die grüne Mühle stammte aus dem 19. Jahrhundert, die rote aus dem 18. Jahrhundert. In der einen befand sich mittlerweile eine Teestube und Kunstgalerie, die andere war noch funktionstüchtig, und es gab sogar einen Mühlenladen mit frischem Brot. Doch ich hatte keinen Nerv, die Schönheit der historischen Mühlen gebührend zu bewundern. Ständig schwirrten mir dieselben Fragen im Kopf herum: Wie hatte meine Mutter mir das antun können? Wieso trieb sie mich in die Arme eines Mannes, den ich nicht liebte? Es gab eigentlich nur eine logische Antwort: Die Firma war ihr wichtiger als ihre eigene Tochter. Glaubte sie denn allen Ernstes, ich würde Erik heiraten? Nur, weil sie es für das Beste für mich hielt? In diesem Fall überschätzte sie ihren Einfluss auf mich. Keine Sekunde lang zog ich eine Ehe mit Erik ernsthaft in Erwägung.

Aber wie sollte ich nun auf all das reagieren? Sie durfte sich wegen ihrer Krankheit nicht übermäßig aufregen, aber wenn ich die Angelegenheit einfach auf sich beruhen ließ, konnte ich mir selbst nicht mehr in die Augen sehen.

Ich kehrte um und schlug einen Weg ein, der am Neuen Greetsieler Sieltief entlangführte. Hier ging es etwas ruhiger zu, und ich atmete tief durch. In mir hatten sich so viel Wut, Fassungslosigkeit und Enttäuschung angestaut, dass ich kaum noch klar denken konnte. In einem Moment wollte ich umgehend meine Koffer packen und meine Mutter allein in Greetsiel zurücklassen, im nächsten sah ich überhaupt nicht ein, heimzufahren und ihr damit in die Karten zu spielen. Schließlich hatte sie deutlich gemacht, dass sie meine Zukunft in Hamburg bei Erik und der Firma sah. Außerdem gefiel es mir in Greetsiel. Folglich würde ich auf gar keinen Fall zurückfahren! Aber hier an ihrer Seite zu bleiben und so zu tun, als wäre zwischen uns alles in Ordnung, konnte ich auch nicht. Verflixt noch mal! Offenbar brauchte ich dringend moralische Unterstützung.

Ich griff nach dem Handy, um den Rat meiner besten Freundin einzuholen, aber leider sprang nur Katjas Mailbox an. Mir fiel ein, dass bei ihr heute ein medizinischer Check-up anstand, weil sie Zwillinge erwartete und damit automatisch als Risikoschwangere eingestuft wurde. Sie hatte mir gestern Abend noch geschrieben, wie aufgeregt sie deswegen war. Auch wenn die Schwangerschaft bisher problemlos verlaufen war, wusste man schließlich nie, was solche Untersuchungen ergaben. Deshalb beschloss ich, ihr keine Nachricht zu hinterlassen. Im Augenblick hatte Katja sicherlich andere Sorgen.

Als ich seufzend mein Handy wegsteckte und meine Umgebung wieder bewusst wahrnahm, realisierte ich, dass mich meine Schritte wie von selbst zur *Häuptlingsstube* geführt hatten. Das hatte ich nicht geplant. Ich konnte jedoch nicht ausschließen, dass mein Unterbewusstsein seine Finger im Spiel gehabt hatte. Ich fühlte mich in Holgers Nähe wohl, er war ein guter Zuhörer, und ich sehnte mich gerade nach einer starken Schulter zum Ausheulen. Leider hatte mein Unterbewusstsein offenbar vergessen, auf die Uhr zu schauen: Es war mitten am Nachmittag, und um diese Zeit war das Restaurant geschlossen.

Gerade als ich mich enttäuscht abwenden wollte, ging die Tür auf, und Holger stand vor mir. Im ersten Augenblick wirkte er über mein unerwartetes Erscheinen überrascht, doch dann erhellte ein Lächeln seine Züge.

»Luisa, wolltest du zu mir?«, fragte er, während mir zeitgleich erstaunt entfuhr: »Du bist noch da?«

Wir mussten beide schmunzeln.

»Ich habe an einem neuen Rezept für die Karte gefeilt«, beantwortete er meine Frage. »Und da es sich jetzt nicht mehr lohnt, heimzufahren, wollte ich mir ein wenig die Füße vertreten. Und du? Was führt dich hierher?«

»Ich bin ziellos umhergewandert …« Fahrig rieb ich mir über die Stirn. »Ich habe mich mit meiner Mutter gestritten, und jetzt bin ich so aufgewühlt und durcheinander.« Ich hasste es, dass ich wie ein erbärmlicher Jammerlappen klang. »Ich weiß einfach nicht mehr weiter.«

Wortlos schlug Holger die Tür hinter sich zu und trat zu mir nach draußen. Er griff nach meinen Händen und hielt sie fest. Die Wärme seiner Berührung strömte in mich hinein, und das sorgenvolle Funkeln in seinen Augen war wie Balsam für meine

Seele. Das harte Band, das seit dem Streit meine Brust eingeschnürt hatte, lockerte sich ein wenig, und ich konnte wieder freier atmen.

»Möchtest du darüber reden?«, fragte er mit sanfter Stimme. »Sollen wir ein paar Schritte gehen?«

Ich brachte ein Lächeln zustande und nickte dankbar. »Gerne.«

Er erwiderte mein Lächeln. »Ich kenne einen Ort, an dem wir unsere Ruhe haben!«

Während wir Seite an Seite losliefen, verschränkte er wie selbstverständlich unsere Finger ineinander. Mit jedem Schritt, den wir nebeneinander hergingen, wurde mir ein wenig leichter ums Herz. Zusammen würden wir sicher eine Lösung für mein Problem finden!

Holger führte mich zu einem kleinen Park mit einem See, auf dessen dunkler Oberfläche Wasserlinsen und alte Blätter schwammen. Daneben stand eine alte Kirchenglocke auf der Wiese.

»Das ist der Pastorenpark.« Er steuerte eine der Holzbänke an. »Hierher verirren sich eher selten Touristen.«

Tatsächlich war ich schon ganz in der Nähe gewesen, denn die Kirche lag nur eine Querstraße entfernt. Aber wie wohl die meisten Ortsfremden war ich vorher umgekehrt.

Wir setzten uns. Holger gab mir Zeit, mich zu sammeln und den richtigen Einstieg zu finden, wofür ich ihm dankbar war.

»Meine Mutter hat mir heute die Gegend gezeigt. Ich hatte das Gefühl, dass wir uns nähergekommen sind, und habe sie sogar auf ihre Krankheit angesprochen. Allerdings mit mäßigem Erfolg.« Bei der Erinnerung verzog ich das Gesicht. »Sie fand, darüber zu reden bringe nichts. Danach hat sie mir jedoch etwas gestanden, das mich völlig aus der Bahn geworfen hat.« Meine Stimme klang heiser von all den unterdrückten Gefühlen.

Immerhin hatte meine Mutter hinter meinem Rücken meine Heirat eingefädelt, nur zu dem Zweck, ihre Firma in die kompetenten Hände meines Zukünftigen übergeben zu können. Gott, machte mich das sauer!

»War das Geständnis denn schlimmer als die Sache mit ihrem Hirntumor?«, hakte Holger nach, als ich mit gepressten Lippen innehielt und brütend auf den kleinen See starrte.

»Äh …« Irritiert wandte ich mich zu ihm um.

»Nein, so schlimm war es nicht«, gab ich nach kurzem Zögern zu.

Holger hatte es mit einer einzigen Frage geschafft, meine Prioritäten zu ordnen. Denn trotz meiner brennenden Wut konnte ich nicht leugnen, dass die Sorge um ihre Gesundheit überwog. Unter den derzeitigen Umständen hätte ich meiner Mutter niemals den Rücken zuwenden können – ganz egal, wie sehr sie mich verletzt hatte.

»Da bin ich offen gestanden erleichtert«, entgegnete Holger. »Möchtest du mir von eurem Streit erzählen?«

Ich nickte. Doch dann wurde mir plötzlich klar, dass es vieles gab, von dem er noch nichts wusste. Wie die Tatsache, dass ich momentan offiziell verlobt war. Auch wenn das für mich einen ungewollten und zeitlich stark befristeten Zustand darstellte, ahnte ich, dass Holger darauf wenig erfreut reagieren würde. Der Gedanke, dass er sich deshalb von mir zurückzog und auf Abstand ging, versetzte mir einen schmerzhaften Stich. Aber ich würde nicht zulassen, dass meine Mutter mir das auch noch kaputtmachte! Zwar hatte ich keine Ahnung, was diese seltsame Anziehung zwischen Holger und mir zu bedeuten hatte, aber ich sehnte mich mit jeder Faser meines Körpers danach, es herauszufinden. Nein, ich konnte ihm unmöglich die Wahrheit über den Streit sagen!

»Zuerst muss ich dir ein Geständnis machen.« Ich holte tief

Luft. »Hat Björn dir gesagt, dass er uns nicht vertraut? Dass er glaubt, wir seien nur hergekommen, um seine Mutter um Geld anzubetteln? Oder aus ihrem Haus zu graulen, weil meiner Mutter rein rechtlich die Hälfte gehört?«

Er nickte. »Und jetzt willst du mir sagen, dass er recht hat?«

Mir entwich ein Lachen. »Er könnte nicht weiter von der Wahrheit entfernt sein. Meine Mutter hat allen erzählt, dass wir einen kleinen Betrieb haben, der Drogerieartikel vertreibt. Doch das stimmt nur zum Teil, denn eigentlich ist unsere Firma ziemlich groß.«

Er hob überrascht die Brauen. »Wie groß?«

Ich wiegte den Kopf hin und her. »Ziemlich groß. Meine Mutter besitzt eine Villa in Hamburg, ein Mehrfamilienhaus in Elmshorn und fährt einen Mercedes Maybach.«

Holger stieß einen leisen Pfiff aus. »Okay, ich bin beeindruckt.«

»Bei unserer Ankunft in Greetsiel hat meine Mutter schnell gemerkt, dass es um die Finanzen ihrer Schwester nicht zum Besten steht«, erzählte ich. »Sie meinte, es wäre schäbig gewesen, nach so vielen Jahren zurückzukehren und ihrer Schwester sofort unter die Nase zu reiben, was sie aus ihrem Leben gemacht hat und wie erfolgreich sie ist. Sie hat gesagt, Ostfriesen hassen Angeberei und es liege nicht in ihrer Natur.«

»Ich heiße solche Schwindeleien zwar nicht gut, aber ich verstehe deine Mutter«, erwiderte er mit nachdenklicher Miene. »Helga schleppt viele Minderwertigkeitskomplexe mit sich herum – wegen ihres Mannes, von dem sie sich jahrzehntelang ausnutzen ließ, und der Schulden, die sie seinetwegen hat. Es hätte die Wiedersehensfreude womöglich etwas getrübt, wenn deine Mutter sofort mit der Wahrheit rausgerückt wäre.«

Ich war froh, dass er das genauso sah. Wenigstens in diesem Punkt schien meine Mutter richtiggelegen zu haben.

»Wir haben also eine große Firma«, fuhr ich fort und ignorierte mein schlechtes Gewissen, weil Holger gerade gesagt hatte, er heiße solche Schwindeleien nicht gut. Denn eine Verlobung zu verschweigen war eindeutig schlimmer, als berufliche Erfolge kleinzureden. »Meine Mutter ist jetzt in einem Alter, in dem sie sich Gedanken darum macht, wie es mit *Natürlich schön* weitergehen soll, wenn sie in Rente geht.«

»Natürlich schön?«

»So heißt unsere Firma«, erklärte ich. »Unsere Naturprodukte gibt es deutschlandweit in allen Drogerien und auch noch eine exklusive Linie für Parfümerien. Die Creme *Kräuterzauber* ist unser Kassenschlager.«

Er kratzte sich verlegen am Hals. »Noch nie gehört, tut mir leid. Ich interessiere mich nicht so brennend für Kosmetikartikel.«

Ich grinste. »Kein Problem!«

Ich ließ meinen Blick über die Bäume schweifen. Es war wirklich friedlich hier. Allerdings brauten sich am Himmel einige Wolken zusammen, und ich hoffte, das Wetter würde nicht wieder so schnell umschlagen wie gestern.

»Hast du dich eigentlich je gedrängt gefühlt, das Restaurant deiner Eltern zu übernehmen?«, fragte ich Holger.

»Gedrängt?« Er runzelte nachdenklich die Stirn. »Nein, eigentlich nicht. Mein Vater hat mich sogar davor gewarnt, weil es ein Beruf mit wenig Freizeit ist und das Familienleben unweigerlich darunter leidet. Bei uns hat es nur deshalb so gut funktioniert, weil meine Mutter im Restaurant mitgearbeitet hat und ich quasi zwischen den Kochtöpfen aufgewachsen bin.«

Bei der Vorstellung musste ich lächeln. Ich konnte mir gut vorstellen, wie er als kleiner Junge in der Küche herumgewuselt war, neugierig in die Töpfe gelugt und von den Desserts genascht hatte.

»Für mich stand außer Frage, dass ich das Restaurant übernehmen will, weil ich die Leidenschaft fürs Kochen von meinen Eltern geerbt habe. Wieso?«

Ich seufzte. »Meine Mutter hat immer von mir erwartet, dass ich irgendwann die Firma leite. Ein anderer Beruf stand nie ernsthaft zur Debatte.«

Wenn ich jetzt daran zurückdachte, wie ich mich mit diesem langweiligen BWL-Studium gequält hatte, bildete sich ein Knoten in meinem Magen.

»Natürlich war es vernünftig und naheliegend, diesen Weg einzuschlagen«, räumte ich ein. »Aber im Grunde habe ich einfach das gemacht, was meine Mutter wollte. Heute hat sie mir jedoch gesagt, dass sie mich nicht für fähig hält, ihre Firma zu übernehmen.« Bitterkeit mischte sich in meinen Tonfall. »Wie sich gezeigt hat, bin ich für eine Chefin nämlich viel zu nett, habe keine ehrgeizigen Zukunftspläne für die Firma und zeige grundsätzlich zu wenig Arbeitsengagement, weil ich mich zu sehr fürs Kochen interessiere.«

Ich schüttelte den Kopf und sah auf meine ineinander verknoteten Finger hinab, die in meinem Schoß lagen. »Ihr zuliebe habe ich mein Leben auf diese Firma ausgerichtet, aber offenbar bin ich jetzt nicht mehr gut genug«, erzählte ich mit erstickter Stimme. »Ich komme mir so dumm vor. Als wäre ich nur eine Marionette. Eine Schachfigur, die man nach Belieben hin und her schieben kann.«

Das betraf nicht nur die Firmenleitung, sondern auch die von meiner Mutter initiierte Verlobung mit Erik.

Mit Tränen in den Augen sah ich zu Holger. »Das ist doch nicht fair, oder?«

»Nein, ist es nicht.« Seine Hand löste meine verkrampften Finger voneinander und hielt sie fest. »Aber falls dich das tröstet: Ich finde die Charakterzüge, die dich zu einer schlechten Chefin machen, sympathisch.«

Ich schniefte und lachte gleichzeitig.

»Davon abgesehen sind die wenigsten zum Chef geboren. Das ist eine Rolle, in die man hineinwachsen muss. Mir erging es nicht anders, als ich das Restaurant übernommen habe. Das klappt auch bei dir mit der Zeit!«

Ich schüttelte den Kopf. »Nein, sie hat recht! Ich werde schon allein deshalb keine gute Chefin sein, weil ich die Firma nicht so liebe, wie meine Mutter es tut«, gestand ich ihm. »Es ist nur langweilige Büroarbeit, Sitzungen zum Thema Gewinnoptimierung und Kundenbindung, Bankgespräche oder Verhandlungen mit neuen Vertriebspartnern. Wir könnten auch Dübel oder Landmaschinen vertreiben, das würde keinen großen Unterschied machen. Und eigentlich wusste ich von Anfang an, dass die Firma nicht das Richtige für mich ist. Ich habe mir immer einen Beruf gewünscht, in dem ich körperlich aktiv sein kann, mit Menschen zu tun habe und das Ergebnis meiner Arbeit Tag für Tag vor Augen habe. Hätte ich keine Ausbildung zur Köchin gemacht, dann wäre ich vielleicht Lehrerin oder Hebamme geworden.« Ich holte scharf Luft. »Deshalb bin ich sauer auf mich selbst. Hätte ich damals nur nicht auf meinen Verstand gehört, sondern auf mein Herz!«

Ich hielt kurz inne und runzelte nachdenklich die Stirn.

»Aber vielleicht habe ich damals auch auf mein Herz gehört«, murmelte ich, »es hat mir nur die falsche Richtung gewiesen.«

Holger rückte näher an mich heran. Seine Nähe war tröstend und aufregend zugleich. Denn dort, wo sich unsere Schultern und unsere Knie berührten, spürte ich ein angenehmes Kribbeln.

»Was meinst du damit? Wieso hat dir dein Herz die falsche Richtung gewiesen?«

Ich zögerte und beobachtete ein Paar, das den Park passierte. Der Mann lachte über etwas, das die Frau gesagt hatte, und die beiden wirkten sehr vertraut miteinander. Holger und ich dagegen kannten uns noch nicht lange, und obwohl ich spürte, dass ich ihm vertrauen konnte, war dies keine Geschichte, die man beiläufig erzählte. Der Vorfall lag schon viele Jahre zurück, aber ich war bis heute von ihm gezeichnet.

»Wie lange hast du Zeit?«, witzelte ich mit schiefem Lächeln. »Denn dazu müsste ich etwas weiter ausholen, und ich will dich nicht langweilen.«

»Du könntest mich niemals langweilen«, erwiderte er mit einer Ernsthaftigkeit, die mir eine Gänsehaut bescherte. »Du bist die interessanteste, hilfsbereiteste und liebenswerteste Frau, die mir seit Langem begegnet ist. Schon in dem Augenblick, als du dein Autofenster runtergelassen und dich zu mir rausgebeugt hast, war ich fasziniert. Dein Lächeln und die Wärme in deinen Augen haben mich umgehauen. Aber wenn dir ein Thema unangenehm ist, musst du es mir nicht erzählen! Ich akzeptiere jede Grenze.«

Holgers Worte klangen in mir nach, und ein warmes Gefühl breitete sich in meiner Brust aus. Gerne hätte ich ihm ebenfalls gestanden, dass er mir nicht mehr aus dem Kopf ging und ich am liebsten jede freie Minute mit ihm verbracht hätte. Aber wenn es darum ging, mein Innerstes zu offenbaren, hatte meine Mutter wohl schon zu sehr auf mich abgefärbt. Es fühlte sich an, als hätte ich einen Knoten in der Zunge.

Das Einzige, was ich in diesem Moment tun konnte, war wohl, ihm wenigstens mein Vertrauen zu schenken.

Kapitel 18

Luisa würde nicht glauben, wie unangepasst und disziplinlos ich vor ihrer Geburt war. Wahrscheinlich würde niemand die heutige Geschäftsfrau Marianne Steinbeck mit der jungen Frau von damals in Verbindung bringen. Da ich nicht sonderlich stolz auf meine Vergangenheit bin, habe ich meiner Tochter die damaligen Ereignisse wohl ziemlich geschönt und nur bruchstückhaft erzählt.

Ihr Vater Jo tingelte mit seiner Band durchs Land, und ich war an seiner Seite – als Freundin, Groupie und Mädchen für alles.

Er träumte von dem großen Durchbruch, von Erfolg, Ruhm und Reichtum. Dafür lebte und atmete er. Die Realität sah leider anders aus: Die Auftritte waren schlecht bezahlt und die Zuhörer nur semibegeistert. Während ich in den Absteigen und Kaschemmen kellnerte und etwas Geld verdiente, bekam die Band als Bezahlung oft nur ein warmes Essen und kostenlose Getränke.

Als ich schließlich schwanger wurde, war es für uns ein Schock. Während Jo sofort für eine Abtreibung plädierte, fiel mir die Entscheidung schwer. Alles in mir sträubte sich dagegen, dieses kleine Wesen, das in mir heranwuchs, wegmachen zu lassen. Ich erkannte, dass ich von dem unsteten Leben, dem Alkohol und den billigen Absteigen endgültig genug hatte. Ich sehnte mich nach Beständigkeit, nach einem Zuhause, nach Liebe. Rückblickend betrachtet war diese Schwangerschaft der Wendepunkt in meinem Leben und meine Rettung. Keine Ahnung, wo ich sonst gelandet wäre. Irgendwie brachte ich Jo dazu, Verantwortung zu übernehmen, und wir heirateten in einem kleinen Standesamt, ohne viel Aufwand und ohne jedwede Romantik. Wir haben an jenem Tag wohl einen recht traurigen Anblick geboten: ein abgerissenes Paar in Alltagsklamotten, die Braut unübersehbar schwanger und der Bräutigam mit höchst widerwilliger Miene. Ich ahnte schon damals, dass ein Typ wie er nicht für die Ehe geschaffen war. Aber wenn man sich etwas von ganzem Herzen wünscht, wird man zu einem Meister darin, sich selbst etwas vorzumachen: Die glaubhaftesten Lügen sind immer noch die, die man sich selbst erzählt.

Eintrag aus Mariannes »Buch der Erinnerungen«

*

Die Geschichte meiner Narbe zu erzählen war nicht einfach für mich. Verstohlen lehnte ich mich noch etwas mehr an Holger, weil seine Nähe mir Kraft gab.

»Damals hatten wir noch keine Firma, und da meine Mutter als Alleinerziehende immer auf der Suche nach besseren Jobs war, mussten wir oft umziehen«, begann ich. »Für mich bedeutete das ständig neue Kindergärten, neue Schulen, neue Freunde. Meine Mutter war der einzige Fixpunkt in meinem Leben. Trotzdem war ich ein sehr aufgewecktes Kind. Ein kleiner Wirbelwind, immer in Bewegung.« Ich holte tief Luft. »Schließlich lernte meine Mutter Helmut kennen. Er besaß ein Autohaus, hatte jede Menge Geld, und sie war von seiner weltmännischen Art begeistert. Was sie jedoch nicht wusste: Helmut hasste Kinder. Er nahm mich wohl nur zähneknirschend in Kauf, weil er von meiner Mutter so angetan war: Sie war eine hochgewachsene blonde Schönheit, hatte Temperament und bewunderte ihn.

Meine Mutter dagegen träumte von einer besseren Zukunft und malte sich aus, wie wir schon bald als Familie zusammen in einer schicken Villa leben würden.«

Holger sah mich mit verständnisvoller Miene an. »Für eine Alleinerziehende, die sich und ihre Tochter kaum über Wasser halten konnte, muss sich ein so wohlhabender Mann wie ein Sechser im Lotto angefühlt haben.«

Ich nickte. »Helmut nahm immer mehr an unserem Leben teil, und meine Mutter bat ihn, mich von der Grundschule abzuholen oder abends auf mich aufzupassen, wenn sie länger arbeiten musste oder auf einem Elternabend war. In den Augenblicken zeigte er sein wahres Gesicht. Egal, wie sehr ich mich auch anstrengte, allein mit meiner Anwesenheit habe ich Helmuts Geduld überstrapaziert.«

Ich zog eine Grimasse. Als kleines Mädchen hatte ich geglaubt, sein abweisendes Verhalten wäre meine Schuld und ich wäre einfach nicht liebenswert genug. Erst viel später erkannte ich, dass ich nichts hätte anders tun können.

»Und wie hat er sich dann verhalten?«, fragte Holger, und Sorge schwang in seiner Stimme mit.

Ich seufzte. »Wenn er mich abholen sollte, kam er zu spät oder überhaupt nicht«, erzählte ich. »Daheim befahl er mir, auf meinem Zimmer zu bleiben und keinen Mucks von mir zu geben. Selbst wenn ich nur mal schnell auf die Toilette huschte, schrie er mich schon an. Er drohte damit, meinem Lieblingsstofftier Wuschel den Kopf abzureißen, falls ich ihn bei meiner Mutter verpetzen würde. Womöglich wäre er dann so wütend, dass er auch ihr wehtun müsste – und das würde ich doch nicht wollen …«

»So ein Mistkerl!«, entfuhr es Holger wütend. »Tut mir leid, aber Typen, die kleine Kinder manipulieren und einschüchtern, machen mich echt sauer.«

»Schon okay!«, erwiderte ich mit einem traurigen Lächeln. »Ich wurde immer stiller und aß kaum noch etwas. Unbewusst versuchte ich wohl, mich unsichtbar zu machen – genauso, wie Helmut es wollte. Meine Mutter merkte zwar, dass etwas nicht mit mir stimmte, aber ich war schon zu eingeschüchtert, um mich ihr anzuvertrauen.«

Rückblickend wäre die Lösung so einfach gewesen: Ich hätte nur mit jemandem darüber reden und von Helmuts Grausamkeiten erzählen müssen. Aber für mich als Kind war die Situation damals verworren und aussichtslos. Helmut war ein Erwachsener – und ich hatte ihm seine Lügen geglaubt, ohne sie zu hinterfragen.

»Einmal hatte ich meine Schulsachen im Wohnzimmer liegen lassen. Das hat ihn so zornig gemacht, dass er mich geschlagen hat. Es ging so schnell, dass ich keine Zeit hatte, mich zur Seite zu drehen. Durch die Wucht der Ohrfeige fiel ich in den Glastisch vor dem Sofa.«

Bilderfetzen überfluteten mein Gehirn. Helmuts große Hand, die auf mich zuraste. Das Zimmer, das sich vor meinen Augen drehte, als mein Kopf zur Seite flog. Die spiegelnde Oberfläche des Tisches, die immer näher kam. Zersplitterndes Glas und ein scharfer, brennender Schmerz in meinem Gesicht, hundert Mal schlimmer als Helmuts gepfefferte Ohrfeige.

Holgers Berührung holte mich zurück in die Realität. Er streichelte sanft meinen Handrücken.

»Es tut mir leid, dass du so was erleben musstest.« In seinem Blick lagen Mitgefühl und Bedauern. »Was geschah danach? Warst du schwer verletzt?«

»Da ich keine Zeit hatte, mich abzufangen, hat es mir immerhin nicht Hände, Sehnen, Muskeln oder Adern zerschnitten. Für mein restliches Leben hätte das wohl dramatischere Folgen gehabt. Aber ich hatte tiefe Schnitte im Gesicht.«

Ich starrte angestrengt auf die dunklen Wolkenberge über uns, weil ich nicht wissen wollte, ob Holgers Augen gerade zur Narbe auf meiner Wange wanderten. Seit wir in Greetsiel angekommen waren, hatte ich kaum noch Make-up aufgelegt und auch keinen Concealer benutzt. Natürlich hätte ich mich im nächsten Laden mit Ersatzprodukten eindecken können, aber es war mir nicht so wichtig vorgekommen. Denn ich hatte in den vergangenen Tagen lernen müssen, dass es im Leben wesentlich bedeutendere Dinge als äußere Makel gab. Davon abgesehen wollte ich mich nicht länger verstecken. Seit ich weg von Hamburg und der Firma war, fühlte ich mich freier und mehr wie ich selbst.

»Helmut fuhr mich ins Krankenhaus«, berichtete ich weiter. »Auf dem Weg dorthin machte er mir klar, dass der Unfall allein meine Schuld gewesen sei. Wenn meine Mutter herausfinden würde, dass ich ihn mit meiner Schlampigkeit derart gereizt hatte, wäre sie furchtbar enttäuscht von mir. Sie hätte ihm ohnehin schon oft gesagt, dass ich eine Last für sie wäre – und er könnte sich gut vorstellen, dass sie mich nun endgültig weggeben würde.«

Holger runzelte die Stirn. »Das hast du ihm geglaubt?«

Ich lachte bitter. »Ich war erst sieben Jahre alt! Außerdem hatte er damit einen wunden Punkt getroffen. Meine Mutter ist kein sonderlich emotionaler Typ, und abgesehen von ein paar netten Kosenamen, die sie mir gegeben hat, konnte sie mir nie wirklich ihre Liebe zeigen. Wie ich da so blutend mit einem Geschirrtuch auf der Wange in Helmuts schickem Auto saß, konnte ich mir leider nur zu gut vorstellen, dass sie mich weggab, weil ich ihrem Glück im Weg stand. Damit sie mit ihrem zukünftigen Verlobten ungestört in die schöne Villa ziehen konnte.«

Ich hob die Schultern. »Also habe ich allen erzählt, dass ich gestolpert und in den Tisch gefallen wäre – genau so, wie Helmut es mir eingebläut hatte. Und dann …«, ich seufzte, »habe ich aufgehört zu sprechen und zu essen. Die Ärzte meinten zuerst, es läge am Schock und der Verletzung. Aber die eigentliche Wunde lag viel tiefer.«

Holger löste unsere Finger voneinander und schob mich von sich. War er etwa genervt? Wurde ihm das alles zu viel? Doch dann legte er auch schon den Arm um mich herum und fasste mich an der Schulter, um mich an sich zu ziehen. Seine Umarmung hatte nichts Aufdringliches an sich und vermittelte mir nichts außer Zuneigung und Wärme. Genau das, was ich im Augenblick brauchte! In leichten Kreisen strichen seine Fingerspitzen über meinen Oberarm, und ich wurde eingehüllt von seinem Duft. Sein T-Shirt roch nach Waschmittel, sein Duschgel hatte eine männliche, holzige Note, und ich nahm einen Hauch von gebratener Butter und Kräutern wahr. Wahrscheinlich, weil er vorhin gekocht hatte. Ich liebte seinen Geruch.

»Wie ging es weiter?«

»Es waren eigentlich nur fünf Tage, in denen ich mich von der Außenwelt abgeschottet hatte. Die meiste Zeit über fühlte ich mich leer, wie ausgehöhlt. Doch es gab auch diese schreckliche Einsamkeit, die mich immer wieder überfiel. Ich fühlte mich so allein, als hätte ich niemanden auf der ganzen Welt. Doch schließlich drang wieder etwas zu mir durch …«

Ich runzelte die Stirn, denn bis heute konnte ich nicht genau sagen, was der Auslöser gewesen war. Ich wurde einfach zurück in die Realität katapultiert, als hätte sich ein Schalter umgelegt. Mit einem Mal spürte ich wieder den Verband an meiner Wange, den Schmerz, den nagenden Hunger, die Kraftlosigkeit meines Körpers und neben mir mein Lieblingsstofftier, das meine Mutter mir ins Krankenhaus gebracht hatte. Und noch etwas anderes war plötzlich da: Wut.

»Vor meinem Krankenhausbett saß eine Psychologin, die mich mit einfühlsamen Fragen bombardierte, davor stand meine Mutter, die völlig aufgelöst war, und neben ihr Helmut, der sie hingebungsvoll tröstete.« Ich schnaubte. »Er spielte seine Rolle perfekt. Man hätte wirklich glauben können, dass er sich aufrichtig um mich sorgte. Mir wurde speiübel, und ich wusste, ich würde an der Wahrheit ersticken, wenn ich sie weiter verheimlichte. Selbst, wenn meine Mutter mich dann ins Heim stecken würde … Alles war besser, als weiter zu schweigen! Und so sprudelte alles aus mir heraus. Während meine Mutter leichenblass wurde und irgendwann Helmuts Hand von ihrer Schulter schlug, sah ich den Ärger in seinem Gesicht aufflammen. Aber das konnte mich nicht mehr bremsen. Mit jedem weiteren Wort befreite ich mich von der Angst, die mich so lange gefangen gehalten hatte.« Meine Hand ballte sich zur Faust, als ich an Helmuts gespielt schockierte Miene zurückdachte. »Natürlich beteuerte er seine Unschuld und wollte mich als Lügnerin darstellen, aber meine Mutter schmiss ihn kurzerhand aus dem Zimmer. Sie glaubte mir, ohne Wenn und Aber.«

»Zum Glück!«, entfuhr es Holger erleichtert.

»Sie umarmte mich und versprach mir, dass so etwas nie wieder vorkommen würde. Tatsächlich sah ich Helmut an jenem Tag zum letzten Mal, und sie hat ihn auch nie mehr erwähnt. Als hätte es ihn und die Ohrfeige niemals gegeben.«

An Holgers gerunzelter Stirn erkannte ich, dass das nicht unbedingt das gewesen war, was er sich für mich gewünscht hätte.

»Aber diese Geschichte hat mich geprägt und wohl auch meine Berufswahl beeinflusst«, fuhr ich fort. »Dieses schreckliche Gefühl der Einsamkeit hat sich tief in meine Seele eingebrannt. Wahrscheinlich war ich deshalb stets brav und fügsam, selbst als Teenager habe ich nicht rebelliert. Immer wollte ich nur meine Mutter zufriedenstellen. Und aus dem Grund habe ich mich nach der Schule auch für ein BWL-Studium entschieden, obwohl ich gern etwas anderes gemacht hätte.«

Holger legte seine Finger unter mein Kinn und hielt meinen Blick fest. »Jetzt bist du nicht mehr allein.«

Meinte er damit Helga, Björn und Merle? Oder sich selbst? Dass ich ab sofort eine Familie hatte, war noch so neu für mich, dass ich es bisher nur auf rationaler Ebene erfassen konnte – emotional hinkte ich in diesem Punkt noch gewaltig hinterher. Was genau zwischen Holger und mir ablief, war jedoch noch viel weniger greifbar.

»Ich schätze, mittlerweile habe ich das Ganze überwunden. Vergessen kann ich es leider nicht, allein schon wegen der Narbe.« Mit einer Grimasse deutete ich auf mein Gesicht.

Er hob die Brauen. »Was für eine Narbe?«

Seine Reaktion war so absurd, dass ich lachen musste.

Ich verdrehte die Augen und strich meine Haare zurück. »Diese Narbe!«

Mit zusammengekniffenen Augen beugte er sich näher zu mir. Sein warmer Atem strich über meinen Hals.

»Ach, du meinst diesen kleinen Kratzer an deiner Wange?« Er winkte ab. »Pah, das ist doch keine Narbe! Ich zeig dir mal was … Hier, das ist eine Narbe!«

Er lehnte sich zurück und zog sein T-Shirt in die Höhe. Im ersten Augenblick glotzte ich nur überrascht seinen durchtrainierten Oberkörper an. Erst dann registrierte mein Hirn die etwa zwanzig Zentimeter lange Brandnarbe, die über seine linke Seite verlief. Sie begann auf Brusthöhe und zog sich hinunter bis zum Bauch. Die Haut war stellenweise gerötet, und das verästelte, teilweise wulstige Narbengewebe schien eine Art dreidimensionale Landkarte abzubilden. Leider hatte er recht: Im Vergleich zu ihm war meine Narbe nur ein kleiner Kratzer. Und ich hatte geglaubt, er mache nur einen Witz!

»Ach du meine Güte!«, entfuhr es mir erschrocken. »Das muss ja höllisch wehgetan haben.«

»Yep, das hat es«, gab er unumwunden zu.

Obwohl ich es hasste, wenn die Leute auf meine Narbe starrten, tat ich bei ihm jetzt das Gleiche. Allerdings nicht aus Ekel oder einer morbiden Faszination, sondern weil es mich so betroffen machte.

»Wie ist es passiert?«

Er seufzte. »Ich habe dir doch vorhin erzählt, dass ich als Kind in der Restaurantküche zwischen den Kochtöpfen großgeworden bin. Obwohl mich meine Eltern immer wieder ermahnt haben, dass die Küche kein Spielplatz ist, wollte ich nicht hören.« Er zuckte bedauernd mit den Schultern. »Mit zehn Jahren bin ich blindlings in meinen Vater hineingerannt, der gerade einen Topf in der Hand hielt. Er hat blitzschnell reagiert und wollte mich sogar noch beiseiteschieben. Das kochende Wasser hat ihm seine Hand verbrannt. Seither hat er Probleme, sie zu bewegen, und muss sie ständig eincremen.«

Schuldgefühle zeichneten sich auf seinem Gesicht ab.

»Das tut mir so leid für euch!«, sagte ich mitfühlend.

Seine Hand, die das T-Shirt hochhielt, senkte sich ein wenig, sodass der Großteil seines Oberkörpers wieder bedeckt war. Ich hätte niemals erwartet, dass ein Typ wie er, der so viel Männlichkeit und Selbstsicherheit ausstrahlte, vom Schicksal derart gezeichnet war.

»Es war ein dummer Unfall. Ich war dumm. Aber ich habe meine Lektion gelernt.« Er stieß die Luft aus. »Seither spiele ich mit Björn nur noch ganz selten Fangen in der Küche.«

Trotz seines Scherzes blieb ich ernst. »Du warst nicht dumm«, widersprach ich. »Du warst ein Kind.«

Obwohl ich mehr Feingefühl an den Tag hätte legen müssen, bewegte sich meine Hand wie von selbst auf den noch sichtbaren

Teil seiner Narbe zu. Erst als meine Fingerspitzen nur noch wenige Zentimeter entfernt waren, konnte ich mich bremsen. Als ich peinlich berührt aufsah, lag Holgers Blick auf mir.

»Es ist in Ordnung«, beruhigte er mich.

Er führte meine Finger an die Brandnarbe, und so leicht wie möglich strich ich darüber. An den Stellen, an denen sich die Haut zusammengezogen hatte, fühlte sie sich hart an, während die Zwischenräume ungewöhnlich glatt waren.

»Tut es noch weh?«

»Manchmal«, gab er zu. »Es gibt Tage, da ist es schlimmer. So eine Art Wetterfühligkeit. Ansonsten ist der Bereich eher taub, aber zugleich auch hypersensibel. Das klingt verrückt, oder?«

»Nein, ich versteh das.«

Erst jetzt wurde mir bewusst, dass ich Holger auf recht intime Weise berührte. Immerhin befand sich meine Hand gerade auf Höhe seines Bauchnabels, und ich hätte nur den Daumen ausstrecken müssen, um die feinen Härchen bis zu seinem Hosenbund hinunterzufahren. Allein der Gedanke reichte aus, um meinen Puls in die Höhe zu treiben. Holger schien gerade Ähnliches durch den Kopf zu gehen, denn seine Muskeln spannten sich unter meinen Fingerspitzen spürbar an. Um der Versuchung zu widerstehen, biss ich mir fest auf die Unterlippe.

Wie ein mahnender Fingerzeig von oben klatschte in diesem Augenblick ein kalter Tropfen auf meine Stirn. Ich legte den Kopf in den Nacken. Über uns türmten sich dunkle Regenwolken auf, und es würde nicht mehr lange dauern, bis es richtig schüttete. Auf den Straßen war niemand mehr zu sehen.

»Wir sollten besser ins Restaurant zurückgehen«, sagte ich bedauernd.

»Moment noch!«, bremste mich Holger und hob den Zeigefinger. »Wir sind noch nicht fertig. Quid pro quo. Du hast meine Narbe angefasst, dann darf ich auch deine berühren.«

Seine Worte entlockten mir ein Schmunzeln. »Weißt du, wie verrückt das klingt? Als ob wir zwei Freaks wären.«

»Ja, vielleicht.« Er grinste. »Aber auf eine gute Art und Weise. Wir sind einfach außergewöhnlich und einmalig. Davon abgesehen führen wir nur eine Tradition fort.«

Fragend schaute ich ihn an.

»Na, die Schrammen an unseren Zeigefingern vom Schnippeln!«, erklärte er. »Die haben wir uns schon an unserem ersten Abend gezeigt.«

Ich lachte. »Stimmt! In Zukunft sollten wir wohl besser auf unsere Körper achtgeben.«

Er hob die Hand und strich mir die Haare hinters Ohr. »Oder wir geben einfach aufeinander acht«, sagte er mit rauer Stimme.

Er begann, mit den Fingerspitzen den Verlauf meiner Narbe zärtlich nachzufahren. Ich hielt den Atem an. Die Regentropfen wurden immer mehr, aber das war mir gleichgültig. Zum ersten Mal genoss ich es, dass diese Seite meines Gesichts berührt wurde. Ich wünschte, Holgers sanfte Finger würden all die Streicheleinheiten nachholen, die dieser Teil meines Körpers bisher entbehren musste.

»Ist das okay?«

»Ja«, hauchte ich.

»Man könnte den Verlauf deiner Narbe auch als eine Art Karte sehen, die einem den Weg weist …«

Er beugte sich zu mir, und als er die stumme Zustimmung in meinen Blick erkannte, legte er seine Lippen auf den Beginn der Narbe unter meinem Auge und fuhr sie sanft entlang bis zu meinem Ohr. Ich war voller Adrenalin und meine Haut so hypersensibel, dass ich eine Gänsehaut bekam, als sein Atem über mein Ohrläppchen strich. Er zog eine Spur aus federleichten Küssen entlang meines Wangenknochens, und als er im unversehrten Teil meines Gesichts angekommen war, folgte er weiter der unsichtbaren Linie, die ihn in qualvoller Langsamkeit meinen Lippen näher brachte.

Gleichzeitig wanderte seine Hand in meinen Nacken, und seine Finger vergruben sich in meinen Haaren. Fast hätte ich wohlig geseufzt. Endlich streifte er mit den Lippen meinen Mundwinkel. Sofort pochte mein Herz wie verrückt, und mein Körper spannte sich voller Erwartung an.

Er hielt jedoch für einen Moment inne, um mich anzusehen. Wir waren uns so nah, dass ich nur noch das Sturmgrau seiner Augen wahrnehmen konnte, das im Augenblick so tief und aufgewühlt wie die Nordsee zu sein schien. Die Welt um uns herum verschwamm, es gab nur noch uns beide, und sein Atem wurde zu meinem. Wir überbrückten gleichzeitig den Abstand zwischen uns, und unsere Lippen trafen sich. Der Kuss überschwemmte mich mit Gefühlen, die ich nie zuvor empfunden hatte. Er gab mir Wärme, Frieden, einen wundervollen Hauch von Glück – und gleichzeitig raubte er mir einen Teil meines Herzens.

Sacht knabberte ich an seiner Unterlippe, und ihm entwich ein leises Stöhnen, das ein verlangendes Prickeln durch meinen Körper sandte. Seine Hände umfassten mein Gesicht, und sobald seine Zunge über meine streifte, strömte Hitze durch meine Adern, und meine Finger gruben sich in den Stoff seines T-Shirts. Seine Küsse waren verführerisch, liebevoll und zugleich verspielt. Mit dem für ihn typischen Selbstbewusstsein lockte und neckte er mich, nur um mir einen Atemzug später sein eigenes Verlangen zu zeigen und mich leidenschaftlich in Besitz zu nehmen. Damit trieb er mich fast in den Wahnsinn, und es hätte nicht viel gefehlt, dass ich mich mitten im Park auf seinen Schoß gesetzt hätte. Holgers Küsse schmeckten süß, unwiderstehlich, und ich konnte davon nicht genug bekommen. Sie waren besser als jedes Gericht, von dem ich je gekostet hatte.

Rastlos glitten meine Hände über sein feuchtes T-Shirt und seinen Nacken hinauf. Meine Fingerspitzen gruben sich in sein nasses Haar, um ihn noch näher an mich zu ziehen. Moment mal … Wieso waren seine Haare nass?

Schwer atmend lösten wir uns voneinander, und erst jetzt merkte ich, dass es mittlerweile schüttete wie aus Kübeln. Ich hatte die Realität offenbar völlig ausgeblendet. Auch meine Kleidung klebte schon klamm am Körper.

»Das ist ja verrückt! Es regnet«, entfuhr es mir.

»Nun ja, das kommt in Ostfriesland recht häufig vor«, bemerkte Holger schmunzelnd und legte seine nasse Stirn an meine.

Ich schloss genießerisch die Augen. Der Nachhall unseres Kusses durchströmte meinen Körper wie ein machtvolles Flüstern. Er hatte mich entflammt und sich in meine Seele gebrannt. Vor allen Dingen wollte ich noch viel mehr davon! Gerade als ich mich seinen Lippen wieder nähern wollte, bremste er mich.

»Wir sollten es vielleicht langsam angehen lassen und nichts überstürzen«, sagte er mit heiserer Stimme. »Es wäre schöner, wenn wir das hier auskosten und genießen. Ich möchte dich noch besser kennenlernen und alles über dich erfahren. Aber wenn wir jetzt weitermachen, kann ich für nichts garantieren.« Er lachte leise. »Ich bin auch nur ein Mann.«

»Mhm«, brummte ich unzufrieden.

Auskosten und genießen klang theoretisch gut. Der Vorschlag sprach eindeutig für Holger und seine Absichten. Nur leider mangelte es mir des Öfteren an Geduld und Selbstdisziplin. Ich gehörte zu den Menschen, die sich eine Tafel Schokolade mit dem festen Vorsatz kaufen, sie sich über die Woche aufzuteilen – nur um sie dann sofort am ersten Abend vollständig zu verputzen. Deshalb hätte ich auch nur allzu gern einfach weitergemacht. Eriks Küsse hatten kein einziges Mal so ein Feuer in mir entfacht. Ach du lieber Himmel, *Erik*!

Der Gedanke an meinen Verlobten kühlte mich schneller ab als der norddeutsche Regen. Obwohl ich gerade mit einem anderen Mann herumgeknutscht hatte, hielt sich mein schlechtes Gewissen ihm gegenüber in Grenzen. Nach dem Geständnis meiner Mutter hatte sich meine Vermutung verstärkt, dass Erik sicherlich nicht in glühender Liebe für mich entflammt war. Bei Holger sah die Sache jedoch anders aus. Er empfand etwas für mich, und was ich hier tat, war einfach nicht richtig. Aber jetzt war es zu spät, um mit der Wahrheit herauszurücken. Das Zeitfenster hatte sich mit dem Kuss leider geschlossen. Verdammt! Ich brauchte dringend eine Idee, wie ich die Situation ohne viel Aufhebens klären konnte. Mit anderen Worten: Ich setzte meine Hoffnungen auf einen genialen, wenn auch unwahrscheinlichen Geistesblitz.

Ich bemühte mich um ein zwangloses Lächeln. »Okay, einverstanden, lassen wir es langsam angehen!«

Kapitel 19

Noch vor Luisas Geburt ließ Jo mich in der Sozialwohnung sitzen, die wir in der Zwischenzeit bezogen hatten. Angeblich hielt er es keine Sekunde länger aus, an meiner Seite den Ehemann und zukünftigen Familienvater zu spielen, während da draußen seine Träume auf ihn warteten. Nur weil ich zu gefühlsduselig für eine Abtreibung gewesen war, würde er sich von mir nicht ein Leben aufzwingen lassen, das er schon jetzt abgrundtief hasste.

Ich hatte erwartet, dass mich das Ende unserer Beziehung mehr schmerzen würde. Ich war enttäuscht von Jo und fühlte mich im Stich gelassen, aber ich ertrank nicht in Tränen. Konnte ich überhaupt noch wahrhaftig lieben? Hatten meine Mutter, mein Außenseiterdasein im Dorf, Hajos Selbstmord und der Streit mit Helga vielleicht dazu geführt, dass mein Herz zu Eis erstarrt war?

Doch solche Fragen waren müßig, denn als zukünftige Mutter musste ich mir über wichtigere Dinge den Kopf zerbrechen: Schon bald hätte ich Verantwortung zu tragen, müsste mich um ein Kind kümmern, es ernähren, erziehen und für seine Zukunft sorgen. Mehr als einmal spielte ich mit dem Gedanken, nach Greetsiel zu Helga zurückzukehren. Mit ihr an meiner Seite schien der Gedanke, ein Kind großzuziehen, weitaus weniger beängstigend. Aber mein Stolz war zu groß, und ich brachte es nicht über mich, schwanger und mittellos als genau die gescheiterte Existenz zurückzukehren, die meine Mutter immer in mir gesehen hatte.

Manchmal waren meine Zukunftsängste allerdings so übermächtig, dass ich mir überlegte, das Baby nach der Geburt wegzugeben. Was hatte ich einem Kind denn schon zu bieten? Wäre es in einer intakten Familie nicht besser aufgehoben? In einem Anfall von Verantwortungsbewusstsein ging ich zum Jugendamt und informierte mich über die Möglichkeiten einer Adoption. Aber am Ende siegte mein Egoismus: Ich wollte mein Kind behalten, und jede Faser meines Körpers sträubte sich dagegen, es in fremde Hände zu geben und einem ungewissen Schicksal zu überlassen.

Eintrag aus Mariannes »Buch der Erinnerungen«

*

Drei Tage später fuhren Merle und ich am späten Vormittag zusammen nach Norddeich. Bei strahlendem Sonnenschein mieteten wir uns einen Strandkorb, um dort einen herrlich entspannten Tag zu verbringen. Der Uferbereich war schön angelegt: Es gab mit Strandhafer bewachsene Dünen, feinkörnigen Sandstrand, einen Kinderspielplatz, die Uferpromenade lud zum Flanieren ein, und durch Stufen, die zum Meer hinabführten, konnte man leicht ins Wasser gelangen. Fröhliches Stimmengewirr umgab uns, und einige Wagemutige zog es auch schon zu dieser frühen Tageszeit zum Schwimmen in die Nordsee. Fröstelnd beobachtete ich, wie ihre Köpfe über den Wellen tanzten. Ich hatte es selbst im Strandkorb nur eine Viertelstunde im Bikini ausgehalten, danach hatte ich mir aufgrund einer hartnäckigen Gänsehaut wieder mein T-Shirt übergezogen. Merle war da weitaus abgehärteter als ich. In einem schicken hellblauen Sportbikini präsentierte sie ihren durchtrainierten Bauch, ihre Haut war leicht gebräunt, die blonden Haare trug sie offen, und eine schicke Sonnenbrille vervollständigte ihr Outfit. Ihr herzförmiges Muttermal auf der Wange verlieh ihr dabei das gewisse Etwas. Es wunderte mich nicht, dass schon mehrere Typen sie verstohlen beobachtet hatten.

»Ist es bald Zeit fürs Mittagessen?«, fragte sie nun zum dritten Mal. Begierig fuhr sie sich mit der Zunge über die Lippen. »Ich hab echt Kohldampf.«

Ich schüttelte grinsend den Kopf. Wir hatten im Vorfeld vereinbart, dass sie für die Getränke und ich für die Verpflegung zuständig war. Für unseren ersten gemeinsamen Ausflug hatte ich mir Mühe gegeben und einen leckeren Imbiss zubereitet. Ich hatte geröstete, mit Olivenöl und Knoblauch bestrichene Ciabattas liebevoll belegt – wahlweise mit honigglasiertem Schinken, Walnüssen, Cocktailtomaten und Rucola. Oder paniertem Ziegenkäse in einer Haselnusskruste mit Preiselbeeren und karamellisierten Birnenscheiben. Als Vorspeise hatte ich uns Antipasti gemacht: gegrillte Aubergine, Zucchini, Pilze, Schalotten und Paprika, gewürzt mit Oregano, Thymian, Rosmarin, Knoblauch und einem Schuss Balsamico. Als Merle vorhin neugierig den Deckel geöffnet hatte, war uns sofort der herrliche Duft von Urlaub und Italien in die Nase gestiegen. Seither konnte sie es kaum erwarten, sich auf das Essen zu stürzen.

»Es ist noch nicht mal zwölf Uhr«, entgegnete ich schmunzelnd. »Ein paar Minuten wirst du dich noch gedulden müssen.«

»Aber keine Sekunde länger! Ich bin Beamtin.« Sie hob mahnend den Zeigefinger. »Wir brauchen geregelte Essenszeiten, sonst werden wir mürrisch und unausstehlich.«

»Ist notiert.«

Sie stöhnte gequält. »Okay, dann warte ich jetzt auf dein Kommando!«

Seufzend lehnte sie sich zurück und ließ den Blick kritisch über die Strandbesucher schweifen. Wahrscheinlich scannte die

Polizistin in ihr die Umgebung nach potenziellen Dieben und Verbrechern ab. Ich trug währenddessen eine zweite Schicht Sonnencreme auf. Meine Haut war furchtbar empfindlich und neigte zu Rötungen und Trockenheit. Dass ich die letzten Tage weder eine Pflegecreme noch ein Serum benutzt hatte, schien sie mir zudem übel zu nehmen.

»Und, gefällt es dir in Ostfriesland?«, wollte Merle wissen. »Hast du dich schon mit deiner neuen Heimat angefreundet?«

»Selbstverständlich gefällt es mir! Hier gibt es viel Natur, das Meer, und mir sind schon viele herzliche und liebenswerte Menschen begegnet – was eigentlich seltsam ist, da Ostfriesen gemeinhin als eigenbrötlerisch und zurückhaltend verschrien sind.«

Sie ließ die Augenbrauen hüpfen. »Wir haben lange an diesem Ruf gearbeitet, um lästige Touristen abzuschrecken.«

Ich gab Merle die Sonnencreme zurück und machte es mir ebenfalls gemütlich. »Streng genommen ist es allerdings die Heimat meiner Mutter und nicht meine«, sagte ich. »Schließlich bin ich nicht hier geboren, und über die Bräuche und Traditionen der Gegend weiß ich so gut wie nichts.«

Sie schob sich die Sonnenbrille in die Haare und sah mich stirnrunzelnd an.

»Du bist genetisch eine halbe Ostfriesin«, entgegnete sie resolut. »Das ist Fakt! Und deshalb ist das auch deine Heimat. Dass du nicht hier aufgewachsen bist, ist völlig unerheblich. Und deinem fehlenden Grundwissen können wir beikommen.«

»Und wie willst du das anstellen?«

In ihre Augen trat ein begeistertes Funkeln. »Wir werden dir alles Wichtige beibringen: alles, was man in der Krummhörn gesehen haben muss, unsere Feste, die Traditionen und natürlich rudimentäre Plattdeutschkenntnisse.«

Auch wenn mich ihr Vorschlag rührte, erwiderte ich skeptisch ihren Blick. »Das klingt mir etwas zu anstrengend, Merle! Ich muss vormittags fast immer Homeoffice machen und arbeite abends bei Holger in der Küche. Willst du, dass ich nach meinem Urlaub an einem Burn-out-Syndrom leide?«

Sie winkte ab. »Ach, wir machen das ganz entspannt, ohne Stress! Außerdem haben wir Zeit. Ich hoffe doch, dass du uns ab jetzt regelmäßig besuchen kommst?«

Auf ihrem Gesicht zeigte sich ein Hauch von Unsicherheit. Bisher hatten wir nicht darüber gesprochen, wie es in Zukunft weitergehen sollte. Würden wir uns ab sofort wie eine richtige Familie verhalten? Und uns zu wichtigen Ereignissen wie Weihnachten und Geburtstagen treffen?

Ich lächelte. »Ich würde mich freuen, wenn wir regelmäßig Kontakt halten und uns besser kennenlernen.«

»Ich mich auch!« Sie atmete sichtlich auf. Dann klatschte sie in die Hände. »Gut, fangen wir an! Was weißt du über Ostfriesen?«

»Sie sind oft störrisch, haben eine ganz eigene Art von Humor«, zählte ich auf, »lieben ihre Heimat und haben komische Hobbys wie Schlickschlittenrennen oder Krabben pulen.«

Sie hob mit ernster Miene den Zeigefinger. »Vergiss das Deichschafwerfen nicht!«

Ich riss die Augen auf. »Ernsthaft? Ihr werft Schafe?«, fragte ich schockiert.

»Ja, aber nicht unter zwei Promille.« Sie kicherte, weil ich auf ihren kleinen Scherz hereingefallen war.

Ich stöhnte. »Womit das Vorurteil mit dem seltsamen Humor bewiesen wäre …«

Sie lachte. »Was weißt du sonst noch?«

»Die ostfriesischen Männer sind oft wortkarg und anfangs im Umgang etwas schwierig«, sagte ich und dachte dabei natürlich an Björn. »Aber wenn sie wollen, können sie auch sehr aufmerksam, kommunikativ und charmant sein. Dann kann man ihnen nur schwer widerstehen.«

An Merles süffisantem Grinsen erkannte ich, dass ich ihr damit das falsche Stichwort geliefert hatte.

»Und wen meinst du damit im Speziellen?«

Oh, Mist! Jetzt durfte ich mich nicht verraten. Holger und ich hatten beschlossen, die Sache zwischen uns nicht an die große Glocke zu hängen. In der Küche vermieden wir deshalb auch vertrauliche Berührungen oder gar Küsse, sobald Nadja oder Uschi in der Nähe waren.

Ich starrte angestrengt auf den Strandabschnitt vor uns und setzte mein bestes Pokerface auf. »Ich meinte niemand im Speziellen.«

Leider spürte ich den bohrenden Blick von Miss Marple alias Merle nach wie vor auf mir. »Du lügst!«, stellte sie nüchtern fest. »Bei deiner Ode an Ostfrieslands Männer hast du an Holger gedacht, oder?«

Ich richtete mich steif auf. »Oh guck mal, hat der Typ da vorne etwa gerade ein Handy geklaut?«, fragte ich mit ausgestrecktem Zeigefinger.

»Netter Versuch, Isa!« Sie lachte trocken. »Allerdings bin ich nicht im Dienst, und du bist eine ganz, ganz schlechte Schauspielerin. Also, was läuft da zwischen Holger und dir?«

Ich wandte mich zu ihr um. »Du kannst unausstehlich penetrant sein, weißt du das?«

Sie zuckte mit den Schultern. »Ich habe dich vorhin gewarnt: Hättest du mir etwas zu essen gegeben, würde ich jetzt satt und zufrieden neben dir liegen und dich in Ruhe lassen.«

Ich rang die Hände. »Ich dachte, du würdest übertreiben!«

Sie grinste. »Nein, das war mein voller Ernst. Ich habe heute Morgen nichts gefrühstückt und echt Kohldampf. Erste Lektion: Lass mich nicht hungern«, belehrte sie mich. »Zweite Lektion:

Wenn ich einmal eine Fährte aufgenommen habe, lasse ich nicht locker. Los, raus mir der Sprache!«

Ich gab auf. Merles Verhör würde sonst noch stundenlang weitergehen.

»Na schön«, sagte ich seufzend. »Wir haben uns geküsst. Bist du jetzt zufrieden?«

Anscheinend nicht, denn sie strahlte von einem Ohr zum anderen. Sie klatschte begeistert in die Hände. »Wie oft habt ihr euch geküsst? War es gut? Ist es bei einem Kuss geblieben?«

Das waren genau die Fragen, die mir auch Katja schon gestellt hatte. Nachdem ihr Schwangerschafts-Check-up bestens verlaufen war, hatte sie mit unverhohlenem Enthusiasmus den neusten Entwicklungen meines Liebeslebens gelauscht. Laut meiner Freundin waren meine täglichen Berichte spannender als sämtliche Daily Soaps im Vorabendprogramm, und sie verkündete, dass sie mir ab sofort für jeden Anruf freiwillig GEZ-Gebühren bezahlen würde. Daraufhin hatte ich ihr umgehend eine Rechnung geschrieben, angefangen beim Tag meiner unfreiwilligen Verlobung mit Erik. Bisher war jedoch noch kein Geld auf meinem Konto eingegangen.

Es machte mir allerdings nichts aus, nun auch Merle von Holger und mir zu erzählen, im Gegenteil. Am liebsten hätte ich über nichts anderes gesprochen. Seit Holger und ich uns vor drei Tagen geküsst hatten, schwebte ich wie auf Wolken. Meine Brust war erfüllt von einem warmen Glücksgefühl, ich konnte kaum noch an etwas anderes denken und schlief jeden Abend mit einem Lächeln im Gesicht ein.

»Wir haben uns mehr als einmal geküsst«, antwortete ich grinsend. »Und ja, es war gut. Sehr gut sogar. Aber wir wollen es langsam angehen lassen, deshalb sind wir noch nicht weitergegangen.«

In der Küche der *Häuptlingsstube* zu arbeiten hatte mir ohnehin schon Spaß gemacht, aber nun war ein weiteres Highlight hinzugekommen: mit Holger zu flirten, ihn verstohlen zu berühren und seine heimlichen Küsse zu genießen.

»Seid ihr jetzt zusammen?«

»Darüber haben wir noch nicht geredet«, gestand ich ihr verlegen. »Im Augenblick lassen wir es einfach laufen und schauen, wohin der Weg uns führt.«

Da ich noch die Sache mit Erik und der Verlobung zu klären hatte, war ich sogar erleichtert, dass Holger dieses Thema noch nicht angesprochen hatte. Im Gegensatz zu mir hatte er jedoch im Park offen über seine Gefühle für mich gesprochen, während ich mich ziemlich bedeckt gehalten hatte. Wenn also jemand von uns beiden eine gewisse Unsicherheit verspüren konnte, dann wohl Holger.

Merle runzelte die Stirn. »Das ist doch hoffentlich nicht nur ein Urlaubsflirt für dich? Um dir die Zeit in Greetsiel zu vertreiben?«, fragte sie misstrauisch. »Holger ist wie ein großer Bruder für mich, und ich will nicht, dass du ihm wehtust. Nicht, dass du ihn am Ende sitzenlässt und wieder zu diesem Arbeitskollegen zurückgehst, von dem du letztens gesprochen hast.«

Diese völlig abwegige Zukunftsvision entlockte mir ein Lachen.

»Um Himmels willen, nein!«, wehrte ich ab und holte tief Luft. »Aber du hast recht, der besagte Arbeitskollege hat etwas damit zu tun. Bevor ich etwas Neues beginnen kann, muss ich diese Geschichte erst abschließen. Es fühlt sich sonst einfach nicht richtig an. Vor allem …«, ich schluckte schwer und warf ihr einen beschämtem Seitenblick zu, »da ich Holger nichts davon erzählt habe. Ich wollte ihn damit nicht verprellen.«

Merle stöhnte auf. »Musstest du mir das sagen?«, entgegnete sie vorwurfsvoll. »Jetzt bin ich eine unfreiwillige Mitwisserin. Das ist echt unfair.«

»Tut mir leid!«, erwiderte ich ehrlich zerknirscht. »Daran habe ich nicht gedacht. Wenn du das Gefühl hast, du musst Holger davon erzählen, verstehe ich das. Ich bin nicht sauer, versprochen!«

Sie stöhnte erneut und massierte sich mit geschlossenen Augen die Stirn, sodass die Sonnenbrille auf ihrem Kopf in Schräglage geriet. Schließlich sah sie mich wieder an.

»Schwörst du, dass du mit diesem Typen in Hamburg fertig bist? Und dass Holger nicht nur ein Lückenbüßer für dich ist?«

Ich legte ihr die Hand auf den Arm. »Ich mag Holger«, versicherte ich ihr. »Sehr sogar. Auch wenn ich noch nicht weiß, wohin uns das bringen wird. Aber er ist weder ein Lückenbüßer noch ein unbedeutender Urlaubsflirt für mich.«

Sie musterte mich kritisch. Offenbar spürte sie meine Aufrichtigkeit, denn sie nickte beruhigt. »Okay, ich werde ihm nichts sagen.«

Ich atmete auf. Leider hatte ich noch eine weitere Bitte an sie.

»Könntest du die Sache zwischen Holger und mir erst mal für dich behalten? Vor allem sollte meine Mutter nichts davon erfahren. Meine Arbeit im Restaurant ist ihr sowieso ein Dorn im Auge. Offenbar sorgt sie sich, dass ich mein Leben und meinen Job in Hamburg vergessen könnte.«

Beim Stichwort Restaurant schaute Merle auf ihre Uhr. Wahrscheinlich zählte sie die Minuten, bis sie sich über unseren Imbiss hermachen konnte.

»Habt ihr deswegen Streit miteinander?«, wollte sie wissen. »Meine Mutter meinte, zwischen euch beiden herrsche dicke Luft.«

»Ja, das ist unter anderem ein Grund.«

Ich verzog das Gesicht, denn dieses Thema wirkte sich nicht gerade förderlich auf meine Stimmung aus. Verständlicherweise war ich noch immer sauer auf meine Mutter. Allerdings war ich stolz auf mich, weil ich die Situation wie eine Erwachsene gehandhabt hatte. Ich hatte weder beleidigt meine Koffer gepackt noch störrisch verkündet, ab sofort kein Wort mehr mit ihr zu reden. Nein, ich hatte ihr ruhig, aber kühl mitgeteilt, dass sie mir mit ihrem Verhalten sehr wehgetan hatte und ich Abstand von ihr brauchte – also erst mal keine gemeinsamen Ausflüge und Mittagessen mehr. Meine Mutter hatte meinen Wunsch mit kaum wahrnehmbarer Regung hingenommen und lediglich knapp genickt.

Ich hatte keinen Schimmer, ob sie meine verletzten Gefühle nachvollziehen konnte. Aber sie hielt sich konsequent an meine Bitte und sprach wirklich nur das Allernötigste mit mir. Der Nachteil war, dass ich deshalb auch nicht wusste, wie es ihr gesundheitlich in den letzten Tagen ergangen war oder ob sie bald nach Hamburg zurückkehren wollte.

Ich warf Merle einen Seitenblick zu. »Du kennst das ja: Unsere Mütter wissen immer, was das Beste für uns ist.«

Sie nickte verdrießlich. Schließlich hatten wir diese Gemeinsamkeit gleich bei unserem ersten Zusammentreffen entdeckt. Allerdings ging ich davon aus, dass Tante Helga es grundsätzlich gut meinte, wenn sie sich in das Leben ihrer Kinder einmischte. Bei meiner Mutter war ich mir da nicht mehr so sicher.

Unvermittelt riss Merle in Jubelpose die Arme in die Höhe. »Zwölf!«, rief sie so laut, dass ich fast aus dem Strandkorb fiel. »Es ist zwölf Uhr. Her mit dem Essen!«

Sie riss die Kühlbox an sich. Eigentlich hatte ich erwartet, dass sie sich blitzschnell auf die Ciabattas und das Grillgemüse stürzen würde, aber sie drapierte alles schön vor uns auf. Die Kühlbox diente dabei als Tischchen.

Wir stießen mit gekühltem Holunder-Eistee an und genossen unser Essen. Immer wieder verdrehte Merle dabei die Augen und gab verzückte Laute von sich. Deshalb liebte ich das

Kochen: Es war so schön und befriedigend, anderen Menschen damit eine Freude zu bereiten.

Nachdem wir gegessen hatten, lag Merle im Strandkorb und schmatzte andächtig.

»Du solltest deine Zeit nicht im Büro verschwenden und etwas mit Kochen machen.«

Ich lachte. »Für diesen Vorschlag würde dich meine Mutter köpfen!«

Wir streckten unsere Beine in die Sonne und dösten entspannt. Ich war schon fast eingenickt, als Merles Handy klingelte.

»Bin nicht erreichbar«, murmelte sie schläfrig.

Doch der Anrufer war penetrant. Schließlich gab Merle auf, kramte in ihrer Tasche nach dem Handy und ging ran.

»Ja, Bruderherz, was gibt's?«

Daraufhin schwieg sie einige Zeit, während ich Björns aufgeregte Stimme am anderen Ende der Leitung hören konnte. Ein ungutes Gefühl breitete sich in meiner Magengegend aus.

»Das ist ja interessant«, sagte Merle schließlich und warf mir einen skeptischen Blick zu. »Aha … aha … Und du bist dir ganz sicher?«

Ich schluckte schwer. Fieberhaft überlegte ich, um was es gehen könnte. Da, schon wieder schaute Merle mich so seltsam an!

Schließlich verabschiedete sie sich von ihrem Bruder und legte auf. Ich hielt die Luft an.

»Es wird dich wahrscheinlich erleichtern, dass Björn deine Mutter nicht mehr für eine geldgierige Person hält, die unserer Mutter Schlechtes will«, informierte sie mich.

»Ah ja?«, entgegnete ich mit dünner Stimme.

Sie kniff die Augen zusammen. »Dafür hält er euch beide jetzt für egoistische Lügnerinnen.«

Merle tippte auf ihrem Handy herum und hielt mir wortlos

das Display vor die Nase. Darauf war das Foto eines Artikels aus einer Hochglanzzeitschrift zu sehen. Oh Mist, daran hatte ich überhaupt nicht mehr gedacht! Es war das Interview, das ich am Morgen nach Mutters Diagnose gegeben hatte. Die Überschrift lautete *Natürlich schön – Ein Familienunternehmen greift nach den Sternen*, und daneben war ein Bild von mir, wie ich neben unserem Produktsortiment stand und mit höchst professioneller Miene in die Kamera lächelte.

»Ihr habt keine *kleine* Firma für Drogerieartikel, sondern führt ein richtig großes Unternehmen. Ihr habt zahlreiche Angestellte, wollt europaweit expandieren, seid reich und habt Erfolg.« Ihre Stimme gewann mit jedem weiteren Wort an Schärfe. »Stellt sich nur die Frage, wieso man deshalb seine Verwandten anlügen muss? Ihr dachtet wohl, dass euch die armen Schmarotzer sofort um Geld anbetteln!«

Merle bebte vor Entrüstung. Schlimmer war jedoch die Enttäuschung, die sich auf ihrem Gesicht abzeichnete.

»Nein, zu keiner Sekunde haben wir euch für arme Schmarotzer gehalten«, wehrte ich erschrocken ab. »Auf diesen Gedanken wäre ich niemals gekommen. Bitte, Merle, lass mich das erklären!«

Zum Glück war meine Cousine nicht ganz so aufbrausend wie ihr Bruder und offenbar bereit zuzuhören. Sie presste die Lippen zusammen, lehnte sich zurück und schaute mich abwartend an.

»Na, da bin ich aber mal gespannt!«

Ich holte tief Luft und begann ihr zu erzählen, wie meine Mutter mich überredet hatte, Tante Helga zuliebe die Firma kleinzureden.

Kapitel 20

Die ersten Jahre mit Luisa waren unendlich schwer. Ich hasste es, von Sozialleistungen zu leben, hasste die winzige Wohnung. Doch vor allem hasste ich es, meiner Tochter so viele Wünsche verwehren zu müssen. Luisa war ein kleiner Wirbelwind und erinnerte mich an mich selbst als Kind. Sie wollte die Welt erkunden, brachte mich oft zum Lachen und auch zur Verzweiflung. Unsere ältere Nachbarin, die selbst kaum von ihrer Rente leben konnte, passte manchmal auf Luisa auf, sodass ich putzen oder kellnern gehen konnte. Aber das war auch nur ein Tropfen auf den heißen Stein. Das Leben in Armut ist ein Leben ohne Hoffnung, ohne Perspektive. Auch nach Luisas Geburt überkamen mich immer wieder Zweifel, ob ich das Richtige tat und meine Tochter in einer Pflegefamilie nicht besser aufgehoben wäre. War es nicht egoistisch und eigennützig, mich an sie zu klammern? Wäre sie auf Dauer nicht glücklicher, wenn ich sie weggab? Erschreckenderweise schien Luisa meine düsteren Gedanken stets zu spüren, denn sie kam dann immer zu mir, schlang ihre Ärmchen um mich und flüsterte mir ins Ohr, dass sie mich liebe. In diesen Momenten zog sich mein Herz zusammen, und ich schwor mir, dass ich alles dafür tun würde, um uns ein besseres Leben zu ermöglichen. Absolut alles.

Eintrag aus Mariannes »Buch der Erinnerungen«

*

Stunden später betrat ich das Haus meiner Tante. Ich war erschöpft und fühlte mich leer. Nachdem ich Merle unsere Beweggründe so genau wie möglich erklärt und beteuert hatte, dass unsere Schwindelei niemals böse gemeint gewesen war, hatte sie zu meiner Erleichterung eingelenkt.

Wir verbrachten wie geplant unseren gemeinsamen Tag am Strand, aber es war nach dem Vorfall nicht mehr so unbeschwert wie zuvor. Ein Hauch von Misstrauen lag in der Luft, der sich partout nicht vertreiben ließ. Hätten wir uns schon seit Jahren gekannt, wie es für eine Familie üblich war, wäre die vergleichsweise kleine Lüge wahrscheinlich schnell vergessen gewesen. So aber belastete sie unsere noch junge Beziehung. Ich hoffte, dass Merle mir mit der Zeit verzieh. Denn ich mochte sie und wollte sie nicht verlieren. Merle war sympathisch, einfühlsam und hilfsbereit, ihr lag das Herz auf der Zunge, und sie hatte einen starken Sinn für Gerechtigkeit. Also genau die Art von Mensch, die das Leben bereicherte, wenn man es mit ihm teilen durfte.

Dass ich nun auch noch Tante Helga gegenübertreten musste, hob meine Stimmung nicht gerade. Ich machte mir keine große Hoffnung, dass das Gespräch mit ihr leichter sein würde. Als ich die Küche betrat, schrubbte sie gerade mit einem Schwamm äußerst energisch die Spüle. Obwohl sie allein war und mit dem Rücken zu mir stand, spürte ich sofort die gereizte Atmosphäre im Raum.

Rückwärtslaufend trat ich die Flucht an, aber leider stieß ich dabei mit der Hüfte gegen die Anrichte. Abrupt fuhr Tante Helga zu mir herum.

»Ah, Luisa … Du bist zurück.« Ihr Lächeln wirkte ziemlich gezwungen. »Ist Merle auch bei dir?«

Ich schüttelte den Kopf. »Sie wollte zu Hause noch ein paar Dinge erledigen. Sie hat ihrer Mitbewohnerin wohl versprochen, das Bad zu putzen.«

Sie nickte wortlos und knetete den Schwamm zwischen ihren Händen. Eine unangenehme Stille breitete sich zwischen uns aus. Es war wohl besser, wenn ich es hinter mich brachte!

Ich trat auf sie zu. »Tante Helga, es tut mir wirklich leid, dass wir nicht ehrlich zu dir waren.«

Sie runzelte die Stirn. »Was genau meinst du?«

»Na, dass wir die Größe unserer Firma heruntergespielt haben!«

Von Merle wusste ich, dass Björn seiner Mutter von unserer Lüge berichtet hatte. Andernfalls hätte ich jetzt befürchtet, dass ich in ein Fettnäpfchen getreten war.

»Ich hoffe, du fühlst dich nicht von uns hintergangen«, fügte ich reumütig hinzu. »Meine Mutter und ich hatten wirklich keine bösen Hintergedanken.«

»Ach, du meinst eure kleine Schwindelei …« Sie winkte ab. »Das finde ich nicht dramatisch! Wenn man sich so viele Jahre nicht gesehen hat wie deine Mutter und ich, neigt man dazu, einige Dinge auszulassen, zu beschönigen oder sogar völlig unter den Tisch fallen zu lassen. Das ist menschlich. Ich habe Marianne auch nicht gleich alles detailgetreu aus meiner Vergangenheit berichtet.« Sie zuckte mit den Schultern. »Deine Mutter wollte nicht angeben und mir ihren Erfolg unter die Nase reiben. Das kann ich nachvollziehen.«

Ich atmete auf. Dass meine Tante die Angelegenheit entspannter sah als ihre Kinder, war überraschend, aber eine große Erleichterung.

»Aber wenn du deswegen nicht sauer bist, verstehe ich nicht, wieso du so aufgebracht wirkst«, entfuhr es mir irritiert.

Sie stieß hart die Luft aus und warf den Schwamm in die Spüle. »Deine Mutter und ich hatten einen Streit. Mal wieder. Es war ziemlich unschön.«

Seit unserer Ankunft hatte ich befürchtet, dass der Frieden

zwischen den Schwestern nicht ewig halten würde. Zu viele unausgesprochene Dinge standen noch zwischen ihnen. So etwas ging selten auf Dauer gut.

Dabei waren die letzten Tage vielversprechend gewesen. Da meine Mutter Abstand zu mir hielt, hatte sie die Vormittage damit verbracht, sich auszuruhen und in ihr ominöses Notizbuch zu schreiben. Nachmittags hatte sie dann ihre Schwester im Souvenirshop besucht und ihr dort unter die Arme gegriffen. Anfangs hatte Tante Helga sich noch gegen ihre Hilfe gesträubt, da meine Mutter sich schließlich schonen sollte, doch schließlich war sie dankbar für die Unterstützung gewesen. Aus eigener Erfahrung wusste ich, dass meine Mutter ein unfassbares Verkaufstalent besaß, und laut Tante Helga konnte sie den Touristen selbst die Ladenhüter aufschwatzen, die seit Jahren im Regal einstaubten. So hatte sie erst gestern ein kaputtes XXL-Buddelschiff mit abgebrochenem Mast verkauft – mithilfe der fantasievollen Geschichte, es wäre der originale Nachbau des ersten Schiffs von Klaus Störtebeker, das inmitten einer stürmischen Nacht auf See Mastbruch erlitten hätte. Nur der Pirat selbst und ein Matrosenjunge hätten dabei überlebt und sich an Land gerettet.

Ich setzte mich an den Küchentisch. »Um was ging es denn bei eurem Streit?«

Sie lachte bitter. »Oh, um viele Dinge!«

Sie trocknete sich die Hände am Küchentuch ab und nahm neben mir Platz. »Weil ich nun von ihrem beruflichen Erfolg wusste, ging es zuerst um Geld. Angefangen hat es damit, dass Marianne mir angeboten hat, das Haus renovieren zu lassen. Natürlich habe ich entschieden abgelehnt. Aber sie hat mit einer unfassbaren Penetranz darauf bestanden, wenigstens das kaputte Dach instand setzen zu lassen.«

Sie blickte mich auffordernd an, als müsste ich ihre Empörung teilen. Ich erkannte jedoch, dass es sich offenbar um die Art von Streit handelte, bei der man sich als Außenstehender keinesfalls einmischen sollte.

»Mhm, mhm«, brummte ich deshalb nur. »Und wie ging es weiter?«

»Ich weiß, dass das Haus nicht in allerbestem Zustand ist«, fuhr sie in trotzigem Tonfall fort. »Aber es ist sicherlich nicht die Angelegenheit deiner Mutter, Geld hier reinzustecken. Schließlich habe *ich* jahrzehntelang mit meiner Familie darin gewohnt und davon profitiert, dass Marianne verschwunden war. Wenn man es genau nimmt, schulde ich ihr die Miete für Jahrzehnte. Immerhin gehört ihr die Hälfte des Hauses, und sie hat mir erzählt, wie schwer die ersten Jahre als alleinerziehende Mutter finanziell für sie waren. Trotzdem ist sie nie zurückgekommen, um ihr Erbe einzufordern. Ich schulde ihr etwas, nicht umgekehrt. Aber sie will das partout nicht einsehen!«

Sie ballte die Faust. Anscheinend fühlte sie sich in ihrem Stolz gekränkt und sah das Angebot meiner Mutter eher als Almosen denn als gut gemeinte Hilfe.

»Ihr konntet euch wegen der Renovierung des Hauses also nicht einigen«, fasste ich zusammen. »Aber damit war die Sache nicht erledigt, nehme ich an?«

»Nein, leider nicht«, gab sie zu und rieb sich über die Stirn. »Da wir uns beide in Rage geredet hatten, kamen auch die alten Geschichten wieder auf den Tisch. Zuallererst natürlich die Sache mit Tjark. Wie ich ihr damals in den Rücken gefallen bin und ihr nicht geglaubt habe, als sie mich vor ihm warnen wollte. Und danach kamen noch andere Dinge zur Sprache.« Sie zog eine Grimasse. »Wenn sich Geschwister streiten, finden sich immer genug Dinge, die sie sich gegenseitig vorwerfen können. Das ist schlimmer als bei einem alten Ehepaar.«

Als Einzelkind konnte ich das leider schlecht beurteilen. »Was für Dinge zum Beispiel?«

Ihre Miene verdunkelte sich. »Unsere Mutter«, sagte sie mit gepresster Stimme.

Dass sie es bei dieser knappen Antwort beließ und keine Einzelheiten erzählen wollte, erfüllte mich mit leisem Grauen. Ein Teil von mir wollte endlich erfahren, wieso die beiden Schwestern sich immer so kritisch über ihre Kindheit äußerten und was ihnen ihre Mutter angetan hatte. Ein anderer Teil wollte die Details lieber gar nicht kennen.

»Apropos unsere Mutter: Ich habe ein Geschenk für dich«, sagte Tante Helga unvermittelt.

Sie wiegte den Kopf und korrigierte sich selbst: »Nein, es ist kein Geschenk. Eher dein Erbe.«

Sie holte von der Anrichte das Rezeptbuch, in dem sie letztens den Tee nachgeschlagen hatte, und legte es vor mich hin.

»Das ist doch deins«, sagte ich stirnrunzelnd.

»Nein, es gibt zwei Rezeptbücher. Mir hat meine Mutter die Heilkräuterrezepte vererbt. Marianne hat sie das Buch mit den Kochrezepten vermacht. Aber deine Mutter wollte es nicht haben. Sie verbindet damit zu viele schlechte Erinnerungen.«

Sie schob es näher zu mir. »Als ihre Tochter steht es dir zu. Da du so gerne kochst, ist es bei dir in den richtigen Händen.«

Ich schlug es auf. Mit den Fingern fuhr ich über die erste Seite, die den handschriftlichen Titel »Original ostfriesische Rezepte aus der Krummhörn« trug. Es war die gleiche schwarze Tinte und eckige Schrift, wie ich sie in Tante Hertas Buch gesehen hatte. Das Papier war wellig, und die Seiten hatten über die Jahre eine bräunliche Färbung angenommen. Ich blätterte weiter und überflog mit angehaltenem Atem die Rezepte: *Biersuppe mit Brot, Apfelfleisch, Friesische Klöße, Speck mit Klüten, Miesmuscheln nach friesischer Art, Updrögt Bohnen, Fliederbeersuppe mit Grießklößchen, Dicke Milch, Marzipanbrot, Greetsieler Krabbensuppe* … Das meiste davon hatte ich noch nie gehört, aber schon beim Lesen lief mir das Wasser im Mund zusammen. Manchmal waren Notizen handschriftlich an den Rand gekritzelt, und auf fast jeder Seite befanden sich kleine Flecken – als hätte jemand eine eingetrocknete Probe des jeweiligen Gerichts hinterlassen. Tante Helga schien das Rezeptbuch gerne in der Nähe des Herds deponiert zu haben. Gedankenverloren kratzte ich an einem Fleck herum, der sich jedoch schon tief ins Papier gesaugt hatte.

Tante Helga räusperte sich verlegen. »Ich habe das Buch oft genutzt und dabei nicht gut darauf aufgepasst. Entschuldige bitte den Zustand!«

»Dadurch hat es einen besonderen Charme«, erwiderte ich schmunzelnd.

Da ich in der Küche ebenfalls zu den chaotischen Typen gehörte, konnte ich ihr das gewiss nicht vorwerfen. Die Seiten knisterten beim Umblättern, während ich mit glühenden Wangen die Rezepte studierte. Sie waren schlicht und einfach gehalten, doch gerade deshalb besonders. In meiner Fantasie konnte ich mir schon den reinen, unverfälschten Geschmack ausmalen. Es gab nur regionale Zutaten, keinen unnötigen Schnickschnack, nur Handarbeit und Sorgfalt in der Zubereitung. Mit jeder Faser meines Körpers spürte ich, dass ich ein ganz außergewöhnliches altes Rezeptbuch in Händen hielt. Ich wusste um Tante Helgas schwieriges Verhältnis zu meiner Großmutter, deshalb fiel es mir schwer, meine Begeisterung zu verbergen. Sie schien es trotzdem zu bemerken.

»Man kann viel über meine Mutter sagen, aber ihre Rezeptsammlung ist gut«, räumte sie ein.

Ich schlug das Buch zu und fuhr ehrfürchtig über den Einband. »Das ist ein kleiner Schatz!«

Da fiel mir etwas ein. »Aber ich will es dir nicht wegnehmen! Wenn du es so häufig benutzt, brauchst du es doch selbst.«

»Die meisten Rezepte kann ich mittlerweile auswendig«, beruhigte sie mich und tippte sich an die Stirn. »Die grauen Zellen hier oben funktionieren noch einwandfrei, auch wenn ich nicht mehr die Jüngste bin.«

Sie tätschelte meinen Arm. »Es steht dir zu, Luisa. Unsere Mutter wollte ihren Kindern dieses geistige Erbe hinterlassen, und du bist ihre Enkelin.«

Es schien ihr sehr wichtig zu sein, dass das Buch in die vorbestimmten Hände zurückfand.

Ich drückte das Buch an meine Brust. »Vielen Dank, das bedeutet mir viel!«

Tante Helga nickte zufrieden und wollte sich gerade erheben, doch ich hielt sie zurück. Denn eine Sache ließ mir keine Ruhe.

»Wieso habt ihr euch vorhin wegen eurer Mutter gestritten?«, fragte ich eindringlich. »Ich möchte so gern verstehen, was damals geschehen ist.«

Seufzend ließ meine Tante sich auf ihren Stuhl zurücksinken. Ihr Blick richtete sich ins Leere.

»Ich war früher immer die Brave«, antwortete sie mit leiser Stimme. »Da ich Angst vor meiner Mutter hatte, tat ich alles, was sie wollte. Ich hielt mich pflichtbewusst an ihre Regeln und wagte nicht, aus der Reihe zu tanzen – selbst wenn ich mich danach gesehnt hatte. Dadurch habe ich deutlich weniger Ärger bekommen als Marianne. Sich Tag für Tag gegen unsere Mutter aufzulehnen war unglaublich mutig von ihr … und gleichzeitig unfassbar dumm!« Sie schüttelte den Kopf, als könnte sie das Verhalten ihrer Schwester bis heute nicht nachvollziehen. »Marianne hat so oft Schläge bekommen, musste so viele Strafen ertragen … Schon als kleines Mädchen wurde sie oft stundenlang in der dunklen Kammer unter der Treppe eingesperrt, bekam kein Essen oder zusätzliche Arbeit aufgebrummt. Dabei hätte sie einfach nur wie ich schweigen und sich anpassen müssen!

Aber das ging offenbar nicht. Am liebsten hätte ich sie manchmal geschüttelt oder ihren vorlauten Mund zugehalten, um sie am Sprechen zu hindern.«

Ich starrte sie betroffen an. Das klang nach einer grauenvollen Kindheit.

»Marianne hat mir heute an den Kopf geworfen, dass sie sich von mir im Stich gelassen gefühlt hat«, erzählte sie. »Ich war ihre große Schwester und hätte sie beschützen müssen.«

Sie blickte wieder zum Fenster und runzelte die Stirn. »Wenn ich so darüber nachdenke, habe ich ihr wohl nicht ein einziges Mal offen zu Seite gestanden. Selbst wenn die Strafe noch so ungerecht war«, flüsterte sie, und ihre Unterlippe bebte. »Marianne hat völlig recht. Ich war zu feige. Durch und durch feige.«

Mitfühlend griff ich nach ihrer Hand. Offen gestanden hatte ich keine Ahnung, wie ich mich an ihrer Stelle verhalten hätte. Beide Mädchen hatten nur auf ihre eigene Art und Weise versucht zu überleben.

Sie rang zitternd um Atem und schaute mich mit tränenerfüllten Augen an. »Ich hätte ihr helfen müssen, Luisa! Womöglich hätte es etwas bewirkt, wenn wir zu zweit gewesen wären? Vielleicht hätte unsere Mutter sich weniger im Recht gefühlt, wenn wir zusammengehalten hätten?«

»Nein«, erklang hinter uns die Stimme meiner Mutter.

Erschrocken fuhr ich herum. Ich hatte keinen Schimmer, wie lange sie schon an der Küchentür stand, denn ich hatte sie nicht kommen hören. Sie beachtete mich jedoch überhaupt nicht und sah mit bewegter Miene zu ihrer Schwester.

»Nein, es hätte keinen Unterschied gemacht«, sagte sie und kam näher. »Wenn du mir geholfen hättest, hätte sie uns beide terrorisiert. Und daran wärst du zerbrochen! So habe es wenigstens nur ich abbekommen. Was ich dir vorhin vorgeworfen habe, war nicht fair. Es … es tut mir leid!«

Eine dicke Träne kullerte über Tante Helgas Wange. Sie stand auf und ging zu ihrer Schwester.

»Mir tut es auch leid!«, entgegnete sie schluchzend. »Als du mich damals vor Tjark gewarnt hast, hätte ich dir glauben müssen. Aber als ich meinen Fehler bemerkt habe, war es zu spät – und du warst schon lange weg. All die Jahre habe ich dich so vermisst!«

Meine Mutter nickte schniefend. »Ich dich auch. Du ahnst nicht, wie sehr!«

Die beiden fielen sich in die Arme. Natürlich weinte meine Tante dabei etwas lauter und ungenierter, aber dass meine Mutter die Tränen überhaupt zuließ, zeigte mir, wie sehr sie diese längst überfällige Aussprache berührte.

Mit feuchten Augenwinkeln schlich ich mich leise aus der Küche, damit die beiden ungestört ihre Versöhnung feiern konnten.

Kapitel 21

Nachdem Luisa in den Kindergarten ging, besserte sich unsere finanzielle Lage. Da ich damals in Greetsiel in einem Hotel gearbeitet hatte, bekam ich eine Anstellung in einer Pension. Danach folgte ein einfacher Bürojob, und durch die Empfehlung einer Bekannten bekam ich eine Stelle am Empfang einer Softwarefirma. Die Jobwechsel machten einen Umzug oft unumgänglich, doch das konnte ich Luisa leider nicht ersparen.

Eine Freundin bot mir schließlich eine Stelle in ihrem Spa an, wo ich zufällig Helmut kennenlernte. Nach meiner Scheidung von Jo erschien mir Helmut wie ein Geschenk des Himmels: solide, erfolgreich, bodenständig und finanziell abgesichert. Vor allen Dingen trug er mich auf Händen. Was auch daran lag, dass er knapp achtzehn Jahre älter und nicht unbedingt der Hübscheste war. Aber er gab mir das, was ich mir zu dem Zeitpunkt von einem Mann am meisten wünschte, nämlich Sicherheit.

Endlich sah ich eine Zukunft für mich und Luisa, in der ich nicht permanent kämpfen musste, meine Sorgen mit einem Erwachsenen teilen konnte und endlich mehr Zeit für meine Tochter hatte. Noch heute frage ich mich, wie ich mich so sehr in diesem Mann täuschen konnte. Warum hatte ich nicht gemerkt, wie ablehnend er sich gegenüber meiner Tochter verhielt? Oder war er ein so guter Schauspieler gewesen? Was meine Kleine wegen ihm hatte erleiden und ertragen müssen, ließ mich damals einmal mehr an meinen Fähigkeiten als Mutter zweifeln.

Eintrag aus Mariannes »Buch der Erinnerungen«

*

Ausgerechnet heute hatte ich im Homeoffice mehr Arbeit als üblich, denn Erik hatte ein Onlinemeeting zum Thema Fernsehwerbung anberaumt. Da er immer äußerst aktiv beim »Socializing« war, hatte er kürzlich einen der angeblich besten Regisseure auf diesem Gebiet kennengelernt, der uns einen fantastischen Werbeclip drehen würde. Seit einer Stunde diskutierte er nun schon mit mir und den Leuten meiner Abteilung über diese kostenintensive Investition – und mir lief die Zeit davon. Ungeduldig wippte ich mit dem Fuß auf den Boden, während ich auf den Laptop starrte.

»… sich an den Verkaufszahlen wohl erst mal nicht bemerkbar machen, das gebe ich zu, aber ihr müsst größer denken, höher, weiter!«, schwafelte Erik. »*To the moon*, Leute! Das Prestige, das so eine Fernsehpräsenz mit sich bringt, ist unbezahlbar. Hier geht's um Branding. Sichtbarkeit. *At the end of the day* zählt doch das Bild, das die Leute von *Natürlich schön* haben. Sobald wir im Fernsehen sind, sind wir in ihren Köpfen eine Weltmarke, *on the top*. Naturkosmetik, die sexy und erfolgreich ist.«

Auf meinem Bildschirm sah ich, wie meine Stellvertreterin Yuki verstohlen die Augen verdrehte. Ich dagegen warf einen genervten Blick auf die Uhr. Die Mittagszeit war schon vorbei, und wenn ich noch länger wartete, würde die *Häuptlingsstube* schließen. Aber ich musste Holger unbedingt im Restaurant erwischen! Davon abgesehen hatte ich diese endlose Diskussion satt.

Ich holte tief Luft und sprach ein Machtwort. »*Ich* bin die Leiterin der Marketingabteilung und verwalte das Budget. Und ich sage, wir investieren *nicht* in Fernsehwerbung«, sagte ich. »Das können wir auf einen späteren Zeitpunkt verschieben, wenn unsere Firma größer ist und wir Geld übrig haben. Im Augenblick müssen wir noch kleinere Brötchen backen. Es bleibt bei unseren herkömmlichen Marketingplattformen! Wir können natürlich gern über bessere Werbestrategien im Internet nachdenken – aber hier und heute ist jetzt Schluss!«

Einen Moment lang sahen mich alle sprachlos an. Eriks Augenbrauen klebten fast unter dem Haaransatz, und sein Mund stand weit offen. Erst da wurde mir bewusst, dass ich wohl zum allerersten Mal in die Rolle geschlüpft war, die meine Mutter von mir erwartete: die der zukünftigen Chefin. Dummerweise hatte mich dazu nicht mein enthusiastischer Einsatz für die Firma gebracht, sondern meine Leidenschaft fürs Kochen.

Ich spürte, wie mir die Röte in die Wangen stieg. »Wenn es sonst nichts mehr gibt, beende ich das Meeting. Ich danke euch für eure Teilnahme und wünsche allen eine schöne, wenn auch verspätete Mittagspause!«

Ich schaute in erleichterte Gesichter, und Yuki grinste breit. Offenbar war sie stolz auf meine klare Ansage. Nur Erik sah aus wie ein begossener Pudel. Allerdings konnte ich nicht sagen, ob ihn mein resolutes Auftreten derart schockiert hatte oder ob er dem erhofften Werbeclip hinterhertrauerte. Aber das kümmerte mich jetzt nicht weiter! Ich klappte den Laptop zu, steckte das Rezeptbuch meiner Großmutter in meine Tasche und stürzte aus dem Haus.

Draußen erwartete mich ein sonniger Nachmittag. Leider hatte ich keine Zeit, um Greetsiels sommerliche Atmosphäre, die glitzernde Wasseroberfläche und den Anblick der bunten Kutter zu genießen. Im Rekordtempo hastete ich durch die Gassen, bis ich atemlos Holgers Restaurant erreichte. Gerade trat eine Gästegruppe aus der Tür, was mich mit Erleichterung erfüllte. Ich war noch nicht zu spät!

»Moin! Ist Holger noch da?«, fragte ich japsend, als ich in den Gastraum kam.

Nadja räumte gerade die letzten Gläser ab und blickte überrascht auf. »Moin, Isa! Ja, Holger ist in der Küche.« Sie legte den Kopf schräg. »Wieso? Hast du so große Sehnsucht nach ihm, dass du nicht bis heute Abend warten kannst?«

Ich verkrampfte mich unwillkürlich. »Nein, natürlich nicht!«, entgegnete ich eine Spur zu vehement. »Wieso sollte ich denn Sehnsucht nach ihm haben? Ich will ihm nur was zeigen, das ist alles.«

»Dann ist ja gut, dass du ihn noch rechtzeitig erwischst«, entgegnete sie schmunzelnd.

Bevor ich mich noch mehr verriet, flüchtete ich mich in die Küche. Sofort stiegen mir die verlockenden Essensdüfte in die Nase, die noch in der Luft lagen. Als Antwort darauf knurrte mein Magen und erinnerte mich daran, dass ich zum Frühstück nur eine Kleinigkeit gegessen hatte.

Ich fand Holger im Vorratsraum über die Inventarliste gebeugt. Er stand mit dem Rücken zu mir, und ich konnte der Versuchung nicht widerstehen, ihm von hinten die Arme um die Hüfte zu schlingen, mich an ihn zu drücken und meine Nase in seinem Rücken zu vergraben.

Er räusperte sich. »Tut mir leid, aber könnten Sie das bitte unterlassen? Meine Angebetete findet es nicht gut, wenn sich fremde Frauen einfach von hinten an mir reiben!«

»Korrekte Reaktion«, lobte ich ihn und atmete seinen verlockenden Duft ein. »Davon abgesehen *reibe* ich mich nicht an dir, sondern schmiege mich an dich.«

Holger drehte sich um, zog mich enger an sich, um mich zu

küssen. Er senkte den Kopf, und seine Lippen legten sich verlangend auf meine. Der Kuss hatte nichts Unschuldiges an sich, im Gegenteil. Er eroberte mich im Sturm und riss meine Mauern nieder. Holgers Hand fuhr meinen Rücken hinab bis zu meinem Po. Er drückte mich noch fester an sich, was mir ein leises Stöhnen entlockte. Offenbar hatte er mich vermisst.

»Welchem Umstand habe ich deinen Besuch zu verdanken?«, fragte er an meinen Lippen.

Ich hatte keine Ahnung. Meine Knie waren weich, und es hatte sich die Art pulsierender Hitze in meinem Körper ausgebreitet, die alles andere in den Hintergrund rückte. Ich musste mehrmals hintereinander blinzeln und mich konzentrieren, ehe mein Hirn seine Denktätigkeit wieder aufnahm.

Ah ja, das Rezeptbuch! Deshalb war ich hier.

Ich machte mich von ihm los und kramte in meiner Tasche. »Ich muss dir was zeigen!«

»Du kannst mir bestimmt einige ganz bemerkenswerte Dinge zeigen«, sagte er und grinste zweideutig.

Ich verdrehte die Augen, konnte mir ein Lächeln jedoch nicht verkneifen. »Von solchen Dingen spreche ich nicht. Die zeige ich dir ein andermal.«

Ich reichte ihm das Rezeptbuch. »Kennst du das?«

Stirnrunzelnd betrachtete er den Einband. »Es kommt mir irgendwie bekannt vor …«

»Meine Tante hat es die letzten Jahre benutzt. Wahrscheinlich hast du es in ihrer Küche schon mal gesehen«, vermutete ich. »Aber eigentlich hat es meine Mutter von ihrer Mutter geerbt. Deshalb hat Tante Helga es mir gegeben, und es ist …« Ich machte eine Pause, hüpfte aufgeregt auf der Stelle und quiekte: »… einfach fantastisch!

Holger lachte. »Da ist aber jemand mächtig begeistert, kann das sein?«

Ich nickte inbrünstig. »Schau mal rein!«

Mit angehaltenem Atem beobachtete ich, wie er das Buch öffnete und die Seiten überflog. Immer wieder nickte er beeindruckt oder murmelte anerkennende Worte. Nachdem Tante Helga es mir gestern geschenkt hatte, hatte ich vor meiner Arbeit bei Holger leider keine Zeit mehr gefunden, es genauer zu studieren. Deshalb hatte ich fast die halbe Nacht damit verbracht, mir jedes einzelne Rezept durchzulesen. Und seither glühte ich förmlich vor Enthusiasmus und Tatendrang.

»Sehr schöne, alte ostfriesische Rezepte«, sagte er schließlich und gab es mir zurück. »Manche davon kannte selbst ich nicht, obwohl ich mich eigentlich für einen Fachmann auf diesem Gebiet halte.«

»Wirklich?« Ehrfürchtig strich ich über den Einband. Offenbar war diese Sammlung noch außergewöhnlicher, als ich vermutet hatte.

»Das ist ein kleiner Schatz! Anstatt damals mit Björn in seinem Zimmer abzuhängen, hätte ich mal lieber einen Blick in dieses Buch werfen sollen. Du solltest gut darauf achtgeben!«

»Keine Sorge, das mache ich.«

Es machte mich glücklich, dass er zu dem gleichen Schluss kam wie ich. Aber ich hatte auch noch ein anderes Anliegen. Ich blätterte suchend im Buch herum und tippte dann auf ein Rezept.

»Kannst du mir sagen, was das für eine Zutat ist?«

Er beugte sich zu mir, während er seine Hand locker auf meine Taille legte.

»Du meinst *Queller?* Es wird auch als Meeresspargel oder Salicorn bezeichnet«, erklärte er. »Es ähnelt tatsächlich grünem Spargel, schmeckt aber völlig anders. Es wächst an der Nordseeküste in Salzwiesen und im Watt. Erntezeit ist von Mai bis August, aber es gibt Queller auch getrocknet oder eingelegt.«

Für eine Hobbyköchin hatte ich wohl eine erschreckende Bildungslücke, denn ich hatte von diesem Meeresspargel noch nie gehört. Ich war sofort fasziniert.

»Können wir das Rezept mal nachkochen?«, bettelte ich.

»Gerne!«, erwiderte er, doch dann verzog er das Gesicht. »Ich erwarte heute allerdings ein Paket und muss deshalb in der Mittagspause nach Hause.«

Enttäuschung machte sich in mir breit. Insgeheim hatte ich gehofft, Holger würde seine Pause opfern und mit mir in der Küche experimentieren.

»Aber wenn du magst, kannst du mich begleiten.« Er blickte mich fragend an. »Wir nehmen die nötigen Zutaten einfach mit, besorgen uns unterwegs den Queller und kochen dann bei mir.«

»Du lädst mich zu dir ein?«, entfuhr es mir perplex.

Ich wusste selbst nicht, warum mich das so überraschte. Immerhin kannten wir uns nun schon einige Zeit, arbeiteten jeden Abend zusammen und hatten uns erst vor fünf Minuten leidenschaftlich geküsst. Dass er mich mit in sein Zuhause nehmen wollte, fühlte sich trotzdem an wie ein neuer, wichtiger Schritt.

Er griff nach meiner Hand. »Nur zum Kochen!«, sagte er in beruhigendem Tonfall. »Wenn du willst, gelobe ich auch feierlich, dich nicht anzüglich zu berühren.«

Eigentlich machte ich mir deshalb keine Sorgen, im Gegenteil. Jetzt, da er es ansprach, spürte ich vielmehr ein aufgeregtes Kribbeln in der Magengrube.

»Ich komme mit!« Ich grinste. »Und auf den Schwur der Enthaltsamkeit können wir verzichten, denke ich.«

Er beugte sich zu mir und raunte mir ins Ohr: »Okay, aber auf deine eigene Gefahr …«

Nachdem wir uns mit den nötigen Zutaten ausgestattet hatten, fuhren wir zu Holger. Dabei erwartete mich schon die erste Überraschung.

»Du wohnst in Pilsum?«, fragte ich zum wiederholten Mal.

Er lachte, während er von der Landstraße abbog. »Tut mir leid, ich wusste nicht, dass das so ein Problem für dich ist. Ist es schlimm, dass ich nicht in Greetsiel lebe?«

Ich verzog das Gesicht. »Natürlich nicht! Du hättest es nur früher mal erwähnen können.«

Noch ehe ich es sagte, wurde mir klar, dass ich nicht das Recht hatte, mich zu beschweren: Ich hatte weitaus schlimmere Dinge unerwähnt gelassen. Außerdem war Pilsum tatsächlich nur ein Steinwurf von Greetsiel entfernt. Das kleine Dorf lag versteckt hinter hohen alten Bäumen, und der berühmte Leuchtturm befand sich ein gutes Stück weiter weg. Wir parkten gleich am Ortseingang unter einer Baumallee.

»Ich habe hier das Häuschen meiner Großeltern geerbt und es in den letzten Jahren renoviert«, erzählte er. »Es ist nicht besonders groß, aber gemütlich. Leider hat es keine Garage, und die Straße ist ziemlich eng. Deshalb parke ich meist hier und gehe den Rest zu Fuß.«

»Ich finde in Hamburg auch selten einen Parkplatz vor dem Haus, in dem meine Wohnung liegt. Manchmal muss ich so weit weg parken, dass ich das Gefühl habe, ich hätte das Auto auch gleich auf dem Firmengelände stehen lassen können.«

»Mein Haus ist ganz in der Nähe, keine Sorge!«, erwiderte er augenzwinkernd.

Pilsum war ein Warfendorf, und somit ging es gleich mal bergauf. Nach nur wenigen Metern auf dem gemusterten Kopfsteinpflaster nahm mich die dörfliche Idylle gefangen. Ein verträumtes Häuschen reihte sich an das nächste, die Gärten waren gepflegt und voller Blumen, die von Bienen und Hummeln umschwirrt wurden. Doch es war die außergewöhnliche Atmosphäre dieses Ortes, die Schritt für Schritt in mich einsickerte und sich wie Balsam auf meine Seele legte.

»Es ist so friedlich hier«, entfuhr es mir.

Kein Lärm war zu hören, kein Auto, kein Touristengeplapper. Nur das Rauschen der Bäume, Vogelgezwitscher und von irgendwo über der Anhöhe entferntes Kinderlachen. Es fühlte sich an, als sei das Dorf einträchtig mit der Natur verwachsen.

Holger schien meine Faszination zu freuen. »Es gefällt dir?«

»Sehr sogar.«

Gerade als ein eindrucksvoller Kirchturm in Sicht kam, blieb Holger vor einem kleinen Backsteinhaus mit Sprossenfenster stehen. »Hier sind wir!«

Neugierig betrachtete ich sein Reich. Hinter einem Holzzaun befand sich ein hübscher Vorgarten mit alten Obstbäumen und blühenden Stauden. Die Himbeer- und Johannisbeersträucher hingen voller Früchte, aus denen man sicherlich leckere Marmelade kochen konnte. Oder einen saftigen Johannisbeerkuchen backen. Sofort fiel mir mein Rezept für ein köstliches Himbeerdessert mit Baiser, Vanillequark und Sahne ein. Mir lief das Wasser im Mund zusammen, und erneut erinnerte mich mein knurrender Magen daran, dass ich noch nicht zu Mittag gegessen hatte.

»Achtung, wir werden beobachtet!«, raunte Holger mir zu. Er drehte sich um und hob grüßend die Hand. »Moin, Frau Jansen!«

Ich sah gerade noch, wie im Garten gegenüber der Kopf einer älteren Dame mit weißen Haaren blitzartig hinter einem Busch verschwand.

»Moin«, entgegnete eine dünne Stimme hinter dem Grün.

»Sie ist ein bisschen schüchtern«, erklärte er mir. »Außerdem mag sie nicht, wenn man sie beim Beobachten ertappt, weil man sie sonst fälschlicherweise für neugierig halten könnte.«

»Was natürlich völlig aus der Luft gegriffen wäre«, erwiderte ich schmunzelnd.

Er führte mich ins Haus. Nachdem wir im Flur die Schuhe ausgezogen hatten, durfte ich als Erstes einen Blick in Holgers Wohnzimmer mit angrenzendem Essbereich werfen. Es war gemütlich eingerichtet mit hochwertigen Holzmöbeln, indirekter Beleuchtung und einem großen Sofa, auf dem Kissen und eine kuschelige Decke zum Entspannen einluden. Die Farben waren in hellen, warmen Erdtönen gehalten.

»Kein männliches Grau?«, fragte ich verwundert.

Er betrachtete mich mitleidig. »Frönst du womöglich gerade Vorurteilen dem anderen Geschlecht gegenüber? Auch Männer sind dazu in der Lage, sich über Inneneinrichtung Gedanken zu machen. Wie dir vielleicht aufgefallen ist, hat das Wohnzimmer nur ein Fenster, und deshalb gibt es nicht allzu viel Sonnenlicht. Hätte ich den Raum in Grau gehalten, würde es hier aussehen wie in einer Gruft.«

»Entschuldige!«, sagte ich lachend und fügte lobend hinzu: »Die Renovierung ist dir auf alle Fälle gelungen.«

Er winkte mich weiter. »Gehen wir mal in die Küche.«

Wie bei einem Koch nicht anders zu erwarten, war die Küche äußerst hochwertig und ließ mein Herz höherschlagen. Besonders der Herd war ein Prachtstück: Er war im Vintagelook mit einer Front aus Emaille und hätte auf den ersten Blick aus den Fünfzigern stammen können. Aber natürlich wurde er nicht mit Holz beheizt, sondern besaß allen technischen Komfort. Er hatte ein Gaskochfeld, eine Grillplatte und sogar zwei Backöfen.

Ich strich zärtlich über die glatte Oberfläche. »Hallo, mein Hübscher! Wir beide werden ganz wunderbare Dinge miteinander anstellen.«

Holger betrachtete mich irritiert. »Redest du immer mit einem Herd, als würdest du gleich Sex mit ihm haben?«

»Nur bei solch einem Schmuckstück! Außerdem ist Kochen eine sehr sinnliche Tätigkeit. Das solltest du eigentlich wissen …«

Seine Mundwinkel zuckten. »Wenn ich euch beiden mehr Privatsphäre geben soll und ihr lieber unter euch sein wollt, sag einfach Bescheid!«

Ich winkte ihm wie einem Untergebenen zu. »Fürs Erste ist es dir erlaubt zu bleiben.«

Mit einem ungläubigen Schnauben trat er von hinten an mich heran, zog mich an seine Brust und küsste meinen Nacken. Seine Lippen lösten ein herrliches Kribbeln auf meiner Haut aus. Mit den Fingerspitzen fuhr er meine Seite entlang nach unten, und ich lehnte mich zurück, um seinen Körper an meinem zu spüren. Als er erneut einen Kuss auf meinen Nacken hauchte, wäre es um meine Selbstbeherrschung fast geschehen gewesen. Zum Glück erinnerte ich mich daran, dass wir einen Plan hatten.

»Sorry, ich hab ziemlich Hunger«, kommentierte ich das unüberhörbare Grummeln meines Magens.

»Da kann ich Abhilfe schaffen«, erwiderte er grinsend und packte eilig die Zutaten aus, während ich das Rezeptbuch meiner Großmutter aufschlug.

Gemeinsam machten wir uns an die Arbeit. Vorher musste Holger mir jedoch versprechen, hinter meinem Rücken keine raffinierten Profitricks anzuwenden, da ich das Rezept meiner Großmutter unverfälscht und originalgetreu nachkochen wollte. Mittlerweile waren wir schon ein eingespieltes Team und schafften es sogar in einer deutlich kleineren Küche, uns nicht gegenseitig auf die Füße zu treten.

Schließlich saßen wir uns am Esstisch gegenüber, vor uns das fertige Gericht: Grön Aal ut de Pan, Queller und Salzkartoffeln. Die Zubereitung des Quellers war recht simpel gewesen. Nach dem Waschen hatten wir den Meeresspargel in aufgeschäumter

Butter kurz sautiert und ihn mit Zucker, Salz und Pfeffer abgeschmeckt. Holger hatte mich zum Glück gewarnt, mit dem Salz vorsichtig zu sein, weil zu viel den Queller ungenießbar machen konnte. Auch die Zubereitung des gebratenen Aals hatte nicht viel Zeit in Anspruch genommen und war technisch keine große Herausforderung gewesen. Genau das verunsicherte mich nun.

»Willst du nicht anfangen?« Holger sah mich fragend an. »Ich dachte, du hast so großen Hunger?«

Tatsächlich zögerte ich, nach dem Besteck zu greifen. »Was ist, wenn es nicht schmeckt?«

»Es schmeckt dir bestimmt, vertrau mir!« Er drückte leicht meine Hand und lächelte ermutigend. »Fang doch mit dem Queller an! Den hast du schließlich noch nie probiert.«

Ich gab mir einen Ruck. »Also gut …«

Ich schob mir ein Stückchen in den Mund. Augenblicklich entfaltete sich auf meiner Zunge der Geschmack des Meeres. Wasser, Salz und eine Spur Würze, abgerundet von einer buttrigen Note.

»Ich mag Queller«, stellte ich kauend fest.

Holger nickte zufrieden. Wir aßen in einträchtigem Schweigen, und nachdem wir unsere Teller geleert hatten, lehnte ich mich zufrieden zurück.

»Es hat genauso lecker geschmeckt, wie ich es mir vorgestellt habe«, sagte ich, während ich einen kurzen Blick auf die Uhr warf. Wir hatten noch eineinhalb Stunden, bis wir wieder ins Restaurant zurückkehren mussten. »Ein unverfälschtes Gericht, ohne Schnickschnack.«

Er nickte zustimmend. »Nicht so ein moderner Firlefanz wie Mikroküche.«

Nachdenklich tippte ich mir an die Unterlippe. »Ich könnte mit den Rezepten meiner Großmutter im Internet einen neuen Kanal starten? Habe ich dir schon erzählt, dass ich mit meiner

Freundin Katja bis vor Kurzem noch einen Koch…« Ich kam nicht weiter, denn in diesem Augenblick klingelte es an der Tür.

»Oh, das muss die Post sein!« Holger erhob sich.

Offen gestanden hatte ich völlig vergessen, dass er ein Paket erwartete. Ich hörte, wie er im Flur ein paar Worte mit einem Mann wechselte, und schon kam er mit einem großen Karton zurück.

»Was ist denn das?«, entfuhr es mir neugierig.

Er zwinkerte mir zu. »Lass dich überraschen!«

Gespannt beobachtete ich ihn beim Auspacken und staunte nicht schlecht, als er schließlich einen Profi-Wok in Händen hielt.

»So einen wollte ich mir schon immer mal zulegen«, erklärte er und betrachtete stolz seinen Neuerwerb. »Und um deine Frage zu beantworten: Ja, du hast mal kurz deinen Kochblog erwähnt. Mittlerweile habe ich mir schon all eure Folgen angesehen. Besonders inspirierend fand ich euer Video *Bock auf Wok*.« Vielsagend deutete er auf seinen neuen Wok.

Ich konnte es kaum glauben. »Du hast … echt *alle?*«, stammelte ich perplex.

In all den Jahren hatte meine Mutter sich höchstens drei oder vier Videos angesehen, denn im Grunde interessierte sie mein Hobby nicht. Von Erik wollte ich gar nicht erst anfangen. Ich konnte nicht anders, als Holger gerührt anzuschauen. Ein Strahlen breitete sich auf meinem Gesicht aus, und Wärme erfüllte meine Brust.

»Natürlich hab ich mir alle Folgen angesehen!« Holger wirkte überrascht, dass mich das so aus der Bahn warf. »Es hat Spaß gemacht. Und deinen Blog habe ich auch gelesen. Am besten haben mir allerdings die Challenges gefallen, bei denen ihr eklige Internetrezepte in etwas Genießbares verwandeln musstet. Wie die *Pasta mit Teewurstsoße* oder das *Gebratene Hähnchen in Cola*.«

Er schüttelte sich und grinste. »Das ist eine tolle Herausforderung, selbst für einen Profikoch. So eine Challenge würde ich auch mal gern machen.«

»Wirklich?«, hauchte ich.

Eigentlich war ich nicht so nah am Wasser gebaut, aber ich wurde schlagartig von so starken Gefühlen für Holger überschwemmt, dass sich Tränen in meinen Augen sammelten. Mein letztes bisschen Selbstbeherrschung schmolz dahin, und all die guten Gründe, es langsam angehen zu lassen, waren vergessen. Mit wackligen Knien stand ich auf und stürzte mich förmlich in seine Arme. Sein neuer Wok landete scheppernd auf dem Boden, während ich mich auf seinen Schoß setzte und ihn zärtlich küsste. Nach einem kurzen Moment der Überraschung zog er mich näher an sich und erwiderte meinen Kuss. Die Welt um uns herum schien stillzustehen. Es gab nur noch uns beide, unsere Sehnsucht und atemlose Küsse.

Als ich mich wieder von ihm löste, sahen wir uns für einen langen Moment in die Augen.

»Wofür war das denn?«, fragte er mit rauer Stimme.

Ich legte meine Hand an seine Wange und strich mit dem Daumen über die raue Haut. »Weil du perfekt bist.«

Er schüttelte schnaubend den Kopf. »Das bin ich nicht, glaub mir!«

»Du bist perfekt für mich«, korrigierte ich und gab ihm einen Kuss auf seine etwas schiefe Nase.

Seine Miene wurde ernst. »Das ist alles, was ich will!«

Holgers Augen waren so hypnotisch, lebendig und tief wie die Nordsee. Und genau wie beim Meer spürte ich diesen Sog, der mich fast magisch anzog. Ich wollte ihn und konnte nicht länger warten!

»Wir waren vor ein paar Tagen im Park übrigens noch nicht fertig«, stellte ich fest.

Er zog die Augenbrauen in die Höhe. »Inwiefern?«

»Ich habe noch eine weitere Narbe. Von einer Blinddarm-OP«, informierte ich ihn. »Die musst du dir ebenfalls ansehen.«

Ein breites Lächeln zeichnete sich auf seinem Gesicht ab. »Das ist ja fantastisch!«, erwiderte er mit einer Begeisterung, die für einen Außenstehenden wahrscheinlich völlig unangebracht wirkte.

»Das hättest du mir ruhig schon früher sagen können«, fügte er vorwurfsvoll hinzu. »Dann hätte ich mich nicht vergeblich nach alten Narben absuchen müssen, die ich dir zeigen könnte. Ich habe fast einen Hexenschuss bekommen, als ich herausfinden wollte, ob ich eine Narbe am Hintern habe, weil ich mich vor einem Jahr versehentlich in einen Nagel gesetzt habe.«

Ich legte den Kopf in den Nacken und lachte. »Soll ich mal für dich nachsehen?«, bot ich hilfsbereit an.

»Oh, das wäre nett!«, erwiderte er mit tiefer Stimme, die ein wohliges Kribbeln in mir auslöste.

»Vielleicht sollten wir dafür hochgehen? Dann kann ich dir auch gleich mein Schlafzimmer zeigen. Es wird dir gefallen! Zwei der Wände habe ich Grau gestrichen. Extrem männlich und fantasielos.«

»Ich liebe es, wenn sich Vorurteile bestätigen.«

Ich stand auf und hielt ihm lächelnd die Hand hin, aber anstatt sie zu ergreifen, sah er mich einen Moment lang fast ehrfürchtig an. »Du bist wunderschön, weißt du das?«

Er erhob sich ebenfalls, legte seine Hände um mein Gesicht und küsste mich wieder auf diese unwiderstehliche Art, die mich fast in den Wahnsinn trieb. Er eroberte meinen Mund, spielte mit mir, neckte mich und ließ mich seine Lust spüren. Mein Körper stand in Flammen, und das pulsierende Pochen zwischen meinen Schenkeln war fast unerträglich.

Mit den Fingerspitzen glitt ich unter sein T-Shirt und erkundete vorsichtig seinen Oberkörper, um seine Brandnarbe nicht zu reizen. Während wir uns küssten, stolperten wir in Zeitlupe durch den Raum, nicht imstande, auch nur für einen Augenblick voneinander zu lassen. Innerhalb weniger Minuten hatten wir uns gegenseitig die Oberteile über den Kopf gezogen – und hatten es noch nicht mal bis in den Flur geschafft.

»Wo ist dein Schlafzimmer?«, fragte ich schwer atmend, während sein Daumen am Rand meines schwarzen Spitzen-BHs entlangglitt. Jetzt war ich dafür dankbar, dass Frau Klein nur meine unbequeme sexy Unterwäsche in den Koffer gepackt hatte.

Holger umkreiste meine Brustwarze, die sich unter dem Stoff so hart aufrichtete, dass es fast schmerzhaft war.

»Die Treppe hoch«, antwortete er mit einiger Verzögerung. Offenbar war er gerade auf etwas anderes konzentriert.

»Ich glaube, bis nach oben schaffen wir es nicht«, wagte ich eine realistische Prognose.

Er packte meinen Oberschenkel und legte ihn sich um die Hüfte, sodass ich seine Erregung genau an meiner pochenden Mitte spürte. Das Stöhnen, das mir dabei entfuhr, hatte wahrscheinlich sogar Frau Jansen von gegenüber gehört.

Doch nach einigen weiteren Küssen fasste Holger mich plötzlich an den Schultern und schob mich resolut von sich. Ich war davon so überrascht, dass ich ihn nur perplex anstarren konnte. Hatte er es sich etwa anders überlegt?

»Die ostfriesischen Männer sind bekannt dafür, zielstrebig zu sein und Dinge tatkräftig anzupacken«, informierte er mich.

Verständnislos blinzelte ich ihn an. »Was meinst du …«

Ich kam nicht weiter, denn in diesem Moment warf Holger mich über seine Schulter, trug mich aus dem Zimmer und die Treppe nach oben.

»Hilfe, ich werde verschleppt!«, rief ich kichernd.

»Jawohl«, grollte er in tiefstem Bass. »Und ich werde nicht

eher ruhen, bis ich dich zum Schreien gebracht habe, min Deern!«

Aus feministischer Sicht war es wahrscheinlich völlig falsch, dass mir diese Drohung – in Verbindung mit Holgers Hand auf meinem Hintern – ein glückseliges Lächeln entlockte.

Kapitel 22

Ich hatte mir geschworen, dass meine Tochter niemals körperliche Gewalt erfahren würde, so wie ich in meiner Kindheit. Deshalb musste ich diesen Mistkerl Helmut büßen lassen für das, was er ihr angetan hatte! Die ersten Tage, nachdem Luisa endlich die Wahrheit über den sogenannten »Unfall« erzählt hatte, war ich rasend vor Zorn. Ich hing Racheplänen nach, in denen ich Helmuts Wagen zerkratzte, einen Schlägertrupp für ihn engagierte oder sein Autohaus in Brand setzte. Schließlich siegte jedoch die Vernunft, und ich suchte lediglich einen Anwalt auf. Allerdings den besten und teuersten der Stadt – oder anders gesagt: das gemeinste und bösartigste Exemplar seiner Zunft. Gegen Helmut musste ich große Geschütze auffahren – selbst wenn das ein riesiges Loch in unsere Haushaltskasse riss.
Eine Sache spielte mir in die Karten: Ich wusste, dass Helmut mit dem Amt des Bürgermeisters liebäugelte und sein unbefleckter Ruf ihm viel wert war. Deshalb war ich mir sicher, dass er eine Gerichtsverhandlung unter allen Umständen vermeiden wollte. Tatsächlich genügte schon ein bösartiges Schreiben meines Anwalts mit berechtigten Anschuldigungen und glaubhaften Drohungen, und Helmut knickte ein. Das Schmerzensgeld, das er daraufhin zahlte, war derart hoch, dass es eher einem Schweigegeld glich.

Urplötzlich hatte ich keine finanziellen Sorgen mehr. Aber ich hatte nicht vor, das Geld für eine bessere Wohnung, Reisen oder schicke Kleidung zu verplempern. Nach wie vor wollte ich für Luisa und mich eine bessere Zukunft, und das Leben hatte mich einmal zu oft gelehrt, dass ich der einzige Mensch war, auf den ich mich verlassen konnte. Ich würde nicht mehr darauf warten, dass ein Ritter in goldener Rüstung dahergeritten kam und mich rettete. Nein, ich würde mein Glück selbst in die Hand nehmen! Und das Geld von Helmut würde mir dabei helfen.
Ausgerechnet mein Job im Spa brachte mich dabei auf die richtige Spur, denn dort verlangten immer mehr Kundinnen nach Produkten mit natürlichen Inhaltsstoffen ohne Chemie. Der aufkommende Naturkosmetiktrend kam mir sehr gelegen, denn zufälligerweise war dies ein Thema, mit dem ich mich sehr gut auskannte, denn ich war damit aufgewachsen.

Eintrag aus Mariannes »Buch der Erinnerungen«

*

Am späten Nachmittag kamen Holger und ich mit einiger Verspätung zurück ins Restaurant. Nadja rannte schon hektisch durch die Küche, schälte Kartoffeln und wusch Salat, weil sie notgedrungen ohne uns mit den Vorbereitungen angefangen hatte. Obwohl das eigentlich nicht ihr Job gewesen wäre. Holger hatte wirklich Glück, eine Angestellte wie sie zu haben! Gerade als sie uns mit Vorwürfen überschütten wollte, ließ ein Blick in unsere Gesichter sie innehalten.

»Ihr seht ja ziemlich glücklich aus«, stellte sie schmunzelnd fest. »Und zwar beide. Man könnte fast erblinden, weil ihr strahlt wie zweitausend Watt Birnen.«

Ich presste umgehend die Lippen zusammen und versuchte, eine möglichst neutrale Miene aufzusetzen.

»Ah ja?«, entgegnete Holger, nach wie vor mit einem breiten Lächeln.

Nadja nickte eifrig. »Ihr habt dieses typisch fröhliche Grinsen im Gesicht von Leuten, die im Rausch der Liebe schwelgen.« Ihre Miene verdüsterte sich. »Ich hasse dieses Grinsen.«

Holger lachte und zog sie in eine Umarmung. »Tust du nicht! Du bist nur neidisch.«

»Ja, vielleicht«, räumte sie ein. »Aber immerhin umarmst du mich freiwillig. Das entschädigt mich für die kommenden qualvollen Stunden, wenn ich in die Küche kommen und jedes Mal eure schrecklich glücklichen Visagen sehen muss. Erst findet Timo seine große Liebe und jetzt auch noch ihr!«

»Bei dir wird es bestimmt auch bald so weit sein«, tröstete ich sie und umarmte sie ebenfalls. »Und wir geloben, uns zusammenzureißen und in deiner Gegenwart etwas griesgrämiger dreinzuschauen.«

»Sprich bitte nur für dich!«, fiel mir Holger in den Rücken. »Ich befürchte, ich habe meine Mimik nicht ganz so gut unter Kontrolle. Und nicht nur meine Mimik …« Er zog mich an sich und gab mir einen zärtlichen Kuss.

»Bäh, ich kotz gleich!«, kommentierte Nadja trocken und verließ die Küche.

Lachend machten wir uns an die Arbeit, und die Zeit in der Küche verging wie immer wie im Flug. Erst als sich der Abend dem Ende zuneigte und wir schon anfingen, aufzuräumen, begann ich mich zu fragen, wie es nun weitergehen sollte. Während ich an der Spüle stand und eine Pfanne schrubbte, stellte ich fest, dass Holger und ich verpasst hatten, uns über die Art unserer Beziehung zu unterhalten. Seit unserem Vorsatz, es langsam angehen zu lassen, hatten wir dieses Thema nicht mehr angeschnitten. Sehnte er sich genauso nach einer Fortsetzung wie ich? Oder war der heutige Nachmittag für ihn womöglich nur eine einmalige Sache gewesen? Natürlich hätte ich ihn darauf ansprechen können, aber schon allein der Gedanke, dass sich meine Befürchtungen bestätigen könnten, versetzte mir einen scharfen Stich. Verflixt, wieso war die Liebe nur so kompliziert?

In diesem Moment trat er von hinten an mich und räusperte sich. »Ich muss dir etwas gestehen«, sagte er in bedrücktem Tonfall. »Im Eifer des Gefechts habe ich …« Er stockte.

Mit einem unguten Gefühl in der Magengrube drehte ich mich zu ihm um. »Ja?«, hakte ich mit belegter Stimme nach.

Er atmete tief durch. »Im Eifer des Gefechts habe ich vergessen, mir deine Blinddarmnarbe anzusehen«, gestand er betrübt. »Ich fürchte, wir müssen das von heute Nachmittag noch mal wiederholen. Nachdem wir hier fertig sind, könnten wir wieder zu mir nach Hause gehen? Natürlich nur, wenn du willst …«

»Oh, du Schuft! Du hast mich fast drangekriegt«, entfuhr es mir. Ich versetzte ihm einen Stoß, der ihn allerdings nicht mal ins Wanken brachte.

Als er verschmitzt grinste, konnte ich das strahlende Lächeln jedoch nicht mehr zurückhalten. »Natürlich will ich!«

In unserer ersten gemeinsamen Nacht kamen wir nicht viel zum Schlafen. Wir liebten uns leidenschaftlich, redeten stundenlang und plünderten mitten in der Nacht den Kühlschrank – nur um dann wieder nach oben zu gehen, wo Holger Dinge mit mir anstellte, die mich bis zu den Zehenspitzen erbeben ließen. Zum Glück hatte das Restaurant am nächsten Tag wie üblich geschlossen, sodass wir den Wecker ausstellen und in den frühen Morgenstunden erschöpft und glücklich einschlummern konnten.

Als ich am späten Vormittag erwachte, fühlte ich mich herrlich entspannt. Ich war froh, dass ich gestern Abend noch daran gedacht hatte, Yuki eine Mail zu schreiben, dass ich heute kein Homeoffice machen würde. Auch meine Mutter hatte ich informiert, dass ich nicht bei Tante Helga schlafen würde. Zwar war ich erwachsen, und mein Privatleben ging sie – besonders bei unserer derzeitigen unterkühlten Beziehung – eigentlich nichts an, aber ich wollte auch nicht, dass sie sich Sorgen machte.

Der Duft von frischem Kaffee lockte mich nach unten in die Küche, wo Holger dabei war, ein fantastisches Frühstück zu zaubern. Auf dem Tisch standen zahlreiche Leckereien: fluffige Pancakes mit Bananenscheiben und Sirup, French Toast mit Zimtkruste, Obstsalat, Rührei mit Speck und Lachsröllchen mit Frischkäse. Augenblicklich lief mir das Wasser im Mund zusammen.

»Einen talentierten Koch zum Freund zu haben ist großartig!«, bemerkte ich begeistert.

Er drehte sich schmunzelnd zu mir um und zog mich an sich. »Ich dachte mir, dass wir nach vergangener Nacht ein stärkendes Frühstück gebrauchen könnten.«

»Auf alle Fälle!«, sagte ich heftig nickend. »Aber für uns beide ist das doch viel zu viel. Wer soll das denn alles essen?«

Er winkte ab. »Das schaffen wir schon! Ich war mir nicht sicher, was du magst, und außerdem will ich dich aus ganz eigennützigen Gründen bei Kräften halten.«

Ich setzte mich. »Ah ja? Fragt sich nur, wer hier bei Kräften gehalten werden muss …« Ich probierte vom Rührei und schloss genießerisch die Augen. »Himmel, ist das fluffig! Und es hat einen wunderbar cremigen Geschmack. Wie hast du das hinbekommen?«

Er zwinkerte mir zu. »Wenn ich dir das Rezept verraten soll, musst du schon …«

Ich erfuhr nicht, was ich dafür tun musste, denn in diesem Moment ertönte ein aufgeregtes Bellen aus seinem Garten.

»Oh, meine Freundin kommt zu Besuch!«, verkündete Holger.

Erst als er die Hintertür öffnete und ein brauner Labrador schwanzwedelnd ins Haus stürmte, fiel mir ein, dass er die Hündin schon mal erwähnt hatte.

»Hallo, Kira, meine Hübsche!«, sagte er lächelnd.

Die Hündin hopste auf der Stelle, sprang an ihm hoch und verlangte winselnd nach Streicheleinheiten. Mich würdigte sie keines Blickes. Holger hatte nicht übertrieben, sie schien ihn tatsächlich abgöttisch zu lieben. Doch plötzlich hielt Kira inne, schnupperte, und ihr Kopf fuhr zum Tisch herum, wo die Teller mit Holgers Köstlichkeiten standen. Zum ersten Mal wurde ich Zeuge davon, wie einem Hund das Wasser im Maul zusammenlief.

»Nein, Kira!«, sagte er in strengem Tonfall. »Das ist nicht für dich. Du bekommst dein eigenes Leckerli.«

Erstaunt beobachtete ich, wie er aus einer Schublade eine große Packung Hundeknochen herausholte. Für jemand, der keinen Hund besaß, ein recht ungewöhnlicher Vorrat.

»Ich habe einen starken Verdacht, wieso Kira dich so sehr ins Herz geschlossen hat«, bemerkte ich kichernd.

»Nun ja …« Er kratzte sich verlegen an der Wange. »Ich offen gestanden auch. Aber sieh dir doch mal diese seelenvollen Augen an! Da muss man doch weich werden. Zum Glück ist mein Nachbar nicht böse, dass sie ab und zu etwas von mir kriegt.«

In Anbetracht unseres Frühstücks schnappte Kira sich recht widerwillig den schnöden Knochen. Doch schließlich fand sie sich damit ab, zog zufrieden von dannen und verschwand mit ihrer Beute durch die Hintertür.

Holger setzte sich wieder zu mir. »Ich fürchte, mein Ruf als stahlharter Ostfriese ist dahin und du hältst mich jetzt für einen Softie«, stellte er trocken fest.

»Nein, nein, wo denkst du hin!«, wehrte ich ab, aber mein breites Grinsen verriet mich anscheinend.

Er hakte seinen Fuß in meinem Stuhlbein ein und zog mich zu sich, um mir einen sehr männlichen Kuss zu verpassen.

»Okay, vielleicht können wir uns auf ein Zwischending zwischen soft und stahlhart einigen«, hauchte ich an seine Lippen.

»Ich mag deine Kompromissbereitschaft«, sagte er und gab mir einen letzten Kuss. »Und jetzt lass uns endlich essen!«

Nachdem wir das reichhaltige Frühstück genossen hatten, gingen wir zusammen duschen. Da ich keine Wechselkleidung mitgenommen hatte, lieh ich mir von Holger ein frisches T-Shirt.

Der strahlende Sonnenschein lockte uns nach draußen, und wir machten einen Spaziergang zum Diekskiel, einem Deicharbeiterdenkmal in der Nähe von Pilsum. Ich genoss die frische Luft, den Blick über die Salzwiesen und das Meer – und natürlich Holgers Nähe. Mit ihm zusammen zu sein fühlte sich völlig natürlich an, und uns ging nie der Gesprächsstoff aus. Wir redeten über Gott und die Welt, erzählten uns lustige Anekdoten aus unseren Teenagerjahren und der Schulzeit, sprachen über Musikstile, Lieblingsorte und Zukunftsträume.

Als wir zurückkamen, verputzten wir die Reste des Frühstücks, und am Nachmittag erhielt ich von Holger eine ostfriesische Sightseeingtour der Superlative: Wir fuhren zum höchsten Leuchtturm Deutschlands in Campen, der schmalsten Autobrücke Deutschlands bei Amdorf, der ältesten spielbaren Kirchenorgel Nordeuropas in Rysum und dem bis vor kurzem schiefsten Turm der Welt in Suurhusen – bis ihm der Titel 2022 von einem rheinhessischen Turm weggenommen wurde, der laut Holgers subjektiver Meinung »viel hässlicher war und optisch überhaupt nicht so schief aussah«. Nebenbei erfuhr ich von ihm auch, dass der Pilsumer Leuchtturm, den ich schon gesehen hatte, der kleinste Leuchtturm Deutschlands war.

»Ihr habt hier in der Gegend wirklich viel zu bieten«, lobte ich ihn, nachdem wir wieder zurück waren und bei ihm zu Hause auf dem Sofa kuschelten.

Er sah mich mit ernstem Blick an. »Deshalb solltest du auch noch lange hierbleiben. Wir müssen bei Wind und Wetter zusammen am Meer spazieren, denn nur so lernst du dieses Fleckchen Erde wirklich kennen.« Er strich mir liebevoll eine Strähne hinters Ohr. »Ich möchte dich all meinen Freunden vorstellen und natürlich meinen Eltern. Aber vor allem will ich noch so viel wie möglich über dich wissen. Was dich zum Lachen bringt und zum Weinen. Was du gerne liest, was deine Lieblingsjahreszeit ist und vor allem natürlich, was du gerne isst und welche Zutaten du überhaupt nicht magst. Denn nur dann kann ich dir jeden Tag etwas kochen, auf das du dich freuen kannst.«

Ich blinzelte heftig, denn die Tränen traten mir in die Augen. Das klang himmlisch! Ich wollte nicht, dass das hier zu Ende ging. Allerdings sahen die Pläne meiner Mutter für meine Zukunft anders aus: ein Leben in Hamburg, eine protzige Hochzeit und ein Sitz in der Geschäftsleitung zusammen mit Erik. Hastig schob ich diese Gedanken beiseite, denn ich wollte mir davon nicht den Moment kaputtmachen lassen.

»Ich hoffe auch, dass wir noch lange bleiben«, entgegnete ich aufrichtig. »Ich würde gerne viele Tage wie heute verbringen.«

»Nur Tage wie heute – oder auch Nächte wie heute?«, hakte Holger lächelnd nach.

»Selbstverständlich Tage *und* Nächte!«, korrigierte ich mich und küsste ihn.

Kapitel 23

Mit dem Schmerzensgeld von Helmut gründete ich eine Naturkosmetikmanufaktur, die im ersten Jahr nur aus einer einzigen Angestellten bestand, nämlich mir selbst. Vier Jahre später waren es schon dreiundzwanzig Mitarbeiter.

Im Rückblick erscheint mir der Erfolg meiner Firma wie ein Wunder. Als hätte das Schicksal endlich wiedergutmachen wollen, was mir all die Jahre zuvor an Leid widerfahren war. Aber in erster Linie war es natürlich harte Arbeit gewesen, die Firma zu der heutigen Größe zu führen. Ohne persönliches Engagement, Geduld und jeder Menge Entbehrungen wäre ich niemals so weit gekommen. Jahrelang waren Urlaub, Wochenenden oder Freizeit quasi Fremdwörter für mich.

Als ich schließlich den Schritt wagte, aus Natürlich schön mehr als nur eine regionale Naturkosmetikmanufaktur zu machen und zu expandieren, lief ich mir auf der Suche nach privaten Investoren die Hacken ab, weil keine Bank mir das nötige Startkapital geben wollte. Aber ich hatte seit jeher die Begabung besessen, Leute mit meinen Visionen zu begeistern, und so konnte ich ein paar Geldgebern die Idee von einer international anerkannten Naturkosmetiklinie im Luxussegment schmackhaft machen. Wir verlagerten die Firma nach Hamburg, erwarben dort ein passendes Gebäude und stellten mehr Leute ein. Ich versprach Luisa hoch und heilig, dass dies der letzte Umzug sein würde und wir jetzt endlich sesshaft werden würden.

Dass ich nun jedoch wieder im hohen Norden lebte, weckte automatisch Erinnerungen – und damit eine unstillbare Sehnsucht nach der alten Heimat. Das traf mich unerwartet, denn ich hatte geglaubt, mit Greetsiel abgeschlossen zu haben. Doch mein Herz zog es plötzlich mit aller Macht zurück in die Krummhörn, zur rauen Küste, zu den Deichen, der endlosen Weite, der obligatorischen Teetied – und meiner Schwester.
Helga ... Schon allein der Gedanke an sie trieb mir manchmal die Tränen in die Augen. So viele Jahre hatten ins Land ziehen müssen, bis ich den alten Groll hinter mir lassen konnte. Jetzt wollte ich sie wenigstens nur einmal sehen und erfahren, wie es ihr in all der Zeit ergangen war. Doch ich konnte dieser Sehnsucht nicht nachgeben. Denn ich wusste, wenn ich zurück nach Hause ging, würde ich alles, was ich mir aufgebaut hatte, verlieren.

Eintrag aus Mariannes »Buch der Erinnerungen«

*

Nach einer weiteren wundervollen Nacht mit Holger musste ich mich mal wieder bei meiner Familie blicken lassen. Als ich am frühen Morgen ins Haus kam, streifte sich Tante Helga im Flur gerade die Jacke über.

»Sieh mal an, wer da wiederkommt!«, begrüßte sie mich augenzwinkernd. »Offenbar hast du Anschluss im Dorf gefunden.«

»Anschluss?« Ich spürte, wie sich meine Wangen verräterisch röteten. »Ja, so könnte man sagen …«

»Tut mir leid, ich muss los! Ich erwarte eine Lieferung für den Laden«, informierte sie mich. »Deine Kleider liegen frisch gewaschen auf dem Bett.«

»Du bist ein Schatz!«, stieß ich erleichtert aus. Ich hatte schon befürchtet, ich müsste mich notgedrungen in meine viel zu enge Motivationsjeans quetschen. »Vielen lieben Dank!«

Sie lief in Richtung Tür, da fiel mir noch etwas ein. »Sag mal, hast du vielleicht eine Gesichtscreme für mich?« Ich deutete auf meine gerötete, gespannte Haut. »Ich war gestern bei einem Spaziergang zu lange in der Sonne, und das chemische Zeugs, das meine Mutter benutzt, vertrage ich nicht.«

Sie lächelte. »Da habe ich genau das Richtige für dich! Geh einfach in mein Schlafzimmer zum Schminktisch. Da steht ein Plastiktiegel ohne Etikett. Die Creme verträgst du bestimmt! Sie ist selbst gemacht, alles natürlich.«

Als sie die Haustür schon geöffnet hatte, hielt sie noch einmal inne und drehte sich zu mir um.

»Da ist noch etwas, das ich dir sagen muss …«

Ihre ernste Miene ließ mich ahnen, dass mich keine positiven Neuigkeiten erwarteten.

»Du solltest wissen, dass es deiner Mutter gestern nicht besonders gut ging«, sagte sie mit gedämpfter Stimme. »Sie hatte wieder Wortfindungsstörungen, und die Kopfschmerzen müssen heftig gewesen sein.«

Ich schluckte schwer. Die unschöne Realität holte mich schneller wieder ein, als ich gedacht hatte.

»Ich werde mit ihr darüber sprechen«, erwiderte ich. »Vielleicht kann ich sie überreden, noch mal zum Arzt zu gehen. Die ausstehenden Untersuchungsergebnisse müssten eigentlich auch schon längst vorliegen.«

Tante Helga nickte mir erleichtert zu und verließ das Haus. Für einen Moment blieb ich im Flur stehen und fuhr mir in einer erschöpften Geste übers Gesicht. Es fühlte sich an, als hätte sich seit meiner Ankunft wieder ein schweres Gewicht auf meine Schultern gesenkt.

Plötzlich hörte ich aus der Küche ein paar herzhafte plattdeutsche Flüche. Ich fand Björn unter der Spüle mit dem Rücken auf dem Boden liegend.

»Was machst du denn da?«, fragte ich überrascht.

Er setzte sich auf. Die missmutige Miene meines Cousins konnte einen das Fürchten lehren. Anscheinend hatte er keinen guten Tag.

»Nach was sieht es denn aus?« Er hielt demonstrativ eine Rohrzange in die Höhe. »Das Wasser in der Spüle läuft nicht ab, und meine Mutter hat mich gebeten, es *mal schnell* zu reparieren.«

»Kannst du das denn?«

»Offensichtlich nicht«, blaffte er mich an. »Ich habe Tourismusmanagement studiert, verdammt noch mal! Wieso denken Frauen immer, dass ein Mann nur aufgrund seines Geschlechts die Fähigkeiten besitzt, Dinge im Haus zu reparieren? Das sind diskriminierende Vorurteile!«, stieß er entrüstet aus. »Vorurteile, die Männern wie mir ein überaus schlechtes Gefühl der Unzulänglichkeit vermitteln, so sieht's aus! Außerdem sind das hier uralte Abwasserrohre aus Gusseisen, die nur noch der Rost zusammenhält.«

»Oookay …« Rückwärtslaufend entfernte ich mich wieder. »Gutes Gelingen!«

Ich flüchtete mich nach oben ins Schlafzimmer meiner Tante. Im ersten Augenblick fragte ich mich, wieso sie Putzeimer auf dem Nachttisch und der Kommode aufgestellt hatte. Das störte das eigentlich harmonische Bild mit dem geblümten Vorhang, der dazu passenden Bettwäsche und dem alten Bauernschrank. Erst dann fiel mir das kaputte Dach wieder ein.

Verdammt! Der Zustand des Hauses war offenbar noch schlimmer als gedacht, und es regnete sogar herein. Innerlich verfluchte ich den Stolz meiner Tante, weil sie sich weigerte, die Hilfe meiner Mutter anzunehmen. Die permanente Feuchtigkeit war sicher nicht nur für die Bausubstanz schlecht, sondern auch für die Gesundheit meiner Tante. Leider schien sie für derlei vernünftige Argumente nicht offen zu sein. Die Sturheit war wohl eine Art Familienkrankheit.

Ich fand den unbeschrifteten Cremetiegel schnell auf dem ansonsten recht leeren Schminktisch. Sobald ich den Deckel abgeschraubt hatte, stieg mir ein Duft in die Nase, der mir irritierend bekannt vorkam. Ich schnüffelte daran. War das etwa …?

Ich stippte meinen Finger hinein, prüfte die Konsistenz und cremte meinen Handrücken damit ein. Dieses Mal roch ich an meiner Haut. Ein Schauer überlief mich, als meine letzten Zweifel dahinschwanden. Diese Creme hätte ich überall wiedererkannt! Das war eindeutig *Kräuterzauber*, unser Verkaufsschlager von *Natürlich schön*. Damit hatte der Erfolg unserer Firma begonnen. Meine Mutter hatte immer wieder erzählt, dass sie das perfekte Rezept in ihrer heimischen Küche nach unzähligen Fehlversuchen gefunden hatte. Aber wie kam Tante Helga zu diesem billigen Tiegel voller Creme? Wenn ich die Eimer in ihrem Schlafzimmer bedachte, hatte sie sie bestimmt nicht im Laden gekauft. Außerdem hatte sie erwähnt, dass sie die Creme selbst hergestellt hatte.

Mir kam ein so ungeheuerlicher Verdacht, dass mir fast der Tiegel aus der Hand fiel. Ich lief so hastig die Treppe hinunter, dass ich um ein Haar stürzte.

Atemlos stürmte ich in die Küche, wo Björn immer noch mit dem verstopften Rohr beschäftigt war. Gerade hielt er wie ein Angler eine lange Metallspirale von oben in den Abfluss und starrte stirnrunzelnd auf das Handy in seiner anderen Hand. Offenbar war er dazu übergegangen, sich YouTube-Tutorials anzuschauen.

»Das Rezeptbuch deiner Mutter mit den Heilkräutern«, stieß ich aus. »Wo ist es?«

Genervt blickte er auf. »Das muss hier irgendwo sein. Schau mal in der Anrichte nach oder in der Schublade da vorn!«

Nach kurzer Suche fand ich es und blätterte mit zittrigen Fingern die Seiten durch. Da Tante Helga auch dieses Büchlein nicht sonderlich gut behandelt hatte, fand ich das entsprechende Rezept schnell anhand des gewellten und mit Klecksen verzierten Papiers. In der eckigen Schrift meiner Großmutter stand dort *Naturheilcreme gegen Rötungen, Reizungen und Trockenheit.* Ich überflog die Zusammensetzung und Herstellungshinweise: Die Zutaten waren bis ins kleinste Detail identisch mit der Rezeptur von *Kräuterzauber.*

»Fuck!«, fluchte ich lautstark.

Ich hatte gewusst, dass meine Mutter keine Heilige war, aber so etwas hätte ich ihr niemals zugetraut. Besaß sie denn überhaupt keine Skrupel? Eine plötzliche Schwere überkam mich, und ich schloss für einen Moment kraftlos die Augen.

»Ist was?«, fragte Björn misstrauisch.

Ich holte Luft, um ihm von meiner ungeheuerlichen Entdeckung zu berichten, aber dann biss ich mir auf die Zunge. Zuerst musste ich mit meiner Mutter sprechen! Auch wenn ich keinen Zweifel mehr daran hegte, dass ich mit meinem Verdacht richtiglag, musste ich die Angelegenheit erst mal für mich behalten.

»Nein, alles gut!« Ich zwang mich zu einem Lächeln. »Weißt du zufällig, wo meine Mutter steckt?«

»Garten«, brummte er und wandte seine Aufmerksamkeit wieder dem Tutorial zu.

Als ich nach draußen ging und über den Rasen auf sie zulief, strich die frische Morgenluft über meine Arme und hinterließ eine Gänsehaut. Meine Mutter saß mit einer Decke auf den Beinen am Tisch und schrieb konzentriert in ihr Notizbuch. Bisher hatte ich noch nicht herausfinden können, was sie sich da so eifrig notierte.

Mit verschränkten Armen baute ich mich vor ihr auf. »Wie bist du noch mal auf die Rezeptur für *Kräuterzauber* gekommen? War es eine geniale Eingebung, einfach nur Glück oder vielleicht doch *etwas anderes*?«

Sie blickte verärgert auf und öffnete den Mund, aber dann las sie in meiner empörten Miene wie in einem offenen Buch. Sie seufzte tief, legte den Stift beiseite und lehnte sich im Stuhl zurück.

»Du hast es also herausgefunden«, stellte sie fest.

Sie hatte dunkle Ringe unter den Augen, und ihr Gesicht sah abgemagert aus. Hatte sie in den vergangenen Tagen zu wenig gegessen? Ich musste dringend über den Arztbesuch mit ihr sprechen. Aber zuerst mussten wir diese Sache klären!

»Du hast das Rezept von deiner Schwester gestohlen«, stellte ich fest. »Das ist Betrug.«

Sie hatte den Anstand, meinem Blick beschämt auszuweichen.

»Sie hat sich das Rezept nicht ausgedacht, das war unsere Mutter«, verteidigte sie sich.

So leicht würde ich sie nicht davonkommen lassen. »Aber eure Mutter hat das Buch mit besagtem Rezept an Helga vererbt. Ein Anwalt wird sicherlich den Standpunkt vertreten, dass sie die Urheberrechte besitzt.«

Sie presste die Lippen zusammen. Anscheinend hatte sie nicht gewusst, dass ich mit Tante Helga über die zwei Rezeptbücher und das Erbe meiner Großmutter gesprochen hatte.

»Na schön, du hast recht!«, räumte sie widerwillig ein. »Helga hat das Buch mit den Heilkräutern geerbt. Aber sie hätte niemals irgendetwas anderes damit angestellt, als die Rezepturen für den Eigengebrauch zu nutzen. Nicht im Traum wäre sie auf die Idee gekommen, die Creme professionell zu vertreiben.«

Sie hob die Hände in einer Geste der Unschuld. »Indem ich

Kräuterzauber der Allgemeinheit zugänglich gemacht habe, habe ich vielen Menschen eine Freude gemacht.«

Meine Mutter hatte sich die Argumente schön zurechtgelegt. Offensichtlich versuchte sie auf diese Weise, ihr Gewissen zu beruhigen.

»Vor allem hast du dir selbst eine Freude gemacht, in dem du viel Geld damit verdient hast«, entgegnete ich gereizt und deutete zum Haus. »Während die Frau, der das Rezept gehört, Plastikeimer im Schlafzimmer stehen hat, weil es durchs Dach regnet.«

»Ich will ihr doch helfen!«, rief meine Mutter aus. »Ich habe wirklich alles versucht. Aber Helga lässt mich ja nicht.«

»Weil sie nicht weiß, dass ihr das Geld von Rechts wegen zusteht«, hielt ich wütend dagegen.

Der Blick meiner Mutter huschte zum Haus. »Wir sollten leiser sein. Wir werden beobachtet.«

Ich sah über die Schulter. Björn stand mit neugieriger Miene am Küchenfenster. Bei unserem lautstarken Streit war das nicht verwunderlich.

Meine Mutter lehnte sich wieder zurück und stieß die Luft aus. »Was soll ich denn machen, Luisa?«, fragte sie mit gedämpfter Stimme. »Wenn ich Helga die Wahrheit sage und es zu einem Rechtsstreit kommt, bedeutet das wahrscheinlich das Ende von *Natürlich schön*. Selbstverständlich haben wir mittlerweile ein vielfältiges Produktsortiment, aber ein guter Anwalt wird darauf plädieren, dass es ohne *Kräuterzauber* überhaupt keine Firma gäbe und Helga deshalb die Hälfte von allem zusteht. Sie könnte mich auf eine so hohe Abfindung verklagen, dass wir dichtmachen müssen.«

Oh verdammt, sie hatte recht! Damit nahm sie meiner Wut und Empörung ein wenig den Wind aus den Segeln. Ich musste an Yuki, Frau Klein und unsere anderen Angestellten denken, die von der Existenz der Firma abhängig waren. Wenn der Betrug meiner Mutter aufflog, würden sie alle ihren Job verlieren.

Ich ließ mich neben sie auf den Stuhl fallen, stützte die Ellbogen auf dem Tisch ab und fuhr mir übers Gesicht. Wir steckten so tief in der Tinte, dass ich keinen Ausweg mehr wusste.

»Was ist mit den anderen Produkten – dem Shampoo, der Spülung, der Seife oder dem Gesichtswasser? All die Dinge, die du damals in der Naturkosmetikmanufaktur noch selbst entwickelt hast. Hast du die auch geklaut?«

Zum ersten Mal zeigte sich Erleichterung auf ihrem Gesicht. »Nein, alle anderen Rezepturen sind von mir! Dank meiner Mutter habe ich mir während meiner Kindheit einiges Wissen über Heilkräuter angeeignet – damals natürlich eher unfreiwillig. Dass ich das Rezept der Creme so gut im Kopf hatte, lag daran, dass ich schon als Kind empfindliche Haut hatte, genau wie du. Das wurde bei mir erst im Alter besser. Aber damals war es das Einzige, was mir geholfen hat. Deshalb hat meine Mutter mich die Creme irgendwann selbst zusammenrühren lassen.«

Es besänftigte mich ein wenig, dass sie wenigstens die anderen Produktrezepturen eigenhändig zusammengestellt hatte.

»Bist du deshalb nie nach Greetsiel zurückgekehrt?«, wollte ich wissen. »Weil du deiner Schwester das Rezept geklaut hast?«

»Viele Jahre lag es tatsächlich an unserem Streit und all den schlechten Erinnerungen, die hier auf mich gewartet hätten.« Sie seufzte. »Doch irgendwann kam der Moment, in dem ich mich gern mit Helga versöhnt hätte, aber ich wusste nicht, wie ich meine Firma vor ihr geheim halten sollte. Deshalb habe ich mich gezwungen, der Sehnsucht nicht nachzugeben, bis ich eine Lösung für das Problem gefunden hätte.«

Endlich begann ich zu begreifen. »Aber dann hast du im Krankenhaus die Diagnose bekommen …«

»Das hat mich geschockt«, gab sie zu und lächelte dünn.

»Man denkt ja immer, man hätte noch viele Jahre vor sich, sodass man schwierige Dinge immer wieder aufschieben kann. Und plötzlich hatte ich Angst, dass bald alles zu Ende ist. Deshalb wollte ich meine Schwester unbedingt sehen. Ich konnte nicht mehr länger warten.«

Sie schniefte. »Zum Wohle der Firma wäre es jedoch besser gewesen, wenn ich niemals wieder einen Fuß hierhergesetzt hätte. Mir war klar, dass mir über kurz oder lang jemand auf die Schliche kommen wird, egal wie geschickt ich es verschleiere.«

Fast bekam ich Mitleid mit meiner Mutter. Sie schien unter ihrem Betrug wirklich gelitten zu haben …

Moment mal! Hatte sie gerade gesagt, dass sie etwas verschleiert hatte? Als sich das Puzzleteil an den richtigen Platz fügte, sah ich sie fassungslos an.

»Diese Schwindelei, dass wir nur eine kleine Firma haben, die billige Drogerieprodukte herstellt … Da ging es dir gar nicht darum, Tante Helga nicht vor den Kopf zu stoßen, oder?«, fragte ich mit überschnappender Stimme. »Als du gesagt hast, du wolltest nicht mit deinem Erfolg prahlen, hast du mir skrupellos ins Gesicht gelogen, Mutter! Du hattest einzig und allein gehofft, du könntest damit die Existenz von *Natürlich schön* verheimlichen. Und ich habe dich dabei auch noch unwissentlich unterstützt, weil ich geglaubt hatte, du meinst es nur gut!«

Sie verschränkte die Arme vor der Brust. »Ich wollte keine schlafenden Hunde wecken und unsere Firma so unbedeutend wie möglich erscheinen lassen. Ohne diese strategische Notlüge hätte ich mir gar nicht erst erlaubt herzukommen. Zugegeben, das war kein besonders cleverer Plan, aber immerhin ein Plan.«

Ich rang die Hände. Mit keinem Wort war sie darauf eingegangen, dass sie mich angeschwindelt und benutzt hatte.

»Eigentlich müsste ich es ja schon besser wissen, aber es schockiert mich jedes Mal aufs Neue, dass du sogar deine eigene

Tochter für deine Zwecke missbrauchst.« Ich lachte bitter. »Das Lügen ist wohl schon zu deiner zweiten Natur geworden.«

Sie beugte sich zu mir und kniff die Augen zusammen. »Als ob du so viel besser wärst als ich«, schoss sie zurück. »Oder hast du deinem Koch von deinem Verlobten Erik erzählt?«

Ich schluckte schwer und blickte getroffen zur Seite.

Sie nickte zufrieden. »Wer im Glashaus sitzt, sollte nicht mit Steinen werfen, mein Kind!«

Das schlechte Gewissen ließ meine Eingeweide vor Scham brennen. Wieso hatte ich Holger nicht die Wahrheit gesagt, als es noch problemlos möglich gewesen wäre, verdammt noch mal? Wenn er jetzt von Erik erfuhr, würde es unweigerlich in einer Katastrophe enden. Schon allein der Gedanke daran, ihn zu verlieren, versetzte meinem Herzen einen schmerzhaften Stich. Ich befand mich in einer ähnlich ausweglosen Situation wie meine Mutter. Für uns beide stand viel auf dem Spiel.

»Keine Sorge, ich werde loyal zu dir stehen«, verkündete sie nun in jovialem Tonfall. »Wenn wir zurück in Hamburg sind, werde ich Erik nichts von deiner kleinen Affäre erzählen.«

Irritiert sah ich auf. »Ich habe dir doch gesagt, dass ich Erik nicht liebe. Dass du mich in diese unglückselige Verlobung gedrängt hast, war schließlich der Grund, weshalb wir beide uns seit Tagen aus dem Weg gehen.«

Beschwichtigend hob sie die Hände. »Du musstest dich erst mal abregen, das verstehe ich! Und da deine Gefühle für Erik nicht ganz deinen … *Erwartungen* entsprechen, wolltest du dich vor der Heirat noch ein bisschen austoben – das kann ich ebenfalls verstehen. Deshalb muss Erik auch nichts von deinem Ausrutscher erfahren, vertrau mir!«

Ihrer Miene nach zu urteilen, erwartete sie von mir Dankbarkeit für ihr Schweigen. Anscheinend herrschte hier ein gewaltiges Missverständnis! Sie glaubte wohl, dass mangelnde Liebe noch kein Ausschlusskriterium für eine – ihrer Meinung nach – durch und durch vernünftige Hochzeit war.

»Ich werde Erik *nicht* heiraten!«, stellte ich klipp und klar fest. »Ich liebe Holger! Er ist der Mann, mit dem ich zusammen sein will.«

Sie lachte ungläubig. »Also bitte, Luisa! Das ist doch nur eine kleine Schwärmerei. Ein kurzes Strohfeuer der Gefühle, aber nichts von Dauer«, stellte sie im Brustton der Überzeugung fest. »Ihr beide kennt euch kaum und wisst so gut wie nichts voneinander. Deshalb kannst du doch nicht dein bisheriges Leben wegwerfen! Erik ist perfekt für dich, einen besseren Mann wirst du nicht finden. Er gibt dir Halt und Sicherheit, und mit seiner beständigen Art ist er für dich der Fels in der Brandung, wenn …«, sie zögerte und es fiel ihr sichtlich schwer, ihren Satz zu beenden, »… ich nicht mehr sein sollte.«

Ich schüttelte den Kopf. »Tut mir leid, aber ich kaufe dir deine Sorge um mich nicht eine Sekunde ab. Denn zufälligerweise ist dein Wunschschwiegersohn der bestmögliche Geschäftsführer für deine heiß geliebte Firma.«

Insgeheim hatte ich gehofft, dass sie inzwischen ihren Fehler eingesehen hatte. Aber sie schien sich noch viel mehr in diese fixe Idee verrannt zu haben.

»Vergiss diesen Koch«, forderte sie eindringlich. »Dein Platz ist in Hamburg. Greetsiel ist *nicht* dein Zuhause! Du gehörst nicht hierher!«

Mit diesem Argument traf sie mich mehr, als sie wahrscheinlich ahnte. Denn es stimmte: Die Krummhörn war ihre Heimat, nicht meine. *Sie* war in Greetsiel aufgewachsen, nicht ich. Im Grunde hatte ich hier nichts verloren. Mein Leben spielte sich in Hamburg ab. Dort waren meine Freunde, mein Job und meine kleine, aber gemütliche Wohnung. Was hatte ich denn geglaubt, wie es zwischen Holger und mir weitergehen würde? Als Fernbeziehung? Mit einem Restaurantbesitzer, der nur wenig Freizeit und Urlaub hatte, war das wohl kaum möglich. Und nach dem Betrug meiner Mutter konnte ich meiner Familie nicht mehr ohne schlechtes Gewissen unter die Augen treten.

Sie erhob sich schwerfällig, legte sich die Decke über den Arm und nahm ihr Notizbuch an sich.

»Es ist besser für uns alle, wenn wir nach Hause fahren!«, sagte sie, während sie auf mich herabblickte. »Sowohl für dich als auch für die Zukunft der Firma. Wenn wir fort sind, findet mit etwas Glück niemand die Wahrheit heraus.«

Ich schwieg, denn rational betrachtet hatte sie wohl tatsächlich recht.

Kapitel 24

Es erfüllt mich mit Erleichterung, dass ich den Streit mit Helga beigelegt habe! So viele Jahre lag unser Zerwürfnis wie ein Schatten auf meiner Seele. Obwohl ich mit meinem Besuch die Existenz der Firma aufs Spiel gesetzt habe, kann ich meine Reise nach Greetsiel nicht bereuen. Ich danke Gott, dass es lediglich Luisa war, die dem Geheimnis von *Kräuterzauber* auf die Spur gekommen ist! Aber es war mir eine Warnung – wir müssen so bald wie möglich abreisen, bevor der Rest der Familie stutzig wird! Wie heißt es so schön: aus den Augen, aus dem Sinn. Wenn wir weg sind, wird das Interesse für uns und unsere Firma automatisch nachlassen.
Auch für meine Gesundheit ist es besser, wenn ich so schnell wie möglich zurückkehre. Doktor Lehmann hat mich vor einigen Tagen erneut angerufen, um mir zu sagen, dass die Zeit drängt und ich mich von seinem Kollegen sofort operieren lassen solle. Das hätte ich auch ohne seine ärztliche Expertise gewusst, denn die Symptome werden mit jedem Tag schlimmer. Manchmal liege ich im Bett und glaube zu spüren, wie der Tumor sich ausbreitet und durch mein Gehirn frisst …
Aber es war mir wichtig, vor der OP einige Dinge zu erledigen: die Versöhnung mit Helga, die Telefonate mit meinem Notar wegen meines Nachlasses und die Niederschrift meiner wichtigsten Erinnerungen – falls ich durch die OP zum Teil mein Gedächtnis verliere.

Ich hatte gehofft, ich könnte auch noch Luisas Leben in die richtigen Bahnen lenken, damit sie im Ernstfall abgesichert und in guten Händen ist. Ich wäre froh gewesen, Erik an ihrer Seite zu wissen, falls die OP misslingt. Ich kann einfach nicht verstehen, was sie an ihm auszusetzen hat. In ihrem Alter wäre ich überglücklich gewesen, wenn ein derart gut aussehender und gleichzeitig grundsolider Mann mir einen Antrag gemacht hätte. Wenn ich dagegen an ihren egoistischen, unzuverlässigen Vater Jo zurückdenke oder den charakterlosen Mistkerl Helmut ... Wieso ist Luisa nur so eigensinnig und sieht nicht, was gut für sie ist? Ich will doch nur ihr Bestes. Weshalb versteht sie das denn nicht?

Eintrag aus Mariannes »Buch der Erinnerungen«

*

Nachdem meine Mutter gegangen war, blieb ich noch im Garten sitzen. Die Sonne stieg höher, erwärmte die Luft um mich herum, und die Insekten schwirrten emsig umher. Über mir zogen die Möwen krächzend ihre Kreise, und der leichte Sommerwind trug den salzigen Duft des Meeres zu mir.

Einiges von dem, was meine Mutter mir an den Kopf geworfen hatte, traf leider zu: Ich hatte Holger belogen, wir kannten uns noch nicht lange, und Greetsiel war nicht mein Zuhause. Selbst wenn Holger mir verzieh, dass ich ihm meinen Verlobten verschwiegen hatte, blieb die Frage, wie es zwischen uns weitergehen sollte. Vielleicht war das zwischen uns tatsächlich nur ein Strohfeuer, und unsere Gefühle wären nicht von Dauer? Womöglich würden wir schon in ein paar Wochen feststellen, dass wir auf Dauer nicht miteinander harmonierten. War ich bereit, dieses Risiko einzugehen?

Dazu kam meine neue Verwandtschaft. Helga, Merle und

sogar Björn waren mir mit ihrer offenen Art ans Herz gewachsen. Ich hatte immer von einer Familie geträumt und wollte sie nicht verlieren! Aber auch hier stellte sich die Frage: Was war ich bereit, dafür zu riskieren? Mein Gewissen ließ nicht zu, Tante Helga den Betrug meiner Mutter länger zu verschweigen. Aber wenn ich ihr die Wahrheit sagte, würde ich damit meine Mutter verraten. Wir mochten unsere Differenzen haben, aber ich wollte sie ebenso wenig verlieren wie meine Familie in Greetsiel.

Meine Mutter hatte irgendwann den falschen Weg eingeschlagen. Dennoch war sie fest entschlossen, den Pfad der Lügen und Schwindeleien weiterzugehen – in der Hoffnung, damit durchzukommen. Wollte ich es ihr gleichtun? Oder gab es womöglich eine andere Lösung?

Schließlich fasste ich einen Entschluss. Ich würde die Sache selbst in die Hand nehmen! Weiter untätig zu bleiben und meiner Mutter das Ruder zu überlassen war keine Option. Und der erste Schritt in die richtige Richtung bestand darin, mich umgehend ins Auto zu setzen und nach Hamburg zu fahren.

Ich schrieb Holger eine Nachricht, dass er heute Abend auf meine Hilfe in der Küche verzichten müsse, weil ich für die Firma etwas zu erledigen hätte und erst spät nach Greetsiel zurückkehren würde. Das war zwar nur die halbe Wahrheit, aber wenigstens keine Lüge. Er antwortete umgehend mit einer Reihe trauriger Smileys. Ich vermisste ihn jetzt schon, obwohl wir uns erst morgens voneinander verabschiedet hatten!

Voller Tatendrang stürmte ich ins Haus – und stieß prompt mit Merle zusammen.

»Moin, Isa! Nicht so stürmisch«, begrüßte sie mich lachend.

Meine Gesichtszüge entgleisten. »Sorry, mit dir habe ich nicht gerechnet … Moin!«

»Ich wollte dich fragen, ob du Lust auf ein frühes Mittagessen hast. Die letzten Tage warst du ja wie vom Erdboden verschluckt und …«, sie beugte sich vor und kniff die Augen zusammen, »ich will Einzelheiten!«

»Einzelheiten?«, entgegnete ich mit überschnappender Stimme. »Über was denn?«

Irritiert sah sie mich an. »Na, über Holger und dich natürlich!«

Ich stieß erleichtert die Luft aus. Anscheinend wurde ich schon paranoid.

»Ach so!« Ich lächelte verkrampft. »Klar, über was auch sonst?«

Gott, war das schwer! Ich hatte das Gefühl, dass auf meiner Stirn in roter Leuchtschrift abwechselnd die Worte *Kräuterzauber, Betrug und Riesenabfindung* aufblinkten. Es kam mir so schäbig vor, ihr nicht die Wahrheit zu sagen. Aber ich musste zuerst einige Dinge abklären. Wenigstens hatte Björn die Reparatur der Spüle inzwischen wohl aufgegeben und war verschwunden – einer weniger, den ich anschwindeln musste.

»So viele Einzelheiten gibt's da gar nicht zu erzählen«, wiegelte ich mit glühenden Wangen ab. »Holger und ich verstehen uns echt gut. Alles supi.«

Dem messerscharfen Instinkt meiner Cousine entging nicht, dass ich mich seltsam verhielt.

»Hast du was?«, fragte sie ehrlich besorgt. »Habt ihr euch gestritten? Oder ist was mit deiner Mutter? Du wirkst so mitgenommen.«

»Nein, nein, alles in bester Ordnung.« Ich konnte Merle nicht in die Augen sehen. Es war grauenvoll.

Ich räusperte mich. »Ich … ich muss nur spontan nach Hamburg, deshalb bin ich im Stress. Einige Dinge für die Firma erledigen. Aber das Mittagessen holen wir nach, ja?«

Ich sprintete an ihr vorbei, schnappte mir im Flur meine

Handtasche und verließ fluchtartig das Haus, ehe ich mich noch weiter um Kopf und Kragen redete.

Abgekämpft, aber entschlossen steuerte ich einige Stunden später in Hamburg zielstrebig Eriks Büro an. Da ich keinen Termin hatte, wollte seine Assistentin mich zuerst nicht zu ihm durchlassen, was ich ziemlich frech fand. Ich war schließlich Eriks Verlobte! Nun ja, offiziell wenigstens.

Deshalb marschierte ich einfach ohne Erlaubnis in sein schickes, hypermodernes Büro. Erik saß gerade am Schreibtisch und studierte konzentriert einige Unterlagen. Als er mich sah, hellte sich sein Gesicht auf.

»Hallo, mein Schatz, das ist ja eine Überraschung!« Er machte Anstalten aufzustehen, aber ich winkte ab und kam ohne Umschweife zur Sache.

»Bleib ruhig sitzen! Ich habe zwei Dinge mit dir zu besprechen, und es ist besser, du machst dich auf etwas gefasst.«

Er trug einen schicken dunkelgrauen Anzug, ein schwarzes Hemd und dazu eine schimmernde hellgraue Krawatte. Seine Haare lagen akkurat, und keine einzige Bartstoppel wagte seine glattrasierten Wangen zu verunstalten. Er sah wie immer perfekt aus.

Erik faltete seine Hände vor sich auf dem Tisch. »Um was für zwei Dinge geht es?«

»Zuerst das Private, dann das Berufliche«, erklärte ich. »Ich glaube ehrlich gesagt, Letzteres wird dich schlimmer treffen. Privat geht es um unsere Verlobung.«

Okay, das würde jetzt unangenehm werden! Ich holte tief Luft und zwang mich, seinem Blick standzuhalten.

»Ist dir eigentlich aufgefallen, dass ich deinen Antrag überhaupt nicht angenommen habe? Du hast mir nie eine Chance gegeben, deine Frage zu beantworten.«

Er lachte ungläubig. »Natürlich hast du meinen Antrag angenommen! Nachdem ich dich gefragt habe, hast du …« Er stutzte, dann starrte er nachdenklich an die Decke. Offenbar rief er sich die Szene genauer in Erinnerung.

»… und dann kam deine Mutter mit den anderen …«, murmelte er abwesend.

Stirnrunzelnd sah er mich wieder an. »Okay, du hast wohl recht! Das ist mir im Eifer des Gefechts nicht aufgefallen.« Er räusperte sich. »Wenn du diesen Punkt explizit ansprichst, nehme ich an, du hattest nicht vor, mir eine positive Antwort zu geben?«

Eins musste ich ihm lassen: Erik war blitzgescheit und erkannte die Zusammenhänge sofort. Ihm konnte man nichts vormachen.

»Offen gestanden denke ich nicht, dass wir miteinander glücklich werden würden. Wir haben nicht dieselben Hobbys und Interessen, uns sind völlig andere Dinge im Leben wichtig.« Ich beugte mich vor. »Bitte sei ehrlich: Liebst du mich überhaupt?«

»Ob ich dich liebe?«, wiederholte er verwundert. Er räusperte sich, offenbar um Zeit zu gewinnen. »Was ist denn das für eine Frage?«

Hätte ich wie bei einer Spielshow einen Buzzer gehabt, hätte ich ihn jetzt gedrückt und Erik mitgeteilt, dass dies leider die falsche Reaktion war.

Ich nickte. »Das ist eine ganz einfache Frage! Für mich ist das nämlich der Grund, wieso zwei Menschen heiraten sollten. Nicht, weil es logisch, sinnvoll oder zum Wohle der Firma ist.«

»Das sind nicht die schlechtesten Gründe, den Bund fürs Leben zu schließen«, entfuhr es ihm reflexartig.

Aha! Anscheinend war er für die Argumente meiner Mutter offener gewesen als ich.

»Also liebst du mich nicht«, stellte ich trocken fest. »Das ist gut. Ich liebe dich nämlich auch nicht.«

Diese Information schien ihn zu überraschen. »Du liebst mich nicht?«, fragte er ungläubig.

Anscheinend hielt er es für ein Ding der Unmöglichkeit, dass jemand wie ich – wenig ehrgeizig im Job, verliebt in ihr Hobby, mit einer Narbe im Gesicht – nicht total in ihn verschossen war.

»Nein, tue ich nicht«, bestätigte ich. »Weil wir beide nämlich nicht im Mindesten zusammenpassen und unsere einzige Gemeinsamkeit die Firma ist.«

»Aber … aber …«, stammelte er.

Für einen Moment war ihm seine übliche Souveränität abhandengekommen.

Ich sah ihn mitfühlend an. »Ich weiß, dass der Antrag nicht deine Idee war und meine Mutter dir diesen Floh ins Ohr gesetzt hat. Sie hat das Gleiche auch bei mir versucht.« Ich seufzte. »Aber ich möchte selbst entscheiden, welchen Mann ich heirate. Und wenn du mal die Frau triffst, in die du dich Hals über Kopf verliebst, wirst du froh sein, dass du nicht in einer Ehe mit mir gefangen bist, glaub mir! Liebe siegt nämlich immer über die Vernunft.«

Für einen Moment herrschte Schweigen. Erik hatte die Lippen zu einer dünnen Linie zusammengepresst und starrte auf das glänzende Holz seines Schreibtischs. Offenbar ließ er sich meine Worte durch den Kopf gehen. Alles in allem nahm er es jedoch gefasster auf, als ich befürchtet hatte. Ein weiteres Indiz dafür, dass der Heiratsantrag ein rein logischer Entschluss gewesen war.

»Wieso hast du nicht schon vorher etwas gesagt?« Er sah mich anklagend an. »Wir hätten das Missverständnis viel früher aus der Welt schaffen können.«

Diesen Vorwurf musste ich mir gefallen lassen.

»Es tut mir leid!«, sagte ich ehrlich zerknirscht. »Ich hatte anfangs Sorge, dass ich dich damit verletze. Ehe mir meine Mutter gestanden hat, dass sie dich zu dem Antrag angestachelt hat, wusste ich nicht, ob ich dir damit das Herz breche. Vielleicht hättest du dann sogar die Firma verlassen? Aber *Natürlich schön* braucht dich dringend als stellvertretenden Geschäftsführer. Jetzt mehr denn je.«

Er horchte auf. »Jetzt mehr denn je? Was soll das denn heißen?«

»Dass meine Mutter unter einem Burn-out-Syndrom leidet, war leider eine Lüge«, gestand ich ihm.

Ich berichtete ihm in knappen Worten von der schockierenden Diagnose und der Bitte meiner Mutter, niemandem davon zu erzählen.

»Auch deshalb habe ich mich nicht mit dir ausgesprochen«, sagte ich. »Für meine Mutter wäre es eine Katastrophe gewesen, wenn du uns ausgerechnet in dieser Situation im Stich gelassen und aus gekränktem Stolz abgehauen wärst.«

»Ich hätte euch niemals im Stich gelassen«, erwiderte er gereizt. »Schließlich bin ich kein Kind mehr und kann durchaus mit Ablehnung umgehen. Ich liebe diesen Job und diese Firma! Deine Mutter hat mich in den vergangenen Jahren behandelt wie einen Sohn. Ich könnte es ihr niemals antun, sie mit all der Verantwortung allein zu lassen.«

Mir fiel ein Stein vom Herzen. Ich war froh, dass er sich so pflichtbewusst und loyal zeigte. Für mein Vorhaben war dies von elementarer Bedeutung. Bevor ich ihm jedoch die ganze Wahrheit erzählen konnte, musste ich noch etwas von ihm wissen.

Prüfend sah ich ihn an. »Erik, wieso engagierst du dich so für *Natürlich schön?* Du hast in einer renommierten Uni studiert und dein Studium mit Bestnote abgeschlossen. Du hättest einen Job in einer weitaus größeren und renommierteren Firma annehmen können. Wieso wolltest du ausgerechnet diesen Posten?«

Er lehnte sich in seinem Stuhl zurück. »Mich reizt die Herausforderung. In einem etablierten Großunternehmen wäre ich einer von vielen gewesen und hätte kaum etwas erreichen können. Was Gewinnoptimierung oder Leistungseffizienz betrifft, arbeiten diese Firmen meist schon am Maximum. Bei euch jedoch habe ich die Chance gesehen, wirklich etwas zu bewegen.« Ein Leuchten trat in seine Augen. »All mein Können und Wissen kann ich aktiv dazu einsetzen, die Firma groß zu machen. Deine Mutter hat ein solides Fundament geschaffen – und ich habe die Vision, daraus eine international anerkannte Marke zu machen. Und ob du es glaubst oder nicht, aber auch die ökologischen Werte, für die *Natürlich schön* steht, liegen mir am Herzen!«

Ich nickte lächelnd. »Du bist der beste Mann für diesen Job«, sagte ich anerkennend. »Und viel besser dafür geeignet als ich.«

Die daraufhin folgende Stille hätte man wohl als beredtes Schweigen bezeichnen können. Erik gehörte nicht zu den Leuten, die zu höflichen Lügen greifen.

Ich räusperte mich. Erik ins Vertrauen zu ziehen war ein Wagnis, aber ich hielt es für den einzig logischen Schritt. Wir brauchten seinen Verstand und seine Fachkenntnis! Denn die Lüge um *Kräuterzauber* würde uns über kurz oder lang einholen, davon war ich überzeugt. Ebenso wichtig war für mich jedoch, dass Tante Helga zu ihrem Recht kam.

»Sitzt du gut? Jetzt kommt nämlich der Teil des Gesprächs, der dich umhauen wird.«

Er lächelte milde. »Also, nachdem du mir von Mariannes Gehirntumor erzählt und unsere Verlobung – die eigentlich gar keine war – aufgelöst hast, kann es wohl kaum schlimmer kommen.«

»Da wäre ich mir leider nicht so sicher …«

Ich holte tief Luft, um ihm vom Betrug meiner Mutter zu berichten.

Kapitel 25

Ich möchte diese Einträge mit meiner wichtigsten Erinnerung abschließen. Mit einem Ereignis, das mein Leben für immer verändert hat – der Geburt meiner Tochter.

In einer kalten, verschneiten Februarnacht setzten drei Wochen zu früh die Wehen ein. Über zehn Stunden lag ich im Kreißsaal, und der einzige Mensch an meiner Seite war eine überarbeitete Hebamme. Noch nie hatte ich mich derart einsam gefühlt. Jo hatte mich verlassen, ich hatte kein Geld, keine Perspektive und war allein. Die qualvollen Stunden vor der Geburt verstärkten noch mal meine Zweifel. Ständig hatte ich die Stimme meiner Mutter im Ohr, die mir so oft gesagt hatte, dass ich verantwortungslos und zu nichts zu gebrauchen sei. Wie sollte ich da einem Baby gerecht werden?

Doch dann ging plötzlich alles ganz schnell, und es war überstanden. Die Hebamme legte mir ein kleines Bündel in die Arme – und es war um mich geschehen. Meine Tochter hob die Lider, blinzelte und sah mir in die Augen. Ein einziger Blick von ihr reichte aus, um sämtliche Schutzmauern um mein Herz einfach niederzureißen. Schutzmauern, die aus Angst, Schmerz und Trauer entstanden waren und sogar den Gemeinheiten meiner Mutter standgehalten hatten. Doch nun war da Luisa, meine wunderhübsche kleine Tochter! Das Gefühl, das sich in mir ausbreitete, war mit Worten nicht zu beschreiben. Es bestand aus Wärme, Licht und reinem Glück. Ich wurde von so viel Liebe überschwemmt, dass ich hemmungslos zu schluchzen begann. Noch heute kommt es mir vor wie ein Wunder. Wie kann man ein anderes Wesen so plötzlich so intensiv lieben? Hätte ich mich von ihr trennen müssen, wäre mein Herz in tausend Stücke zerbrochen, und ich hätte keinen Tag mehr ohne Tränen verbracht.

Eintrag aus Mariannes »Buch der Erinnerungen«

*

Dank erfreulich freier Straßen erreichte ich Greetsiel wieder am späten Abend.

Erik und ich hatten stundenlang Ideen zusammengetragen und über Lösungsmöglichkeiten nachgedacht. Anfangs war er von meiner Offenbarung natürlich schockiert gewesen, doch er hatte schnell in den Krisenmodus geschaltet. Genau deshalb hatte ich ihn eingeweiht! Wäre die Scham meiner Mutter über ihren Betrug nicht so groß gewesen, hätte sie wahrscheinlich auch erkannt, dass Erik der richtige Mann war, um das Problem in Angriff zu nehmen. Als ersten Schritt würde er baldmöglichst einen Anwalt konsultieren, der auf Urheberrecht spezialisiert war und sich mit Erbschaftsfragen auskannte. Da das Rezept von der Mutter beider Schwestern stammte und die Creme auch von meiner Mutter seit frühester Kindheit genutzt worden war, musste geklärt werden, ob tatsächlich eine Urheberrechtsverletzung vorlag. Außerdem war auf die Rezeptur aus dem Büchlein kein Patent angemeldet worden, das hatte erst später meine Mutter mit *Kräuterzauber* getan. Inwiefern lag also tatsächlich ein geistiger Diebstahl vor? Diese Dinge mussten geklärt werden, um die Höhe von Tante Helgas Ansprüchen einschätzen zu können. Für mich war dabei wichtig, sowohl die Existenz der Firma und die damit verbundenen Arbeitsplätze zu schützen als auch meine Tante zu ihrem Recht kommen zu lassen. Nach dem Brainstorming mit Erik war ich jedoch optimistisch, dass wir eine Lösung finden würden, die für alle Parteien befriedigend war!

Im Anschluss sah ich noch kurz bei Katja vorbei. Sie wäre sicher beleidigt gewesen, wenn ich Hamburg wieder verlassen hätte, ohne ihr nicht wenigstens Hallo zu sagen. Ihr Bauchumfang hatte seit unserem letzten Treffen wieder beträchtlich zugenommen, aber sie schaffte es trotzdem, mich zur Begrüßung freudestrahlend in die Arme zu schließen. Im Wohnzimmer legte sie kurzerhand ihre geschwollenen Beine auf meinen Schoß und nötigte mich, ihr eine Art dilettantische Lymphdrainage zu verpassen, während ich ihr von den neusten Wendungen in meinem Leben berichtete. Für meine Mühen erhielt ich im Anschluss von ihrem Mann ein Lob und einen zuckerfreien Lolli. Anscheinend waren sie auf die Erziehung der Zwillinge schon bestens vorbereitet.

In Greetsiel angekommen, konnte ich es kaum erwarten, Holger endlich wiederzusehen. Seit wir uns heute Morgen voneinander verabschiedet hatten, war so unfassbar viel geschehen! Als ich atemlos die *Häuptlingsstube* erreichte, lag das Restaurant jedoch schon im Dunkeln. Das war ungewöhnlich, denn es war gerade mal halb elf. Aber vielleicht war es ein ruhiger Abend mit wenig Gästen gewesen, und sie hatten früher geschlossen.

Kurz überlegte ich, ob ich unser Wiedersehen notgedrungen auf den kommenden Morgen verschieben sollte, aber dann siegte die Sehnsucht. Ich joggte wieder zurück zum Parkplatz und fuhr zu Holger nach Pilsum.

Ich hatte mir fest vorgenommen, ihm von dem Rezeptklau meiner Mutter und meinem Entschluss zu erzählen, Tante Helga zu ihrem Recht zu verhelfen. Wahrscheinlich hätte meine Mutter es nicht gebilligt, dass ich den »Koch« in unsere Familiengeheimnisse einweihen wollte. Aber ich vertraute ihm voll und ganz. Da ich endlich die Verlobung mit Erik aufgelöst hatte, war für mich die Zeit der Halbwahrheiten endgültig vorbei. Ab sofort wollte ich Holger nichts mehr verschweigen.

Die Temperaturen waren noch angenehm, und ich genoss den kurzen Fußweg durch Pilsum. Die alten Straßenlaternen warfen ihr kreisförmiges Licht auf die Kopfsteinpflaster, Grillen zirpten, und durch die geöffneten Fenster hörte man im Vorbeigehen die Alltagsgeräusche und ruhigen Stimmen der Bewohner. Als ich das hell erleuchtete Wohnzimmerfenster in Holgers Haus sah, atmete ich auf. Er war daheim!

Nachdem ich geklingelt hatte, wechselte ich ungeduldig von einem Fuß auf den anderen. Ich wollte endlich wieder meine Nase in seinem Nacken vergraben, seinen herrlichen Duft in mich aufnehmen und seine Hände auf meiner Haut spüren. Meine Güte, es hatte mich ganz schön erwischt! Ich konnte mich nicht erinnern, dass ich mich jemals so sehr nach einem Mann verzehrt hatte.

Endlich öffnete er mir. Er trug eine locker sitzende Jeans und ein schwarzes Shirt, das sich verlockend um seine Brustmuskeln spannte.

»Oh, Luisa …«, begrüßte er mich wenig enthusiastisch.

Eigentlich hatte ich mir ausgemalt, wie ich mich in seine ausgebreiteten Arme stürzte, aber seine ernste Miene ließ mich innehalten. Seit heute Morgen schien sich zwischen uns etwas verändert zu haben – und zwar nicht zum Guten.

Mit einem flauen Gefühl in der Magengrube blieb ich stehen und suchte einen möglichst unverfänglichen Gesprächseinstieg.

»Ich war gerade bei der *Häuptlingsstube* und war überrascht, dass ihr schon Feierabend gemacht habt«, begann ich und knetete nervös meine Finger.

Holger verschränkte die Arme vor der Brust und lehnte sich an den Türrahmen. Offensichtlich hatte er nicht vor, mich hereinzubitten.

»Es war nicht viel los, und nach dem Besuch deiner Mutter habe ich Nadja gebeten, die wenigen Gäste so schnell wie möglich abzukassieren.«

Mir rutschte vor Schreck das Herz in die Hose. »Meine Mutter war bei dir?«, fragte ich mit schriller Stimme.

»Sie war als Gast bei uns und hat mich an ihren Tisch gebeten. Angeblich, weil sie mich kennenlernen wollte.« Seine Lippen verzogen sich zu einem bitteren Lächeln. »Im Nachhinein vermute ich jedoch, dass es ihr lediglich darum ging, mir von deinem Verlobten Erik zu erzählen.«

Mir wurde abwechselnd heiß und kalt. Das hatte sie nicht getan, oder? Ich musste mich verhört haben!

Aber der eisige Ausdruck in Holgers Augen machte meine letzten Hoffnungen zunichte. Seine Wut und Enttäuschung waren ihm deutlich anzusehen.

»Das … das war alles ein großes Missverständnis«, stammelte ich.

»Ach, hat sich deine Mutter das etwa nur ausgedacht?«, entgegnete er mit hochgezogenen Augenbrauen.

»Nein, hat sie nicht, aber die Sache mit der Verlobung war ein Missverständnis«, stellte ich aufgeregt richtig. »Erik hat nicht mal meine Antwort auf seinen Antrag abgewartet! Ich hatte keine Chance, ihn abzulehnen, weil so viele Leute aus der Firma anwesend waren und ich ihn nicht bloßstellen wollte. Und wenige Augenblicke später ist meine Mutter zusammengebrochen und musste ins Krankenhaus.«

Meine Güte, wenn man es so zusammengefasst hörte, klang es wie eine fadenscheinige Ausrede! Noch nicht mal ich selbst hätte mir geglaubt.

»Und nachdem ich von dem Hirntumor erfahren hatte, konnte ich die Verlobung nicht auflösen – obwohl ich das liebend gern getan hätte«, fuhr ich fort. »Weil Erik nun mal der stellvertretende Geschäftsführer ist und ich Angst hatte, er würde die Firma im Stich lassen.«

Mit regungsloser Miene lauschte Holger meiner Erklärung. Ich konnte absolut nicht einschätzen, ob meine Worte ihn erreichten.

»Aber ich hatte niemals vor, Erik tatsächlich zu heiraten, das musst du mir glauben!«, beteuerte ich. »Ich liebe ihn nicht, und heute habe ich ihm das auch gesagt. Die Verlobung ist aufgelöst.« Ich warf ihm einen flehenden Blick zu. »Können wir nicht einfach so tun, als hätte es sie nie gegeben? Für mich hat sie nie etwas bedeutet.«

Ich hielt für einen Moment inne. Dank meiner Mutter hatte auch ich Probleme damit, anderen offen meine Gefühle zu gestehen, da es sich anfühlte, als würde ich mich in einem ungesunden Maße verwundbar machen. Insbesondere wenn ich für jemanden so viel empfand wie für Holger. Doch ich nahm meinen Mut zusammen.

»Du bedeutest mir sehr viel, Holger«, sagte ich mit rauer Stimme. »Vom ersten Augenblick an habe ich gespürt, dass zwischen uns etwas Besonderes ist. Wahrscheinlich habe ich dir deshalb nichts von Erik erzählt. Weil ich nicht wollte, dass das zwischen uns zu Ende ist, bevor es überhaupt begonnen hat. Und die letzten Tage mit dir waren die glücklichsten meines Lebens.« Ich lächelte ihn unsicher an. »Ich habe mich rettungslos in dich verliebt.«

Er antwortete nicht, und das Schweigen, das sich zwischen uns ausbreitete, legte sich schwer auf meine Brust. Langsam sickerte die Erkenntnis in mich hinein, dass mein Geständnis sein Ziel verfehlt hatte. Mein Herz zog sich schmerzhaft zusammen.

Holger lehnte immer noch mit zusammengepressten Lippen an der Tür. »Du hast mich belogen«, stellte er fest.

»Nein, ich habe dir etwas *verschwiegen*, weil ich es nicht für so wichtig hielt«, widersprach ich verzweifelt. »Denn ich wusste, dass ich die Angelegenheit schnellstmöglich regeln würde. Ich wollte dir niemals wehtun!«

Ich bekam keine Luft mehr, und meine Wörter begannen zwischen meinen hektischen Atemzügen zu verschmelzen. »Estutmirsoleid«, keuchte ich.

Er schüttelte verärgert den Kopf. In seinen Augen schien ein Sturm zu toben. »Eine Verlobung ist nichts, das man einfach verschweigt, Himmel noch mal! Ehrlichkeit und Vertrauen sind die Grundlagen einer Beziehung. Was hast du mir noch alles verheimlicht?«

»Das war das Einzige, was ich dir nicht gesagt habe! Sonst war ich immer ehrlich. Bitte glaub mir doch!«

Offenbar hatte er seinen Entschluss jedoch schon längst gefällt.

»Auf diese Weise kann ich keine Beziehung führen!«, teilte er mir in einem Tonfall mit, der Wasser zu Eis hätte gefrieren lassen können. »Einen Verlobten zu verschweigen ist keine Bagatelle, Luisa! Das kannst du noch so lange schönreden und Ausreden vorbringen – es ist und bleibt unverzeihlich.« Er warf mir einen Blick voll bitterer Enttäuschung zu. »Die Frau, in die ich mich verliebt habe, hätte mir das nicht angetan. Ich habe das Gefühl, dass ich dich überhaupt nicht kenne!«

Ich konnte nicht glauben, dass er so dachte. Obwohl seine Körperhaltung deutlich machte, dass er Abstand halten wollte, legte ich die Hand auf seinen Arm.

»Ich bin die gleiche Luisa, die dir am Abend unseres Kennenlernens ohne Zögern in der Küche geholfen hat, obwohl du ein Fremder für mich warst«, sagte ich, während ich seinen Blick festhielt. »Die Luisa, die dir auf dem Kutter ihr Herz ausgeschüttet hat, weil ihre Mutter einen Hirntumor hat. Die Luisa, mit der du laut deiner Aussage in den letzten Tagen überglücklich warst. Heute Morgen noch hast du mich minutenlang in den Armen gehalten, weil du mich nicht gehen lassen wolltest. Du kennst mich, verdammt noch mal!«

Seine Brust hob und senkte sich schwer. Aber er war ein Mann, der an seinen Überzeugungen festhielt. Ohne jede Zärtlichkeit zog er meine Hand von seinem Arm. »Es geht nicht. Tut mir leid.«

Ich hasste es, dass selbst in dieser Situation eine kurze Berührung von ihm ausreichte, um ein sehnsüchtiges Kribbeln durch meinen Körper zu schicken.

»Ich habe mich in eine Frau verliebt, die ich für aufrichtig und loyal gehalten habe. Für mutig, hilfsbereit und leidenschaftlich. Eine Frau, die für ihre Überzeugungen einsteht und weiß, was sie will. Aber offenbar gehörst du zu den Menschen, die ungeniert die Wahrheit verschleiern und das Vertrauen ihrer Familie und Freunde missbrauchen. Du lügst, du betrügst deine Verwandten und führst das Leben, das deine Mutter für dich ausgewählt hat. Mit so einer Frau möchte ich nicht zusammen sein!«

Innerlich wie erstarrt taumelte ich zurück. Natürlich wusste ich, dass ich einen großen Fehler gemacht und Holger verletzt hatte. Aber er konnte deswegen doch nicht alles, was wir hatten, einfach wegwerfen? Als wären all die schönen Momente, die wir miteinander geteilt hatten, plötzlich nichts weiter als Abfall, den man mit einem Schulterzucken entsorgen konnte. Er hätte mich wenigstens reinbitten können, um in Ruhe darüber zu sprechen oder mich um etwas Zeit bitten, um alles zu verarbeiten. Aber stattdessen machte er sofort Schluss!

»Moment mal … Björn hatte recht«, keuchte ich. »Verdammt, er hatte tatsächlich recht!«

Holger richtete sich auf. »Inwiefern?«

»Er hatte mich gewarnt, dass du Beziehungen scheust wie der Teufel das Weihwasser. Aber ich habe ihm nicht geglaubt.« Fassungslos schüttelte ich den Kopf. »Du hast behauptet, dass du bisher einfach nicht die richtige Frau gefunden hast. Aber eigentlich wolltest du nie eine ernsthafte Beziehung, oder? Du hast immer ein Haar in der Suppe gefunden, um das Ganze frühzeitig zu beenden. Deshalb kam dir die verheimlichte Verlobung wohl ganz gelegen. Beziehungen machen dir Angst! Deshalb gibst du beim ersten Anzeichen von Schwierigkeiten auf.«

Verärgerung huschte über Holgers Miene. »Versuchst du jetzt etwa, mir die Schuld in die Schuhe zu schieben?« Er schüttelte schnaubend den Kopf. »Ich glaub's ja nicht! Du lügst mich an – und jetzt soll ich der Böse sein?«

Ehe ich etwas erwidern konnte, warf er mir einen letzten erbosten Blick zu, wandte sich um und knallte die Tür hinter sich zu.

Kapitel 26

Meine Zukunft steht in den Sternen. Ich habe keine Ahnung, ob mich bald der Tod oder eine zweite Chance erwartet. Wenn Letzteres der Fall sein wird, würde ich gerne einige Dinge in meinem Leben ändern. Vielleicht wäre ich sogar bereit, mich noch einmal auf die Liebe einzulassen? Wer weiß …
Meine Tochter hat mir gezeigt, dass ich die Fähigkeit zu tiefen Emotionen noch nicht verloren habe. Wenn ich Luisa ansehe, ist mein Herz übervoll von Liebe. So voll, dass ich wie gelähmt bin. Es ist mir nie gelungen, dieser Liebe Ausdruck zu verleihen, sie ihn Worte zu fassen. Doch ich würde alles für sie tun und will nur ihr Glück! Das ist mir so wichtig, dass ich heute Abend wahrscheinlich einen unverzeihlichen Fehler begangen habe … Ich habe mich hinreißen lassen und mich in einer Art und Weise in ihr Leben eingemischt, für die sie mich wahrscheinlich hassen wird. Aber ich dachte, dies sei der richtige Weg, ihr zu helfen.
Luisa, ich liebe dich so sehr. Du bist für immer mein Augenstern, mein Schatz, mein kleiner Engel. Für dich würde ich durchs Feuer gehen und mein Leben geben. Bitte verzeih mir, wenn ich nicht in der Lage war, dir das zu zeigen …

Letzter Eintrag aus Mariannes »Buch der Erinnerungen«

*

Als ich nach Greetsiel zurückfuhr, konnte ich die Tränen nicht länger zurückhalten. Ich schluchzte hemmungslos und wischte mir mit dem Handrücken immer wieder über die Augen, weil ich kein Taschentuch finden konnte.

In mir herrschte das reinste Chaos. In erster Linie war da dieser tiefe, kaum erträgliche Schmerz über Holgers Zurückweisung, aber auch Enttäuschung, Fassungslosigkeit und Wut. Die Wut richtete sich jedoch nicht auf ihn, sondern auf meine Mutter. Wie hatte sie mir das antun können? Woher nahm sie sich das Recht, sich in meine Beziehung einzumischen und mir alles kaputtzumachen? Ich war mir sicher, dass alles anders gekommen wäre, hätte Holger von mir die Wahrheit über Erik und die unfreiwillige Verlobung erfahren. Aber so stand ich da wie eine Lügnerin, die nie vorgehabt hatte, ihm ihre Schwindelei zu gestehen.

Ich stellte das Auto ab, und während ich durchs Dorf lief, ließen die Tränen nach. Dafür übernahm mein Zorn die Führung. Dieses Mal würde ich meine Mutter nicht so leicht davonkommen lassen! Wahrscheinlich war sie inzwischen schon zu Bett gegangen, aber das würde mich nicht davon abhalten, sie augenblicklich zur Rede zu stellen. Sie hatte eine Grenze überschritten! Das würde ich ihr niemals verzeihen.

Als ich die Haustür öffnete, hatte ich mich so in meine Wut hineingesteigert, dass mein Herzschlag in meinen Ohren dröhnte. Deshalb dauerte es einen Moment, bis ich bemerkte, dass es im Haus für diese Uhrzeit ungewöhnlich laut war. Aus der Küche drangen aufgeregte Stimmen, und es ertönte ein dumpfer Schlag, als würde jemand auf den Tisch hauen.

Irritiert folgte ich den Geräuschen.

Als ich die Küche betrat, war dort meine ganze Familie versammelt. Meine Mutter saß in ihrem seidenen Morgenmantel am Tisch, und Tante Helga hatte ihr gegenüber Platz genommen.

Björn und Merle standen hinter ihrer Mutter. Mein Cousin war hochrot im Gesicht und schimpfte lautstark auf Plattdeutsch, während Merle ihn am Arm fasste und zu beruhigen versuchte.

»Was ist denn hier los?«, entfuhr es mir.

Sofort richtete sich die Aufmerksamkeit auf mich.

»Ach, sieh an, unser so nettes und unschuldiges Cousinchen!«, sagte Björn spöttisch.

Fragend schaute ich zu meiner Mutter, doch sie wich meinem Blick aus und starrte auf ihre Hände hinab.

»Du willst wissen, was los ist?«, fragte Björn mich mit aggressiver Stimme. Er nahm etwas hinter sich von der Anrichte und kam zu mir. »Das hier ist los …«

Er knallte Tante Helgas billiges Cremedöschen auf den Tisch und gleich daneben ein deutlich edleres aus Rauchglas mit der goldenen Aufschrift *Kräuterzauber*.

Oh, verdammt! Björn hatte es herausgefunden. Sie wussten von dem Diebstahl des Rezepts.

Die Wut, die mich gerade noch vom Kopf bis zu den Zehenspitzen erfüllt hatte, verpuffte mit einem Schlag und machte brennender Scham Platz.

»Wie … wie hast du …«, stammelte ich.

»Als ich heute Morgen die Spüle repariert habe, habe ich gehört, wie meine Mutter dir ihre selbst gemachte Creme empfohlen hat«, teilte Björn mir mit. »Nur wenige Minuten später kamst du aus ihrem Schlafzimmer gerannt und hast nach dem Rezeptbuch mit den Heilkräutern gefragt. Netterweise hast du sogar die aufgeschlagene Seite neben mir liegen lassen. Die Seite, bei der du einen deftigen Fluch ausgestoßen hast!«

Mir war nicht klar gewesen, wie verdächtig mein Verhalten auf ihn gewirkt haben musste. Ich hatte meinen Cousin offensichtlich gewaltig unterschätzt.

»Da ich mich in den letzten Tagen im Internet über eure

Naturkosmetikfirma schlaugemacht habe, hatte ich sofort einen Verdacht. Ich musste nur noch eins und eins zusammenzählen. Ihr habt uns auf übelste Weise hintergangen!«

»Ich habe auch erst heute vom Diebstahl des Rezepts erfahren«, entgegnete ich mit glühenden Wangen.

»Aber anstatt mir von deiner ungeheuerlichen Entdeckung zu berichten, bist du nur zu deiner Mama in den Garten gerannt«, entgegnete er ungerührt.

»Und mir hast du ebenfalls nichts gesagt, als ich dich später zum Mittagessen einladen wollte«, meldete sich nun auch Merle zu Wort.

Die Enttäuschung, die dabei in ihren Augen lag, konnte ich kaum ertragen. Sie fühlte sich von mir verraten.

»Ich habe euch nichts gesagt, weil ich zuerst eine Lösung finden wollte«, versuchte ich mich zu verteidigen. »Deshalb bin ich auch gleich nach Hamburg gefahren.«

Björn schnaubte. »Ja, wahrscheinlich, um zu einem Anwalt zu rennen, der euch mit irgendwelchen juristischen Tricks hilft, unbeschadet aus der Sache herauszukommen.«

Er trat an mich heran und kniff die Augen zusammen. »Aber wir werden uns auch einen Anwalt nehmen. Diese Sache wird vor Gericht gehen. Vom ersten Moment an hat mir mein Instinkt gesagt, dass ihr Betrüger seid! Niemand wollte mir glauben, aber ich hatte recht. Ihr habt das Rezept meiner Mutter geklaut – und dafür werdet ihr bezahlen! Jeden Cent, den ihr mit dieser Creme verdient habt, wollen wir zurück.«

»Aber das wird die Firma nicht verkraften«, entgegnete ich aufgebracht. »Dann sind wir pleite, und viele Leute stehen ohne Job auf der Straße.«

»Oh, soll ich jetzt etwa Mitleid haben?« Er lachte höhnisch und breitete die Arme aus. »Sieh dich doch mal in dieser Bruchbude um! Denkst du nicht, dass meine Mutter …«

»Still jetzt!«, unterbrach Tante Helga ihn mit schneidender Stimme. »Das ist immer noch *mein* Rezeptbuch, Björn. Und wie ich die Sache handhabe, geht dich einen feuchten Kehricht an. Halt dich gefälligst da raus!«

»Aber …«

»Nichts aber!« Sie erstickte seine Widerworte im Keim. »Hörst du etwa schlecht? *Mein* Rezeptbuch, *meine* Schwester, *meine* Angelegenheit.«

Björn klappte abrupt den Mund zu. Beleidigt wandte er sich ab und lehnte sich mit verschränkten Armen an die Anrichte.

Tante Helga schaute meine Mutter an und atmete tief durch. Die Anspannung im Raum war fast greifbar.

»Verschwindet aus meinem Haus!«, sagte sie mit leiser, aber fester Stimme. »Und ich nehme mir das Recht heraus, es als *mein* Haus zu bezeichnen. Dass du auf deine Hälfte verzichtest, ist wohl das Mindeste.«

Meine Mutter nickte schweigend, um ihre Zustimmung anzudeuten. Seit ich hier war, hatte sie kein Wort von sich gegeben. Doch ich wusste auch nicht, wie lange diese Auseinandersetzung schon ging. Vielleicht hatte sie ihre aktive Gegenwehr schon eingestellt.

»Geht … sofort!«, wiederholte Tante Helga ihre Aufforderung. »Ihr seid hier nicht mehr willkommen.«

Obwohl der Rauswurf zu erwarten gewesen war, erschütterte er mich bis ins Mark. Hilfesuchend schaute ich zu Merle, aber sie hatte die Lippen fest zusammengepresst und wich meinem Blick aus. Auch sie schien nichts mehr mit mir zu tun haben zu wollen. Offenbar glaubte mir niemand, dass ich versucht hatte, eine befriedigende Lösung für alle zu finden.

Plötzlich fiel mir etwas ein, das Holger vorhin gesagt hatte: *Du betrügst deine Verwandten …* Da ich keine Gelegenheit bekommen hatte, ihm von dem Diebstahl des Rezepts zu erzählen, musste Björn ihm umgehend von seiner Entdeckung berichtet haben. Wahrscheinlich kurz nachdem meine Mutter ihm von meinem Verlobten in Hamburg erzählt hatte. Kein Wunder, dass Holger sich fragte, ob er sich in mir getäuscht hatte! Beide Ereignisse zusammengenommen ließen mich unglaubwürdig und verlogen aussehen. Mir wurde ganz schlecht bei dem Gedanken.

Innerhalb eines Tages hatte ich sowohl meine Familie als auch Holger verloren – und das lag in erster Linie an einer Person.

»Das ist alles nur deine Schuld!«, fuhr ich meine Mutter an. »Ich habe deine Spielchen und Manipulationen so satt. Du hättest deiner Schwester niemals freiwillig die Wahrheit über *Kräuterzauber* gesagt, oder? Du hättest sie hier einfach weiter mit ihrem kaputten Dach und ihren Schulden sitzen lassen.«

»Luisa, ich …«, wandte sie mit dünner Stimme ein, aber ich ließ sie nicht zu Wort kommen.

»Nein, jetzt hörst du mir zu!«, unterbrach ich sie. »Du akzeptierst einfach nicht, dass ich anders bin als du. Dass sich deine Wünsche und Träume von meinen unterscheiden. Obwohl ich kein Kind mehr bin, willst du permanent mein Leben bestimmen. Die ganze Zeit über dachte ich, das wäre ein Ausdruck deiner Liebe und Fürsorge.«

Ich lachte bitter. »Aber keine Mutter, die ihr Kind aufrichtig liebt, verhält sich so. Mit voller Absicht hast du meine Beziehung zu Holger boykottiert, weil du mich in Eriks Arme treiben wolltest! Dabei habe ich dir gesagt, dass ich ihn nicht heiraten will. Aber das ist dir offenbar gleichgültig. Hauptsache, du setzt deinen Willen durch!«

»Luisa …«, sagte Merle und versuchte mich zu bremsen, doch ich ignorierte sie.

In mir hatte sich so viel angestaut, dass es einfach rausmusste. Mittlerweile atmete ich so hektisch, dass meine Stimme gepresst klang.

»Du sagst immer, wie bösartig, herrisch und kontrollsüchtig deine Mutter war, aber weißt du was? Du bist kein bisschen besser als sie. Nein, du bist sogar genau wie sie! Und ich habe davon endgültig genug. Ich will nichts mehr mit dir zu tun haben!«

Keuchend hielt ich inne. Erst jetzt fiel mir auf, dass meine Mutter blass wie ein Leintuch war. Sie schaute mich zwar an, aber ihr Blick wirkte leer und vernebelt.

»Mama?«, fragte ich irritiert.

Ihre Augenlider hoben und senkten sich schwer, dann kippte ihr Oberkörper einfach zur Seite, und sie rutschte vom Stuhl. Es gab einen hässlichen Laut, als ihr Kopf auf dem Küchenboden aufschlug.

Ich stürzte zu ihr. »Mama? Mama, hörst du mich?«

Sie war bewusstlos, und Blut breitete sich auf den Fliesen aus.

Merle kniete sich neben mich. »Ich habe so etwas befürchtet. Sie hat von Minute zu Minute schlechter ausgesehen.«

Ich tastete nach ihrem Puls. Erleichterung durchflutete mich, als ich ihren flatternden Herzschlag unter meinen Fingerspitzen spürte.

»Hilf mir, sie in die stabile Seitenlage zu bringen«, befahl Merle.

»Ich rufe den Notarzt«, rief Björn hinter uns.

Als wir meine Mutter zur Seite gedreht hatten, sahen wir, dass sie sich vom Sturz eine hässliche Platzwunde über der Augenbraue zugezogen hatte.

»Hier!«, sagte Tante Helga und reichte uns ein sauberes Geschirrtuch. Merle drückte es routiniert auf die blutende Wunde.

Ein unguter Verdacht keimte in mir auf. Bei unserem Streit heute Morgen hatte meine Mutter ungewöhnlich oft vom Sterben gesprochen. Dafür, dass ihr Zustand angeblich nicht so dramatisch war, erschien mir das im Nachhinein etwas seltsam.

»Wo ist ihr Handy?« Hektisch tastete ich die Taschen ihres Morgenmantels ab, fand aber nichts.

»Hier auf dem Tisch«, antwortete Tante Helga.

Ich entsperrte es mit dem Zeigefinger meiner Mutter. Überrascht stellte ich fest, dass sie seit ihrer Entlassung aus dem Krankenhaus mehrfach mit Doktor Lehmann telefoniert hatte. Davon hatte sie kein Wort erwähnt. Ich konnte nur hoffen, dass er auch um diese Uhrzeit einen Anruf entgegennehmen würde!

Gespannt hielt ich die Luft an. Er ging tatsächlich ran und brummte ein wenig erfreutes »Lehmann«. Ich nahm mir nicht die Zeit, mich für die späte Störung zu entschuldigen, sondern schilderte ihm sofort, was geschehen war.

»Verdammt noch eins!«, fluchte er, nun mit hellwacher Stimme. »Ich habe Ihre Mutter gewarnt, dass das nicht gut gehen wird! Hören Sie gut zu, Frau Steinbeck, wir müssen jetzt schnell handeln. Jede Minute zählt!«

»Okay«, krächzte ich.

Mit rasendem Herzen blickte ich auf den regungslosen Körper meiner Mutter hinab. Reue durchflutete mich. Denn als Letztes hatte ich ihr wütend entgegengeschleudert, dass ich nichts mehr mit ihr zu tun haben wolle.

III

Kapitel 27

Einige Zeit sah es nicht gut aus für meine Mutter. Selbst der Spezialist, den Doktor Lehmann uns als Koryphäe auf diesem Gebiet empfohlen hatte, hatte den Eingriff als herausfordernd und diffizil bezeichnet. Deshalb hatte man sie auch in ein künstliches Koma versetzen müssen.

Es begannen Tage des qualvollen Wartens. Auch wenn der Tumor entfernt worden war, konnte mir niemand sagen, in welchem Zustand meine Mutter erwachen würde.

Frau Klein, die Assistentin meiner Mutter, schaute regelmäßig vorbei, und auch Katja stärkte mir den Rücken. Die Belegschaft, Mutters Geschäftsfreunde und ihre Freundinnen aus dem Bridgeclub schickten unzählige Blumen und Geschenke.

Nur aus Greetsiel hörte ich nichts. Dabei hatte ich Tante Helga eine Nachricht geschrieben, um sie über die überstandene Operation zu informieren. Leider hatte sie mir nicht geantwortet. Nach dem, was meine Mutter ihr angetan hatte, war es kaum verwunderlich, dass sie nichts mehr mit uns zu tun haben wollte. Noch mehr schmerzte mich, dass auch Holger sang- und klanglos aus meinem Leben verschwunden war. In den ersten Tagen hatte ich noch einen winzigen Hoffnungsschimmer verspürt, dass er seine Meinung ändern könnte und mit mir noch mal über alles sprechen wollte. Aber er schien eisern an seinem Entschluss festzuhalten. Meine Zeit in Greetsiel schien nicht mehr als ein schöner, weit entfernter Traum gewesen zu sein.

Auch nachdem meine Mutter aus dem künstlichen Koma zurückgeholt worden war, blieb die Unsicherheit, ob die Operation einen bleibenden Schaden hinterlassen hatte. Denn als sie aufwachte, war sie desorientiert, aggressiv und litt unter Verfolgungswahn. Mir wurde erklärt, dass dies normale Begleiterscheinungen des künstlichen Komas waren. Trotzdem erschütterte es mich, dass meine Mutter plötzlich der festen Überzeugung war, die Schwestern auf der Station wollten sie umbringen. Sie leistete bei jeder noch so kleinen Untersuchung Widerstand, und wäre sie nicht so kraftlos gewesen, hätte sie sich wahrscheinlich im Schlafanzug klammheimlich aus dem Staub gemacht. Wenn ich sie dazu überreden wollte, etwas zu essen, unterstellte sie sogar mir, dass ich ihren Joghurt vergiftet hätte, um schneller an mein Erbe zu kommen. Doktor Lehmann meinte, ich sollte es positiv sehen: Immerhin hatte sie mich als ihre Tochter erkannt, und das wäre schon mal ein gutes Zeichen.

Mit der Zeit legte ich mir eine gewisse Routine zu. Tagsüber ging ich wieder zur Arbeit und unterstützte Erik, so gut ich konnte. Allerdings benötigte er meine Hilfe kaum, denn er war zum Geschäftsführer geboren. Dass er quasi allein die Firmenleitung übernehmen musste und sein Privatleben nicht mehr existent war, störte ihn nicht im Mindesten. Inzwischen hatten wir in der Firma das offizielle Statement abgegeben, dass wir uns nach einer gemeinsamen Aussprache einvernehmlich getrennt hatten. Niemand war schuld, niemand zog den Kürzeren. Aber es gab auch freudige Momente in dieser Zeit, nämlich als ich das erste Exemplar unseres Adventskalenders in Händen halten durfte. Er sah noch besser aus, als ich es mir ausgemalt hatte, und die Vorbestellungen ließen auf gute Verkaufszahlen hoffen. Da das Projekt meine Idee gewesen war, erfüllte mich der Erfolg mit Stolz. Offensichtlich war ich doch nicht so schlecht in meinem Job, wie es mir meine Mutter und Erik unterstellt hatten.

Nach der Arbeit besuchte ich meine Mutter im Krankenhaus, sah mit ihr fern oder las ihr etwas vor. Und wenn ich abends heimkam, war ich so hundemüde, dass ich umgehend einschlief. Aber das funktionierte nicht immer.

Manchmal tauchten trotzdem die Erinnerungen an Holger in meinem Kopf auf wie Wasserblasen, die an die Oberfläche stiegen. Und mit der Erinnerung kamen die Tränen. Wenn ich die Augen schloss und mich konzentrierte, konnte ich wieder die Gerichte schmecken, die er für mich gekocht hatte. Ich spürte seine warme, raue Hand über meine Haut streichen, roch seinen Duft und ließ mich in seine Umarmung fallen. In seinen Armen hatte ich mich wunderschön gefühlt, begehrt, geliebt. Und der Sex … war so viel mehr gewesen. Als wären wir nur gemeinsam vollständig. Doch mit diesen Erinnerungen quälte ich mich nur selbst! Denn sobald ich die Augen wieder öffnete, war da nichts als Dunkelheit und Leere. Mein Leben würde auch ohne Holger weitergehen, natürlich. Doch ohne ihn fühlte sich die Einsamkeit noch kälter an, die Sommertage verloren ihr Strahlen, und eine schöne Melodie erreichte nicht mehr mein Herz. Ich vermisste ihn, aber auch meine Tante und Merle. Ich vermisste Ostfriesland. Wenn ich in Hamburg aus dem Fenster sah, prallte mein Blick an der nächsten Hauswand ab. Das war in der Krummhörn anders gewesen. Dort konnten meine Gedanken und Träume ungehindert vorwärtsströmen, sich in die Lüfte erheben und fliegen. Plötzlich fühlte es sich so an, als wäre ich in Hamburg am falschen Ort.

Nach und nach erholte sich meine Mutter, und diverse Tests wurden durchgeführt, die sie zur Zufriedenheit der Ärzte bestand. Ihr Erinnerungsvermögen hatte keinen Schaden genommen. Obwohl sie ihre Gesundheit so fahrlässig aufs Spiel gesetzt hatte, schien sie einen Schutzengel gehabt zu haben, der sie vor Schlimmerem bewahrt hatte.

In gleichem Maße, wie sich ihr körperlicher Zustand verbesserte, nahm meine Sorge um sie ab – und wich einer schwelenden Unzufriedenheit. Es gab zwischen uns noch so viel, das unausgesprochen geblieben war! Aber ich musste mich in Geduld üben und ihr Zeit geben, sich zu erholen.

Allerdings entging mir nicht, dass meine Mutter sich seit dem Eingriff verändert hatte. Sie war oft in sich gekehrt, redete nicht viel und starrte manchmal stundenlang aus dem Fenster. Mehrmals ertappte ich sie dabei, wie sie mich verstohlen beobachtete, aber wenn ich sie fragte, was los sei, schüttelte sie nur stumm den Kopf.

Erst als sie sich eines Nachmittags zum ersten Mal seit der OP nach der Firma erkundigte, wusste ich, dass sie wieder in der Verfassung für ein ernstes Gespräch war. Wir saßen gerade im Klinikpark auf einer Bank unter einer Weide, die uns mit ihrem Schatten vor der Sommerhitze schützte.

»Erik hat alles im Griff«, beruhigte ich sie. »Wahrscheinlich macht er nicht alles so, wie du es gerne hättest, aber du solltest ihm vertrauen. Geh nicht zu streng mit ihm ins Gericht!«

»Das werde ich nicht. Ich bin ihm sehr dankbar.«

Sie ließ ihren Blick über die Wiese schweifen und beobachtete die anderen Patienten, die gemächlich durch den Park spazierten. Der Verband am Kopf und ihr zerbrechlicher Körper zeugten von den harten Wochen, die hinter ihr lagen.

»Vielleicht ist es an der Zeit, dass ich anderen die Zügel überlasse«, sagte sie. »Meine Angewohnheit, alles an mich reißen zu wollen, hat überhandgenommen. In den letzten Jahren hatte ich außerhalb der Firma überhaupt kein Leben mehr.«

Perplex sah ich sie an. »Und was ist mit deinem Leitspruch: *Leute, die sich nach Urlaub sehnen, haben die falsche Arbeitseinstellung?*«

Sie zog die Schultern in die Höhe. »Der Tumor hat mir gezeigt, dass Zeit ein wertvolles Gut ist. Es war wie ein Schuss vor den Bug. Ich hatte so unfassbar großes Glück, Luisa! Ich habe viel nachgedacht und bin zu dem Schluss gekommen, dass ich einige Dinge ändern sollte.«

»Zum Beispiel?«

»Mal in Urlaub fahren, mich mehr um meine Mitmenschen kümmern, wieder öfter in den Bridgeclub gehen, ein bisschen Spaß haben. Vielleicht melde ich mich in so einer Dating-App für Senioren an? Geld und Erfolg sind nicht alles.«

Anscheinend meinte sie es tatsächlich ernst. Ich hoffte nur, dass ihre guten Vorsätze länger als ein paar Wochen oder Monate anhielten.

Ich holte tief Luft. »Es gibt einiges, das ich noch mit dir bereden möchte.«

Sie nickte. Anscheinend hatte sie das erwartet.

Ich kramte in meiner Handtasche und legte ihr Notizbuch zwischen uns auf die Bank. Ein Anflug von Ärger huschte über ihr Gesicht.

»Du hast in meinen Erinnerungen gelesen?«

»Während du operiert wurdest. Ich habe das Buch in deiner Handtasche gefunden, als ich nach der Versichertenkarte gesucht habe.« Ich faltete die Hände auf dem Schoß und stieß die Luft aus. »Zum Glück habe ich es gelesen. Sonst würde ich wahrscheinlich nicht neben dir sitzen, sondern hätte dich allein gelassen, nachdem du über den Berg warst.«

Dass ich nach dem letzten herzergreifenden Eintrag schluchzend zusammengebrochen war, erwähnte ich lieber nicht. Eine rührselige Stimmung würde mir nicht helfen, die unschönen Punkte unseres Gesprächs in Angriff zu nehmen!

Ich begegnete ihrem zaghaften Blick und lächelte, um ihr die Unsicherheit zu nehmen.

»Keine Sorge, ich verurteile dich für nichts, im Gegenteil!«, beruhigte ich sie. »Zum ersten Mal habe ich einen Einblick von dem bekommen, was in dir vorgeht. Was du alles erlebt hast und was dich zu dem Menschen gemacht hat, der du heute bist. Ich sage nicht, dass das alles entschuldigt! Aber … du bist mir nicht mehr so fremd wie vorher. Und das ist ein gutes Gefühl.«

Verwirrung zeichnete sich auf ihrem Gesicht ab. »Nicht mehr so fremd? Aber du wusstest ohnehin doch fast alles …«

Ihre Irritation wunderte mich nicht. Wir hatten schließlich nicht umsonst ein Kommunikationsproblem.

Ich seufzte. »Okay, ein Beispiel: Du hast mir immer erzählt, dass du meinen Vater auf einem Konzert kennengelernt hast und ihr euch ineinander verliebt habt.«

Sie nickte. »Genauso war es.«

»Aber erst durch deine Notizen habe ich erfahren, dass du ein Groupie seiner völlig erfolglosen Punkband warst und ihr noch nicht mal einen festen Wohnsitz hattet. Meine Mutter, die erfolgreiche Hamburger Geschäftsfrau, war früher *ein Groupie!*«

Trotz ihrer kränklichen Gesichtsfarbe bekamen ihre Wangen eine zartrosa Tönung. »Nun ja, das ist etwas, das man seiner heranwachsenden Tochter nicht gerne erzählt«, erwiderte sie mit gesenkter Stimme. »Ich wollte nicht deinen Respekt verlieren.«

Ihre Schamhaftigkeit brachte mich zum Lachen.

»Aber das war ein Teil von dir, Mama!«, sagte ich grinsend. »Dass du als junge Frau so ein bewegtes Leben geführt hast und auf alle Normen gepfiffen hast, hätte ich dir niemals zugetraut. Ich hätte die Marianne von damals gerne kennengelernt.«

»Ehrlich?«, entfuhr es ihr überrascht. Nun musste sie ebenfalls grinsen. »Nun ja, es war eine bewegte Zeit. Ach herrje, das ist so lange her! Ich bin an der Seite deines Vaters durchs Land getingelt, wir hatten überhaupt kein Geld und waren trotzdem glücklich.« Sie wiegte den Kopf hin und her. »Für eine gewisse Zeit wenigstens.«

»Davon hätte ich gern früher erfahren«, sagte ich nachdrücklich. »Genauso von der Sache mit Helmut. Nachdem ich damals aus dem Krankenhaus gekommen bin, hast du ihn nie wieder erwähnt. Er war einfach verschwunden. Ich hatte keine Ahnung, wie stinkwütend du warst, weil er mich geschlagen hatte.«

Irritiert sah sie mich an. »Aber das war doch selbstverständlich! Er hat dir wehgetan. Das war unverzeihlich – und dafür musste dieser Mistkerl bezahlen. Niemals hätte ich ihn einfach so davonkommen lassen.«

Ich erwiderte ihren Blick. »Dass ich dir so wichtig bin, konnte ich damals aber nicht wissen. Manchmal muss man Dinge aussprechen, damit der andere sich ihrer gewiss ist.«

»Oh … okay.«

So langsam schien sie zu begreifen, was ich ihr deutlich machen wollte. Ihrer nachdenklichen Miene nach zu urteilen, hatte ich ihr einiges gegeben, worüber sie nachgrübeln konnte.

»Es tut mir leid, dass ich dir keine bessere Mutter war«, sagte sie mit leiser Stimme.

Ich schüttelte den Kopf. »Du musst dich nicht entschuldigen! Nicht für damals jedenfalls. Du hattest es schwer und hast dein Bestes gegeben.«

An dieser Stelle musste ich eine Sache unbedingt loswerden. Sie brannte mir auf der Seele, seit ich die Eintragungen über ihre Kindheit gelesen hatte.

»Ich möchte mich ebenfalls entschuldigen. Du bist ganz und gar nicht wie deine Mutter. Dass ich das behauptet habe, tut mir leid! Was sie dir angetan hat …« Meine Kehle wurde eng, und ich schluckte schwer. »Ich kann verstehen, dass du nicht über sie reden wolltest. Sie hätte dir das alles niemals antun dürfen.«

Meine Mutter wurde noch eine Spur blasser um die Nasenspitze. »Ich dachte, wenn ich nicht über sie spreche, hole ich die Vergangenheit nicht zu mir in die Gegenwart. Kann alles, was sie getan hat, hinter mir lassen. Aber weißt du, was verrückt ist?« Sie blickte zum strahlendblauen Himmel hinauf und lachte freudlos. »Als ich meine Erinnerungen aufgeschrieben habe, habe ich begonnen, sie auf eine verdrehte Weise zu verstehen. Sie hat befürchtet, meine rebellische Art und die Weigerung, mich blind an Regeln zu halten, könnte mich ins Unglück stürzen. Und tatsächlich hat es das fast getan! Auf ihre Art hat sie wohl versucht, mich auf den richtigen Weg zu bringen.« Sie seufzte. »Man macht bei seinem Kind so viele Fehler, obwohl man nur die besten Absichten hat.«

An ihrem Tonfall erkannte ich, dass sie damit nicht nur ihre Mutter meinte. Sofort tauchte vor meinem inneren Auge das Bild von Holger am Abend unserer Trennung auf. Bisher hatte ich meine Gefühle im Zaum halten können, aber nun brach mein Ärger hervor.

»Du hattest schon immer Probleme damit, mich loszulassen. Aber in letzter Zeit bist du zu weit gegangen! Mit Erik und deiner fixen Idee der Hochzeit, aber vor allen Dingen mit Holger. Wie du dich in mein Leben eingemischt hast, um deinen Willen zu bekommen, das war … war einfach …« Mir fehlten die Worte.

Ihr Fehler schien ihr inzwischen klar geworden zu sein, denn sie nickte, ohne zu zögern.

»Ich weiß«, sagte sie und verzog unglücklich die Mundwinkel. »Dass ich deinem Koch von der Verlobung erzählt habe, war unverzeihlich. Keine Ahnung, was in mich gefahren ist! Es war ein impulsiver Gedanke, dem ich kurzerhand nachgegeben habe.« Sie warf mir einen kurzen Seitenblick zu. »Vielleicht lag es am Tumor …«

Mir entwich ein humorloses Lachen. »Netter Versuch, Mama! Wir wissen beide, dass das ein letzter verzweifelter Versuch gewesen war, mich in Eriks Arme zu treiben. Davon abgesehen hat *mein* Koch einen Namen! Er heißt Holger.«

Ich hielt es nicht mehr aus, ruhig neben ihr sitzen zu bleiben, und begann, vor der Bank auf und ab zu laufen. Meine Mutter folgte mir mit den Augen.

»Konntest du meinen Fehler wieder ausbügeln?«, fragte sie kleinlaut.

Ich blieb stehen, presste die Augen zusammen und stieß die Luft aus.

»Nein, er will mich nicht mehr sehen. Er meinte, die Frau, in die er sich verliebt hat, würde nicht eine Verlobung verheimlichen, lügen und die eigene Familie betrügen.«

Mit leiserer Stimme fügte ich hinzu: »Ich habe ihn geliebt, wie ich wahrscheinlich noch keinen Mann geliebt habe. Und jetzt habe ich ihn verloren.«

Der Miene meiner Mutter nach zu urteilen, war sie ehrlich betroffen. Leider half mir das auch nicht weiter. Ich hatte keine Ahnung, wie ich die Sache mit Holger wieder geradebiegen konnte. Mir blieb wohl nichts anderes übrig, als seine Entscheidung zu akzeptieren, auch wenn es mir das Herz brach.

Ein Windstoß ließ die Blätter der Weide über uns rauschen und kühlte meine erhitzte Haut.

»Und bevor du dir Hoffnung machst: Die Verlobung mit Erik ist aufgelöst«, ergänzte ich zur Sicherheit. »Wir werden nicht heiraten.«

Sie hob beschwichtigend die Hände. »Das habe ich mittlerweile verstanden.«

Mein Blick fiel auf eine Krankenschwester, die über die Wiese lief und einen betagten Herrn im blau karierten Bademantel verfolgte. Er war anscheinend auf der Flucht und stützte sich wacker am Infusionsständer ab, während er in Richtung Ausgang trippelte. Was hatten Krankenhäuser nur an sich, dass jeder so schnell wie möglich von hier wegwollte? Da stimmte doch etwas nicht am Grundkonzept!

Als ich meine Aufmerksamkeit wieder meiner Umgebung zuwandte, bemerkte ich, dass meine Mutter neben mir stand. Sie griff nach meiner Hand.

»Ich weiß, dass dir das nicht weiterhilft, aber bitte entschuldige, was ich getan habe. Wenn ich könnte, würde ich es rückgängig machen«, beteuerte sie. Unsicher sah sie mich an. »Kannst du mir noch mal verzeihen?«

Die Frage hatte ich mir in den letzten Tagen auch schon gestellt, und deshalb musste ich gar nicht erst in mich hineinhören, um meine Gefühle auszuloten.

»Nein, tut mir leid! Jedenfalls im Moment noch nicht.«

Natürlich gab ich ihr nicht allein die Schuld am Ende meiner Beziehung, das wäre unfair gewesen. Mir war klar, dass ich selbst einen großen Teil dazu beigetragen hatte. Aber meine eigene Mutter war mir hinterlistig in den Rücken gefallen – und das konnte ich nicht so einfach vergeben und vergessen.

»Das habe ich wohl verdient.«

Sie wirkte so niedergeschlagen, dass ich meine Abfuhr fast wieder bereute. Ich rief mir jedoch in Erinnerung, dass ihr Fehlverhalten mir gegenüber nicht ihr einziges Vergehen war.

»Vielleicht sollten wir zurück auf die Station gehen, bevor sie auch einen Suchtrupp nach mir losschicken.« Sie deutete mit einem gezwungenen Lächeln in Richtung des betagten Patienten, dessen Flucht von der Krankenschwester mittlerweile vereitelt worden war.

Ich hielt sie am Arm fest. »Einen Moment noch!«, bat ich sie. »Während deiner Genesung hatte ich viel Zeit nachzudenken, wie es zwischen uns weitergehen soll. Ich möchte einige Forderungen stellen.«

»Forderungen?«

»Es sind drei, um genau zu sein.« Ich hielt ihren Blick fest. »Hör auf, dich ständig einzumischen – selbst wenn du denkst, dass ich Fehler mache. Lass mich meine Fehler machen – und daraus lernen.«

Sie hob die Hand und strich mir sanft über die Wange. In ihren Augen lag ein liebevolles Funkeln, als sie zustimmend nickte.

»Versprochen!«, gelobte sie. »Es ist dein Leben, und du bist erwachsen. Das hätte ich schon viel früher akzeptieren müssen.«

Nun, wenigstens waren wir uns darin einig! Beim nächsten Punkt rechnete ich mit erheblich mehr Gegenwehr.

»Das kannst du gleich unter Beweis stellen«, erwiderte ich und holte tief Luft. »Denn ich möchte Yuki als neue Chefin der Presseabteilung einarbeiten und nur noch vormittags im Homeoffice für die Firma arbeiten. Ich will mich beruflich verändern, denn dieser Job macht mich nicht glücklich. Und wie du selbst festgestellt hast, mangelt es mir dabei auch an Leidenschaft und Engagement.«

Es gelang meiner Mutter nicht, ihren Schock zu verbergen. Dann schien sie sich jedoch an das Versprechen zu erinnern, das sie mir eben gegeben hatte.

»Das ist … okay«, sagte sie schließlich mit einem Gesicht, als hätte sie in eine Zitrone gebissen.

Trotz der ernsten Situation konnte ich mir ein Schmunzeln nicht verkneifen. Wie meine Mutter krampfhaft versuchte, sich zusammenzureißen und ihre Enttäuschung zu verbergen, war auf gewisse Weise rührend.

»Keine Sorge, ich werde mich nicht völlig zurückziehen! Ich werde weiterhin als Ansprechpartnerin fungieren und im Hintergrund mitarbeiten. Aber ich möchte mich ab sofort auch den Dingen widmen, für die ich tatsächlich Leidenschaft empfinde.«

Sie legte den Kopf schräg. »Deinen Kochvideos?«

»Nicht nur, aber auch«, bestätigte ich. »Meine Arbeit in der *Häuptlingsstube* hat mir gezeigt, dass ich noch viel zu lernen habe. Aber auch, wie sehr mir das Kochen am Herzen liegt. Zum ersten Mal seit Katjas Ausstieg kann ich mir vorstellen, auch ohne sie weiterzumachen. Vielleicht drehe ich die Challenges mit den ekligen Internetrezepten in Zukunft mit wechselnden Gästen.«

Auf die Idee hatte mich Holger gebracht, als er angeboten hatte, bei einem Video mitzumachen. Anscheinend war dieser witzige, aber gleichzeitig anspruchsvolle Wettbewerb sogar für einen Profi reizvoll.

Da fiel mir ein, dass meine Mutter wahrscheinlich überhaupt nicht wusste, worüber ich sprach. »Bei diesen Challenges müssen immer zwei Köche gegeneinander …«

Sie hob die Hand, um mich zu bremsen. »Ich weiß! Ich habe mir endlich mal deinen Kanal angesehen«, erzählte sie. »Das hätte ich schon viel früher machen sollen. Ich war so in meiner Welt gefangen, dass ich nicht gesehen habe, wie wichtig dir das alles ist. Und auch ich finde deine Videos gut, obwohl ich mich überhaupt nicht fürs Kochen interessiere.«

Sie stieß die Luft aus und bemühte sich um ein Lächeln, das sogar annähernd überzeugend wirkte. »Es ist dein Leben, und du bist jung genug, es so zu gestalten, wie du es dir vorstellst. Du solltest deinen eigenen Weg gehen. Ich hätte mir in deinem Alter auch von niemandem etwas vorschreiben lassen«, gab sie offen zu. »An deiner Stelle hätte ich schon viel früher rebelliert.«

Nachdem ich in ihren Erinnerungen gelesen hatte, war das wohl zutreffend. Verglichen mit ihr war ich ein pflegeleichter Sonnenschein.

Von ihrer positiven Reaktion ermutigt, wollte ich auch gleich meine neuste Idee ansprechen. »Wenn du nichts dagegen hast, würde ich aus Großmutters Rezeptsammlung gerne ein Kochbuch machen. Aber ich möchte darin auch ein bisschen über Ostfriesland schreiben. Über die schönen Orte und besonderen Traditionen und natürlich die Teezeremonie.«

»Das ist eine großartige Idee! Das kling nach einem interessanten Buch. Deine Kreativität hast du sicherlich nicht von mir geerbt. Das muss man wohl deinem Vater zuschreiben.«

Gemeinsam schlenderten wir zurück zum Klinikeingang. Da fiel meiner Mutter auf, dass ich noch gar nicht zum Ende gekommen war.

»Und was ist deine dritte Forderung?«

Ich atmete tief ein und reckte das Kinn. »Lass mich die Sache mit Tante Helga und dem gestohlenen Rezept von *Kräuterzauber* regeln!«, verlangte ich. »Ich möchte das wieder in Ordnung bringen – und zwar so, dass alle Beteiligten zufrieden sind.«

Sie blieb abrupt stehen und sah mich fassungslos an.

»Aber … aber …«, stammelte sie überrumpelt. »Das kann man nicht einfach *in Ordnung bringen*. Nicht, ohne dass die Firma kaputtgeht.«

»Doch, ich habe sogar schon einen Plan«, erwiderte ich mit einem geheimnisvollen Lächeln. »Ich bin mir sicher, dass ich eine gute Lösung gefunden habe.«

Ihrer Miene nach zu urteilen, hatte sie gehörige Zweifel. Hier ging es schließlich um ihre geliebte Firma.

Ich seufzte, nahm ihre Hände in meine und sah ihr in die Augen. »Mama, vertrau mir bitte! Ich weiß, dass dir das schwerfällt. Aber ich bin deine Tochter.«

Ihr innerer Kampf war ihr förmlich anzusehen, und eine tiefe Verletzlichkeit spiegelte sich auf ihrem Gesicht. Als schienen ihr all die Male durch den Kopf zu gehen, in denen die Menschen, die ihr nahestanden, sie bitterlich enttäuscht hatten.

»Gut, ich vertraue dir!«, sagte sie schließlich mit belegter Stimme.

Ich konnte meine Erleichterung nicht verbergen. »Danke, das bedeutet mir viel!«

Sie griff nach meinem Arm. »Bitte enttäusche mich nicht! Es steht so viel auf dem Spiel.«

»Du kannst dich auf mich verlassen.«

Sie stieß langsam die Luft aus, ehe sie meinen Arm tätschelte. »Ich weiß.«

Wir setzten uns wieder in Bewegung und erreichten den Klinikeingang. Vor uns öffneten sich die Schiebetüren, und der typische Krankenhausduft mit einer Mischung aus Desinfektionsmittel, Kaffee und unzähligen Menschen schlug uns entgegen.

Ich warf meiner Mutter einen Seitenblick zu. »Ein *Groupie?* Ernsthaft?«, neckte ich sie grinsend.

Sie warf den Kopf in den Nacken und lachte.

»Wenn du willst, erzähle ich dir ausführlich von damals«, bot sie an. »Da du jetzt die Wahrheit kennst, muss ich ja keine Angst mehr haben, mich vor dir zu blamieren. Keine Geheimnisse mehr.«

Ich erwiderte ihr Lächeln. »Keine Geheimnisse mehr!«

Kapitel 28

Nur wenige Tage später saß ich im Gastraum der *Häuptlingsstube* an einem Tisch mit Tante Helga, Björn, Merle und ihrem Anwalt. Ebenfalls anwesend war der Notar unserer Firma Herr Moessinger. Auf meine Bitte hin hatte er meine Familie zu diesem Gesprächstermin eingeladen und ihnen auch empfohlen, mit einem Rechtsbeistand zu erscheinen, damit alles seine Richtigkeit hatte.

Der Treffpunkt war mein Vorschlag gewesen, da mir auf die Schnelle kein anderer neutraler Ort in Greetsiel eingefallen war. Deshalb hatte ich Nadja gebeten, uns den Raum zu vermieten, während das Restaurant geschlossen hatte und Holger wie immer seine Mittagspause in Pilsum verbrachte. Sie hatte mir jedoch versprechen müssen, ihrem Chef davon nichts zu verraten. Genau deshalb wollte sie auch kein Geld von mir annehmen. Sie meinte, für sie wäre es ein Freundschaftsdienst und sie würde mir gern den Gefallen tun.

Als ich im Restaurant angekommen war und Holger tatsächlich nicht mehr hier war, hatte ich anstatt Erleichterung allerdings nur Enttäuschung verspürt. Ohne es mir eingestehen zu wollen, hatte ich insgeheim wohl doch auf ein Wiedersehen gehofft. Auf einen magischen Moment, in dem wir uns nach wochenlanger Trennung in die Augen sahen, um uns dann wie im Film leidenschaftlich in die Arme zu fallen. Dummerweise hatte sich Nadja jedoch an ihr Versprechen gehalten. Aber einen magischen Moment hätte es wohl ohnehin nicht gegeben. Wieso hätte Holger es sich plötzlich anders überlegen und mir verzeihen sollen?

»Braucht ihr noch etwas?«, fragte Nadja und deutete auf die bereitgestellten Wasserflaschen und Gläser. »Möchte jemand etwas anderes als Wasser?«

Alle lehnten dankend ab. Die Anspannung am Tisch war förmlich greifbar. Wie nicht anders zu erwarten, ging von Björn das stärkste Misstrauen aus. Merle hatte eine neutrale Miene aufgesetzt, während Tante Helga so wirkte, als würde sie sich in dieser Situation höchst unwohl fühlen.

Unser Notar Herr Moessinger räusperte sich. »Wir haben uns heute hier eingefunden, um über …«

Ich fasste den älteren Herrn am Arm. »Entschuldigung«, unterbrach ich ihn mit einem höflichen Lächeln. »Dürfte ich das übernehmen?«

Überraschung zeichnete sich auf seinem faltigen Gesicht ab, doch dann machte er eine einladende Geste in meine Richtung.

Ich sah meine Familie an. »Zuerst einmal danke ich euch, dass ihr gekommen seid! Ich versichere euch, dass ich die Angelegenheit friedlich und ohne weiteren Streit regeln möchte! Durch das, was meine Mutter getan hat, erwarte ich jedoch nicht, dass ihr mir blindlings euer Vertrauen schenkt.«

Björn nickte inbrünstig. Ich ließ mich dadurch nicht beirren und lächelte freundlich.

»Die letzten Wochen haben unser stellvertretender Geschäftsführer Erik und ich nach Lösungen gesucht, Tante Helga zu ihrem Recht kommen zu lassen und gleichzeitig die Existenz der Firma zu gewährleisten. Denn mir liegen auch unsere Mitarbeiter am Herzen. Ich will nicht, dass sie am Ende ohne Job auf der Straße stehen und nicht mehr wissen, wie sie ihre Familien ernähren sollen.«

Merle und Tante Helga nickten verständnisvoll.

»Ich möchte euch nicht vorenthalten, dass Erik einen Anwalt aufgesucht hat«, fuhr ich fort und faltete die Hände vor mir auf dem Tisch. »Moralisch mag die Sache eindeutig sein, rechtlich gibt es jedoch einige ungeklärte Punkte, die das Urheberrecht und die Erbschaftsfrage betreffen. Es würde sich um einen Zivilrechtsprozess handeln, der sich höchstwahrscheinlich zu einem jahrelangen Rechtsstreit durch mehrere Instanzen entwickelt. Hierbei müssen die Gerichts- und Anwaltskosten von den Parteien getragen werden. Ihr müsstet euch hoch verschulden – ohne die Gewissheit zu haben, am Ende zu gewinnen.«

Merle sah fragend zu ihrem Anwalt, der widerstrebend nickte. »Diese Einschätzung ist wohl zutreffend.«

Da mein Cousin schon wütend die Augenbrauen zusammengezogen hatte, hob ich in einer beschwichtigenden Geste die Hände.

»Ich gebe nur wider, was der Anwalt gesagt hat – nicht, dass uns diese Lösung vorschwebt«, stellte ich richtig. »Wie gesagt: Mir ist wichtig, dass Tante Helga einen finanziellen Ausgleich erhält! Weil es moralisch der einzig richtige Weg ist. Denn sie hat das Rezept geerbt, und meine Mutter hat es ohne ihre Erlaubnis verwendet.«

Ich fixierte Björn. »Aber ich möchte auch betonen, dass der Erfolg von *Natürlich schön* ohne den Ehrgeiz meiner Mutter, ihren unermüdlichen Arbeitseinsatz und ihr außergewöhnliches Verkaufstalent nicht möglich gewesen wäre. Ihr ist diese Firma nicht einfach in den Schoß gefallen – sie hat sehr hart dafür gearbeitet. Sie mag mit *Kräuterzauber* ein gutes Rezept an der Hand gehabt haben, ohne Frage. Aber ich bin davon überzeugt, dass keinem der hier Anwesenden das gelungen wäre, was sie erreicht hat.«

Dieses Mal nickte Tante Helga inbrünstiger. Schließlich hatte sie ihre Schwester immer für ihre Durchsetzungskraft und Zielstrebigkeit bewundert.

»Aber uns ist eine Möglichkeit eingefallen, Tante Helga zu ihrem Recht kommen zu lassen, ohne der Firma zu schaden.«

Ich gab dem Notar ein Zeichen, die vorbereiteten Unterlagen zu verteilen. Während sie den Vertragsentwurf überflogen, schenkte ich mir ein Glas Wasser ein und trank einen großen Schluck. Ich fing Nadjas fragenden Blick hinter der Bar auf. Als Antwort zuckte ich lediglich mit den Schultern. Ehrlich gesagt konnte ich nicht einschätzen, wie es lief. Es war alles noch offen.

»Zu meiner Volljährigkeit hat meine Mutter die Firma zu einer GmbH umgewandelt und mir dreißig Prozent der Firmenanteile überschrieben. Diese Anteile trete ich komplett an Tante Helga ab, sodass sie ab sofort am Gewinn beteiligt ist«, erklärte ich meiner Familie unseren Plan. »Gleichzeitig wird unser stellvertretender Geschäftsführer Erik sich ebenfalls mit dreißig Prozent in die Firma einkaufen. Die Summe, die er für diese Anteile einbringt, wird Tante Helga als Ausgleichszahlung erhalten. Die restlichen vierzig Prozent der Firmenanteile verbleiben bei meiner Mutter.«

Merle sah stirnrunzelnd von den Unterlagen auf. »Aber was ist mit dir? Wieso trittst du deine dreißig Prozent einfach an meine Mutter ab?«

»Ich habe für diese Anteile nie etwas getan«, wiegelte ich ihre Bedenken ab. »Sie wurden mir einfach von meiner Mutter geschenkt, und offen gestanden wollte ich sie nie.«

»Das finde ich nicht richtig!«, sagte Björn und schüttelte vehement den Kopf. »Deine Mutter baut Mist – und du sollst ihn jetzt ausbaden? Das ist für mich keine Gerechtigkeit!«

Es gereichte ihm zur Ehre, dass es ihm offensichtlich nicht allein um die finanzielle Entschädigung ging. Ansonsten hätte er dem Angebot nämlich sofort zustimmen müssen. Aber mein Cousin war ein Mann, dem Fairness, Moral und Gerechtigkeit am Herzen lagen.

»Für mich ist das völlig in Ordnung! Und meine Mutter weiß nichts von dieser Lösung. Sie hat mir bei der Suche nach einem Ausweg freie Hand gelassen«, entgegnete ich. »Außerdem wird sie bestimmt darunter leiden, dass ich diese Anteile abtrete und mich damit ein Stück weit von der Firma lossage. Dass ich mich weigere, in ihre Fußstapfen zu treten, und meinen eigenen Weg gehen will, trifft sie hart. Das ist ein Entschluss, den ich in den letzten Wochen für mich persönlich gefasst habe.«

»Aber was ist mit deiner finanziellen Situation, Kindchen?«, hakte Tante Helga stirnrunzelnd nach. »Wenn du dich beruflich verändern willst, wären die Anteile eine gute Absicherung für dich. Ich möchte dich in keine Schwierigkeiten bringen!«

Ich starrte sie sprachlos an. Dieses Gespräch nahm eine Wendung, mit der ich nicht gerechnet hatte. Wieso war meine Familie denn so besorgt um mich? Ich dachte, hier ginge es allein um die Entschädigung.

»Also, ich … ähm …«, stammelte ich überrumpelt. »Ich brauche nicht viel zum Leben und habe in den letzten Jahren einiges angespart. Außerdem hoffe ich, dass ich durch die Werbeeinnahmen meines Kanals in Zukunft etwas …«

»Nein!«, unterbrach Tante Helga mein Gestammel entschlossen. »Nein, mir gefällt diese Lösung nicht.«

Sie schob den Vertrag wieder zu mir zurück. Entgeistert sah ich sie an. Das war die bestmögliche Lösung, die Erik und ich gefunden hatten. Wenn meine Tante damit nicht zufrieden war, würde es wohl oder übel auf einen hässlichen Rechtsstreit hinauslaufen.

»Ich möchte nur meine Schulden abbezahlen und einige Renovierungsarbeiten durchführen lassen. Und dass deine Mutter mir ihre Hälfte unseres Elternhauses überlässt«, verkündete sie. »Damit wäre ich überglücklich, und für mich wäre das wie ein unerwarteter Lottogewinn. Wenn wir mal ehrlich sind, hätte ich mit dem Rezept für die Creme nie etwas Sinnvolles angefangen, und meine Kinder hätten nach meinem Tod dieses Rezeptbuch wahrscheinlich in den Müll geworfen.«

»Ganz bestimmt sogar«, sagte Merle. »Diese schrecklichen Heilkräutertees haben meine Geschmacksnerven irreparabel beschädigt.«

»Scheiß Natur- und Esoterikzeugs«, brummte Björn.

Tante Helga überging geflissentlich die Kommentare ihrer Kinder und beugte sich zu mir über den Tisch. »Ich sag dir mal was: Hätte Marianne mich damals nach meiner Erlaubnis gefragt, das Rezept zu benutzen, hätte ich sie ihr sofort gegeben, ohne irgendwelche Ansprüche zu stellen. Mich ärgert nur diese Heimlichtuerei. Hätte sie mit offenen Karten gespielt und mich nicht angelogen, wäre ich überhaupt nicht sauer.«

»Dann willst du die Anteile nicht?«, hakte ich perplex nach.

Sie lachte. »Gott bewahre, nein! Ich habe genug um die Ohren, und mit Firmengeschäften, von denen ich nicht die geringste Ahnung habe, will ich nichts zu tun haben. Mit über sechzig mag ich mir diesen Stress nicht antun.« Sie holte tief Luft. »Deshalb schlage ich vor, du behältst deine Anteile und ich bekomme die Summe, mit der sich euer Geschäftsführer in die Firma einkaufen will. Damit kann ich all meine Ausgaben decken und habe noch einiges übrig für einen entspannten Lebensabend.«

»Find ich gut!«, sagte Merle.

Björn nickte zustimmend. »Ich auch.«

Ratlos schaute ich von meiner Familie zu unserem Notar Herr Moessinger, der gerade damit beschäftigt war, seine Fassung wiederzugewinnen. Seinen aufgerissenen Augen nach zu urteilen, hatte er noch nie erlebt, dass die Gegenpartei ein Angebot für übertrieben hoch gehalten hatte.

Tante Helga legte den Kopf schräg. »Nur eine Forderung habe ich noch …«

Ich schluckte schwer. Okay, jetzt holte sie wahrscheinlich zum unvermeidlichen Tiefschlag aus!

»Sobald deine Mutter wieder gesund ist, soll sich bei mir entschuldigen«, verlangte sie mit erhobenem Zeigefinger. »Und zwar glaubwürdig! Nicht so ein genuscheltes ›Tut mir leid‹, bei dem die Leute genervt an die Decke starren. Nein, es muss eine gut hörbare Entschuldigung sein, die aus mehreren Sätzen besteht. Und deine Mutter muss mir dabei in die Augen sehen.« Sie wandte sich zum Notar und deutete auf den Vertrag. »Notieren Sie sich das: Entschuldigung mit Blickkontakt!«

»Oh Gott, nein«, hauchte ich kraftlos. Ich ließ meinen Kopf auf die Tischplatte sinken. Ich hatte geahnt, dass sie Unmögliches verlangen würde.

Merle kicherte. »Das wird deine Mutter schon schaffen«, sagte sie mit unangebrachtem Optimismus und tätschelte beruhigend meinen Kopf. »Zur Not füllst du sie vorher mit ein paar Kurzen ab.«

»Und ich werde das Ganze mit dem Handy filmen«, verkündete Björn. »Als schöne Erinnerung fürs virtuelle Familienalbum.«

Herr Moessinger tippte mir auf die Schulter, und ich richtete mich wieder auf. »Ja?«

»Also wird der Vertrag heute nicht unterschrieben, und wir müssen eine neue Fassung aufsetzen«, stellte er in professionellem Tonfall fest. »Soll ich die besprochenen Änderungen in die Wege leiten?«

»Ja, bitte.« Ich schaute zu Tante Helgas Anwalt. »Außer Sie möchten noch etwas hinzufügen?«

Er schüttelte den Kopf. »Aber senden Sie mir die neue Version vorab zur Prüfung zu!«

»Selbstverständlich«, versicherte ich ihm. Herr Moessinger begann seine Sachen zusammenzupacken. Er wollte offenbar so schnell wie möglich zurück nach Hamburg fahren.

Die beiden verabschiedeten sich von uns, und ich saß mit meiner Familie allein am Tisch. Tante Helga musterte mich mit ernstem Blick.

»Wir müssen uns bei dir entschuldigen!«, sagte sie. »Wie wir uns dir gegenüber verhalten haben, war nicht richtig. Du hattest mit dem Betrug nichts zu tun und hast nur versucht, das Beste aus der Situation zu machen. Ich schätze, wir waren alle an diesem Tag mit den Ereignissen überfordert. Dass ich dich zusammen mit deiner Mutter hinausgeworfen habe, tut mir aufrichtig leid! Du bist bei uns natürlich jederzeit willkommen, und ich würde mich freuen, wenn wir dich ab sofort öfter in Greetsiel begrüßen dürfen.«

Ich nickte gerührt, und Tränen schwammen in meinen Augen. Es bedeutete mir viel, dass meine Familie nicht mehr böse auf mich war.

»Vergeben und vergessen«, schniefte ich.

Tante Helga blickte auffordernd zur Seite, und als Björn nicht reagierte, versetzte sie ihm einen Ellbogenstoß. Er zuckte schmerzerfüllt zusammen.

»Ach so, ja …« Er räusperte sich. »Also mir wurde von mehreren Seiten angetragen, dass ich mich dir gegenüber wie ein aufbrausender Idiot verhalten habe. «

»Ah ja?«, entfuhr es mir halb lachend, halb weinend.

Er kramte in seiner Jackentasche und reichte mir ein frisches Taschentuch, das ich dankbar entgegennahm.

»Jemanden in Sippenhaft zu nehmen ist eigentlich nicht meine Art«, sagte er zerknirscht. »Ich habe mich zu sehr in meine

Wut reingesteigert. Was du zu deiner Verteidigung gesagt hast, war eigentlich logisch und nachvollziehbar, aber es ist bei mir leider auf taube Ohren gestoßen. Tut mir leid!«

Ehe ich etwas erwidern konnte, fügte Merle hinzu: »Mir tut es ebenfalls leid! Von dir zu erwarten, dass du uns umgehend die Wahrheit gestehst, obwohl du selbst erst von dem Betrug erfahren hast, war wirklich etwas viel verlangt. Vor allem wenn man die Auswirkungen auf eure Firma und die Mitarbeiter bedenkt. Kannst du mir verzeihen?«

Ich putzte mir die Nase. »Natürlich kann ich euch verzeihen!«, sagte ich mit einem nachdrücklichen Nicken. »Wir haben uns alle von unseren Emotionen überwältigen lassen. Mir ging es schließlich nicht anders. Was ich meiner Mutter vor ihrem Zusammenbruch an den Kopf geworfen habe, war ziemlich fies.«

Tante Helgas Miene nahm einen schuldbewussten Ausdruck an. »Danke, dass du mich nach der Operation benachrichtigt hast. Ich wollte dir antworten«, sie seufzte, »aber zu dem Zeitpunkt war ich dazu noch nicht in der Lage. Ich habe mich von deiner Mutter schrecklich hintergangen gefühlt. Das musste ich erst mal verarbeiten.«

Mir war klar, dass zwischen ihr und meiner Mutter noch einiges im Argen lag.

»Moment, ich habe etwas für dich!«

Ich zog das Notizbuch meiner Mutter aus der Tasche und schob es zu ihr über den Tisch.

»Das soll ich dir geben. Da drin hat meine Mutter ihre Erinnerungen aufgeschrieben. Alle wichtigen Momente ihres Lebens. Für den Fall, dass sie nach der Operation nichts mehr davon weiß.«

»Das hat sie die ganze Zeit über so eifrig notiert?«, entfuhr es Tante Helga überrascht.

»Ihre Angst vor dem Eingriff war sehr viel größer, als sie zugeben wollte. Das Buch hat mir geholfen, sie besser zu verstehen. Es macht vieles nachvollziehbarer. Und es wird deutlich, wie sehr sie darunter gelitten hat, dich wegen ihres Betrugs all die Jahre nicht sehen zu können.«

Tante Helga starrte einen Moment regungslos auf das Buch, aber dann nahm sie es zu meiner Erleichterung an sich.

»Ich werde es lesen«, versprach sie.

Björn klatschte aufgeräumt in die Hände. »So, das lief doch alles wunderbar! Aber jetzt muss ich zurück an die Arbeit, Leute.«

Tante Helga nickte. »Ich leider auch.«

Alle erhoben sich und packten ihre Sachen zusammen. Zum Abschied bekam ich von jedem eine Umarmung.

»Ich bin so froh, dass du zurückgekommen bist«, sagte Merle freudestrahlend. »Wenn du dich nicht gemeldet hättest, hätte ich es getan. Ich möchte dich nämlich zu meinem Geburtstag in zwei Wochen einladen. Das heißt, wenn du kommen willst?«

»Sehr gerne sogar!«

Ich drückte sie an mich. Meine Cousine hatte ich am meisten vermisst, und ich war froh, dass sie weiterhin Teil meines Lebens sein würde.

Als meine Familie gegangen war, putzte ich mir noch einmal die Nase, trank mein Wasser leer und atmete tief durch. Ein warmes Gefühl durchströmte mich, das fast an Glück erinnerte. Aber leider nur fast. Der nun leere Gastraum erinnerte mich nämlich so sehr an Holger und unsere gemeinsame Zeit in der *Häuptlingsstube*, dass es mir einen schmerzhaften Stich versetzte.

Nadjas zierliche Hand legte sich von hinten auf meine Schulter. »Und? Ist alles gut gelaufen?«

Ich lächelte. »Besser als gedacht. Danke, dass du mir geholfen hast!«

Ich stand auf und schloss sie in eine feste Umarmung, die Nadja gerührt erwiderte.

»Ich habe gerne geholfen«, erwiderte sie. »Ich hatte wirklich Sorge, dass ich dich nie mehr wiedersehe. Es war so schade, als du plötzlich weg warst.«

Meine Kehle schnürte sich zu.

»Mit Sicherheit lasse ich mich in Zukunft öfter in Greetsiel blicken. Ich möchte Kontakt zu meiner Familie halten. Deshalb begegnen wir uns bestimmt häufiger.«

Nur wahrscheinlich nicht im Restaurant, denn das würde ich ab sofort konsequent meiden. Es würde mir nicht noch einmal passieren, dass ich mich irrationalen Hoffnungen hingab und derart plump Holgers Nähe suchte. Unfassbar, dass ich mir selbst glaubwürdig eingeredet hatte, dass es keinen anderen möglichen Treffpunkt gab! Und das alles nur, weil diese dumme Sehnsucht in meinem Herzen einfach nicht nachlassen wollte. Als wären mein Denken und Fühlen wie bei einem Kompass allein auf Holger ausgerichtet. Nein, Abstand zu halten und zu warten, bis ich über ihn hinweg war, war der einzig richtige Weg!

»Dann werde ich mich auch mal aufmachen, damit du endlich Pause machen kannst«, sagte ich und räumte meine Sachen zusammen. »Noch mal vielen Dank!«

Als ich mich in Richtung Ausgang wandte, hielt Nadja mich noch einmal zurück.

»Oh, da fällt mir ein, dass ich dir noch was zeigen wollte! Kommst du mit in die Küche?«

»Wieso?«, entgegnete ich stirnrunzelnd.

»Wir haben ein neues Küchengerät bekommen, das superteuer war, und Holger meinte, du wärst total begeistert davon.«

Damit hatte sie mich sofort am Haken. Für neue Küchengeräte war ich immer zu haben.

»Was ist es denn?«, fragte ich neugierig, während ich ihr durch den Gastraum folgte.

Sie zuckte mit den Schultern. »Ach, ich habe von so was doch keine Ahnung! Irgend so ein tolles Dings …«

»Ein Dings?«, wiederholte ich skeptisch.

Sie hielt die Schwingtür auf, um mir den Vortritt zu lassen. Als mir umgehend ein unfassbar leckerer Essensgeruch in die Nase stieg, bei dem mir das Wasser im Mund zusammenlief, blieb ich abrupt stehen. Da kochte doch jemand!

Ehe ich mich allerdings zu Nadja umdrehen konnte, versetzte sie mir auch schon einen Stoß in den Rücken, der mich in die Küche taumeln ließ.

»Viel Spaß euch beiden!«, rief sie mir zu, ehe sie die Schwingtür zufallen ließ.

Ich hob den Kopf, und meine Knie wurden weich. Direkt vor mir stand Holger.

Kapitel 29

Er trug einen Smoking, und zu meiner Überraschung stand er ihm hervorragend. Dabei hatte ich geglaubt, er wäre der legere Typ für Jeans und T-Shirt. Doch der Schnitt des Anzugs betonte seine breiten Schultern und schlanke Hüfte. Das weiße Hemd ließ seine sturmgrauen Augen leuchten und bildete den perfekten Kontrast zu seiner sonnengebräunten Haut. Als kleines Sahnehäubchen gab ihm sein widerspenstiges Haar einen verwegenen Touch. Dieser Mann verströmte so viel Testosteron, dass mir schwindlig wurde. Wahrscheinlich starrte ich ihn auch deswegen sekundenlang an, ohne einen Ton von mir zu geben.

»Hallo, Luisa!«, sagte Holger, ohne mich aus den Augen zu lassen. »Es ist schön, dich wiederzusehen.«

Seine Stimme. Verdammt, ich hatte sogar seine Stimme vermisst! Sie war dunkel, samtig und besaß dieses leichte Kratzen, das so unfassbar sexy klang. Außerdem hatte ich vermisst, wie er meinen Namen sagte. Als wäre er ein köstliches Gericht, dessen Geschmack er sich auf der Zunge zergehen ließ.

Aber ich würde mir nichts von alldem anmerken lassen! Das zwischen uns war Vergangenheit, das hatte er bei unserem letzten Gespräch deutlich gemacht. Ich war selbstbewusst. Cool. Total entspannt. Und das würde ich ihm auch zeigen!

»Grmpf.« Ich erwiderte seinen Gruß mit einem seltsam gutturalen Laut, der fraglos das Maximum an menschenmöglicher Entspanntheit darstellte. So hoffte ich jedenfalls.

Na schön, womöglich warf mich dieses Wiedersehen ein wenig aus der Bahn! Außerdem kam ich mir neben ihm ziemlich underdressed vor. Dabei trug ich immerhin eine schwarze Stoffhose und meine beste cremefarbene Businessbluse.

»Bitte sei Nadja nicht böse, weil sie dich für mich hergelockt hat!«, fuhr er fort und kam einige Schritte auf mich zu.

Ich sah zu ihm auf. Sofort spürte ich wieder diese Anziehungskraft zwischen uns. Eine Art magnetischer Energie, die mich unwiderstehlich zu ihm zog. Ich klammerte mich mit einer Hand an die Essensausgabe neben mir, um mich davon abzuhalten, etwas richtig Dummes zu tun. Wie Holger um den Hals zu fallen und ihn zu küssen. Oder ihm zu sagen, dass wir jetzt erst mal Sex haben und auch noch danach reden könnten. Meine Güte, hatte mein innerer Schweinehund denn überhaupt keinen Stolz? Ich verpasste ihm kurzerhand einen imaginären Maulkorb, um ihn an weiteren unangebrachten Kommentaren zu hindern. Zum Glück ahnte Holter nichts von meinen abwegigen Gedanken.

»Nadja hatte quasi keine andere Wahl, als mir zu verraten, dass du heute hier sein würdest. Als Chef war ich in den letzten Wochen nämlich ein richtiges Ekelpaket. Ich war gereizt, missmutig, und die Köche, die bei mir zur Probe gearbeitet haben, habe ich alle wieder rausgeekelt. Als Angestellte war es geradezu Nadjas Pflicht, hilfreich einzugreifen.«

»Mhm, mhm«, machte ich, da mein Hirn anscheinend noch nicht in der Lage war, dem Kontext angemessene Sätze beizusteuern. Oder wenigstens Worte.

Zum Glück schien es Holger nicht zu stören, dass er das Gespräch allein bestreiten musste.

»Seit du das letzte Mal in der *Häuptlingsstube* gearbeitet hast, haben wir ein neues Menü in die Karte aufgenommen, und ich würde mich freuen, wenn du es probieren würdest. Ich möchte gern dein Urteil erfahren!«

Deswegen war ich hier? Er wollte, dass ich von seiner neuesten Kreation kostete? Meine spontane Reaktion war Abwehr. Ich konnte mich nicht mit ihm zusammensetzen, übers Kochen fachsimpeln und so tun, als wäre nichts gewesen! Für die Freundschaftsphase war ich eindeutig noch nicht bereit.

Doch dann beugte er sich zu mir und legte vorsichtig die Hand auf meinen Arm. Ein Ausdruck trat in seine Augen, mit dem ich nur schwer umgehen konnte. Ich entdeckte darin Sehnsucht, Verlangen und eine Prise Hoffnung. Meine Mauer der Entschlossenheit bekam leichte Risse.

»Bitte, Luisa! Ich würde gerne in Ruhe mit dir reden.«

Okay, also ging es nicht nur ums Essen. Mit reichlich Verspätung wies mich mein Verstand darauf hin, dass Holger sich dafür auch sicherlich nicht so in Schale geworfen hätte. Vielleicht sollte ich mir anhören, was er zu sagen hatte?

»Na schön! Ich probiere das neue Menü.«

Er lächelte erleichtert und führte mich in den hinteren Bereich der Küche, in dem wir immer zusammen gegessen hatten.

»Was ist denn hier los?«, entfuhr es mir überrascht.

Die Edelstahlreinrichtung und die Hocker waren verschwunden. Stattdessen standen dort bequeme Stühle aus dunkelbraunem Leder und ein romantisch gedeckter Tisch mit silbernen Kerzenleuchtern, edlen Porzellantellern und dunkelroten Servietten, die zu einem Fächer gefaltet waren. Sogar die geflieste Wand war mit einem weißen Tuch abgehängt.

»Da ihr euer Treffen im Gastraum abgehalten habt und ich die Überraschung nicht vorwegnehmen wollte, habe ich es hier etwas hübscher gestaltet«, erklärte er.

Als ich einen Schritt nach vorn machte, blieb ich mit meinen Pumps an etwas hängen. Irritiert sah ich nach unten.

»Rosenblüten?«, fragte ich perplex. Der ganze Boden war damit bedeckt.

Holgers Wangen bekamen eine rötliche Tönung. »Darauf hat Nadja bestanden. Sie meinte, der Küchenboden wäre hässlich und ein Romantikkiller.«

Ich konnte mir ein Schmunzeln nicht verkneifen. »Ich fand den Boden eigentlich ganz okay.«

»Ich eigentlich auch«, grummelte er.

Ganz Gentleman rückte er mir den Stuhl zurecht. Als ich Platz genommen hatte, schlug er die bereitgelegte Karte der *Häuptlingsstube* auf und reichte sie mir.

Menü

»LIEBESBRISE«

für Luisa

Ruckartig sah ich zu ihm auf. Das Herz klopfte mir bis zum Hals. »Du hast ein Menü für mich kreiert? Und in eure Karte aufgenommen?«

Er nickte knapp, ohne sich eine Gefühlsregung anmerken zu lassen. Stattdessen lag sein Blick allein auf mir. Ich las weiter:

VORSPEISE

»HERZKLOPFEN«

Greetsieler Krabbensuppe

Schaumige Kartoffelsuppe mit einem Hauch Weißwein, frischen Greetsieler Krabben und geröstetem Landbrot

Ich hatte keinen Schimmer, was das zu bedeuten hatte. Wahrscheinlich war es am besten, wenn ich mich einfach überraschen ließ! Ich räusperte mich.

»Das klingt vielversprechend«, sagte ich. »Einmal die Vorspeise, bitte!«

Er machte einen knappen Diener. »Kommt sofort, die Dame!«

Holger hatte anscheinend schon alles vorbereitet, denn es dauerte nicht lange, bis er mit zwei Tellern zurückkam und die Vorspeise servierte.

Die Krabbensuppe befand sich in einer schiffförmigen Schale und stand auf einem Teller, der mit wellenförmigen Linien aus weißem und grünem Schaum verziert war. Endlich begriff ich.

»Unser Ausflug mit dem Krabbenkutter«, hauchte ich.

Er nickte lächelnd, während er mir passend zum Gericht einen gekühlten Weißwein einschenkte.

»Guten Appetit!«

Wie bei ihm nicht anders zu erwarten, war die Suppe köstlich. Neben den Kartoffeln und dem Weißwein schmeckte ich auch warme Muskatnuss, die Frische von etwas Zitrone und die salzige Würze eines Fischfonds. Die Krabben hatten genau die richtige Konsistenz, und das geröstete Landbrot, das er in einem separaten Körbchen bereitgestellt hatte, bildete die perfekte Abrundung.

»Das war wundervoll«, sagte ich, nachdem wir fertig waren. »Deine Gäste lieben die Suppe sicherlich.«

»Ja, sie kommt gut an«, murmelte er.

Nachdenklich drehte er den Stiel seines Weinglases zwischen den Fingern. Als er zu mir blickte, lag zum ersten Mal ein Hauch von Sorge in seinen Augen.

»Bevor wir weitermachen, muss ich eines wissen, Luisa: Hast du dich ganz sicher von ihm getrennt?«, fragte er mit einer Direktheit, die mich kalt erwischte.

Ich verschluckte mich fast an dem letzten Stück Brot.

Ich nickte inbrünstig. »Die Verlobung ist aufgelöst, und wir sind nur noch Kollegen«, versicherte ich ihm. »Entgegen meiner Befürchtung hat Erik es erstaunlich gelassen aufgenommen. Ich schätze, das Talent meiner Mutter, anderen ihre Ideen und Visionen aufzuschwatzen, hat in seinem Fall nur zeitlich begrenzt gewirkt. Sobald sie weg war und Erik Gelegenheit hatte, in Ruhe darüber nachzudenken, war er von der Heirat wohl auch nicht mehr überzeugt.«

»Dann hast du ihn nicht geliebt?«, hakte er nach.

Ich hielt seinem Blick stand. »Niemals. Er hat mir nichts bedeutet. Und ich hatte nie vor, ihn zu heiraten.«

Er wirkte erleichtert und brachte ein Lächeln zustande. »Das ist gut.«

»Ich weiß, dass es ein riesengroßer Fehler war, dir die Verlobung zu verschweigen«, beteuerte ich. »Es tut mir unendlich leid! Und dass ich von dir erwartet habe, dass du ruhig bleibst und das Thema mit mir ausdiskutierst, war wirklich etwas viel verlangt.«

Ich zog eine Grimasse. »Wenn ich mir vorstelle, du hättest mir eine Verlobte verschwiegen, hätte ich für nichts garantieren können. Wahrscheinlich hätte ich rotgesehen und dir die Augen ausgekratzt.«

»Keine Sorge, ich habe keine heimliche Verlobte«, entgegnete er, dieses Mal mit seinem typisch jungenhaften Grinsen. »Meine Frau und ich sind schon seit über zehn Jahren verheiratet.«

»Das ist nicht witzig«, knurrte ich.

Er zog amüsiert die Augenbrauen in die Höhe. »Du bist eifersüchtig auf eine erfundene Ehefrau?«

»Offenbar«, gestand ich ihm mit glühenden Wangen.

Tatsächlich flammte da dieses hässliche Brennen in meiner Brust auf, wenn ich daran dachte, dass er mit einer anderen Frau zusammen sein könnte. Ich hätte wohl wirklich rotgesehen, wenn Holger mir eine Verlobte verheimlicht hätte. Im Grunde glich es schon einer Beleidigung, dass er so ruhig geblieben war und lediglich Schluss gemacht hatte! Da drängte sich einem doch die Frage auf, ob er überhaupt etwas für mich empfand?

Okay, dieser Gedanke war lächerlich! Was er hier für mich vorbereitet hatte, sprach eine deutliche Sprache. Er hatte sogar extra ein Menü für mich kreiert – für jeden sichtbar auf der Speisekarte seines Restaurants.

Er schenkte mir noch etwas Wein nach. »Bereit für die Hauptspeise?«

Er stand auf und reichte mir erneut die Karte.

HAUPTSPEISE

»LEIDENSCHAFT«

Grön Aal ut de Pan · Queller · Salzkartoffeln

Ich sah zu ihm auf. »Das Rezept meiner Großmutter, das wir zusammen gekocht haben, bevor …« Ich stockte.

Ein verruchter Zug umspielte seine Mundwinkel. »Genau, bevor ich dich«, er beugte sich zu mir und flüsterte nah an meinem Ohr, »nach oben in mein Schlafzimmer getragen habe.«

Sein Atem, der meine Haut streifte, elektrisierte meinen Körper. Nach der langen Zeit der Trennung ließ mich seine Nähe ganz schwindlig werden. In Kombination mit der Erinnerung an die leidenschaftlichen Momente in seinem Schlafzimmer schoss mein Puls in die Höhe, und Hitze strömte durch meine Adern.

»Ich bin gleich wieder bei dir«, raunte er mir auf die gleiche Weise zu. »Und keine Sorge, mir gefällt es, wenn du eifersüchtig bist. Sogar auf erfundene Ehefrauen.«

Ein lustvoller Schauer überlief meinen Körper und hinterließ einen Hunger in meinem Inneren, der sich ganz sicher nicht durch profane Essensaufnahme stillen lassen würde.

Auch für das Hauptgericht schien Holger schon alles perfekt

vorbereitet zu haben, denn es blieb mir nicht viel Zeit, mich abzukühlen. Ruckzuck stand der nächste Teller vor mir.

»Ich habe nichts am Rezept verändert«, sagte er beim Servieren. »Genau wie du es wolltest. Es ist der reine ostfriesische Geschmack, ohne Firlefanz.«

»Danke«, sagte ich lächelnd und betrachtete ihn mit schiefgelegtem Kopf. »Aber es hat dich in den Fingern gejuckt, oder?«

»Und wie«, gab er unumwunden zu. »Es widerstrebt mir, einfach ein Rezept zu übernehmen, ohne ihm eine persönliche Note zu verleihen.«

Es rührte mich, dass er sich dennoch an meinen Wunsch gehalten hatte. Das Gericht schmeckte genauso lecker wie beim ersten Mal, und wir aßen in angenehmer Stille. Doch dann schoss mir ein Gedanke durch den Kopf, der mich kichern ließ, und ein Lachen stieg in mir auf, das ich nicht mehr zurückhalten konnte. Verständnislos sah Holger mich an.

»Du hast damit offiziell das Originalrezept meiner Großmutter aus ihrem Buch geklaut«, erklärte ich giggelnd und tippte auf die Karte des Restaurants. »Das ist eine Urheberrechtsverletzung. Genau wie bei meiner Mutter und *Kräuterzauber*.«

Nun musste er ebenfalls lachen. »Das ist mir gar nicht aufgefallen, aber du hast recht.« Zwischen seinen Brauen bildete sich eine Falte. »Muss ich mir jetzt Sorgen machen?«

Ich gab mir Mühe, meine Stimme verrucht klingen zu lassen, als ich entgegnete: »Nun, ich könnte mir einige Dinge einfallen lassen, um dich für die Nutzungsrechte zahlen zu lassen. Es wird vielleicht nicht teuer für dich, aber anstrengend. Wie du festgestellt hast, bin ich eine richtig böse Frau.«

Erschrocken klappte ich den Mund zu. Die letzte Spitze war mir einfach herausgerutscht und hatte eher bitter als verführerisch geklungen. Anscheinend saß die Verletzung über sein Misstrauen tiefer, als ich gedacht hatte.

Ich blickte auf meinen Teller hinab und schob ein paar Salzkartoffeln hin und her. Der Appetit war mir urplötzlich vergangen.

»Ich möchte mich ebenfalls bei dir entschuldigen«, erwiderte Holger nach kurzem Schweigen. »Was ich dir an den Kopf geworfen habe, war nicht fair. Auch wenn an jenem Tag einiges gegen dich gesprochen hat, bist du natürlich immer noch die Frau, in die ich mich verliebt habe. Du *bist* aufrichtig und loyal, mutig, hilfsbereit und leidenschaftlich«, wiederholte er mit Nachdruck seine Worte von damals. »Eine Frau, die weiß, was sie will, und für ihre Überzeugungen einsteht. Das alles hast du heute einmal mehr bewiesen, denn du hast es geschafft, den Streit mit deiner Familie beizulegen.« Er nickte anerkennend. »Außerdem ist es ein bedeutender Unterschied, ob man den richtigen Moment für die Wahrheit dummerweise verpasst hat – oder ob man etwas aus böswilliger Absicht verheimlicht. Letzteres hättest du niemals getan, das weiß ich jetzt.«

Es bedeutete mir viel, dass er sein Urteil revidierte. Ein unsichtbares Band, das meine Brust seit seinen Anschuldigungen eingeschnürt hatte, löste sich, und ich konnte endlich wieder freier atmen.

»Danke«, sagte ich mit belegter Stimme.

»Ich muss auch zugeben, dass du mit deinem Vorwurf wohl richtiglagst«, fuhr er selbstkritisch fort. »Womöglich hat Björn mich gar nicht so falsch eingeschätzt, was Beziehungen betrifft. Bisher war mir meine Freiheit wichtiger – und das hat sich auch auf meine Kompromissbereitschaft bei Problemen in der Partnerschaft ausgewirkt.«

Er seufzte, und Unzufriedenheit zeichnete sich auf seiner Miene ab. »Deshalb bin ich ab einem gewissen Punkt bisher immer auf Abstand gegangen und habe einen Grund gefunden, die Beziehung zu beenden. Dadurch bin ich auch gar nicht erst in

Gefahr geraten, Erwartungen nicht erfüllen zu können. Nicht zu genügen. Aber ich hatte auch Angst, verletzlich zu werden, wenn ich jemanden zu nah an mich heranlasse.« Er sah mich an, und sein intensiver Blick ließ mich erschaudern. »Und bei dir war diese Angst besonders groß.«

»Wieso?«, krächzte ich.

»Weil mir noch nie eine Frau so viel bedeutet hat wie du.«

Freude und Wärme breiteten sich in meiner Brust aus. Gleichzeitig mischte sich auch ein Hauch Bedauern darunter, denn die letzten Wochen waren echt hart gewesen.

»Aber wieso hast du mich dann nicht einfach angerufen?«, entfuhr es mir aufgewühlt. »Wir hätten schon viel früher miteinander sprechen und alles klären können.«

»Erstens hätte ein unpersönliches Telefonat mit einer schnöden Entschuldigung nicht ausgereicht. Und zweitens wird so ein Anruf mit jedem Tag, der vergangen ist, schwieriger. Denn ...«, er räusperte sich, »ich habe dir hier die verkürzte Fassung eines langen, aufwendigen Denkprozesses geschildert.«

»Ach ja?«

»Nachdem du weg warst, habe ich mich an das übliche männliche Prozedere in solchen Fällen gehalten: einfach weitermachen wie bisher und so tun, als wäre alles in bester Ordnung! Es hat aber seltsamerweise nicht funktioniert, sosehr ich mich auch angestrengt habe.« Er rieb sich unbehaglich über die Brust, wodurch der Sitz des schicken Hemdes verrutschte. »Ich konnte einfach nicht zu meiner Mitte zurückfinden, war ständig unausgeglichen und gereizt. Nach einiger Zeit musste ich mir eingestehen, dass etwas völlig falschlief. Dann kam der schwierige Teil: Ich musste herausfinden, was.«

»Und das war nicht offensichtlich?« Ich zog eine beleidigte Schnute und deutete auf mich.

»Hey, ich bin ein Mann!«, verteidigte er sich. »Bei uns dauert es ein bisschen länger, bis wir uns solche Dinge eingestehen können. Wir haben nicht einen so einfachen Zugang zu unseren Emotionen wie Frauen. Zuerst musste ich mich hinsetzen und tief in mich reinhören. Mir über meine *Gefühle* klar werden.« Er schüttelte sich, als würde ihn ein kalter Schauer durchlaufen. »Mir Fehler eingestehen, die ich gemacht habe. Erkennen, was ich mir wünsche. Eben all diese schrecklichen, zutiefst unmännlichen Dinge.«

»Das war bestimmt sehr, sehr schwer«, sagte ich mitfühlend.

Er nickte leidvoll. »Du machst dir keine Vorstellung.«

Ich konnte meine Belustigung nicht verbergen und spürte, wie meine Mundwinkel zuckten.

»Von Merle habe ich erfahren, dass sie dich zu ihrem Geburtstag einladen will«, erzählte er weiter. »Deshalb wollte ich dich dort überraschen. Aber dann hat Björn mir gesagt, dass ihr euch heute treffen würdet. Ausgerechnet hier bei mir in der *Häuptlingsstube!* Welch glücklicher Zufall, oder?«

Meine Wangen glühten. »Ja, das war echt ein … Zufall.«

Ich räusperte mich und wechselte schnell das Thema. »Dann hat dir gar nicht Nadja von dem Treffen erzählt?«

»Doch, beide haben es mir gesagt. Ich hatte viele rettende Engel an meiner Seite. Sogar deine Mutter hat angerufen und mir gefühlte hundert Mal dieses Datum genannt.«

Mein Herz rutschte mir vor Schreck in die Hose. »Meine Mutter hat sich bei dir gemeldet?«, quiekte ich.

Zwar hatte ich ihr nicht verraten, welches Angebot ich Tante Helga heute unterbreiten würde, aber ich hatte sie über den Gesprächstermin informiert.

»Keine Sorge!« Er hob in einer beruhigenden Geste die Hand. »Sie hat hier im Restaurant angerufen und wollte mir mitteilen, dass ich zu schnell über dich geurteilt habe. Und sie hat mir ins Gewissen geredet, dass ich unserer Beziehung noch mal eine

Chance geben soll, weil ich eine tolle Frau wie dich kein zweites Mal finde. Deine Mutter kann wirklich ungeheuer überzeugend sein.«

»Sie hat dich also gebrainwashed«, brummte ich zähneknirschend.

Er legte den Kopf in den Nacken und lachte. »Sie hat mir nichts gesagt, was ich zu diesem Zeitpunkt nicht schon gewusst hätte. Deshalb weise ich diese Anschuldigung entschieden zurück: Nein, es war keine Gehirnwäsche nötig!«

Okay, dann war ich beruhigt! Ich musste zugeben, dass meine Mutter es gut gemeint hatte. Offenbar versuchte sie tatsächlich, ihre Fehler auszubügeln.

»Ich habe dich vermisst, Luisa! Ich habe dein Lachen vermisst, deine Berührungen, deinen Geruch. Wie du selbst einem ernsten Gespräch die Schwere nimmst und wie du mir das Gefühl gibst, perfekt zu sein genau so, wie ich bin. Und weil ich mir eingebildet habe, die Laken würden noch nach dir riechen, habe ich es noch nicht mal über mich gebracht, mein Bett neu zu beziehen.«

»Ihhh!«, entfuhr es mir reflexartig, da dies schließlich schon ein Weilchen her war. Doch gleich darauf wurde mir bewusst, was das für eine süße Liebeserklärung war. Hygienisch bedenklich, aber süß.

»Ich habe sogar das Chaos vermisst, das du in meiner Küche verursacht hast«, fügte er seufzend hinzu.

Ich kniff die Augen zusammen und schüttelte den Kopf. »Das kannst du mir nicht erzählen. Das glaube ich nicht!«

»Na schön, dieser Punkt war jetzt nicht unter den Top Ten«, räumte er ein. »Aber das Chaos gehört nun mal zu dir. Und deshalb habe ich es auch vermisst.«

Er beugte sich über den Tisch und griff nach meiner Hand. »Bereit für den Nachtisch?«

Sein Daumen strich sanft über meinen Handrücken. Es war eine kleine, beiläufige Berührung – und doch erwärmte sie mein Herz.

»Zu einem Dessert sage ich niemals nein.«

Dieses Mal griff ich selbst nach der Karte, um zu sehen, was mich erwartete.

DESSERT

»LIEBE«

Zweierlei Tiramisu mit Roter Grütze
und Zitronenchampagnerschaum

Holger hatte sich an mein Lieblingsdessert erinnert! Ich hatte ihm einmal erzählt, dass ich Tiramisu in jeder Form liebte und mich deshalb nie entscheiden konnte, ob ich mich an das Originalrezept hielt oder es in ein fruchtiges Erdbeertiramisu umwandelte.

Als er den Teller vor mir abstellte, musste ich lächeln. Die beiden Tiramisu-Variationen bildeten zusammen einen Kreis, den die Rote Grütze und der Champagnerschaum in Herzform umrahmten.

»Zu kitschig?«, fragte er besorgt.

Ich schüttelte den Kopf. »Mir gefällt's! Aber ich bin vielleicht nicht ganz objektiv.«

Da Geduld noch nie meine Stärke gewesen war, stürzte ich mich heißhungrig auf das Dessert. Als ich den ersten Bissen nahm und der typisch samtige Geschmack der Mascarponecreme sich in meinem Mund entfaltete, stöhnte ich genießerisch auf.

Prompt bemerkte ich Holgers hungrigen Blick auf mir. »Dieses Stöhnen würde ich heute gerne noch öfter von dir hören, allerdings in anderem Zusammenhang.«

»Ah ja?«, entgegnete ich und legte den Kopf schief.

Ich leckte betont genießerisch mit der Zungenspitze die Creme vom Löffel.

»Hör auf damit!«, knurrte er.

Ich blinzelte ahnungslos. »Mit was denn? Oh Mist, jetzt habe ich gekleckert …«

Mit dem Zeigefinger nahm ich ein Stück Dessert vom Tellerrand und steckte ihn mir in den Mund. Als ich noch einmal genüsslich aufstöhnte, war Holger schneller bei mir, als ich gucken konnte. Er zog mich in die Höhe und umfing mich mit seinen Armen.

»Hey, ich war noch nicht fertig«, beschwerte ich mich.

»Mit was? Mich zu foltern? Du hast ja keine Ahnung, was es mit mir anstellt, wenn du so etwas machst.«

Mein Gesicht begann vor Freude zu glühen. Ich stellte mich auf die Zehenspitzen und umschlang seinen Nacken. Unsere Lippen fanden sich, und sein Atem wurde zu meinem. Die Erleichterung darüber, ihm endlich wieder so nah zu sein und ihn zu berühren, entlockte mir ein leises Seufzen. Die Welt um mich herum schien stillzustehen – es gab nur noch uns beide. Seine Zunge drang in meinen Mund ein und neckte mich, was das glückliche Kribbeln in meinem Körper in pulsierende Leidenschaft verwandelte. Dass er dabei auch noch nach meinem Lieblingsdessert schmeckte, machte es zum besten Kuss aller Zeiten.

Seine Hände fuhren verlangend meinen Rücken hinab, während ich ihn noch näher an mich zog. Mit jedem Kuss und jeder Berührung ließ Holger mich spüren, was er für mich empfand. Mein Herz raste vor Begierde und Sehnsucht. Ich wollte mehr Küsse, mehr Berührungen, mehr von ihm.

Schwer atmend machte ich mich von ihm los. »Lass uns zu dir fahren und dort weitermachen!«, schlug ich vor, hielt dann jedoch kurz inne. »Aber zuerst beziehen wir dein Bett frisch.«

Er grinste und wackelte mit den Augenbrauen. »Nein, wir lassen die dreckigen Laken drauf. Dann haben wir *schmutzigen* Sex.«

Ich lachte. »Ich glaube nicht, dass das mit diesem Begriff gemeint ist.«

Da fiel mir etwas ein. »Verdammt, du musst ja bald wieder das Restaurant aufmachen!«

Er schüttelte den Kopf. »Hast du das Schild am Eingang nicht gesehen? Wir haben die nächsten drei Tage Betriebsferien.« Er gab mir einen sanften Kuss auf die Nase. »Drei Tage, in denen ich mich nur um dich und deine Bedürfnisse kümmern werde.«

Bei dieser Aussicht biss ich mir verlangend auf die Unterlippe. Holger hatte tatsächlich an alles gedacht.

»Aha, Betriebsferien! Da war aber jemand sehr optimistisch, dass es mit unserer Versöhnung klappen würde«, sagte ich in neckendem Tonfall.

Er wurde ernst. »Nein, das war ich nicht. Wenn du mir einen Korb gegeben hättest, hätte ich drei Tage lang Zeit gehabt, meine Wunden zu lecken, in Selbstmitleid zu versinken, mir rührselige Liebesfilme anzusehen und Schokoladeneis zu futtern.«

»Die typische Reaktion einer Frau auf Liebeskummer!« Ich riss gespielt schockiert die Augen auf. »Ich schätze, deine unmännliche Gefühlsauslotung hat tatsächlich irreparablen Schaden verursacht.«

Er hob den Zeigefinger. »Apropos! Ich bin noch gar nicht dazu gekommen, dir das finale Ergebnis meiner *unmännlichen Gefühlsauslotung* mitzuteilen.« Sein Blick glitt über mein Gesicht. In seinen Augen lagen so viel Wärme und Zärtlichkeit, dass es mir den Atem raubte. »Ich liebe dich, Luisa.«

Ich konnte nicht mehr denken. Ich konnte nicht mehr atmen, und selbst mein Herz hörte für einen Moment auf zu schlagen. Dann explodierte ein Feuerwerk des Glücks in meinem Inneren. Ich küsste ihn und flüsterte an seine Lippen: »Und ich liebe dich.«

Epilog

Für den heutigen Abend hatte Holger geplant, mir den Sternenhimmel über der Nordsee zu zeigen. Deshalb saßen wir nun nebeneinander gekuschelt am Naturstrand Knock, der fünfzehn Kilometer von Emden entfernt lag, und hatten eine Decke über unsere Schultern gelegt. Es war September, und die Nächte wurden kühler. Aus diesem Grund waren wir auch weit und breit die einzigen Menschen – es gab nur uns, den Strand, das Meer und die funkelnden Sterne über uns. Holger hatte unseren Ausflug wie immer sorgfältig vorbereitet mit Picknickdecke, Getränken, einem kleinen Imbiss und natürlich Taschenlampen für den Rückweg. Er hatte sogar kleine LED-Kerzen um uns herum im Sand verteilt, damit wir nicht in der Dunkelheit saßen.

Der Mond warf eine silberne Schneise auf die Wellen, und am dunklen Firmament funkelten die Sterne wie Diamanten.

»Wunderschön«, hauchte ich bewundernd.

»Nicht so schön wie du«, entgegnete Holger und gab mir einen Kuss auf die Nasenspitze. »Für mich gibt es nur einen Stern – und der leuchtet heller als alle anderen.«

»Unverbesserlicher Charmeur«, schnaubte ich.

»Das war die reine Wahrheit.« Er hob die Hand zum Schwur. »Da ein Tag mit großartigem Sex hinter mir liegt, habe ich es überhaupt nicht nötig zu flirten. Du kennst doch das alte Sprichwort: Nicht nur Kindermund tut Wahrheit kund – auch Männermund, wenn mit seinem Weib im Bett geht's rund.«

Ich kicherte. »Ich fürchte, diese Redewendung war mir bisher unbekannt.«

»Ich vergebe dir dein Unwissen«, sagte er und wedelte gönnerisch mit der Hand. »Ist wohl ein regionales Sprichwort.«

Er stutzte. »Du solltest es aber lieber nicht in dein Buch aufnehmen!«, riet er mir zur Sicherheit.

Ich nickte. »Es spricht für dich, dass du mich vor dieser Blamage bewahren willst.«

Meine Arbeit an dem Kochbuch lief auf Hochtouren, denn ich hatte schon einen Verlag gefunden, der Interesse daran zeigte. Da ich nicht nur die besten ostfriesischen Rezepte meiner Großmutter verwenden, sondern auch über Land und Leute schreiben wollte, hatte Holger es sich zur Aufgabe gemacht, mir so viel wie möglich von seiner Heimat zu zeigen. Wir genossen die Rechercheausflüge in vollen Zügen, da diese Zeit nur für uns allein reserviert war. Kein Restaurant, keine Angestellten, keine Firma, keine Familie.

Wie abgemacht arbeitete ich mittlerweile halbtags im Homeoffice für *Natürlich schön*. Manchmal fuhr ich jedoch auch nach Hamburg, um vor Ort nach dem Rechten zu sehen und Katja mit ihren Zwillingen zu besuchen. Auch wenn sie und ihr Mann erschreckend tiefe Augenringe hatten, wirkten die beiden so glücklich, wie ich sie noch nie erlebt hatte. Ihre zwei kleinen Jungs waren aber auch zu goldig!

Holger hatte ja in meiner Abwesenheit alle Köche, die zur Probe gearbeitet hatten, weggeekelt. Deshalb hatte ich meine abendliche Stelle als Hilfsköchin in der *Häuptlingsstube* wieder angetreten. Dieses Mal allerdings mit Vertrag und Bezahlung. Holger war ein großartiger Lehrer, und jeden Tag lernte ich Neues dazu. Vieles davon konnte ich gleich für meinen Koch-Kanal nutzen, den ich inzwischen wieder ins Leben gerufen hatte. Obwohl ich Katja an meiner Seite immer noch vermisste, machte es mir großen Spaß, wieder vor der Kamera zu stehen. Auch weil Holger mit mir gemeinsam die Challenges bestritt. Bei den weiblichen Fans erfreute er sich allergrößter Beliebtheit, was ihm zum Glück jedoch nicht zu Kopf stieg. Wie ein echter Ostfriese nahm er den ganzen Hype im Internet nicht wirklich ernst. Allerdings war es eine echte Herausforderung für mich, mit einem Profi wie ihm in einen sportlichen Wettkampf zu treten. Umso größer war die Freude, wenn ich tatsächlich einmal gewann! Wir luden wechselnde Juroren ein wie Tante Helga, Nadja oder unsere Nachbarin Frau Jansen. Das hatte den netten Nebeneffekt, dass mittlerweile halb Greetsiel und Umgebung zu meinen Followern gehörte.

So viel Zeit, wie Holger und ich miteinander verbrachten, hätten wir uns eigentlich auf die Nerven gehen müssen, aber das Gegenteil war der Fall. Ich konnte mir ein Leben ohne ihn nicht mehr vorstellen. So hatte er mich auch nicht lange dazu überreden müssen, meine Siebensachen zu packen und bei ihm einzuziehen. Zwar behielt ich meine kleine Wohnung in Hamburg, um dort übernachten zu können, aber es erschien uns unlogisch, dass ich mir in Greetsiel eine eigene Unterkunft suchte. Ich hätte ohnehin die meiste Zeit im schönen Pilsum verbracht – bei Holger und seinem genialen Küchenherd.

Aber natürlich besuchte ich auch oft Merle, Tante Helga und Björn. Wir lernten uns immer besser kennen, und meine Familie hatte es sich zur Aufgabe gemacht, mir Plattdeutsch beizubringen. Fluchen konnte ich schon recht gut, auch weil sich die Sprache dabei herrlich charmant zeigte. Ein schnödes »Du kannst mich mal!« wurde beispielsweise zu einem »Klei di an d'Hood!« oder ein »Jetzt reichts aber!« zu »Nu is äwer daddeldu!«. Auch einige Begriffe hatten es mir angetan wie »Kiekkast« für Fernseher oder »Huulbessen« für Staubsauger. Mit meinem neuen Wissen hatte ich Holger auch schon darüber informiert, dass ich in der anstehenden kalten Jahreszeit erfahrungsgemäß zu einem »Fröstkötel« mutierte und er mich im Winter beim Zubettgehen unbedingt wärmen musste. Er hatte sich für dieses Anliegen schon vorab sehr offen gezeigt und wollte unbedingt zeitnah mit den Proben beginnen.

Tante Helga und meine Mutter hatten sich inzwischen wieder versöhnt. Zum zweiten Mal innerhalb kürzester Zeit. Björn hatte die Entschuldigung meiner Mutter – inklusive Blickkontakt – tatsächlich mit dem Handy gefilmt und sie auf WhatsApp in die Familiengruppe gestellt, die er extra dafür eingerichtet hatte. Es hatte meine Mutter offensichtlich nicht so viel Überwindung gekostet, wie alle angenommen hatten. Man hatte gespürt, dass sie es tatsächlich ernst meinte und ihre Worte von Herzen kamen. Tante Helga hatte es wohl auch bemerkt, denn sie hatte meine Mutter nicht zu Ende sprechen lassen, war ihr um den Hals gefallen und hatte gesagt, sie solle endlich die Klappe halten.

Momentan verbrachten die beiden auf Rügen ihren ersten gemeinsamen Urlaub. Tante Helgas Haus glich nämlich wegen der Renovierungsarbeiten einer Großbaustelle, und meine Mutter war nach der Operation immer noch nicht ganz bei Kräften. Zwar hoffte ich, dass die beiden sich auf Rügen gut erholten, wahrscheinlicher war allerdings, dass sie mindestens ein halbes dutzend Mal pro Tag miteinander stritten. Sie hatten dabei eine gewisse Geschwisterdynamik entwickelt, die immer nach dem gleichen Schema ablief: Sie waren sich wegen irgendeiner Lappalie uneins, meine Mutter regte sich auf, und meine Tante blieb ruhig. Sie waren beide gleichermaßen stur, nur hatte meine Tante ihre Emotionen im Griff, und meine Mutter wurde Opfer ihres Temperaments. Aber natürlich gab keine von beiden auch nur ein kleines Stückchen nach. Wie sie es trotzdem immer wieder schafften, sich zu vertragen, war mir ein Rätsel.

»Wo bist du gerade mit deinen Gedanken?«, wollte Holger

wissen, während er die Decke ein bisschen enger um unsere Schultern zog.

»Mir ist gerade bewusst geworden, wie grundlegend mein Leben sich in den vergangenen Monaten verändert hat – und wie glücklich ich jetzt bin.«

Er nahm meine Hand in seine, führte sie an seinen Mund und küsste sie liebevoll. »Das trifft sich hervorragend! Denn mir geht es genauso.«

Einen Moment lang verharrten wir in dankbarem Schweigen und bewunderten den Sternenhimmel über uns, während die Wellen friedlich an Land brandeten.

»Bei meiner Recherche über Ostfriesland bin ich übrigens auf etwas ungeheuer Interessantes gestoßen«, erzählte ich.

»Ah ja?«

Ich musste mir auf die Zunge beißen, ehe ich sehr ernst sagte: »Ostfriesenwitze.«

Holger wandte mir den Kopf zu. »Sei gewarnt: Du solltest diesen Weg nicht beschreiten!«, sagte er in drohendem Unterton.

»Wieso?«, entgegnete ich unschuldig. »Ich finde diese Witze super. Was machen beispielsweise Ostfriesen bei Stromausfall? Sie warten, bis Ebbe ist, und holen dann mit einem Eimer ein paar *Kilo Watt*.« Ich prustete los und schlug mir auf die Schenkel.

»Nicht witzig«, knurrte er.

»Und was macht ein Ostfriese, wenn er ein Loch im Boot hat?«, fuhr ich giggelnd fort. »Er bohrt ein zweites, damit das Wasser ablaufen kann.«

»So, jetzt reichts!«, brummte er.

Ehe ich es mich versah, lag ich ausgestreckt auf der Picknickdecke unter ihm, und er brachte mich mit einem leidenschaftlichen Kuss zum Schweigen. Holger schaffte es jedes Mal aufs Neue, mich förmlich dahinschmelzen zu lassen.

»Dir ist schon klar, dass ich nicht mit den Ostfriesenwitzen aufhören werde, wenn du mich jedes Mal auf dieses fantastische Weise mundtot machst?«, bemerkte ich, als er sich wieder von mir löste.

»Vielleicht bezwecke ich ja genau das?« Er legte seine Stirn an meine. »Ik heff di düchtig leev«, sagte er mit rauer Stimme.

Mein Gesicht glühte vor Glück. Ich hatte hier in Ostfriesland eine Familie gefunden, eine Heimat – und die Liebe. Zärtlich strich ich über die Bartstoppeln auf seiner Wange.

»Ich dich auch«, flüsterte ich und zog ihn wieder an mich, um ihn zu küssen.

Nachwort

Liebe Leserinnen und Leser,

nach sieben Ostseeromanen hat mich Luisas Geschichte nun zum ersten Mal an die Nordsee geführt. War ich bisher von meinen Recherchereisen gewohnt, fast ständig von Wasser umgeben zu sein (Meer, Bodden, Seen), stand ich an der Nordseeküste nun vor hohen Deichen, die mir den Blick aufs Meer verstellten.

Selbstverständlich weiß ich, dass diese aus Sicherheitsgründen absolut notwendig und überlebenswichtig sind, aber als Autorin, deren Aufgabe es ist, atmosphärische Urlaubsromane zu Papier zu bringen, fand ich diese Tatsache im ersten Moment ausgesprochen störend. Denn wie soll ich über das Meer schreiben, wenn ich es nicht sehen kann?

Dennoch hat die Krummhörn schon bald mein Herz gewonnen, was nicht zuletzt an den sympathischen Ostfriesen lag. Meiner Meinung nach haben sie völlig zu Unrecht den Ruf der wortkargen Eigenbrötler, denn selten bin ich so freundlichen und gesprächigen Menschen begegnet. An dieser Stelle möchte ich mich besonders bei unseren Vermietern Claudia und Gerd bedanken, die mir viele hilfreiche Tipps gegeben und all meine Fragen geduldig beantwortet haben.

Nach nur wenigen Tagen fühlte ich mich in Ostfriesland heimisch, und sogar das Grüßen lief wie geschmiert. So konnte ich beim abendlichen Spaziergang mit unseren Hunden das »Moin«

anderer Passanten, ohne mit der Wimper zu zucken, erwidern – obwohl es schon dunkel und ich alles andere als ausgeschlafen war. Das schöne Greetsiel, die regionale Küche, der plattdeutsche Zungenschlag und die ostfriesische Teezeremonie haben mich besonders begeistert. Gerade zur kalten Jahreszeit genießen mein Mann und ich jetzt gerne mal einen leckeren ostfriesischen Tee mit Sahne. Die Krummhörn ist meiner Meinung nach auf alle Fälle eine Reise wert, liebe Leserinnen und Leser!

Abschließend möchte ich allen, die an diesem Roman beteiligt waren, meinen herzlichen Dank aussprechen. Allen voran danke ich meiner Agentin Cristina, meinen beiden Lektorinnen bei Bastei Lübbe und meiner Familie. Ich danke Prof. Dr. Dr. Berend F. für die prompte und freundliche medizinische Beratung zum Thema Gehirntumor und Heidi F. von der Touristik GmbH Greetsiel für ihre Hilfe bei den plattdeutschen Ausdrücken!

Mein besonderer Dank gilt an dieser Stelle wie immer meinen tollen Leserinnen und Lesern für ihre Treue und Unterstützung!

Liebe Grüße
Marie Merburg

Manchmal braucht das Schicksal ein bisschen Nachhilfe ...

Marie Merburg
LEUCHTTURMSOMMER
Ostsee-Roman

384 Seiten
ISBN 978-3-404-18838-3

Nach einer Lebenskrise zieht Eva mit ihrer Tochter an die Ostsee, um sich dort ihren Traum zu erfüllen und neu zu starten. Doch ihr Optimismus wird auf die Probe gestellt, denn ihre Teenagertochter scheint Probleme magisch anzuziehen, und die Übernahme des örtlichen Cafés läuft alles andere als rund. Besonders der brummige Standesbeamte Jakob sieht die Neuzugänge im Ort kritisch. Dabei benötigt Eva für das Café dringend die Hochzeitsempfänge, um Geld in ihre Kasse zu spülen. Erst als Eva Jakob näher kennenlernt, erkennt sie, wie es gelingen könnte, seine harte Schale zu knacken. Aber dann geschieht etwas, das nicht nur Evas Herz ein zweites Mal zu brechen droht ...

Lübbe